Catherine Bybee

Fast im Himmel

amazon crossing

Das Buch

Monica Mann widmet ihr Leben, um anderen zu helfen. Nach einem verheerenden Erdbeben und einem Tsunami in Jamaika meldet sie sich freiwillig als Krankenschwester für Ärzte ohne Grenzen. Durch ihre methodische Art schafft sie es, selbst im größten Chaos einen kühlen Kopf zu bewahren. Bis sie auf den barfüßigen und unglaublich attraktiven Trent Fairchild trifft. Als Hubschrauberpilot führt er ein kleines Tour-Unternehmen auf seiner Wahlheimatinsel Jamaika. Monica und Trent fühlen sich voneinander angezogen und finden während des Desasters die Zeit, sich kennenzulernen. Doch als ein Nachbeben für ihr eigenes Katastrophenszenario sorgt, kommen sie sich noch viel näher, als sie es erwartet hatten. Das Paradies hat sie zusammengebracht, aber vielleicht wird es sie für immer voneinander trennen.

Die Autorin

New-York-Times-Bestsellerautorin Catherine Bybee wuchs im Bundesstaat Washington auf. Nach der Highschool zog sie nach Südkalifornien, um dort Schauspielerin zu werden. Bald aber hatte sie genug davon, sich den Lebensunterhalt als Kellnerin zu verdienen, und absolvierte eine Ausbildung zur Krankenschwester. Die meiste Zeit ihrer Karriere verbrachte sie in der Notaufnahme. Jetzt arbeitet sie hauptberuflich als Autorin. Zu ihren bekanntesten Werken zählen die Bücher aus der Brautserie *Bis Mittwoch unter der Haube*, *Bis Montag verheiratet* und *Jawort am Freitag* sowie die Bücher der *Not-Quite*-Serie *Fast ein Date* und *Fast mein Baby*. Bybee lebt mit ihrem Mann und ihren zwei Söhnen in Südkalifornien.

Catherine Bybee

Fast im Himmel

Roman

Aus dem Amerikanischen von Stephanie von der Mark

amazon crossing

Die Originalausgabe erschien 2013 unter dem Titel
»Not Quite Enough« bei Montlake Romance, Seattle.

Deutsche Erstveröffentlichung bei
AmazonCrossing, Amazon Media E.U. Sàrl
5 Rue Plaetis, L-2338, Luxembourg
April 2016

Umschlaggestaltung: bürosüd° München, www.buerosued.de
Umschlagmotiv: © www.buerosued.de
Lektorat: Daphne Großmann
Satz: Judith Zimmer, Hamburg

Printed in Germany
By Amazon Distribution GmbH
Amazonstraße 1
04347 Leipzig, Germany
ISBN: 978-1-503-93624-9

www.amazon.com/crossing

Für alle Krankenschwestern, Pfleger und Ärzte,
mit denen ich zusammenarbeiten durfte.

Kapitel 1

»Lassen Sie meine Kleine nicht sterben!«

Monica blickte der verzweifelten Mutter, deren siebenjährige Tochter vielleicht nicht überleben würde, in die Augen. Das Mädchen war mit dem Fahrrad direkt in ein Auto gefahren. Ein Fehler, der wahrscheinlich nicht mehr gutzumachen war.

»Wir versuchen unser Bestes«, sagte Monica und schenkte ihr ein ermutigendes Lächeln. Mehr konnte sie nicht tun, um der Mutter Hoffnung zu machen.

Monica verschwand im Schockraum, in dem mindestens fünfzehn Leute versuchten, das Leben des Kindes zu retten.

Zusammen mit den Schwestern der Notaufnahme legten die Sanitäter das bewusstlose Kind auf eine fahrbare Krankenliege und brachten die leere Trage zum Rettungswagen zurück.

Dr. Chuck Meeks, der Unfallchirurg, stand am Kopf der kleinen Patientin und hörte dem Bericht des Notarztes zu. Auch Monica hörte genau zu, aber sie half gleichzeitig dem Rettungssanitäter und einer anderen Krankenschwester, die Kleidung des Kindes auszuziehen.

»Sie wurde vom Auto erfasst und zehn Meter weit geschleudert. Eine Augenzeugin sagt, das Mädchen hätte nach dem Aufprall noch kurz gestöhnt, aber seitdem sei sie bewusstlos.«

Während der Sanitäter sprach, ging Monica im Kopf ihre Liste durch. A wie Atemwege freimachen, B wie Beatmung.

Das Kind war schon intubiert, der Arzt hörte die Lungen ab. Ein solcher Aufprall konnte zu einer kollabierten Lunge führen, zu inneren Blutungen … zu unzähligen anderen Verletzungen. Aber Monica war schon wieder einen Schritt voraus.

C wie *Circulation*, also Blutkreislauf. Der Puls ging viel zu schnell, der Blutdruck war 68 zu 50. Systematisch versuchte Monica, den Puls an anderen Stellen zu ertasten.

»Sie muss geröntgt werden«, wies Dr. Meeks an. »Ich brauche Bilder von der Lunge, um den Sitz des Schlauches zu überprüfen. Ist das CT frei?«

»Ja, wir können jederzeit rein«, antwortete Patricia Keller, die Dienstvorgesetzte der Krankenschwestern, von der Tür aus.

Monica schnitt die Jeans des Mädchens auf. D wie *Disability*, also Überprüfung von Hirnfunktion und neurologischem Status. Man würde erst auf den Bildern der Computertomografie sehen können, wie stark die Hirnläsion war. Andere, weniger lebensgefährliche Verletzungen konnte man mit bloßem Auge erkennen.

»Wie heißt sie eigentlich?«, erkundigte sich Monica beim Sanitäter. Irgendwie war es komisch, wenn man immer nur ›die Patientin‹ sagte.

»Bethany. Ihre Freundin nannte sie Beth.«

Unter der aufgeschnittenen Jeans sah Monica, dass Beths Bein oberhalb des Knies gebrochen war. »Dr. Meeks?«

Meeks sah zu Monica. »Puls?«

Sie suchte nach dem Puls am Fuß des verletzten Beines und spürte ein schnelles Klopfen im gleichen Rhythmus wie der Herzschlag des Mädchens.

»Schwach, aber vorhanden.«

»Schienen Sie das Bein, bis wir wissen, was sonst noch alles verletzt ist. Mir gefallen die Atemgeräusche des rechten Lungenflügels nicht. Bereiten Sie eine Thoraxdrainage vor. Aber zuerst muss sie zum Röntgen, wir brauchen unbedingt ein Bild.«

»Der Blutdruck sinkt, Chuck«, rief Valerie, die zweite Unfallschwester. Alle blickten auf den Monitor über dem Bett. Beths Blutdruck war gefährlich niedrig.

Jetzt redete niemand mehr. Alle arbeiteten noch schneller als zuvor.

★★★

Eine halbe Stunde später verließ Monica den OP. Draußen übergab sie Bethanys Befund an die Schwester, die gerade mit ihrem Dienst begann. Oberschenkelhalsbruch, kollabierte Lunge, innere Blutungen, die wahrscheinlich von einem Milzriss stammten. Aber das würden die Chirurgen bei der OP feststellen und hoffentlich wieder richten können. Das Hämatom am Schädel hatte sich als vergleichsweise harmlos herausgestellt. Allerdings rief das wiederum die Frage hervor, warum das Kind trotzdem bewusstlos war. Vielleicht hatte aber auch der liebe Gott einfach gesagt: »Mach doch lieber mal ein bisschen die Augen zu, meine Kleine.« Vielleicht, ganz vielleicht, würde Bethany durch den Einsatz der Unfallchirurgen am Leben bleiben und eines Tages wieder radfahren können.

Monica hoffte es sehr.

In der Notaufnahme stieg der Geräuschpegel an, es herrschte reges Treiben. Patienten kamen und gingen. Manche humpelten herein, andere wurden mit dem Rollstuhl herausgefahren.

Ein ganz normaler Tag. Monica liebte ihre Arbeit im Pomona-General-Krankenhaus, mit allem, was dazugehörte. Es gab nur wenige Ausnahmen. Zum Beispiel, wenn sie jemandem mitteilen musste, dass ein geliebter Mensch gestorben war, oder wenn aufgrund des allgemeinen Ärztemangels zu viele Leute wegen Kleinigkeiten in die Notaufnahme kamen. Oder wenn sie daran dachte, dass es allgemein zu wenig Personal im Krankenhaus gab. Oder wenn sie an den Streit mit den Gewerkschaften dachte. Okay, vielleicht *liebte* sie doch nicht alles an ihrem Job.

Im Warteraum wurden per Nummernanzeige die nächsten Patienten aufgerufen. Es gab stets mehr Patienten als Untersuchungszimmer. In der Notaufnahme arbeiteten zwei Ärzte, ein Dutzend Krankenschwestern und einige Notfallsanitäter.

Monica wandte sich an Nancy, die an der Anmeldung arbeitete: »Gibt es noch mehr gravierende Notfälle?«

»Nein.« Nancy hielt mit der einen Hand den Telefonhörer ans Ohr, mit der anderen tippte sie Anweisungen für die Ärzte in den Computer. Im Gegensatz zu den meisten Krankenhäusern lief hier noch nicht alles digital. Nur die Notaufnahme war schon auf das Computersystem umgestellt. Monica hoffte, dass bald das Management wechselte und dass man dann endlich die Vorteile des Computers erkennen würde. Sie könnten damit wesentlich effektiver arbeiten und die Patienten schneller versorgen.

Sie schnappte sich die Patientenakte und ging durch die Lobby, um den nächsten Patienten aufzurufen.

Als sie den Namen las, zuckte sie zusammen. *Owens!* Sie las seine Beschwerden. *Bauchschmerzen.*

Gary Owens war ein Stammkunde. Ein Vielflieger ohne Meilenkarte. Mindestens einmal pro Woche kam er in die Notaufnahme, meistens durch die Hintertür mit dem Krankenwagen. Der Mann war Alkoholiker, der dem Tode schon öfter von der Schippe gesprungen war, als Monica zählen konnte.

Er wollte sterben. So sehr sich Monica für diesen Gedanken auch hasste, aber irgendwie hoffte sie, dass er endlich Erfolg haben würde, damit die Sache ein Ende hatte. Es war nicht leicht, Mitleid für jemanden zu empfinden, der sich fast jedes gesundheitliche Problem selber zuzuschreiben hatte.

Sie bemühte sich um einen gefassten Gesichtsausdruck, als sie die Tür zum Wartebereich öffnete und alle Patienten erwartungsvoll zu ihr aufsahen. Patienten, die sie dringender brauchten. *Sei nicht so voreingenommen, Mo.*

Zu spät.

»Owens?«

Gary saß drei Reihen weiter, links und rechts von ihm weinten Kinder. Sein Kopf war auf die Brust gesunken, er hatte die Augen geschlossen.

»Owens?«, fragte sie lauter.

Er sah nicht einmal hoch.

Der Mistkerl schlief. Wahrscheinlich war er besoffen. Da sie keine andere Wahl hatte, ging sie zu ihm. Sie konnte ihn schon riechen, bevor sie bei ihm stand und ihn an der Schulter berührte. »Gary?«

Er schreckte hoch. Sein Gesichtsausdruck wurde klarer, als er sich erinnerte, wo er war. Schwankend erhob er sich. Monica hatte keine Lust, ihn über den Flur zu schleifen, Rückenschmerzen zu bekommen und sich krankmelden zu müssen. »Brauchen Sie einen Rollstuhl?«

Er schluckte und sah sie sehr langsam an. »Nein, es geht schon. Alles okay.«

Sie führte ihn durch die überlaufene Station in einen Raum. Dort würde er wahrscheinlich den größten Teil der Nacht nur schlafen. Meistens hielten starke Bauchschmerzen eine Weile an, ohne dass man die genaue Ursache finden und behandeln konnte. Was bedeutete, dass man ihn wieder entlassen würde und er so lange weitertrank, bis er nächste Woche auf ein Neues wiederkehrte.

Monica versuchte, den Gedanken abzuschütteln.

Es fiel ihr nicht leicht. Sie musste an das kleine Mädchen denken, das in der Unfallchirurgie gerade zwischen Leben und Tod schwebte, und dieser Mann hier ruinierte einfach so sein Leben.

Mit nicht gerade freundlichem Gesichtsausdruck begleitete Monica ihn zum Bett und reichte ihm ein Krankenhaushemd. »Sie kennen ja den Ablauf, Gary.«

Nickend begann er, sein Hemd aufzuknöpfen. Monica ging den Arzt holen.

»Walt?« Dr. Walter Eddy, den die meisten Kollegen einfach nur »Walt« nannten, würde über Garys Anwesenheit wahrscheinlich gleichermaßen erfreut sein.

Walt blickte von der Krankenakte auf und lächelte ihr zu.

»In Zimmer sechzehn wartet Gary Owens auf dich.«

Walt rollte mit den Augen, was sie selbst vorhin nur mit Mühe unterdrückt hatte.

Monica musste grinsen.

»Gastrointestinale Blutung?«

»Diesmal nicht. Bauchschmerzen.«

»Ist er betrunken?«

»Ist er doch immer.«

»Nimm schon mal Blut ab und schick es ins Labor. Ich komme gleich rüber.«

Monica nahm sich ein Tablett mit dem nötigen Equipment, um sich an die schwierige Aufgabe zu machen, eine geeignete Vene bei Gary zu finden. Die Erfahrung hatte gezeigt, dass das nicht leicht war. Gary hatte sich vor Jahren eine schwere Brandverletzung zugezogen. Großflächige Narben bedeckten beide Arme und die Hälfte des Rückens.

Wenigstens verhielt er sich ihr gegenüber anständig. Er schimpfte nicht oder brüllte herum und war keiner von denen, die ausfällig wurden, wenn sie tranken. Er war einfach nur betrunken. Seiner Krankenakte war zu entnehmen, dass er erst dreiundvierzig war, aber er sah aus wie sechzig.

Die Frau, die für die Krankenberichte zuständig war, brachte Garys Unterlagen. Sie stapelte alles in einer braunen Krankenmappe, die fast zehn Zentimeter dick war.

Monica nahm die Akte und ging zu Gary. Mit jedem Schritt wuchs ihr Unmut, aber sie versuchte, sich zusammenzureißen, bevor sie eintrat und die Tür hinter sich schloss.

Gary saß aufrecht mit baumelnden Beinen auf der Liege. Der weiße Krankenhauskittel mit den kleinen blauen Tupfen bedeckte ihn fast gänzlich. Er sah sie nicht an.

Auch recht.

Monica setzte das Tablett ab und hielt inne.

»Wissen Sie, was das hier ist?«, fragte sie ihn. Ihr Tonfall war unterkühlt.

Er blickte kurz auf die Krankenakte in ihrer Hand und zuckte die Achseln.

»Das ist Ihre Krankenakte aus der Notaufnahme.« Sie knallte die schwere Mappe neben ihm auf die Liege.

Er zuckte zusammen.

»Die meisten Krankenakten beinhalten lediglich ein paar Seiten. Aber Ihre ist ein Beweis dafür, dass Sie versuchen, sich umzubringen.« Sie geriet in Rage. »Hier kommen jeden Tag Leute herein, die ums Überleben kämpfen. Aber Sie, Gary, Sie kommen und kämpfen nicht für, sondern *gegen* das Leben.« Sie hatte plötzlich wieder das kleine Mädchen vor Augen, das den Unfall gehabt hatte.

»Ich will mich nicht umbringen«, sagte er monoton. Er konnte sie immer noch nicht ansehen.

»Sich zu Tode zu saufen heißt aber nicht gerade, dass Sie wirklich leben wollen. Wann wachen Sie endlich auf, Gary? Eines Tages sind Sie so krank, dass wir Ihnen nicht mehr helfen können.«

Sein Blick wurde hart. Endlich sah er hoch. »Was geht Sie das eigentlich an?«

Gute Frage. Warum war sie hier und las ihm die Leviten? Ihre Vorgesetzte hatte sie ohnehin schon auf dem Kieker. Mit dieser kleinen Showeinlage könnte sie sich eine Abmahnung einhandeln oder Schlimmeres.

Monica schüttelte den Kopf. Hatte er Kinder? Wenn ja, wo waren sie? Wünschten sie sich, dass ihr Vater nüchtern war?

»Niemand lebt in einer Seifenblase. Irgendwer da draußen macht sich Sorgen um Sie.«

Sein Kinn zuckte.

Monica schluckte, nahm die Akte und wandte sich zur Tür. Sollte sich doch eine andere Schwester um ihn kümmern. Im Moment war sie nicht objektiv genug.

Die andere Krankenschwester, die übernahm, tauchte nach ein paar Minuten wieder auf und berichtete, dass Gary gegangen war.

Zwei Stunden später saß Monica im Pausenzimmer. Sie stützte den Kopf in die Hände. Ihre Schläfen pochten. Der Tag war nicht gerade besser geworden. Das einzig Positive war die Nachricht, dass Bethany die Operation überlebt hatte.

Das war die Hauptsache.

Die Tür ging auf, von draußen drangen die Geräusche der Station herein.

»Alles in Ordnung mit dir?«

Deb, eine Kollegin, mit der sie manchmal abends durch die Clubs zog, wenn sie gleichzeitig frei hatten, stand vor ihr.

»Schlechter Tag heute?«, fragte Deb.

»Viel los.«

»Vielleicht sorgt John nachher dafür, dass du dich ein bisschen besser fühlst.«

Monica lächelte schwach. *John.* Sie hatte den ganzen Tag nicht an ihn gedacht. Seit ungefähr zwei Monaten gingen sie miteinander aus. Eigentlich hätte sie es besser wissen sollen, als mit einem Kollegen etwas anzufangen. Sie verstanden sich zwar, aber irgendwie passte es nicht, zumindest nicht für sie. John schien mehr Gefühle für sie zu haben und das war nicht gut.

»Oha … du schaust aber nicht gerade happy aus«, meinte Deb.

»Wie?«

»Läuft es nicht bei euch?«

»Doch … Geht so.«

Deb, die ihre Haare zu einem strengen Pferdeschwanz nach hinten gebunden hatte, kniff die Augen zusammen. »Geht so?«

»Er ist ein netter Kerl. Hält sich aber eher für einen Arzt als für einen Krankenpfleger.« Er war ein sehr guter Krankenpfleger, aber mehr eingebildet als ausgebildet. »Letzte Woche hat er etwas von Zusammenziehen gesagt.« Ein Gesprächsthema, dem sie schnell ausgewichen war. Sie wohnte in einer Dreizimmerwohnung, die sie sich früher mit ihrer Schwester Jessie und ihrem Neffen Danny geteilt hatte, bevor Jessie und Jack heirateten und mit Danny nach Texas gezogen waren. Danach war vorübergehend Jacks Schwester Katie mit ihrer Tochter eingezogen. Und jetzt, da Monica endlich alleine wohnte, wollte sie das vorerst auf keinen Fall ändern. »Ich will keinen Mitbewohner.«

»John wäre mehr als ein Mitbewohner.«

»Ich weiß.«

Deb setzte sich neben sie auf das durchgesessene Sofa und klopfte auf Monicas Knie. »Wenn du nicht in ihn verliebt bist … dann solltest du es früher oder später beenden.«

»Ich weiß.« Sie war nicht gut mit Beziehungen. Zwei Monate waren für sie schon ziemlich lange. Eigentlich musste sie sich eingestehen, dass sie schon nach vier Wochen Schluss gemacht hätte, wenn John nicht ihr Kollege wäre.

»Ich meine es ernst, Monica. Letzte Woche hat er mich gefragt, ob dir eher runde oder viereckige Diamanten gefallen.«

Monica lief es eiskalt über den Rücken. Entsetzt sah sie Deb an. »Du veräppelst mich doch, oder?«

Deb biss sich auf die Unterlippe und schüttelte den Kopf. »Er hat mich gebeten, dir nichts zu sagen.«

»Das ist nicht gut. Oh Gott, das ist gar nicht gut.«

»Wann seht ihr euch wieder?«

»Morgen habe ich frei. Wir wollten essen gehen.« Schick essen gehen. Monica ließ wieder den Kopf in die Hände sinken. »Bin ich zu alt, um einfach davonzulaufen?«

»Ja.«

»Aber –«

»Kein Aber. Trenn dich, bevor er dir einen Antrag macht. Männer vertragen so eine Zurückweisung nicht.«

»Meinst du, er will mich wirklich heiraten?«

»Ein Diamantring ist kein Freundschaftsring.«

Monica stieß sich von der Couch ab und ging zu ihrem Spind. Sie kramte in ihrer Handtasche nach einem Aspirin. »Zwei Monate. Wir sind erst seit zwei Monaten zusammen.« So etwas hätte sie nie im Leben erwartet.

»Du kennst ihn seit mehr als einem Jahr.«

»Und?«

»Hat deine Schwester nicht sogar in weniger als einem Jahr geheiratet?«

»Das war etwas ganz anderes.« Sie liebten sich abgöttisch. Beide gegenseitig.

Aber Monica liebte John nicht.

Dem Ganzen musste ein Ende gesetzt werden.

Heute Abend. Bevor sie ihn noch mehr verletzte.

★★★

Im Schwesternkittel – dem wahrscheinlich unattraktivsten Outfit, das es gab – traf sie John in einer ruhigen Bar in der Nähe ihres Apartments. Sie hatte sich für die Arbeitskleidung entschieden, weil darunter ihre weiblichen Kurven nicht zur Geltung kamen. Die blonden Haare hatte sie zu einem Pferdeschwanz zusammengefasst und das Rouge, das sonst ihre hohen Wangenknochen betonte, abgeschminkt. Nur die blauen Augen konnte sie in der dunklen Bar schlecht hinter einer Sonnenbrille verstecken. Sie hatte ihm eine kurze SMS geschrieben: »Wir müssen reden«. Worte, die er hoffentlich nicht irgendwie für romantisch hielt.

Sie wählte einen ruhigen Tisch in einer hinteren Ecke, weit entfernt von den Männern, die hereinkamen und sich unterhalten wollten. Ihr Gespräch mit Gary Owens hielt sie davon ab, sich irgendetwas Stärkeres als Eistee zu bestellen, auch wenn sie sich jetzt gerne etwas Mut angetrunken hätte. Doch sie wartete lieber, bis sie zu Hause war. Dann würde sie in der heißen Badewanne ein Glas Rotwein trinken.

Drei Fernsehbildschirme leuchteten hinter der Bar. Auf zweien sah man ein Baseballspiel, auf dem dritten liefen Nachrichten.

Sie nippte an ihrem Eistee und sah auf die Uhr, als sich die Tür öffnete und ein Strahl der Abendsonne hereinfiel.

John war nett anzusehen. Hellbraune Haare, militärisch kurz geschnitten, eins achtzig groß. Er entdeckte sie sofort.

Monica nickte ihm zu und bemühte sich um einen freundlichen Gesichtsausdruck.

Ihre Kopfschmerzen waren plötzlich wieder da.

»Hey.« Er ließ sich ihr gegenüber auf den Stuhl fallen. »Muss aber ein anstrengender Tag gewesen sein, wenn du einen Long Island trinkst.«

»War viel los.« Sie korrigierte ihn nicht.

Er streckte eine Hand nach ihr aus. »Ich bin froh, dass du mir geschrieben hast. Ich weiß, dass du nach einem anstrengenden Tag nicht gerne alleine heimgehst.«

Monica zuckte zusammen.

Johns Augen verengten sich. »Alles in Ordnung?«

So langsam, wie sie konnte, zog Monica ihre Hand unter seiner weg. »Ich hatte einen harten Tag, aber das ist nicht der Grund, weshalb ich dich treffen wollte.«

Ein Gast an der Bar rief etwas dem Fernseher zu und lenkte sie kurz ab. Sie hasste, was jetzt kommen würde. Nicht dass sie darin eine Expertin war, aber es war immer leichter, mit jemandem zusammenzukommen, als Schluss zu machen.

»Was ist los?« John legte die Hand auf seinen Schoß und sah sie forschend an.

Sie blickte sich in der dunklen Bar um. Nur wenige Gäste waren da. Es war ja auch erst früher Abend. Mit ruhiger Stimme sagte sie, warum sie ihn hergebeten hatte. »Neulich, als du sagtest, dass du bei mir einziehen willst … da habe ich gemerkt, dass wir wahrscheinlich nicht das Gleiche wollen.«

Er wurde nervös, setzte sich aufrechter hin. »Du bist noch nicht bereit, mit mir zusammenzuziehen. Verstehe. Wir gehen es eben langsam an.«

Sie schüttelte den Kopf. »Ich glaube, es langsam anzugehen, würde nicht helfen. Ich … ich bin nicht bereit, eine Bindung einzugehen.«

Er lehnte sich zurück, verschränkte die Arme über der Brust. Eine Verteidigungshaltung. Sein Lächeln war verschwunden. »Was willst du mir damit sagen, Monica?«

Sie rieb sich die Hände an ihrem Baumwollkittel. »Wir hatten eine schöne Zeit zusammen.«

Er öffnete den Mund, dann klappte er ihn wieder zu. »Eine gute Zeit?«, fragte er schließlich, während er Daumen und Zeigefinger aneinanderrieb. »Ich war eine gute Zeit? Ich dachte, wir verstehen uns prächtig.«

»Ja, haben wir auch. Tun wir noch. Ach, John, das ist nicht leicht für mich. Wir arbeiten zusammen. Ich will mir nicht den Job verderben … und deinen auch nicht.«

»Dann mach das halt auch nicht.«

Wenn das bloß so einfach wäre. »Ich glaube, dass du mehr in unserer Beziehung siehst als ich. Ich wünschte, ich würde mehr für dich empfinden, aber es ist eben nicht so.«

Er fuhr sich durch die Haare. »Du machst mit mir Schluss!«

Monica setzte sich auf ihre Hände. »Tut mir leid. Ich bin für eine ernste Beziehung noch nicht bereit. Ich habe ja noch nicht einmal ein Haustier.«

»Hast du einen anderen?«

»Nein. Natürlich nicht. Ich will dir nur nichts vormachen. Nicht, dass du denkst, ich wollte mehr, als ich in Wirklichkeit will.« Das musste er doch kapieren. Oder?

»Ich habe echt geglaubt, dass das mit uns etwas Besonderes ist.« Durch den Schleier der Wut sah man, wie verletzt er war. Es tat ihr in der Seele weh.

»Es tut mir wirklich leid.« Sie konnte ihm kaum in die Augen sehen.

»Sich zu binden bedeutet auch, endlich erwachsen zu werden.«

Statt einer Antwort ließ sie ihre Blicke schweifen.

»Irgendwann musst auch *du* mal erwachsen werden.« Seine Worte klangen hart. Wenn man bedachte, was für einen beschissenen Tag sie hatte, klangen sie sogar sehr hart. Sie versuchte doch nur, ihm das Schlimmste zu ersparen. Es für ihn einfacher zu machen.

Die Geräusche von der Bar verstummten. Jemand hatte den Fernseher mit den Nachrichten lauter gestellt.

»Mach es nicht schwerer für mich, als es eh schon ist, John. Wir waren vorher befreundet und ich will, dass wir weiterhin Freunde bleiben.« Das wollte sie tatsächlich. Auch wenn sie nicht so naiv war und wirklich glaubte, dass das ging.

»Das war's? Ich habe da nichts weiter zu sagen?«

»Du kannst sagen, was du willst. Aber es wird meine Gefühle nicht ändern.« Jetzt sah sie ihm fest in die Augen.

John dehnte seinen Nacken und stand auf. »Vielleicht kann ich in ein paar Tagen wieder etwas Nettes sagen. Aber jetzt brauche ich was zu trinken … und zwar alleine.«

»Es tut mir leid«, sagte sie zu seinem Rücken, als er ging.

Super gelaufen.

Sie stieß einen langen Seufzer aus und stand auf. Und jetzt einen Dirty Martini.

Monica ging zur Bar und winkte den Barkeeper heran. Sie bestellte sich den Drink und blickte über die Schulter noch einmal zum Eingang.

John kam nicht mehr zurück.

Sie holte einen Zehn-Dollar-Schein aus der Geldbörse und legte ihn auf den Tresen. Als der Barkeeper ihr das Glas hinstellte, fragte er, ob sie noch Geld zurückbekäme.

»Passt so«, murmelte sie und nahm das Glas.

»Kaum zu glauben, was?«, sagte er, während er den Geldschein einsteckte und zum Fernseher deutete.

»Was glauben?«

»Das mit dem Erdbeben in Jamaika.«

Eine Eilmeldung hatte die Sendung unterbrochen. Ein Amateurvideo wurde gezeigt, das Aufnahmen der Katastrophe zeigte.

Riesenwellen, aber nicht am Strand, nein, Wellen in der Stadt. Schreiende Menschen, Häuser und Autos wurden von Wasser umspült.

Monica begann zu frieren. Sie setzte das Glas wieder ab, ohne etwas getrunken zu haben.

»Können Sie lauter stellen?«

Der Barkeeper nahm die Fernbedienung und drehte die Lautstärke auf.

»… ist seit dreihundert Jahren überfällig. Dieses Erdbeben wurde schon seit Jahrzehnten vorausgesagt. Laut der ersten Meldungen habe das Beben eine Stärke von 7,5 auf der Richterskala erreicht. Das ist mehr, als das Beben von 1692 in Port Royal hatte, bei dem über fünftausend Menschen ums Leben kamen.«

Monica malmte mit den Zähnen. Ein Mann stand auf einem Steg und hielt ein Kind in den Armen. Er versuchte, sich an einem Balken festzuhalten, als die Welle kam und alles mitriss.

»Um Gottes Willen.«

»Da bin ich verdammt froh, dass ich nicht am Strand wohne.«

In ihrer Tasche klingelte das Handy.

Sie angelte blind danach, während sie weiter auf den Bildschirm starrte.

»Ja?« Sie hob einfach ab, ohne auf das Display zu gucken.

»Schaust du gerade Nachrichten?«

Es war Walt.

»Ja.«

»Ich habe bei Ärzte ohne Grenzen angerufen. Bist du dabei?« Bei Ärzte ohne Grenzen gab es auch eine Abteilung für Pflegepersonal. Monica war Mitglied. Die Notfallorganisation schickte qualifiziertes Personal, um bei Naturkatastrophen wie Erdbeben, Überschwemmungen oder Vulkanausbrüchen zu helfen. Die Ärzte und Schwestern ohne Grenzen wurden direkt ins Katastrophengebiet gebracht, hatten für zwei Wochen nur das Nötigste dabei und halfen, wo sie konnten.

Für eine Weile weg zu sein, weg von John und der Notfallambulanz, wäre nicht schlecht, auch wenn sie wusste, dass sie dann einen Einblick in die tiefsten Abgründe der Hölle bekäme.

»Ich bin dabei.«

Kapitel 2

»Bist du auf alles vorbereitet, Mo? Ich weiß, dass du dich für taff hältst … aber du hast ja schon die Nerven verloren, als du damals rausgefunden hast, dass es den Weihnachtsmann gar nicht wirklich gibt«, ertönte Jessies Stimme aus dem Handy. Das Team war kurz davor, ins Flugzeug einzusteigen. Das zweite, das an diesem Tag nach Jamaika flog.

Monica musste lachen. »Das habe ich auch überlebt. Nein, ich bin auf alles vorbereitet. Außerdem, warum wäre ich sonst Krankenschwester geworden? Ich will helfen!«

»Das kannst du zu Hause doch auch.«

»Aber die Menschen dort brauchen mich. Was würde mit ihnen geschehen, wenn niemand käme?«

Es folgte eine lange Pause. »Pass auf dich auf, Mo.« Gerade in diesem Moment bekam Monica eine Spritze mit einem Impfstoff. Sie machte sich nicht einmal die Mühe nachzufragen, was es war. Auch über die Nebenwirkungen wollte sie nichts wissen. Sie flog und deswegen musste es eben sein.

»Ich liebe dich, Jessie. Gib Danny einen Kuss von mir. Ich versuche, mich zu melden.«

»Mindestens jeden zweiten Tag.«

»Ich versuche es.« Sie würde alles daran setzen, falls nicht alle Leitungen beschädigt waren.

Eine Frachtmaschine sollte sie von Florida nach Jamaika fliegen. Es waren noch keine vierundzwanzig Stunden vergangen, seit der Tsunami die Nordküste der Insel erreicht hatte. Man ging von mehreren Tausend Opfern aus. Einen Tsunami solchen Ausmaßes hatte es in der Geschichte der Insel noch nie gegeben. Sogar Erdbeben kamen nur selten vor. Das Erdbebenzentrum hatte sich mitten im Meer befunden, bevor die Ausläufer davon die Insel erreichten und die Tsunamiwelle verursachten. Aber es war egal, wie und warum die Katastrophe passiert war, jetzt musste den Menschen geholfen werden.

Im Teambriefing wurde gesagt, dass Leichen angeschwemmt wurden und dass die Krankenhäuser mit den Überlebenden der Katastrophe überfüllt waren.

Auf dem Flug von Los Angeles nach Miami hatte Monica versucht zu schlafen, was ihr aber nur für höchstens eine Stunde gelungen war. Selbst mit dem Hörschutz war es in der Frachtmaschine zu laut gewesen. Zu laut zum Nachdenken, geschweige denn zum Entspannen und Schlafen.

Die Unterhaltung mit John hing ihr noch nach. Aber vor allem das Gespräch mit ihrer Chefin Pat lag Monica schwer im Magen.

»Sie haben am Samstag Dienst.« Pat hatte Monica noch nie gemocht und man hörte es ihr deutlich an.

»Es handelt sich um einen humanitären Einsatz. Das Krankenhaus kann in einer Pressemitteilung bekannt geben, dass es seine Ärzte und Schwestern schickt.«

Walt hatte ihr geraten, das zu sagen. Darüber hinaus hatte Walt mit dem Ärztekomitee gesprochen und erklärt, wie wichtig es war, dass er flog. »Das Krankenhaus kann positive PR gut gebrauchen.«

Es folgte eine lange Pause. »Monica, dann müssen Sie Ihren Dienst wegtauschen. Suchen Sie sich dafür Halbzeitkräfte. Wegen so etwas gestatte ich keine Überstunden.«

Monica musste also ihren Urlaub in Anspruch nehmen, auch wenn ihr Vorhaben alles andere als das war. Freigestellt wurde man normalerweise nur für fünf bis acht Tage.

Aber statt patzig zu antworten, hütete Monica lieber ihre Zunge und sagte ruhig: »Ja klar, ich werde ihn wegtauschen.«

Als das Flugzeug den Landeanflug begann, knackte es in Monicas Ohren. Auf einem gewöhnlichen Flug hätte eine Flugbegleiterin die Passagiere freundlich aufgefordert, noch angeschnallt sitzen zu bleiben. Doch hier versuchte der Gruppenchef, durch lautes Rufen den Flugzeuglärm zu übertönen, und machte entsprechende Gesten. Nicht, dass Monica ihren Gurt während des Fluges überhaupt einmal geöffnet hätte.

Monica hatte vor eineinhalb Jahren in Florida das Training absolviert. Dies würde ihr erster, echter Einsatz werden. Ein fremdes Land mit vielen Problemen und unzähligen Patienten. Flutopfer, Verletzte des Erdbebens, Überlebende, die nicht wussten, wo ihre Angehörigen waren. Beim Einstieg in das Flugzeug hatte Monica den Teil von ihr, der für Notleidende großes Mitleid empfand, verschlossen und versiegelt.

In der ersten Zeit als Krankenschwester in der Notambulanz hatte sie etwas von einem ihrer Mentoren gelernt, das sie bis zum heutigen Tage leitete. »Du bist hier, um zu helfen. Entweder gehst du jetzt rein und arbeitest oder du gehst aus dem Weg. Es hilft niemandem, wenn du heulst. Heulen kannst du später.«

Der beste Ratschlag überhaupt. Er machte sie zu einer besseren Krankenschwester, das wusste Monica. Patienten verstanden das vielleicht nicht immer, aber ihre Kollegen schon.

So sehr sie sich auch wappnete für das, was sie erwartete, so wenig konnte man sich tatsächlich auf so eine Katastrophe einstellen.

Die Landung war alles andere als sanft: Mit einem heftigen Ruck setzte das Flugzeug auf. *American Airlines muss sich keine Sorgen machen.*

Während die Schwestern und Ärzte ausstiegen, begannen andere Such- und Hilfskräfte schon mit dem Ausladen. Sie hatten alles mitgebracht, was gebraucht wurde. Kisten für die Erstversorgung, Notfallmedikamente, Antibiotika und ihre eigene Nahrung.

Am Horizont sah man die ersten Zeichen der Dämmerung. Die feuchte Hitze der Karibik ließ Monicas Shirt unbehaglich am Rücken kleben. Abgesehen von Walt kannte sie sonst niemanden von den Schwestern und Ärzten des Teams. Sie hatten sich vor dem Start in Los Angeles zum ersten Mal getroffen. Auf dem ersten Flug hatten die meisten von ihnen Musik gehört oder einen Film angesehen. Tina, die einzige andere Neue, stand neben Monica, als sie von jamaikanischen Behördenträgern vor dem Flugzeug begrüßt wurden.

»Bist du gewappnet?«, fragte Tina.

»Ich bezweifle es. Du?«

»Wahrscheinlich kann man das erst sein, wenn man es schon erlebt hat.«

Tina deutete auf eine Palette mit Kisten, die man als Schwester der Notambulanz nur allzu gut kannte. »Was ist da drin?«

Monica malmte mit den Zähnen. »Leichensäcke.«

Tina wurde blass. »Ach so.«

Das Helferteam wurde zu einem anderen Abschnitt der Landebahn gebracht. Sie waren in Kingston gelandet. Jetzt würde man sie per Helikopter nach Ocho Rios bringen und von dort, je nachdem wie es transporttechnisch möglich war, verteilen.

Monica war noch nie mit einem Hubschrauber geflogen. Mit großen Höhen stand sie eher auf Kriegsfuß. In Flugzeugen ging es gerade noch, weil man sich im Inneren dieser Metallröhren mit Flügeln noch einigermaßen sicher fühlte. Aber in einem offenen Helikopter? Eher nicht. Sie hätte auch am Grand Canyon Schwierigkeiten. Am Abgrund einer gewaltigen

Felsschlucht zu stehen, löste bei ihr nicht gerade die Produktion von Glückshormonen aus.

»Das ist Reynard Kipper. Stellvertretender Leiter der externen Rettungsmannschaften«, sagte der Teamleiter, Dr. Donald Klein, und zeigte auf den Jamaikaner neben ihm.

Reynard lächelte. Seine weißen Zähne blitzten dabei auf und bildeten einen starken Kontrast zu seiner dunklen Haut. Das Lächeln währte allerdings nur kurz. »Vielen Dank. Mein Land und meine Landsleute sind Ihnen sehr dankbar.« Er sprach langsam und deutlich. Trotzdem hörte man seinen einheimischen Akzent. »Wir haben in der Provinz Saint Mary ein provisorisches Krankenhaus errichtet. Dort werden Sie eingesetzt. Die Unterkünfte sind so gut, wie es unter diesen extremen Umständen eben geht.«

»Wir erwarten kein Fünf-Sterne-Hotel, Reynard«, erwiderte Dr. Klein.

Reynards Miene war ernst. »Manche Resorts sind noch intakt. Aber nicht viele. Dort, wo es geht, werden Leute aufgenommen. Die Touristen werden so schnell wie möglich ausgeflogen.«

An die Touristen hatte Monica noch gar nicht gedacht. Sie waren für den Traumurlaub gekommen und im Albtraum gelandet.

»Im Norden ist es am schlimmsten. Alle, mit denen ich gesprochen habe, haben Angehörige und Freunde verloren.«

Reynards Blick trübte sich, er war offensichtlich stark mitgenommen. Dr. Klein klopfte ihm mitfühlend auf den Rücken, dann fuhr er mit den Anweisungen fort. »In die Hubschrauber passen jeweils nur vier Leute, inklusive Pilot. An Bord wird nur das Nötigste mitgenommen, der Rest der Ausrüstung wird anschließend auf dem Landweg transportiert.«

Schon alleine die Erwähnung des Hubschraubers ließ Monicas Haut prickeln. Je eher sie diesen Teil der Reise hinter sich haben würde, umso besser.

Als sich die Gruppe teilte, wandte sich Monica an Donald. »Entschuldigen Sie, Dr. Klein«, sagte sie mit bemühtem Lächeln.

»Wir können uns gerne duzen. Ich bin Donald. Du heißt Monica, oder?«

»Richtig.« Sie hatte Dr. Klein kurz in Florida kennengelernt, aber nicht wirklich die Gelegenheit gehabt, sich mit ihm zu unterhalten. Das würde sich sicher im Laufe der nächsten Woche ändern.

»Du arbeitest mit Walt in der Notaufnahme, oder?«

Monica nickte. »Ganz genau.«

»Er erzählt nur Gutes über dich. Das ist also dein erstes Mal bei so etwas?«

Monica war beeindruckt. Sie war schließlich nicht die einzige Neue im Team, aber anscheinend hatte Donald die Flugzeit genutzt, um sich über seine Teammitglieder zu informieren.

»Wahrscheinlich ist dieses ›so etwas‹ für alle hier neu.«

Nachdenklich antwortete Donald: »Ja, jedes Mal ist es wieder neu. Ein Erdbeben alleine ist schon verheerend genug.«

»Ich bin in Südkalifornien aufgewachsen. Die meisten Erdbeben dort stören einen nicht einmal so sehr, dass man nachts davon aufwacht und aus dem Bett steigt.« Wenn es ein Erdbeben gab, dann meistens kurz vor Sonnenaufgang.

Donald nickte und griff nach seinem Rucksack, als plötzlich der ohrenbetäubende Lärm des Helikopters erschallte.

Monica ignorierte ihren erhöhten Pulsschlag sowie die aufkeimende Angst und brachte schließlich hervor, was sie sagen wollte.

»Hör mal, Donald, ich muss offen gestehen, dass ich ziemliche Höhenangst habe. Könnte ich vielleicht als Erstes mitfliegen? Ich will es einfach nur schnell hinter mir haben.«

Er zog eine Augenbraue hoch und kratzte sich am kahlen Kopf. Anscheinend wollte er noch etwas sagen, entschied sich aber dagegen. »Klar, kein Problem.«

»Danke.« Monica nahm den Rucksack auf die andere Schulter und holte tief Luft.

Über Monicas Kopf hinweg rief Donald: »Walt?«

Walt drehte sich zu ihm um.

»Du, Monica und Tina, ihr seid die Ersten. Alle anderen mal herhören, schließt euch bitte zu Dreiergruppen zusammen. Ich hoffe, ihr habt euch auf dem Flug ein wenig ausruhen können. Ich werde meine Runden machen und euch immer wieder eine Zwangspause auferlegen. Wenn sich die Gelegenheit zum Ausruhen bietet, dann ergreift sie bitte von selbst. Wir sind hier, um zu helfen, nicht um blöde Fehler zu begehen, weil wir müde sind. Wenn ihr Fragen habt, dann fragt. Wenn ihr Ängste oder Sorgen habt, kommt bitte auch zu mir.« Er warf einen Blick auf Monica. »Wir sind ein Team. Ruft euch das immer wieder in Erinnerung!«

Hinter ihnen landete der Hubschrauber und machte jedes weitere Gespräch unmöglich. Monica drehte sich in den Wind und hielt verkrampft die Rucksackträger fest.

Die Sonne erschien am Horizont und die tropische Hitze der Karibik machte sich bemerkbar. Monica beobachtete, wie der »Vogel« mit den Kufen auf dem Asphalt aufsetzte. Sie hatte schon oft am Hubschrauberlandeplatz des Krankenhauses gewartet, doch die Angst, die jetzt durch ihre Venen floss, betraf sie diesmal selbst.

Eine Hand legte sich auf ihre Schulter. Es war Tina, die schon beim Einsteigen in Florida ihre Furcht bemerkt hatte. Statt sich darüber lustig zu machen, hatte Tina ihr erzählt, dass Fliegen viel sicherer sei als Autofahren in Los Angeles. Dann hatte sie das Thema gewechselt und über ihre Collegeliebschaften geplaudert. Die amourösen Abenteuer einer Mittzwanzigerin hatten Monica abgelenkt. »Es ist einfach nur ein kleineres Flugzeug«, sagte sie in Monicas Ohr.

Ein Flugzeug. Haha. Nur eben ohne Flügel und ohne Düsentriebwerk. Wenn dieser Hubschrauber ein kleines Flugzeug war, dann war ein Rennwagen ein kleiner Laster.

Das Kribbeln in ihren Händen erinnerten sie daran, langsam und ruhig weiterzuatmen.

»Komm, hilf mir mal mit den Taschen. Schau am besten gar nicht hin.«

Als der Riesenpropeller aufhörte sich zu drehen, begannen die anderen, das Gepäck zu sortieren. Man hörte einen zweiten Hubschrauber. Automatisch blickte Monica in seine Richtung. Er war genauso groß wie der erste und drehte in der Luft, bis er die richtige Position hatte. Dann senkte er sich langsam, bis er den Boden berührte. Aus dem ersten sprang jemand heraus.

Monica kniff die Augen gegen die Sonne zusammen, um den Piloten besser sehen zu können. Er fuhr sich durch die Haare, ging um das hintere Ende des Fluggerätes herum und begrüßte Reynard mit einem Handschlag.

Da soll ich mitfliegen?

Sie versuchte sich in Erinnerung zu rufen, dass hier Menschen auf ihre Hilfe warteten, die gerade ein schlimmes Erdbeben und einen verheerenden Tsunami überlebt hatten. *Verglichen damit ist ein Hubschrauberflug doch harmlos, oder?*

Immer noch kribbelten ihre Finger.

Eine Hand landete auf ihrer Schulter. »Bereit?«

Monicas Fingernägel gruben sich in ihre Handflächen. Sie drehte den Kopf zu Donald.

Die einzig erkennbare Emotion auf seinem Gesicht war ein winziges Zucken der Mundwinkel.

»Bereit«, antwortete sie gelassener, als sie wirklich war.

Sie konnte anderen wunderbar etwas vormachen, egal ob es ein Orgasmus oder gute Laune war. Ein Schauspiel der Gelassenheit war ihre leichteste Übung.

Sie schulterte ihren Rucksack und richtete den Rücken auf. Donald drängte sich an ihr vorbei, um mit dem Piloten zu sprechen. Monica zögerte kurz, bis Tina ihr einen leichten Schubs gab.

»Bereit?«

»Klar, stets bereit.«

Tina kicherte und wandte sich zu Walt.

Monica bemühte sich um einen lässigen Gang. Als ob sie in ihrem Leben nichts anderes täte, als mit winzigen Blechbüchsen zu fliegen, die nur einen einzigen Propeller hatten. *Wie in aller Welt bleibt so ein Ding in der Luft?* Es hatte keine Flügel.

Donald stand mit dem Rücken zu ihr. Als er sich umdrehte, gab er den Blick auf seinen Gesprächspartner frei. Dieser hatte dunkle, etwas zu lange Haare. In seinem Gesicht war mehr Barthaar als generell als sexy erachtet wurde. Er trug ein Seidenhemd und beige Cargoshorts. Und keine Schuhe.

Monica schaute auf seine Füße, dann in sein Gesicht. Markantes Kinn, entschlossene Mimik. Ernstes Gesicht. Seine Augen waren hinter einer dunklen Sonnenbrille verborgen, was seine Männlichkeit aber nicht schmälerte. Er war über eins achtzig groß, hatte breite Schultern und eine schmale Hüfte …

»Monica? … Monica?«

Während sie den Mann musterte, merkte sie gar nicht, dass sie angesprochen wurde.

»Äh, ja?«

»Das ist euer Pilot. Er sagt, dass du vorne einsteigen sollst. Tina und Walt gehen nach hinten.«

Ihr Blick wanderte von Donalds Gesicht zu dem barfüßigen Fremden zurück. »*Er* ist der Pilot?«

»Einer der Besten auf der ganzen Insel.«

Der Pilot senkte kurz den Kopf, als ob auch er sie musterte. Dann drehte er sich abrupt um und ging zum Helikopter.

»Er ist barfuß«, flüsterte sie. Als ob das Fehlen der Schuhe bedeutete, dass er keinen Hubschrauber fliegen könnte. *Wenn ich meine Schuhe ausziehe, verliere ich meine Fähigkeiten als Krankenschwester ja auch nicht.*

Donald hörte sie nicht. Der Pilot sprang schon auf den Sitz und stellte den Motor an. Die Rotorblätter begannen sich zu drehen.

Während Tina und Walt auf die Rücksitze kletterten, gab ihr Donald einen leichten Schubs, damit sie einstieg.

Mit kalten, feuchten Händen ließ sich Monica in das winzige, stickige Fluggerät helfen.

»Alles wird gut«, schrie ihr Donald ins Ohr, als der Propeller zu laut wurde, um normal reden zu können.

Monica nickte. Ihr Neffe Danny würde sie auslachen, wenn er wüsste, wie sehr sie Angst hatte.

Sie zwängte sich in den Sitz und versuchte, nicht darüber nachzudenken, dass sie jetzt in dem Ding eingeschlossen war. Der attraktive Barfüßige warf ihr einen Kopfhörer auf den Schoß. Monica sah ihm zu, wie er irgendwelche Schalter betätigte und den Systemcheck durchführte.

Hinter ihr schnallten sich Tina und Walt an.

Auch Monica suchte ihren Gurt, schloss ihn und hantierte mit dem Kopfhörer, bevor sie von dem Lärm des Hubschraubers fast überwältigt wurde.

Der Hörschutz dämpfte die Geräusche und sie wurde für einen kurzen Moment etwas ruhiger.

Dann aber setzte sich der Hubschrauber in Bewegung. Monica spürte ihren schnellen Puls am Hals.

»Wird Ihnen leicht schlecht«?

Sanft und ohne Vorwurf erklang die Stimme von Mr Barfuß in ihrem Ohr.

Ihr Herz raste, aber noch ging es ihrem Magen einigermaßen gut. »Alles okay.«

Weit entfernt von okay, aber sie sagte es so zuversichtlich, dass ihn das überzeugen musste.

Mr Barfuß lachte schnaubend und schüttelte den Kopf. Er beugte sich zu ihr hinüber und löste ihre verkrampften Finger, mit denen sie den Rucksack fest umklammert hielt. Er legte ihre Hand auf einen großen Steuerknüppel in der Mitte des Cockpits.

»Halten Sie das«, wies er sie an. »Wenn ich ›hoch‹ sage, dann drücken Sie nach vorne, wenn ich ›runter‹ sage, dann ziehen Sie nach hinten.«

Wie bitte? Scheiße. Musste sie jetzt als Copilotin aushelfen? »Können Sie das Ding etwa nicht alleine fliegen?«

»Sie sitzen auf dem Copilotensitz, Miss Blondie. Alle Piloten mit Fluglizenz sind anderweitig im Einsatz.«

Ihr Magen suchte sich einen neuen Platz irgendwo neben der Schilddrüse. Monica drehte sich zu Tina und Walt um, die ihr aufmunternd zulächelten.

»Die hören uns nicht«, erklärte Barfuß ernst.

»Warum nicht?«

Statt einer Antwort zeigte er draußen jemandem den Daumen nach oben und legte seine Hand über ihre auf den Steuerknüppel.

Es ist nicht sein Ernst, dass er meine Hilfe zum Fliegen braucht, oder?

»Hoch.«

Monica drückte den Knüppel nach vorne und wehrte sich gegen den Impuls, sofort hinauszuspringen.

Der Hubschrauber bewegte sich und innerhalb weniger Sekunden waren sie in der Luft. Der Flughafen wurde mit atemberaubender Geschwindigkeit kleiner. Man sah, wie das nächste Grüppchen in den zweiten Hubschrauber stieg, und Monica fror noch mehr, als sie es trotz der Hitze ohnehin schon tat.

Barfuß nahm die Hand vom Knüppel, ließ ihre aber dort. »Drücken Sie weiter nach vorne«, ordnete er an.

»Können Sie das Ding denn nicht alleine fliegen?«

Wieder blieb er die Antwort schuldig, sondern betätigte stattdessen einen Schalter. Monica drückte den Knüppel nach vorne, als ob es sich um den Joystick eines Videospiels handelte und sie kurz davor stünde, den Rekord zu knacken. *Nicht zu fassen.* Sie schwebte in der Luft, die Erde entfernte sich immer weiter und sie hielt ihr Leben in der Hand. Und auch das von Walt und Tina. Ganz zu schweigen von Barfuß' Leben. Nicht, dass sie sich etwas aus ihm machte. Wer, bitteschön, brachte einen Passagier an Bord und erwartete, dass er als Copilot aushalf?

Die Sonne blendete sie, aber Monica hielt den Knüppel fest wie das liebe Leben selbst.

»Blicken Sie zum Horizont«, empfahl Barfuß.

»Okay.« Sie hatte ja sowieso keine andere Wahl.

Die Welt zog mit dichten Wäldern unter ihr vorbei.

»Sehen Sie nicht nach unten. Ich brauche Ihre Aufmerksamkeit hier am Horizont.«

Monica schluckte ihren Magen herunter. Vielleicht war das späte Sandwich am Vorabend doch keine gute Idee gewesen. Donald hatte gemeint, sie sollte möglichst noch etwas essen und deshalb hatte sie sich das Puten-Käse-Sandwich heruntergezwungen, zusammen mit einer kleinen Tüte nicht mehr ganz knuspriger Kartoffelchips. Eigentlich liebte sie diese Salt-and-Vinegar-Chips. Nur jetzt, so nahe an der Magenoberfläche, waren sie alles andere als gut.

Plötzlich lag seine Hand wieder auf ihrer. Sie hatte aufgehört, stark genug zu drücken.

Jetzt aber hielt sie den Joystick wieder fest und richtete den Blick gen Horizont. Gut, dass der Pilot aufpasste.

Der Heli schnitt durch den Himmel mit einer Geschwindigkeit, die nicht normal sein konnte.

»Ist das Ihr erster Hubschrauberflug?«

Monica musste schlucken.

»Ja.« Sie wagte einen Blick nach links. Barfuß sah nach unten. Monica tat es ihm nach und erschrak.

»Der Horizont, Blondie. Sehen Sie zum Horizont.«

Sie schluckte. »Ich heiße Monica.«

Er lachte in sich hinein und drückte ihre Hand, die immer noch unter seiner lag. »Gleich landen wir.«

Gott sei Dank.

Wieder drückte er ihre Hand, als ob er ihre Gedanken lesen könne.

Der Hubschrauber wackelte und schien ein paar Fuß abzusinken.

»Das ist nur der Morgenwind. Lassen Sie ein bisschen nach.« Barfuß bewegte mit ihr den Joystick, bis er wieder in der Mitte stand. Monica ließ ihre Hand so ruhig, wie sie konnte, selbst als er seine wieder entfernte.

Auf den zweiten Blick schien Barfuß doch besser situiert zu sein, als man auf den ersten Blick vermutet hätte. Seine Shorts waren maßgeschneidert und sein Hemd, das wie ein einfaches Hawaihemd aussah, stammte von der Marke Tommy Bahama. Seine Ray-Ban-Sonnenbrille war auch kein Billigmodell und ganz offensichtlich wusste er tatsächlich, wie man einen Hubschrauber flog.

Ob das sein eigener war?

»Ist das eigentlich Ihr Hubschrauber?«, fragte sie.

Er wandte ihr grinsend den Kopf zu, antwortete aber nicht.

Monica drehte sich zu Walt und Tina um. Beide starrten aus dem Fenster. Automatisch tat Monica das Gleiche. Man sah keine tropischen Wälder, sondern lauter große Seen. Erst auf den zweiten Blick erkannte man, dass es gar keine Seen waren, sondern Meerwasser, das der Tsunami hinterlassen hatte. Darin befanden sich mitgerissene Bäume und Häuser. Oder besser gesagt, die Überreste dessen, was vermutlich einmal Häuser gewesen waren: lose Bretter, Äste, Müll.

Und Monica schwebte etliche Meilen in der Luft darüber hinweg.

»Um Gottes Willen.« Ihr Magen zog sich zusammen.
»Ziehen Sie ein bisschen zurück«, instruierte Barfuß.
Sie folgte. Und gleichzeitig zwang sie sich, die Augen wieder auf den Himmel zu richten. Die Wellen des Ozeans zogen sich gerade zurück und gaben den Blick auf die zerstörte Küste frei.
Barfuß schwenkte den Helikopter nach rechts und Monica legte sich in die Kurve, als ob die Gewichtsverlagerung mit ihren wenigen Kilos dem Fluggerät die Landung erleichtern könnte.
»Jetzt runter … langsam.«
Verglichen mit dem Flughafen, auf dem sie mit der Frachtmaschine angekommen waren, war der neue Landeplatz nur so groß wie eine Briefmarke. Er erinnerte sie an eines der winzigen Reihenhausgärtchen dort, wo sie wohnte.
Unter ihnen winkte jemand mit einem orangefarbenen Licht.
Barfuß legte seine Hand auf ihre und zog den Hebel zurück, während sich der Heli langsam Richtung Boden senkte.
Als die Kufen schließlich Bodenkontakt hatten, stieß Monica einen lauten Seufzer aus. *Ich habe es geschafft. Ohne zu spucken.* Das war kaum zu glauben. Der Geruch wäre für die nächsten Passagiere doch recht unangenehm gewesen.
Barfuß klopfte sanft auf ihre Finger, bevor er ihren festen Griff vom Hebel löste, an dem sie sich mit aller Kraft festgehalten hatte. »Bitte alle aussteigen. Endhaltestelle«, sagte er fröhlich.
»Ach so, stimmt.« Sie schüttelte den Kopf und löste die Faust.
Hinter der Sonnenbrille versteckt und mit Kopfhörer auf den Ohren schickte er ihr ein Hundert-Watt-Lächeln. Oder vielleicht lachte er sie auch aus. Sie bemühte sich, zurückzulächeln. »Und danke, dass Sie mich nicht umgebracht haben.«
Barfuß gluckste leise. »Passen Sie auf sich auf, Blondie. Is'n ziemliches Chaos da draußen.«
Die Tür wurde geöffnet. Der Propellerlärm und der Wind ließen ihr Lächeln wieder verschwinden. Walt stand draußen

und deutete ihr an, dass sie endlich aussteigen sollte. Sie hatte schon einen Fuß draußen, als ihr der Kopfhörer wieder einfiel.

Barfuß winkte ihr noch einmal, während sie die Hörer abnahm. Kaum war sie draußen, hob er wieder ab.

Ganz ohne Copilot.

Kapitel 3

Trent leerte die Wasserflasche, die Reynard ihm in die Hand gedrückt hatte, in einem Zug. Das Getränk stillte zwar seinen Durst, aber noch dringender brauchte er seine Dosis Koffein. Vielleicht sogar intravenös. Und Essen. Mist, wann hatte er eigentlich das letzte Mal etwas gegessen? Abgesehen von dem einen oder anderen Proteinriegel und anderen kleinen Snacks, die er nebenbei gegessen hatte, lag die letzte warme Mahlzeit schon zwei Tage zurück.

Er hatte geschlafen, als das Erdbeben ihn überraschte. Es hatte ihn förmlich aus dem Bett geschmissen und er hatte sich schnell in den Türrahmen geduckt. Als das Beben aufhörte, war ihm sofort klar, dass er verdammtes Glück gehabt hatte. Er war beim Hausbau damals selbst dabei gewesen. Im Gegensatz zu den meisten Häusern der Region war seines nach US-Standards erdbebensicher, auch wenn er sich gar nicht an irgendwelche Vorschriften hätte halten müssen. Doch Trent machte so etwas nicht, vor allem nicht, wenn es um das Haus ging, in dem er eine Zeit lang wohnen wollte. Er hatte vorgehabt, mindestens ein Jahr zu bleiben und es später als Ferienhaus zu nutzen.

Letztlich war er doch länger als ein Jahr geblieben und flog, wenn er Urlaub hatte, nach Amerika.

»Hast du schon was gegessen?«, fragte Reynard.

»Ich brauche nichts«, log Trent. Reynards Haus war während des Erdbebens eingestürzt. Seine vier Kinder waren zu der Zeit in der Schule gewesen, die auf einem kleinen Hügel lag. Die Schule war zwar auch beschädigt worden, aber die Tsunamiwelle hatte sie nicht erreicht. Gott sei Dank. Allerdings war Reynards Frau Kiki zu Hause gewesen, während Reynard bei der Arbeit war.

Man hatte sie noch nicht gefunden.

Reynards sorgenvollem Blick sah man an, dass seine Frau immer noch vermisst wurde.

»Gibt es etwas Neues von Kiki?«, erkundigte sich Trent trotzdem.

Reynard schüttelte nur den Kopf.

»Ich gehe noch mal die Patientenlisten durch, wenn ich wieder dort bin. Ich werde alles in die Wege leiten, damit die Amerikaner weiter nach ihr suchen.«

Reynard blinzelte ein paarmal. »Meine Kiki ist eine starke Frau. Wir werden sie finden.«

Trent drückte ihm aufmunternd die Hand. Er würde allen Ärzten und Schwestern, die er in seinem Hubschrauber flog, den Namen der Vermissten sagen und ihr Aussehen beschreiben. Man würde sie finden. Die Frage war nur, in welchem Zustand?

Die Sonne stand jetzt senkrecht über ihnen. Das Sonnenlicht spiegelte sich unter Trents Füßen auf dem Asphalt.

Er brauchte Schuhe, etwas zu essen und mindestens zwei Stündchen Schlaf. Er nahm die Sonnenbrille ab und rieb sich die Augen.

»Die nächste Gruppe landet erst in vier Stunden. Geh heim, ruh dich aus«, empfahl ihm Reynard.

»Es gibt zu viel zu tun.« Das stimmte auch. Wenn Trent nicht gerade die Rettungsmannschaften zum Katastrophengebiet brachte, dann transportierte er mit dem Hubschrauber Medikamente und Versorgungsgüter zu den Kliniken. Die Hubschrauber des Militärs und der Rettungsmannschaften waren zwar auch mit Schwerverletzten ständig im Einsatz, aber die angeforderte Hilfe kam nicht schnell genug.

»Zieh dir wenigstens Schuhe an, damit du dich nicht auch noch verletzt. Es gibt nicht genügend Antibiotika. In der Hitze verwesen die Leichen schnell … Krankheiten breiten sich –«

»Ja, ja, schon gut.« Er hatte recht. »Lass den Vogel auftanken. Ich komme in einer Stunde für den nächsten Transport.«

»Geh heim. Und iss was.«

Trent lief über die Rollbahn und wich den Leuten aus, die sich in alle Richtungen verstreuten. Die Einheimischen sahen aus wie er: schmutzige Klamotten, Dreckkrusten an Beinen und Armen. Manche hatten Kratzer und blaue Flecken. Aber die Menschen hier, die er auf dem Weg zu seinem Jeep sah, waren im Vergleich zu denen, die auf Meereshöhe wohnten, eher glimpflich davongekommen.

Er angelte den Schlüssel aus der Hosentasche und startete den Geländewagen. Gott sei Dank waren weitere Hilfstrupps eingetroffen. Seine Flotte, die aus vier Hubschraubern bestand und eigentlich für touristische Rundflüge eingesetzt wurde, war nach dem Beben sofort zum einzigen Fortbewegungsmittel auf der Insel geworden. So viel zum gemächlichen Leben auf einer tropischen Insel …

Ihm fiel ein, dass er dringend mal zu Hause anrufen sollte, um seinen Brüdern zu sagen, dass es ihm gut ging. Die Telefonleitungen waren beschädigt, sein Handy lag irgendwo in seinem Haus. Der Mobilfunk hatte natürlich zuerst auch nicht funktioniert. Sie machten sich sicher Sorgen. Umgekehrt ginge es ihm genauso. Er blickte auf seine bloßen Füße.

Keiner der Einheimischen auf der Straße winkte und lachte wie sonst. Auch Trent fiel es schwer, ein fröhliches Gesicht zu machen. Ausnahmsweise beschäftigten ihn nicht seine eigenen

Probleme, sondern das Leid seiner Mitmenschen. Vor der Einfahrt zum Haus musste er einigen Felsbrocken ausweichen, die seit dem Beben dort lagen. Er parkte.

Ginger, seine zwei Jahre altes Irish-Setter-Hündin, erhob sich von den Verandastufen und sprang an ihm hoch.

»Hallo, meine Süße.« Jetzt musste er doch lächeln. »Ich freu mich auch, dich zu sehen.«

Zur Antwort bellte Ginger und wedelte freudig mit dem Schwanz.

Trent schob sie liebevoll zur Seite und sagte ihr, dass sie mitkommen solle.

Im Haus stieg er über eine kaputte Keramikvase, die durch das Beben umgefallen war. Bevor er wieder fuhr, sollte er besser die Scherben beseitigen, damit sich Ginger nicht verletzte. Trent betätigte den Schalter im Bad, aber das Licht ging nicht an. Dass es keinen Strom gab, war wohl das geringste Problem auf der Insel. Zumindest dort, wo sein Haus stand. Er überlegte, ob er den Generator anschalten sollte, aber vielleicht war das doch keine gute Idee. Er würde nicht lange zu Hause bleiben. Man durfte jetzt kein Benzin verschwenden.

Er wusch sich Gesicht und Hände. »Wenigstens gibt es noch Wasser«, sagte er zu sich selbst.

Die Küche war ein einziges Minenfeld. Ginger trottete ihm hinterher.

»Raus!«

Ginger setzte sich draußen wartend auf die Hinterbeine, ihre Zunge hing aus dem Maul. Zehn Minuten später konnte man die Küche wieder betreten. Trent füllte Gingers Fressnapf mit Trockenfutter auf und leerte den Inhalt einer Dose Hundefutter in einen Kochtopf. Ginger fraß nur, wenn sie Hunger hatte, und schlang nicht gleich alles auf einmal herunter.

Nachdem sich Trent zwei kalte Hotdogs und einen Apfel einverleibt hatte, ging er ins Schlafzimmer. Sein Handy auf der Ladestation zeigte rot blinkend an, dass jemand angerufen hatte. Fünf Anrufe in Abwesenheit von Jason und zwei von Glen.

Trent versuchte es unter Jasons Handynummer. Sein Bruder war zwar im Büro, aber er würde sicher abheben. Trent legte sich, so wie er war, aufs Bett. Was für eine Wohltat, die Beine hochzulegen.

Es tutete bloß zweimal, da hob Jason schon ab. Gehetzt fragte er: »Trent? Gott, Trent, bist du es?« In diesen paar Worten steckte solche Angst, dass Trent sofort ein schlechtes Gewissen bekam, weil er nicht schon früher angerufen hatte.

»Ja, Jason, ich bin's. Mir geht's gut.«

»Oh Gott, wir dachten schon … wir haben gehört –« Jason holte tief Luft und setzte erneut an. »Wir haben uns wahnsinnige Sorgen gemacht, Trent.«

»Ihr wart doch schon mal hier. Mein Haus liegt nicht auf Meereshöhe und es hat dem Beben standgehalten. Ich habe Lebensmittel transportiert und Menschen geflogen. Seit dem Beben war ich bis jetzt nicht mehr zu Hause.«

Trent stellte sich seinen Bruder vor, wie er im eleganten Dreiteiler über die Stadt blickte und sich die Haare raufte.

»In den Nachrichten berichten sie von einem totalen Desaster. Ist es wirklich so schlimm, wie sie sagen?«

Trent sah vor seinem inneren Auge wieder die Leichen. »Noch schlimmer.«

»Gott sei Dank ist dir nichts passiert. Können wir irgendwie helfen?«

Ginger sprang aufs Bett und legte den Kopf auf seinen Schoß. »Ruf bitte Glen an. Noch ist das Handy geladen, aber ich weiß nicht, wie lange es hält. Wir haben keinen Strom.«

»In wenigen Stunden könnten wir da sein.«

Trent lächelte. »Ich weiß, aber spart es euch erst mal. Im Moment werden Ärzte, Schwestern und Rettungsmannschaften gebraucht. Keine Schlipsträger.«

Jason schnaubte nach diesem kleinen Seitenhieb des Bruders ins Telefon. »Und was ist mit weiteren Piloten?«

Ihr Vater hatte dafür gesorgt, dass alle drei Jungs noch vor dem Führerschein eine Pilotenlizenz in der Tasche hatten. »Die Vögel stehen in der Nacht am Boden. Das Militär bringt noch weitere.«

»Ich fühle mich so nutzlos.«

»Hier würdest du dich nur noch nutzloser fühlen.«

Es folgte eine kurze Pause. »Du solltest auch nicht da sein.«

Trent schüttelte den Kopf. Auf *diese* Diskussion würde er sich jetzt nicht einlassen. »Ich muss aufhören.«

»Pass auf dich auf.«

»Das werde ich. Macht euch keine Sorgen.« Trent beendete das Gespräch und warf das Handy neben sich. Er lehnte sich ans Kopfteil zurück und schloss die Augen. Das Leben seines Bruders … sein eigenes altes Leben hatte gar nichts mit seiner Existenz in Jamaika zu tun.

Existenz? »Sagen wir doch lieber *Leben*«, korrigierte er sich selbst.

Dreißig Minuten später erwachte er wieder und zwang sich, aufzustehen. Innerhalb von fünf Minuten hatte er geduscht und sich frische Klamotten angezogen. Diesmal holte er auch seine Schuhe und füllte eine Tasche mit Snacks und Energiedrinks, bevor er losfuhr.

★★★

Monica wischte sich mit dem Handrücken den Schweiß von der Stirn. Sie war aus dem Hubschrauber gestiegen und direkt in der Hölle gelandet.

Ihre Schwesternkluft klebte auf der Haut, die blonden Haare waren ohne Sorgfalt zu einem Dutt hochgebunden. Überall lagen und saßen Verletzte. Das Krankenhaus, das man in Amerika nicht als solches bezeichnet hätte, war nur zwei Stockwerke hoch und hatte dem Beben standgehalten. Die Einheimischen erzählten ihr, dass man dieses Erdbeben niemals hätte verschlafen können. Kurz darauf kam die Welle und sie waren um ihr Leben gerannt.

Monica war auf der zweiten Triagestufe eingesetzt. Bei der ersten Stufe der Einteilung nach Verletzungsgrad war noch nicht einmal ein Arzt oder eine ausgebildete Krankenschwester anwesend, sondern man hatte einfach die Empfangshelferin des Krankenhauses innerhalb eines Tages zur Triageschwester befördert. Sie sortierte die Leichtverletzten aus, die draußen warten konnten. Leute mit Knochenbrüchen mussten, sofern es sich nicht um einen offenen Bruch handelte oder die Blutversorgung unterbrochen war, ebenfalls draußen warten. Davon gab es Tausende.

»Hilfe! Bitte helfen Sie!« Die Rufe übertönten das Chaos, das Stöhnen, die Verzweiflung.

Monica wandte sich um.

Zwei Jamaikaner trugen einen Mann, der vielleicht zwanzig war, auf einem Türbrett herein. Eine Frau beugte sich über ihn und rief um Hilfe.

Die nackte Verzweiflung der Frau brachte Monica in Bewegung. Hinter den Neuankömmlingen war die arme Empfangshelferin, die die Vorauswahl traf. »Sie haben doch gesagt, wenn jemand kalte Füße hat, darf er auch rein, oder?«

Monica schüttelte den Kopf. »Kalte Füße?« Sie sah den Mann an, der auf dem Rücken lag. Er warf den Kopf von einer Seite auf die andere. Trotz dunkler Haut war er blass.

»Sein Bein. Es ist kalt.«

Monica kam näher.

»Sind Sie Ärztin?«, wollte die Frau an seiner Seite wissen.

»Krankenschwester.« Monica holte eine Schere. »Sprechen Sie Englisch?«, fragte sie den verletzten Mann.

Er nickte, aber sagte nichts.

»Er braucht einen Arzt!«, schrie die Frau.

Monica merkte, wie sich die Verzweiflung der Frau auf sie selbst übertrug.

»Die Ärzte sind alle beschäftigt. Wie geht es Ihnen?« Monica begann bei den Füßen, weil die Empfangshelferin gesagt hatte, dass dort das Problem liege. Das rechte Bein war oberhalb des Knies in einem eigenartigen Winkel abgeknickt. Man brauchte nicht erst zu röntgen, um zu sehen, dass es gebrochen war.

Monica schnitt das Hosenbein von unten auf, um die Verletzung freizulegen.

»Er war verschüttet, mein Junge, zwei Tage lang.« Die Frau beugte sich über ihn.

»Ist das Ihr Sohn?«, fragte Monica, nicht nur, um mehr zu erfahren, sondern auch, um die Frau zu beruhigen.

»Ja, erst siebzehn. Helfen Sie ihm.«

Er sah viel älter aus. »Wie heißt du?«

»D-Deon«, sagte er mit klappernden Zähnen.

Atmung … Bewusstsein … Circulation … Monica legte ihre Finger auf eine Stelle unterhalb des Bruches, wo man normalerweise einen Puls spürte.

Kaum vorhanden. Und das Bein ist kalt.

Sie setzte ihre Pokermiene auf, um sich nichts anmerken zu lassen.

Der Junge war blass, der Puls am Handgelenk ging viel zu schnell.

Oberschenkelbrüche konnten Blutungen verursachen. Massive Blutungen. Welche anderen Verletzungen hatte er noch abbekommen, als er verschüttet wurde?

Wenn sie nicht versuchte, die Fraktur zu korrigieren und die Blutzirkulation wieder herzustellen, würde er sein Bein verlieren.

Monica hatte das noch nie selbst getan. Sie hatte nur den Ärzten dabei geholfen und auch nur unter extremen Umständen. Aber Rettungssanitäter mussten oft so etwas machen, wenn es um Leib und Leben ging. Beziehungsweise Mark und Bein.

»Helfen Sie ihm!«, schrie die Mutter verzweifelt.

Walt war im OP und Tina hatte zwei Räume weiter mit genauso schweren Fällen tun.

»Deon? Tut dir sonst noch etwas weh oder nur das Bein?«

Er schüttelte den Kopf.

Monica wies die Männer, die Deon trugen, zu einem Tisch in der Nähe und wischte alles beiseite, was darauf war.

Die Männer, die Deon trugen, waren schon älter. Zu alt, um Monica bei der bevorstehenden Aufgabe zu helfen. Die Mutter war vor Sorge hysterisch und nutzlos.

Sie ignorierte die Mutter und beugte sich über Deons Gesicht. »Deon, hör zu. Ich muss dein Bein gerade richten.«

Er machte große Augen, seine Nasenlöcher weiteten sich. »Es wird wehtun. Und du wirst versuchen, dich zu wehren.« Egal ob er wollte oder nicht. Auch wenn er erst ein Teenager war, wog er sicher gute zwanzig Kilo mehr als Monica.

Wie zum Teufel soll ich das bloß schaffen?

Hilfesuchend blickte sie sich um.

Dunkle Haare, Ray-Ban-Brille … »Barfuß?«, schrie sie zu dem Piloten, der sie hergebracht hatte.

Er sah sie fragend an.

»Ja, Sie. Kommen Sie her!«

Barfuß blickte sich noch einmal um.

»Ja, Sie. Ich brauche Ihre Hilfe.« Seine kräftigen Arme und die Tatsache, dass er den Patienten nicht kannte, waren genau das, was Monica jetzt brauchte.

Sie fand ein Handtuch und wickelte es um Deons Bein, während Barfuß sich neben sie stellte.

»Ich muss das Bein gerade richten.« Sie nahm die Handtuchecken und hielt sie ihm hin.

»Und Sie müssen seine Schultern runterdrücken«, sagte sie zu den Männern, die Deon getragen hatten. »Mama, Sie sprechen ihm gut zu.«

Die Mutter nickte. »Können Sie das auch?«

»Ja.« *Nein.* Monica hasste ihre Selbstzweifel. Aber der Junge würde das Bein verlieren, wenn sie nichts tat.

Barfuß hatte die Sonnenbrille abgenommen und Monica blickte in seine dunklen, durchdringenden Augen. Er spürte ihre Angst, da war sie sich sicher.

»Was soll ich tun?«, fragte Barfuß, seine Stimme klang tief und besonnen, ein Gegengewicht zu der Panik, die im Raum herrschte. Es beruhigte sie.

»Halten Sie das hier fest. Ich brauche eine Gegenkraft, damit er nicht wegrutscht.«

Monica kletterte zu Deon auf den Tisch. Sie wischte sich die feuchten Hände ab, bevor sie das Bein hochnahm.

Schon die erste Berührung verursachte ihm Schmerzen. Im Schockraum würde man so etwas nicht ohne Narkose durchführen, aber hier ging es nicht anders. Sie hatten keine Möglichkeit, die Herzfunktion während der Anästhesie zu überwachen, ganz zu schweigen davon, dass es kein Narkosemittel gab. Außerdem hatten sie keine Zeit mehr. Vielleicht war es ohnehin schon zu spät, das Bein noch zu retten.

Aber da es noch nicht völlig kalt oder blau war, bestand zumindest die Chance dazu.

»Bereit?«, fragte Barfuß und holte ihre Aufmerksamkeit wieder zurück.

Monica nickte. »Ja, halten Sie ihn fest«, sagte sie zu den anderen.

Deon wurde steif, weil er wusste, was folgen würde.

Monica packte ihn, legte seinen Unterschenkel auf ihr Bein. Sie wartete ein paar Atemzüge, dann blickte sie zu Barfuß und sagte stumm: *Drei, zwei … eins.*

Es war weniger ein Ruck, eher ein Ziehen. Obwohl Deon laut aufschrie, zog Monica weiter an dem Bein und fühlte, soweit es möglich war, ob sich der Knochen wieder zu seinem ursprünglichen Platz zurückbewegte.

Ihre Arme zitterten, während sie mit dem Patienten und der verschobenen Fraktur kämpfte.

Barfuß hielt weiter und beobachtete Monicas Kampf mit Deons Bein. Sie nahm eine andere Position ein und versuchte, den Knochen entgegen der Muskeln und Sehnen zu ziehen.

Es ist genauso schwer, wie es aussieht, wenn die Ärzte es machen.

Deon schrie, als sich der Knochen bewegte, aber immer noch war er nicht dort, wo er sein sollte.

»Halten Sie weiter«, wies Monica Barfuß an, als sie wieder abrutschte. Der Oberschenkelknochen war fast schon an der richtigen Stelle, aber noch nicht ganz.

Deon wand sich auf der improvisierten Krankenliege, was es für Monica noch schwieriger machte.

Sie rieb die Hände am Handtuch trocken und beugte sich zu Barfuß, damit nur er sie hören konnte. »Ziehen Sie gleich ganz fest.«

Er nickte kurz.

Sie stellte ein Bein auf den Tisch, richtete sich auf, dann zählte sie wieder herunter. *Drei … zwei … eins.*

Deons Schrei hallte durch den Raum.

Monica zog mit aller Kraft. Immer wieder rutschten ihre Hände ab und sie musste erneut ansetzen.

Sie biss die Zähne aufeinander, ihre Arme zitterten unter der Anspannung. Endlich! Deons Bein bewegte sich und es war gerade.

»Gott sei Dank«, stieß sie hervor.

Barfuß ließ ebenfalls los und Monica legte Deons Bein auf dem Tisch ab. Sie tastete nach dem Puls in der Kniekehle und fühlte das Pochen. Weiter unten war der Puls immer noch schwach, aber besser als vorher. Viel besser.

»Wir müssen jetzt das Bein schienen, damit es so bleibt.«

Die Empfangshelferin, die alles beobachtet hatte, verließ den Raum.

Deon hatte nicht mehr so starke Schmerzen.

»Tut mir leid, dass wir das machen mussten.« Monica sprang vom Tisch. Das Bein war geschwollen und man sah die Hämatome. Es war nicht auszuschließen, dass es innere Blutungen gab. Sie nahm einen Markierstift aus der Tasche und ein dehnbares Lineal. Dann kennzeichnete sie zwei Stellen an Deons Bein und maß den Durchmesser. Da es keine Krankenakten gab, wo man etwas vermerken konnte, tat sie das, was man in solchen Fällen tun musste: Sie schrieb die Zahl direkt auf das Bein des Jungen. So würde sie einen Referenzpunkt haben, wenn sie wieder nach ihm sah.

Deon versuchte, tapfer zu sein.

»Bleiben Sie bei ihm«, sagte Monica zur Mutter. »Wir schienen das Bein und dann wird, so bald es geht, ein Arzt kommen.«

Wenn sein Zustand so blieb und das Bein nicht weiter anschwoll, konnte ›bald‹ auch erst am nächsten Tag sein, aber so genau wollte Monica das der Mutter lieber nicht erklären.

»Ich versuche, etwas gegen seine Schmerzen zu finden. Hat er irgendwelche Allergien?«

»Nein.«

Monica schrieb auf Deons Bein die Buchstaben KBA. Keine bekannten Allergien. Was sonst nur Routine war, bedeutete hier Leben oder Tod.

Als Monica ging, fielen ihre Schultern leicht zusammen. Der Raum war völlig überfüllt. Selbst wenn sie sich fünfteilen würde, könnte sie nicht allen helfen.

Sie spürte eine starke Hand auf ihrer Schulter. »Das war gute Arbeit.«

Als sie sich umdrehte, stand Barfuß überraschend groß und breit vor ihr. Und im Gegensatz zu allen anderen roch er gut.

Nach Sandelholz und Männlichkeit. So gut, im Vergleich zu Blut, Schweiß und Dreck. »Danke für Ihre Hilfe.«

»Sie haben die ganze Arbeit geleistet. Haben Sie das vorher schon mal gemacht?«

»Nein.«

»Sah gar nicht so aus.« Er lächelte und für einen kurzen Moment verschwand alles um sie herum. Ein Gefühl machte sich in ihrem Magen breit. Wärme. War es Verlangen oder nur Hunger?

Das Gewicht seiner Hand blieb auf ihrer Schulter. Fast hätte sie sich an ihn gelehnt.

Sie unterdrückte den Impuls und wich zur Seite. Unweigerlich blickte sie auf seine Füße. Er trug Turnschuhe.

»Ich muss jetzt weitermachen. Danke für Ihre Hilfe.«

Sie wandte sich zum Gehen. »Monica?«

Er erinnert sich an meinen Namen?

»Ich heiße übrigens Trent. Nicht Barfuß.« Er hob einen Fuß hoch und wackelte damit.

Monica fühlte ihr Gesicht heiß werden. »Gut zu wissen«, sagte sie mit einem Lächeln, das ihr hier sonst nicht so schnell über die Lippen kam. Dann ging sie.

Kapitel 4

»Ich brauche eine Freiwillige.« Donald nahm Monica nach ihren ersten zwölf Stunden in der brennenden Hölle zur Seite.

Sie rieb sich das Gesicht und blinzelte müde. »Freiwillige? Wir sind doch alle freiwillig hier …«

Donald grinste schief. »Ich brauche eine Schwester für Port Lucia, ein Fischerdorf weiter östlich. Das Krankenhaus dort ist überfüllt und der Dorfarzt wird seit dem Beben vermisst.«

Monica schüttelte den Kopf. »Es gibt dort gar keinen Arzt?«

»Nein. Nur zwei Krankenschwestern, beziehungsweise Helfer.« Donald ließ seine Blicke durch den Raum schweifen. Selbst in diesem Chaos gab es hier eine gewisse Ordnung. »Du hast unglaubliche Triage-Fähigkeiten.«

So sehr sie sich auch über dieses Kompliment freute, so wenig konnte sie glauben, um was er sie bat. »Du willst, dass ich in ein Krankenhaus gehe, in dem es überhaupt keinen Arzt gibt? Wie soll das funktionieren? Mit der Krankenschwesterlizenz darf ich doch nicht –«

»Um deine Lizenz brauchst du dir hier keine Sorgen machen. Die Menschen leiden Not und ich brauche jemanden, der nach Verletzungsgrad sortiert und die Schwerverletzten hierher transportieren lässt. Sie haben Versorgungsgüter angefordert, die du hinbringen musst, und du bekommst ein Funkgerät, über das du Fragen stellen kannst. Viel mehr Verletzte können wir hier gar nicht aufnehmen.«

Das stimmte natürlich. »Das heißt, du *bittest* mich, dass ich mich freiwillig melde?« So wie er sie ansah, war es eher ein Flehen als eine Bitte.

»Tina ist auch gut, aber du bist besser. Wenn ich dort die beste Schwester einsetze, dann muss ich mir keine Sorgen wegen Unachtsamkeit machen. Entweder Walt oder ich kommen jeden zweiten Tag zum Helfen.«

»Innerhalb von vierundzwanzig Stunden kann eine Menge schiefgehen. Ich muss auch mal schlafen.«

»Wie gesagt, es gibt dort auch noch andere Helfer. Die meisten Verletzten sind sowieso hierher gebracht worden. Die Hälfte davon hätte gar nicht kommen müssen.«

Fast wie bei einer Grippewelle in Kalifornien, wenn die Krankenhäuser so überfüllt waren, dass man die Patienten gar nicht alle gleichzeitig behandeln konnte. Nur mit dem Unterschied, dass hier die Anzahl der Schwerverletzten so hoch war, dass man eigentlich niemanden warten lassen durfte.

»Das heißt, ich kann auf dich zählen?«

Monicas Magen drehte sich um. Wenn sie als Intensivschwester eigenständig Entscheidungen treffen musste, dann gefiel ihr das zwar schon, aber normalerweise war immer ein Arzt in der Nähe, dessen Anweisungen sie folgte.

Ein Aufschrei drei Betten weiter unterbrach Monicas Gedanken. Sie hatte den ganzen Tag Patienten behandelt, sich um deren Bedürfnisse gekümmert, sie zum nächsten Behandlungslevel überwiesen, wenn es notwendig war, und sie konnte an einer Hand abzählen, wie oft Donald oder Walt bei ihr gewesen waren.

»Wie weit liegt Port Lucia entfernt?«

★★★

Trent war so aufgeregt wie schon lange nicht mehr. Zum ersten Mal seit Ewigkeiten wusste er, wofür er aufstand. Er wollte sich einreden, dass es wegen des Ausnahmezustandes seit dem Beben sei. Das stimmte einerseits auch, aber die Aufregung kam von etwas viel Grundlegenderem.

Blonde Haare und blaue Augen besuchten ihn im Schlaf. Und selbst im Traum blickte sie ihn durchdringend an und machte flapsige Bemerkungen darüber, dass er barfuß war.

Als er am Vortag aus dem Hubschrauber gestiegen war, hatte man ihn gebeten, eine der amerikanischen Schwestern am nächsten Morgen nach Port Lucia zu bringen. Weil Trent genau zwischen dem Flugplatz und Port Lucia wohnte, hatte Reynard gefragt, ob Trent das übernehmen könne. In der Nähe des Krankenhauses dort gab es keinen Landeplatz für den Helikopter, weshalb er mit dem Jeep fahren würde.

Trent wollte nachfragen, um welche Schwester es sich handelte, aber dann hatte er es unterlassen, denn er würde es auch so herausfinden. Allerdings machte er sich keine großen Hoffnungen, dass es sich um Monica handelte, weil sie nicht gerne flog und sich deshalb wahrscheinlich nicht freiwillig zur Verfügung stellen würde.

Aber er würde sie wenigstens kurz sehen, wenn er diejenige abholte, die er chauffieren sollte.

Nach einer schnellen Dusche und einer Tasse furchtbarem Instantkaffee füllte Trent Gingers Hundenapf und bog aus der Einfahrt.

Wolken verdunkelten die ersten Sonnenstrahlen und kündigten stärkeren Regen an. Was man auf der Insel jetzt ganz und gar nicht gebrauchen konnte, war schlechtes Wetter.

Je näher Trent dem Flugplatz kam, desto mehr Sorgen machte er sich wegen der Wolken. Gute Sicht war das A und O für einen Hubschrauberflug. Wenn die Wolkendecke zu tief hing, konnte er nicht starten, bis sie sich aufgelöst hatte.

Alex, einer seiner Piloten, wartete am Kontrollturm auf ihn. Alex war gute dreißig Jahre älter als Trent. Er und seine Frau Betty flogen beide für Blue Paradise Helicopter Tours, einem Geschäftszweig des Großkonzerns Fairchild Charters & Vacation Tours, der Trent und seinen Brüdern gehörte. Im Gegensatz zu Jason und Glen leitete Trent lediglich das eine Standbein des Unternehmens. Eine Entscheidung, die immer noch für Zündstoff zwischen den Brüdern sorgte.

Trent gab Alex die Hand zum Gruß. »Sieht so aus, als ob du endlich mal wieder eine Mütze voll Schlaf abbekommen hättest«, meinte Alex.

»Ja, ungefähr sechs Stunden. Und du?«

»Vier vielleicht. Aber Betty hat kaum geschlafen.«

»Ist auch schwer, die Augen zu schließen, wenn um einen herum das Chaos herrscht.« Trent hatte fast ein schlechtes Gewissen, weil er friedlich schlummernd von seiner blonden Krankenschwester geträumt hatte.

»Betty sagt, ich solle sie holen, wenn wir sie wirklich brauchen. Ansonsten ruht sie sich noch ein bisschen aus.«

Trent schüttelte den Kopf. »Passt schon. Wir drehen nur ein paar Runden, den Rest übernehmen die offiziellen Hilfskräfte. Ich mache den ersten Flug«, sagte Trent. »Wenn man dich hier nicht braucht, dann geh auch heim.«

Alex schüttelte den Kopf. »Ich muss etwas tun.«

Trent wusste genau, wie sich sein Freund fühlte. An allen Ecken und Enden wurde Hilfe benötigt. Und wenn es nur darum ging, Wasserflaschen einzupacken. Oder Leichensäcke.

Er kniff die Augen zusammen und versuchte, den Gedanken an die leblosen Körper zu verdrängen … und die Verzweiflung, die ihm die Kehle zuschnürte, wenn er mit dem Hubschrauber landete.

Über ihren Köpfen öffnete sich die Wolkendecke. »Ich bin an Bord per Funk erreichbar. Ich muss noch einen Engel nach Port Lucia bringen. Funk mich an, wenn du irgendwas brauchst.«

Alex lehnte sich nickend an die Wand.

Trent ging um den Hubschrauber herum und machte den Außencheck seines Fluggerätes, bevor er einstieg. Er gab den Fluglotsen Bescheid, dass er bereit war, und wartete auf die Startfreigabe.

Ein Regenschauer begleitete den kurzen Flug. So hatte er sich damals das Leben auf der Insel nicht gerade vorgestellt. Aber es war eben kein Wunschkonzert.

Verdammt noch mal, seine Eltern hatten schließlich auch so viel mehr vom Leben gewollt, und dann kam das Ende … so fürchterlich plötzlich.

Trents Kiefer schmerzte. Er hatte mit den Zähnen geknirscht. Improvisierte Lichter leuchteten an seinem Zielort. Er drehte den Hubschrauber in den vom Meer kommenden Wind und ließ die Kufen auf den Boden aufsetzen. Im Gegensatz zu sonst, wenn er den Propeller abstellte und ausstieg, wartete an diesem Tag niemand auf ihn.

Draußen vor dem Krankenhaus standen viele Leute. Manche warteten auf Angehörige, andere warteten einfach so. Trent behielt die Sonnenbrille auf dem Gesicht. Sie war seine Maske. Die feuchte Luft roch modrig, nach Tod und Verzweiflung. Alles war anders. Die sorglosen Urlauber und Touristen, die noch vor wenigen Tagen sein Leben bestimmt hatten, waren verschwunden.

Während der Apokalypse in den frühen Morgenstunden hatte der Rest der Welt noch geschlafen. Auch auf den Treppen saßen Menschen. Manche schliefen zusammengekauert und an die Wand gelehnt, andere waren wach. Trent ging an ihnen vorbei, um denjenigen zu suchen, der hier das Sagen hatte.

Er erreichte den Raum, in dem er am Vortag Monica mit dem Knochenbruch geholfen hatte. Im Nebenraum lagen mehr als zwanzig Patienten. Manche von ihnen bekamen irgendwelche Infusionen, was auf den ersten Blick den Anschein eines normalen Krankenhausalltags gab. Aber Trent wusste es besser. Nichts war normal daran, dass so viele Menschen in dem Raum lagen, der früher mal ein Wartezimmer gewesen war.

Er sah sich weiter um und entdeckte eine Krankenschwester, die er hergeflogen hatte. Sie lehnte erschöpft an der Wand und war eingeschlafen. Erst wollte er sie wecken, aber da schließlich keiner der Patienten gerade ihre Hilfe brauchte, ließ er sie in Ruhe. Er lief die Treppe nach oben. Dort war ein kleiner Raum mit einer Helferin oder Krankenschwester, die sich um sechs Patienten kümmerte.

Trent schluckte. Die Patienten lagen in einer Reihe auf Pritschen. Es war erschreckend, wie grau die Gesichter trotz der dunklen Hautfarbe wirkten.

Er fühlte sich unwohl, aber Trent ging zu ihr und sprach sie an.

»Entschuldigen Sie, ich suche nach dem Amerikaner, nach Doktor Klein.«

Die Frau machte eine nickende Geste zur geschlossenen Tür des angrenzenden Zimmers. »Er operiert gerade.«

Trent massierte sich den Nacken. »Ich soll eine Schwester nach Port Lucia bringen.«

Die Frau zuckte mit den Achseln und setzte ihre Arbeit fort.

Es war sicher nicht ratsam, einen Arzt beim Operieren zu stören, weshalb Trent beschloss, umzukehren.

Als er wieder die schlafende Krankenschwester erblickte und mit sich haderte, ob er sie nun wecken sollte oder nicht, kam ihm jemand zuvor.

Einer der Patienten stöhnte auf und sofort schoss die Schwester hoch. Schlaftrunken versuchte sie herauszufinden, wer ihre Hilfe benötigte. Erst dann bemerkte sie, dass jemand vor ihr stand.

»Oh Mann … ich bin wohl eingeschlafen.«

Er konnte sich kaum vorstellen, wie erschöpft sie sein musste. »Als ich vorhin zur Kontrolle kam, war alles noch ruhig.«

Ihr Klemmbrett fiel zu Boden, als sie aufstand. Trent hob es auf, sie lächelte schüchtern.

»Danke.«

»Keine Ursache. Ich soll eine Schwester nach Port Lucia bringen. Wissen Sie wen?«

Die Brünette schüttelte den Kopf. »Mich nicht. Aber Monica ist vorhin in die Pause gegangen und meinte, dass sie danach Richtung Osten fahren würde.«

Trent musste unwillkürlich grinsen. »Wo finde ich sie denn?«

Die Schwester zeigte in die andere Richtung. »Sie haben für uns ein kleines Nebenzimmer als Pausenraum eingerichtet. Gehen Sie durch die nächsten vier Türen, dann die Treppe hoch und nach links. Dort ist unsere Lounge. Mädels auf der rechten Seite, Jungs auf der linken.«

»Danke«, murmelte Trent und ging.

Hinter jeder dieser vier Türen lagen Schmerz und Leid. Er behielt die Sonnenbrille auf der Nase, obwohl es ein trüber Tag war und ohnehin keine Sonnenstrahlen in die Räume gelangen würden. Wenn er bloß alle Eindrücke einfach so abwehren könnte …

Im Treppenhaus war es ruhig. An der Tür überlegte er, ob er klopfen sollte oder nicht. Wenn die Schwestern schliefen, würde er *alle* wecken und nicht nur die eine, die er suchte. Er entschied sich gegen das Klopfen und öffnete die Tür einen Spalt breit, um vorsichtig hineinzuspähen.

Wie erwartet standen ein paar Liegen in dem winzigen Zimmer und alle waren besetzt. Sofort entdeckte er Monica. Sie schlief, vollständig bekleidet, eine Hand über dem Kopf. Ihre schulterlangen, blonden Haare waren offen, der angespannte Gesichtsausdruck vom Vortag war verschwunden.

Trent stieg über eine Tasche, bis er vor seinem Fluggast stand. Wer weiß, wie viel Schlaf sie abbekommen hatte. Eigentlich wollte er sie gar nicht wecken.

Er kniete sich nieder und flüsterte ihr ins Ohr: »Monica?«

Keine Reaktion.

»Monica?«, versuchte er es ein bisschen lauter.

Sie bewegte sich, legte die Hand auf ihre Stirn.

Die anderen Frauen schliefen weiter.

»Monica?« Er rüttelte sanft an ihrer Schulter.

Erschrocken fuhr sie hoch, und zwar so schnell, dass Trent nicht mehr ausweichen konnte. Sie stieß mit dem Kopf gegen seinen.

»Autsch«, rief sie und weckte damit alle anderen. Unverwandt blickte sie ihn an und blinzelte. »Was zum –«

Trent richtete sich auf und rieb sich die schmerzende Stelle. »Ich wollte Sie wecken, aber ohne die anderen zu stören.«

»Zu spät«, sagte irgendwer und drehte sich auf die andere Seite, um weiterzuschlafen.

»Entschuldigung«, murmelte er.

»Wie viel Uhr ist es?«, fragte sie mit rauer Stimme.

»Fast sieben.«

Monica ließ sich auf die Liege zurückplumpsen. »Sie fahren mich nach Port Lucia?«

»Jawohl.«

Sie rieb sich das Gesicht und setzte sich auf. »Geben Sie mir eine Minute.«

Das erkannte Trent als Aufforderung, das Zimmer zu verlassen. Kurze Zeit später erschien sie, die Haare hatte sie wie am Vortag zu einem Pferdeschwanz zusammengebunden. Mit offenen Haaren gefiel sie ihm besser. Warum dachte er über ihre Frisur nach?

Weil er sie attraktiv fand. Er konnte nicht leugnen, dass er Schmetterlinge im Bauch spürte, wenn er sie sah.

Mit vorgehaltener Hand unterdrückte sie ein Gähnen, während sie leise die Tür hinter sich schloss.

Als sie nach ihrer Tasche griff, wollte Trent ihr helfen. »Lassen Sie mich das tragen.«

»Nein, passt schon.« Sie zog den Träger höher über die Schulter.

Er versuchte noch einmal, ihr die Tasche abzunehmen. »Ich bin aber so erzogen worden, dass man Frauen nicht schwer tragen lässt, wenn man selbst unbepackt ist.«

Mit schief gelegtem Kopf wollte sie erst widersprechen, aber dann schüttelte sie einfach die Tasche wieder ab und reichte sie ihm.

»Ich möchte ja nicht dafür verantwortlich sein, dass die Mühen Ihrer Mutter umsonst waren.«

Plötzlich sah er das Bild seiner Mutter vor sich, wie sie ihn liebevoll ermahnte, einer Frau die Tasche zu tragen oder ihr die Tür aufzuhalten. »Meine Mutter würde Ihnen danken.«

Er nahm ihre erstaunlich schwere Tasche hoch und ließ sie vorangehen.

Dabei beobachtete er ihren Hüftschwung, als sie die Treppen hinunterstieg. Sie trug Schwesternkleidung aus leichter Baumwolle. Der weite Schnitt verbarg zwar ihre schlanke Linie, aber trotzdem war sie erkennbar. Ihre schmale Taille blieb unter dem weiten Oberteil verborgen, aber dafür kamen ihr schlanker Hals und die runden Brüste gut zur Geltung.

Am Fuße der Treppe drehte sich Monica um, während sie die Tür öffnete. Gut, dass seine Augen hinter der Sonnenbrille versteckt waren. Er hielt die Tür auf und überließ ihr wieder den Vortritt. Sie wartete auf ihn, um neben ihm zu laufen.

»Also, Trent. So hießen sie doch?«

»Ja, das ist richtig, obwohl mir Barfuß auch gefallen hat.«

Sie lächelte. »Tut mir leid. Ich hatte auf dem Hinflug Ihren Namen nicht verstanden.«

»Man hat mich schon Schlimmeres genannt.« Er stieg über einen Mann, der auf dem Boden schlief.

Monica blickte zum grauen Himmel und legte die Stirn in Furchen. »Also, Trent«, fing sie erneut an. »Sind Sie der Einzige, der die Hilfskräfte auf der Insel von A nach B bringt?«

Er schüttelte den Kopf. »Es gibt noch andere. Warum?«

Er vermied ihren fragenden Blick.

»Ach, nur so.«

Er glaubte ihr nicht. »Nur so?«

»Es hätte mich ja auch *irgendwer* zur Klinik fahren können.«

Sie gingen zur Rückseite des Krankenhauses, wo der Helikopter stand. »Ja, jeder hätte *fahren* können.«

Sie hielt inne, als sie das Transportmittel sah. »Ich dachte, Sie hätten vorhin *fahren* gesagt.«

»Habe ich auch. Aber erst wenn wir zu meinem Auto geflogen sind.«

Sie drehte sich einmal im Kreis. »Könnten wir nicht einfach ein Auto nehmen?«

Trent stellte sich vor sie und nahm die Sonnenbrille ab. »Es ist nur ein kurzer Flug zurück zum Flughafen und von dort ist es eine halbe Stunde mit dem Auto, sofern die Straßen befahrbar sind.«

»Aber könnten wir nicht trotzdem –« Ihre meerblauen Augen ließen ihn nicht los.

»Das erste Mal haben Sie es doch auch überlebt, Monica. Es wird jetzt nicht anders sein.«

Sie musste schlucken.

»Ich habe lieber geglaubt, Sie bringen mich *freiwillig*, als dass Sie der Einzige sind, der es *kann*.«

Die Angst stand ihr ins Gesicht geschrieben. »Warum denn?«

»Ich mag Flirten lieber als Fliegen.«

Ein langsames Lächeln umspielte seine Lippen. Jetzt war er ganz sicher, dass Monica, seit sie hier war, auch an ihn gedacht hatte.

Er setzte die Sonnenbrille wieder auf und griff nach ihrer Hand. »Wie wäre es mit ein bisschen von beidem?«

»Verdammt«, murmelte sie und ließ sich von ihm zum Hubschrauber führen. Er öffnete die Tür zur Passagierseite und warf ihre Tasche nach hinten.

Als er eingestiegen war, beugte er sich über sie hinweg, um die Tür zu verriegeln. »Das hätte ich doch auch machen können«, sagte sie.

Er sah ihr über den Rand seiner Sonnenbrille in die Augen und zwinkerte. »Das war der Flirtanteil unseres Fluges.«

Sie musste lachen. Es war ein nervöses Lachen, das sie selbst zu überraschen schien.

Er reichte ihr den Kopfhörer und schnallte sich an.

Als er seinen eigenen aufgesetzt hatte, konnte er hören, wie ihr Atem schneller wurde. Er startete den Motor und drehte die Frequenz der Flugsicherung ein.

»Hier ist Bravo Papa One.«

»Ja, Bravo Papa One, bitte kommen, over.«

»Ich fliege zu Ihnen hinüber. Ich brauche bitte die Wetterdaten. Over.«

Trent hörte den Bericht über Wetter und Windverhältnisse und erhielt die Startfreigabe, weil sich der Nebel gelichtet hatte.

Das wohlvertraute Brummen der Rotorblätter klang wie ein herzliches Willkommen. Monica hielt die Hände zu Fäusten geballt auf dem Schoß.

»Möchten Sie wieder die Copilotin sein?«

Sie rollte mit den Augen. »Darauf bin ich schon mal reingefallen, Barfuß. Aber so leichtgläubig bin ich jetzt nicht mehr.«

Und schon hieß er wieder Barfuß. »Das hat Sie aber letztes Mal von Ihrer Angst abgelenkt.« Er holte einen Kaugummi hervor und bot ihn ihr an.

»Jetzt soll der Kaugummi dagegen helfen?« Sie nahm ihn und wickelte ihn aus dem Papier.

»Nein, aber er hilft beim Druckausgleich für die Ohren.«

Sie steckte sich den Kaugummi in den Mund und holte tief Luft.

»Bereit?«

Sie schüttelte den Kopf. »Sind Sie sicher, dass wir nicht auch fahren könnten?«

Wie bei einem Kind klopfte er sanft ihr Knie. »Falls es Sie beruhigt, ich fliege, seit ich vierzehn bin. Zwei Jahre mehr als ich Auto fahre.«

»Ich weiß nicht, ob ich das beruhigend finde.«

Er grinste und ließ den Helikopter abheben. Als sie über den Bäumen waren, flog er eine Kurve Richtung Flughafen.

Ihre Handknöchel traten weiß hervor. Das bedeutete natürlich nicht, dass er kein guter Pilot war. »Wie lange arbeiten Sie schon als Krankenschwester?«, fragte er, um sie ein wenig abzulenken.

»Seit drei Jahren. Nein, fast vier.«

Nach dem zu urteilen, was er am Tag zuvor miterlebt hatte, war er davon ausgegangen, dass sie schon mehr Erfahrung hätte.

»Treten Sie in die Fußstapfen ihrer Mutter?«

Sie lachte schnaubend auf. »Wohl kaum.«

Eine sehr aussagekräftige Antwort. »Sie ist also keine Krankenschwester?«

»Sie ist gar nichts. Hatte nur Aushilfsjobs. Und Aushilfs-Ehemänner.«

Alles in der Mehrzahl.

»Und was ist mit Ihnen? Ist Ihr Vater auch Pilot?«

»Er war einer der Besten.«

»Fliegt er jetzt nicht mehr?«

»Er ist verstorben.«

Trent spürte ihren Blick. »Das tut mir leid.«

Er zuckte mit den Schultern. »Manche Väter bringen ihren Kinder Radfahren oder Fußballspielen bei. Unserer hat uns das Fliegen beigebracht.«

»Da waren ihre Freunde wahrscheinlich ziemlich neidisch, oder?«

Seine Eltern hatten dafür gesorgt, dass alle Söhne fliegen lernten, und dafür war er ihnen stets dankbar gewesen. Er blickte zu Monica hinüber. Ihre Hände lagen nun entspannt auf dem Schoß. Die Unterhaltung lenkte sie ab. Trent tat etwas, was er sonst nur selten tat. Er sprach über seine Vergangenheit. »An meinem achtzehnten Geburtstag hat mich ein Kumpel überredet, eine Spritztour mit dem Hubschrauber zu unternehmen.«

»Eine Spritztour? In diesem Ding hier?«, fragte sie ungläubig mit leichter Panik in der Stimme.

»Wir haben ein paar Mädels mitgenommen. Ich wollte ihnen zeigen, was ich drauf hab.«

»Zum Imponieren?«

»Manche Typen geben mit ihren Autos an. Und ich wollte halt mit dem Hubschrauber von Daddy angeben.«

Sie schaute aus dem Fenster, als ob sie zum ersten Mal merkte, dass sie in der Luft waren. »Und dann sind Sie so richtig hoch geflogen?«

»Ja. Es war ein schöner Herbsttag.«

»Kann man an schönen Herbsttagen höher fliegen? Oder fliegen wir jetzt so niedrig, damit ich weniger Angst habe?«

»Haben Sie denn weniger Angst, wenn ich niedrig fliege?«

»Nein«, antwortete sie lachend.

»Heute müssen wir tiefer fliegen.« Er wollte ihr mit Erklärungen über die Flugbedingungen keine zusätzliche Angst machen. »Aber an meinem achtzehnten Geburtstag war das anders.«

»Und was ist passiert? Sind Sie dann auch tatsächlich bei einem Mädel gelandet?«

Es fiel ihm leicht, mit jemandem, den er kaum kannte, über seine Jugendsünden zu sprechen. »Ich wäre eher fast im Gefängnis gelandet.«

»Echt?«

»Die Sicherheitsleute auf dem Privatflughafen haben meinen Vater verständigt, dass einer seiner Vögel vermisst wird. Er verdächtigte sofort meine beiden älteren Brüder, aber sie waren zu Hause und unschuldig, und so hatte er angenommen, dass der Heli gestohlen worden war. Er wäre ihm nicht im Traum eingefallen, dass *ich* ihn hätte nehmen können.«

»Waren Sie sonst ein braves Kind?«

Oh nein, alles andere als das. Aber das hatten seine Eltern nicht gewusst. »Ach, es ging so.«

»Und das soll ich Ihnen abnehmen?«, fragte sie neckend. Ihre Brust hob und senkte sich ganz entspannt.

»Jedenfalls empfing uns die Polizei, als wir landeten, und legte uns Handschellen an. Unsere Eltern waren außer sich«, sagte er und riss sich vom Anblick ihrer Brüste los.

»Kaum zu glauben. Haben Sie das Mädel wiedergesehen?«

Die Lichter der Landebahn tauchten auf. »Ihre Eltern haben es ihr verboten.«

»Das heißt bei Teenagern doch nichts.«

Trent leitete eine große Kurve ein, der Hubschrauber neigte sich seitwärts. »Ich glaube, es waren eher die Handschellen, die sie abschreckten.«

Monica lächelte. »Handschellen kommen sonst selten schon beim zweiten Date zum Einsatz. Es sei denn, das Mädel steht auf so etwas.«

Trent starrte sie an und versuchte das Bild von Monica in Handschellen … solche mit weichem Plüsch … wieder aus seinen Gedanken zu verbannen.

Kapitel 5

Hemmungslos geflirtet! Monica schalt sich kopfschüttelnd selbst, als sie zum zweiten Mal aus Trents Hubschrauber stieg. Zugegeben, dieser Flug war viel besser gewesen als der erste. Vielleicht war es das Geheimrezept, um keine Flugangst mehr zu haben: Man musste für erotische Stimmung sorgen! Und man musste über Handschellen sprechen. Sie hatte darüber in Büchern gelesen, aber es selbst noch nie ausprobiert. Der durchdringende Blick des Piloten war es wert gewesen. Jetzt spürte sie noch nicht einmal mehr den Stress der letzten dreißig Stunden wie noch kurz zuvor, als sie sich um ein Uhr morgens für eine kurze Weile schlafen gelegt hatte.

Sie folgte Trent zum Parkplatz. Sein selbstbewusster Gang und sein Grinsen, das so sexy war, ließen sie über seine Gedanken spekulieren. Wenn sie nur in seinen Kopf blicken könnte.

Monica holte auf, um die Unterhaltung mit ihm fortzuführen. »Nach der Spritztour mit dem Helikopter haben Sie sich entschlossen, das beruflich zu machen?«

»Könnte man so sagen.«

In seinem zweitürigen Jeep hatte man zwar ein Dach über dem Kopf, aber der Rücken blieb frei. Trent warf die Taschen auf den Hintersitz und öffnete die Autotür.

Er wartete, bis Monica eingestiegen war, dann schloss er die Tür. *Oh ja, seine Mutter hat ihm tatsächlich gute Manieren beige-*

bracht. »Haben Sie nie daran gedacht, beruflich etwas anderes zu machen?«, fragte sie, als auch er eingestiegen war.

»Ich habe mich auch schon mit Betriebswirtschaft beschäftigt.«

»Ich kann mir Sie gar nicht in Anzug und Krawatte mit ordentlichen Schuhen vorstellen.«

Er lachte laut auf.

»Was ist daran so lustig?«

»Mein älterer Bruder Jason hat genau das Gegenteil gesagt, dass er sich mich gar nicht in Shorts und Flipflops vorstellen könne.« Er startete den Motor und legte mit der gleichen Entschlossenheit, die er vorher im Hubschrauber gezeigt hatte, den Gang ein.

Er winkte einem kleinen Grüppchen zu, das vor einer Art Wachhäuschen stand, bevor er auf die Straße bog.

»Verstehen Sie sich gut mit Ihren Brüdern?«

»Wir passen aufeinander auf.«

Monica musste an Jessie denken. Sie und ihre Schwester waren unzertrennlich gewesen, bevor Jessie Jack heiratete. Jessie wohnte in Texas, aber kam oft zu Besuch. Was auch nicht schwer war, wenn der Ehemann ein eigenes Flugzeug besaß.

Mit dem Unterschied, dass Jack nicht selbst flog, sondern seine Privatpiloten hatte, die das für ihn erledigten.

»Was ist mit Ihnen? Haben Sie auch Geschwister?«

»Eine Schwester. Sie heißt Jessie. Sie war nicht gerade begeistert, als ich mich für den Einsatz gemeldet habe.«

Die schmale Straße, die vom Flughafen wegführte, war kaum breit genug für ein Auto, geschweige denn für zwei. Und doch fuhren immer wieder Geländewagen in beide Richtungen und zwängten sich aneinander vorbei.

»Es erfordert viel Mut, sich hier in das Chaos zu stürzen.«

Monica zuckte mit den Schultern. »Manchmal ist es leichter, sein Privatleben zurückzulassen und in die harte Realität einzutauchen, um sich wieder darauf zu besinnen, was wirklich wichtig ist.« *Mist, wo ist das denn jetzt hergekommen?* Sie lauschte ihren eigenen Worten nach und merkte, wie wahr sie waren.

»Die meisten Leute kommen auf die Insel, um ihrem Leben zu entfliehen.«

Sprach er von sich selbst? Versteckte sich Trent vor seinem *echten* Leben?

»Nicht diese Woche.«

Wieder fuhr ein Auto an ihnen vorbei. »Mann, das ist vielleicht eine schmale Straße.«

»Ist reine Gewöhnungssache.«

Dort, wo sie gerade fuhren, sah man nichts von der Zerstörung, die die Tsunamiwelle angerichtet hatte. Mit Ausnahme von ein paar Felsbrocken, die Trent geschickt umfuhr. »Wie schlimm ist die Gegend hier von der Katastrophe betroffen?«

»Viele haben ihr Zuhause verloren. Ich glaube, wenn der erste Schock vergangen ist, wird man erst begreifen, wie schwierig es wird, alles wieder aufzubauen.«

»Was ist mit Ihrem Haus? Ist es auch zusammengefallen?«

Er schüttelte den Kopf. »War ein Neubau. Ich habe fast ein schlechtes Gewissen, dass ich noch ein Zuhause habe, wenn so viele keines mehr haben.«

Sie sah die Bäume vorbeirauschen. Ein paar Regentropfen fielen. »Eine Form des sogenannten Überlebenden-Syndroms. Das ist ganz normal.«

»Ach, sind Sie nicht nur Krankenschwester, sondern auch noch Psychologin?« Man hätte die Frage auch sarkastisch auffassen können, aber sie klang eher bewundernd.

»Die Hälfte meines Jobs ist psychologischer Natur. Man muss Patienten und Familienangehörige beruhigen, einen kühlen Kopf bewahren, wenn alle um einen herum am Rad drehen.« Manche ihrer Kollegen nannten sie Ice Queen oder einfach nur Queenie, weil sie so kühl wie eine Eiskönigin wirkte.

Ursprünglich hatte es sich darauf bezogen, wie sie ihre Verehrer abwimmelte. Aber jetzt fand sie, dass der Name auch passte, weil sie ihre Emotionen so gut in Griff hielt, wenn alles um sie herum in Chaos ausbrach.

Monica merkte, wie Trent sie durch seine dunklen Brillengläser hindurch beobachtete. »Verlieren Sie niemals die Nerven?«

»Nein«, antwortete sie prompt. Sie holte tief Luft, dann gestand sie: »Aber das hier ist schon eine harte Probe.«

»Ja?«

Sie rief sich in Erinnerung, wo sie gerade hinfuhr. Es könnte noch schlimmer werden als der vorige Tag. Im ersten Krankenhaus hatte es wenigstens noch Ärzte und andere Schwestern gegeben, die ihr im Zweifelsfall zu Hilfe kommen konnten. Jetzt aber schickte Donald sie unbewaffnet mitten ins Schlachtfeld. »Keine Ahnung, was mir alles bevorsteht, und ich muss es ohne Kaffee und ohne Dusche durchhalten. Den Schlafmangel muss ich gar nicht erst erwähnen.«

»Gibt es keinen Arzt, der nachkommt?«

»Nein, vorerst nicht.«

»Verdammt.«

»Ja, verrückt, oder? Ich habe nur zwei Hände und ein Gehirn, aber ich werde mein Bestes geben.« Je mehr sie darüber nachdachte, desto weniger gefiel ihr die Vorstellung, dass sie in Port Lucia ohne Arzt sein würde.

Trent bog von der Hauptstraße in eine noch schmalere Straße. Diese war zwar besser in Schuss, doch für entgegenkommende Fahrzeuge gab es keine Ausweichmöglichkeit.

Nach der nächsten Kurve bremste er ab und hielt vor einem großen, eleganten Bungalow.

»Wo sind wir?«

Er legte die Sonnenbrille auf die Mittelkonsole. »Zwanzig Minuten Pause für Kaffee und Dusche.«

»Und was ist mit Port Lucia?«

»Das kann noch zwanzig Minuten warten. Vielleicht gibt es dort kein fließendes Wasser. Hier schon. Ich stelle den Generator an und mache uns Kaffee.«

Monica starrte ihn mit halb offenem Mund an. »Das ist Ihr Haus?«

Nickend öffnete er die Tür. »Kommen Sie, Monica. Ich habe das Gefühl, dass das Ihre einzige Dusche in den nächsten Tagen sein wird. Die Gelegenheit sollten Sie beim Schopfe packen.«

Sie sah wieder zum Haus hinüber, zur langen, überdachten Veranda. Hinter dem Dach konnte man den Ozean sehen. Der Gedanke an eine Dusche – und an Kaffee – war verlockend. »Ich kenne Sie ja nicht einmal.«

Trent grinste. »Ich habe Sie mit dem Hubschrauber nicht umgebracht und ich besitze keine Handschellen.«

Monica kniff die Augen zusammen und ignorierte die aufsteigende Wärme in den Wangen. »Na ja, was soll's.«

Als Trent ausstieg, tauchte aus dem Nichts ein großer, brauner Hund auf. »Ginger, Platz«, rief er, als der Hund zur Begrüßung hochsprang. »Sag mal Guten Tag zu unserem Gast.«

Ginger bellte freudig mit wedelndem Schwanz.

»Sie hat vielleicht nicht die besten Manieren, aber sie beißt nicht.«

Monica streckte die Hand aus, damit Ginger sie beschnuppern konnte. »Ein schöner Hund.«

»Und ganz schön verwöhnt. Kommen Sie. Ich habe einen Durchlauferhitzer, der gleich für warmes Wasser sorgt. Wenn der Generator läuft, dauert es nicht mal fünf Minuten.«

Monica folgte Trent. Die Haustür war nicht zugesperrt, drinnen lagen vereinzelt Gegenstände auf dem Boden.

»Ich hatte seit dem Erdbeben noch keine Zeit hier richtig aufzuräumen.« Er betätigte den Lichtschalter, aber nichts geschah.

»Seitdem gibt es vermutlich auch keinen Strom, oder?«

Ginger stieß mit der Schnauze gegen Monicas Hand, weil sie gestreichelt werden wollte.

Monica gehorchte.

»Ich weiß auch nicht, warum ich es immer wieder versuche. Überall sind die Leitungen beschädigt.«

Sie folgte ihm ins große Wohnzimmer, dem sich die offene Küche anschloss. Bodenlange Fenster umrahmten den atemberaubenden Blick auf das Meer. Zum Glück lag das Haus weit oben. Von dort, wo Monica stand, sah man keine verheerenden Folgen der Tsunamiwelle, nur unendlich viel Türkis und Grün. Beziehungsweise Grau aufgrund des schlechten Wetters, aber an einem klaren Tag würde man bei solch einem Ausblick stundenlang einfach nur dasitzen und aufs Meer schauen können. »Was für ein atemberaubender Blick.«

»Ja, uns gefällt es hier, nicht wahr, Ginger?«

Ginger hörte ihren Namen und bellte.

»Sie können hier bleiben. Ich stelle jetzt den Generator an.« Trent öffnete die Terrassentür.

»Trent?«

»Ja?«

»Vielen Dank.«

Er zuckte mit den Achseln. »Keine Ursache.«

★★★

Der Weg zu den guten Vorsätzen war mit Trümmern gepflastert, zumindest diese Woche in Jamaika.

Mit einer Tasse starkem Kaffee in der Hand setzte sich Monica auf den Beifahrersitz in Trents Jeep und hatte ein schlechtes Gewissen, weil sie sich eine Erholungspause von fünfundzwanzig Minuten gegönnt hatte. Aber nur ein kleines bisschen. Donald hatte schließlich gesagt, dass sie Pausen einlegen sollten, wenn es möglich war.

»Die Hauptstraße, die um die Insel führt, ist durch die Wassermassen stark beschädigt. Die Fahrt dauert eigentlich nur zwanzig Minuten den Hügel hinunter«, sagte Trent, als sie wieder in ein Schlagloch gefahren waren.

»Jetzt weiß ich, warum Sie einen Geländewagen mit Allrad haben«, sagte sie. »Sind alle Straßen auf der Insel so schlecht?«

»Die in den Touristengegenden sind gut. Zumindest die meisten. Hier und im Hinterland sind sie furchtbar.«

»Wenn Sie sonst nur darüber hinwegfliegen, kann es Ihnen ja egal sein.« Ein Vorteil, wenn man Pilot war.

Der Jeep schlingerte nach rechts, dann gleich wieder nach links. Monica sah aus dem Fenster, aber die Straße schien gar nicht der Grund für die unsanfte Fahrweise zu sein. »Fahren Sie langsamer«, forderte sie ihn auf.

»Jagt Ihnen mein Fahrstil Angst ein?«

Sie schüttelte den Kopf. Sie war in Südkalifornien aufgewachsen, dem Erdbebenzentrum der Vereinigten Staaten. Wenn man von einem Erdbeben überrascht wurde, dann hörte man oft zuerst, wie sich die Gebäude bewegten, bevor man die Bodenwelle spürte. Wenn man im Auto saß, hörte man nichts, aber es fühlte sich an, als ob man einen platten Reifen hätte. »Nein. Halten Sie an.«

Trent wurde langsamer, während Monica weiterhin aus dem Fenster sah. Sie waren von Bäumen umgeben. Eine Stromleitung führte an der Straße entlang. Kein Hochhaus in der Nähe, das auf sie niederstürzen konnte.

Und tatsächlich, als Trent anhielt, fühlte es sich an, als ob sie noch weiterfuhren. Monica hielt den Kaffee vorsichtig, damit er nicht verschüttet wurde. Das Rollen dauerte nur ein paar Sekunden, aber es erinnerte sie wieder daran, warum sie hier war. »Das hatte wahrscheinlich Stärke vier«, meinte sie.

Trent sah aus dem Fenster, seine Augen verengten sich. »Macht es Ihnen gar nichts aus?«

»Das Erdbeben?«

»Ja.«

»Nein. Das war ja nur ein Minibeben. Dafür würde ich in der Nacht noch nicht einmal die Äuglein öffnen.«

Er schauderte und startete den Motor wieder.

»Sie können tatsächlich die Stärke auf der Richterskala einschätzen? Ohne Seismograph?«

Monica kicherte. »Unter drei merkt man gar nichts. Außer, wenn das Zentrum nahe der Oberfläche liegt und man sich direkt darüber befindet. Dann vielleicht …« Sie schlürfte ihren Kaffee und fuhr fort. »Bei drei Komma irgendwas und vier … da dreht man sich im Bett wieder um und schläft weiter. Wenn es aber Richtung fünf geht, fragt man sich, ob es vielleicht noch stärker wird. Bei sechs, wenn es harte Stöße gibt, springt man auf, bei einem rollenden Beben vielleicht nicht ganz so schnell. Bei mehr als sechseinhalb rennt man. Und wenn man die Zerstörung nach siebeneinhalb sieht, fragt man sich, was ein Beben der Stärke neun oder, Gott bewahre, zehn noch alles anrichten kann.«

»Sie haben sich aber viele Gedanken darüber gemacht.«

Monica zuckte nur die Schultern. »Ich bin in Südkalifornien groß geworden. Da ist das normal.«

Nach der nächsten Kurve war die Straße blockiert. Ein Erdrutsch. Ein paar Autos standen dort, die Insassen waren ausgestiegen und versuchten, das Geröll zu entfernen.

»Na gut, in diesem Fall muss ich wohl doch kein schlechtes Gewissen für die kurze Pause in Ihrem Haus haben«, meinte sie.

Trent bremste und stellte den Motor ab. »Bleiben Sie sitzen. Ich steige aus und helfe.«

Monica trank ihren Kaffee weiter und stellte die Rückenlehne ihres Sitzes nach hinten. Trent versuchte, mit ein paar Jamaikanern das Geröll zur Seite zu schieben und die Steine wegzuschaffen. Irgendwann zog er in der Hitze das T-Shirt aus.

Breite Schultern, Sixpack, schmale Hüften und ein knackiger Hintern. Monica konnte nicht leugnen, dass ihr der Anblick ziemlich gefiel.

Die Tatsache, dass jegliche gegenseitige Anziehung nur vorübergehend sein würde, schreckte sie nicht ab.

Monica Mann war an Vorübergehendes gewohnt. So hatte man keine Scherereien. Niemand, auf den sie Rücksicht zu nehmen hatte, und niemand, der auf sie Rücksicht nahm.

Perfekt.

Kapitel 6

Das Krankenhaus, beziehungsweise das, was davon noch übrig war, hatte jeglichen Glanz von früher verloren. Trent fuhr so nahe heran wie möglich. Er fragte nicht erst, ob es Monica recht sei, wenn er sie hineinbegleitete, sondern schnappte sich einfach ihre Tasche und ging voran. Im Hauptkrankenhaus hatte es wenigstens noch den Anschein von Ordnung gegeben. Hier herrschte das reinste Chaos.

»Sind Sie sicher, dass wir hier richtig sind?«, fragte Monica, als sie sich dem Gebäude näherten. Ein paar Jamaikaner standen davor und beobachteten sie.

Trent bemerkte auch, dass sie Monica länger ansahen als ihn, und blieb dicht an ihrer Seite.

Was zum Henker hat sich dieser Arzt nur dabei gedacht, sie alleine hierher zu schicken? Selbst die ortsansässigen Touristenverbände rieten Urlaubern, ihre Wertgegenstände einzuschließen, und warnten davor, alleine auf die Straße zu gehen. Mit ihrer hellen Haut und den blonden Haaren stach Monica zwischen den dunklen Jamaikanern besonders hervor. Und sie war um einiges wertvoller als eine Handtasche oder eine Kamera.

Die Wolkendecke war aufgebrochen und ließ die Hitze wieder durch. Auf beiden Seiten des Krankenhauses waren gemauerte Häuser eingestürzt, was den Weg zum Eingang zu einem Hindernislauf machte.

Trent ergriff Monicas Hand und half ihr über einen Geröllhaufen. Wieder wollte sie nachfragen, ob sie hier richtig waren, aber dann hörte sie schon die unmissverständlichen Geräusche menschlichen Leids.

Lange Schlangen hatten sich vor dem Eingang gebildet. In einigen Pritschenwagen lagen Leute auf der Ladefläche, an den Wänden entlang standen Krankentragen.

Trent sah Monica an. Sie war schockiert.

»Gütiger Himmel.«

»Wissen Sie, wer hier zuständig ist?«

Monica schüttelte den Kopf. »Angeblich wird der Krankenhausarzt seit dem Beben vermisst.«

Trent bahnte sich einen Weg durch die vielen Menschen und zog sie hinter sich her.

»Helfen Sie mir.« Ein Mann kauerte an der Wand bei der Tür. »Sind Sie Arzt?«

Monica lächelte den Patienten an. »Ich bin Krankenschwester. Warten Sie noch kurz, okay?«

»Ich bin schon seit zwei Tagen hier. Bitte, Ma'am!«

»Kommen Sie, Monica. Wir müssen herausfinden, wer hier das Sagen hat.«

Sie gingen an dem Mann vorbei und betraten das Krankenhaus. Es war heillos überfüllt, überall waren Leute.

»Ist hier irgendwo eine Krankenschwester?«, rief Trent.

Einige Leute drehten ihre Köpfe in seine Richtung, manche zeigten auf eine Tür.

»Es sieht nicht einmal so aus, als ob hier jemand die Erstsortierung vorgenommen hätte«, murmelte Monica mehr zu sich selbst.

In einem anderen Raum fanden sie eine Frau, die gerade eine Verletzte verband. Trent musste ein Würgen unterdrücken, weil es in dem Zimmer furchtbar stank.

»Hi«, sagte Monica zu der Frau.

Diese blickte über die Schulter, musterte beide kurz, fuhr mit dem Verbinden fort. »Sind Sie zur Verstärkung hier?«

Sie war Jamaikanerin, hatte aber nicht so einen starken Akzent wie die meisten anderen.

»Ja, ich bin eine der Krankenschwestern aus Amerika.«

»Gott sei Dank. Und was ist mit Ihnen? Sind Sie Arzt?«

Trent nahm an, dass er gemeint war. »Nur der Chauffeur.«

Die Frau machte ein grummelndes Geräusch. »Sie können laufen. Aufrecht. Also können Sie auch helfen.«

Trent sah sich um. Abgesehen von dem unheimlichen Gestank, würde er das viele Blut, das viele Leid kaum ertragen können.

Monica ging um die Patientin herum und begutachtete den Infusionsbeutel, der über ihr hing. »Sind Sie Krankenschwester?«

Die Frau schnaubte. »Ich bin Sekretärin. Die Schwester ist bei den Patienten, denen es schlechter geht.«

Monica ließ die Hand fallen. »Nur eine Schwester?«

»Es gibt zwei, aber die andere ruht sich gerade aus. Reichen Sie mir mal die Mullbinde.« Die Sekretärin deutete zum Tisch hinüber, der zwischen zwei improvisierten Betten stand.

Monica zögerte, als sie die schmutzigen Bandagen sah. »Haben Sie keine sauberen mehr?«

»Nicht genügend. Die tun es auch.«

Trent konnte die Einwände sehen, die Monica auf der Zunge lagen. Aber sie sagte nichts, sondern reichte ihr das Verbandszeug, während sie der Patientin ein Lächeln schenkte.

»Wie heißen Sie?«

»Freya.«

»Ich bin Monica und das hier ist Trent.«

Freya war fertig und drehte sich um. »Kommen Sie, ich zeige Ihnen, wo alles ist.«

»Moment noch«, unterbrach Monica sie. »Wer hat hier eigentlich die Leitung?«

Freya stützte die Hand in die breite Hüfte. »Jetzt gerade, in diesem Zimmer, habe ich die Leitung. Hier sind nur wenige Helfer und niemand ist für so etwas ausgebildet.«

»Wer macht die Triage? Wer trifft hier die Entscheidungen?« Monicas Stimme wurde höher und in gleichen Maßen kniff Freya den Mund stärker zusammen.

»Ich gebe mein Bestes.«

Monica atmete tief durch. »Da bin ich mir absolut sicher. Ohne einen Arzt oder medizinisches Fachpersonal ist es verdammt schwer. Ich versuche ja nur herauszufinden, was bis jetzt getan wurde.«

Wohl nicht viel, so wie es hier aussieht. Die meisten Patienten lagen nicht, sondern saßen auf einer Pritsche oder einer anderen Liegefläche. Manche wippten zusammengekauert und stöhnend vor und zurück. Trent würde hier keine große Hilfe sein, das wusste er.

»Vielleicht ist es besser, wenn ich jetzt wieder fahre«, schlug er vor.

Monica wirbelte so schnell herum, dass Trent dachte, sie würde sich komplett im Kreis drehen. »Wagen Sie das bloß nicht.«

Ergeben hob er die Hände. *So leicht komme ich wohl nicht davon.* »Ich bin weder Krankenpfleger noch Arzt. Noch nicht mal von der Krankenhausverwaltung.«

Freya und Monica warfen ihm finstere Blicke zu.

Monicas Augen verengten sich. »Wo ist die Schwester mit den *schweren* Fällen?«

»Im Krankenhaus.«

»Ist das hier nicht das Krankenhaus?« Monica ließ Trent nicht aus den Augen. Als ob er sich aus dem Staub machen würde, sobald der Blickkontakt abbrach.

»Das ist das Wartezimmer.«

»Können Sie mir alles zeigen? Und Sie«, sie stieß ihm den Zeigefinger in die Brust, »Sie kommen mit.«

»Aber –«

Bevor er weiterreden konnte, unterbrach sie ihn. »Nur ein paar Stunden. So können Sie auch meiner Verstärkung im Hauptkrankenhaus mitteilen, was wir noch alles brauchen.«

»Ein paar Stunden?«

Sie hielt zwei Finger hoch.

»Nur zwei. Höchstens.«

★★★

Tauni, die andere Krankenschwester, freute sich, als sie Monica sah, aber dann war sie sauer, weil sie nicht auf der Stelle alles stehen und liegen lassen konnte, um sich schlafen zu legen.

Monica versuchte, sich auf jedes Detail zu besinnen, das sie im Training für die Katastrophenhilfe gelernt hatte, und teilte die Verletzten nach Schweregrad auf. Die Schwerstfälle wurden in einen gesonderten Raum gebracht, in dem der Generator lief und die Sauerstoffflaschen noch genügend Inhalt hatten. Die Frage war nur, für wie lange noch, aber das wollte Monica lieber gar nicht erst wissen.

Tauni war ungefähr im gleichen Alter wie Monica, aber arbeitete schon sehr lange in der Klinik. Allerdings hatte sie eine andere Art der Ausbildung absolviert und war weniger qualifiziert. Shandee, die zweite Schwester, kam erst viel später zurück. Sie freute sich zwar wegen der zusätzlichen Hilfe, aber war wenig begeistert darüber, dass Monica in der Zwischenzeit die Führung übernommen hatte.

»Genau dafür habe ich doch das Training bei Schwestern ohne Grenzen gemacht«, erklärte Monica.

»Ich arbeite hier schon seit zwanzig Jahren.« Shandee war Mitte fünfzig, ihre Haare waren grau meliert. »Ich bin schon länger Krankenschwester, als Sie auf der Welt sind.«

»Mein Lebensalter sagt nichts über meine Fähigkeiten aus.«

Shandee musterte sie geringschätzig, als ob sie Monica am liebsten auf den Boden werfen und sich draufsetzen wollte, damit sie nicht die Führung an sich riss. »Ich kenne alle Leute hier.«

Dagegen konnte Monica nichts einwenden. Sie wollte sich auch lieber nicht auf weitere Diskussionen einlassen. Jede helfende Hand wurde gebraucht, selbst die dieser mürrischen Krankenschwester, die es besser fände, wenn Monica nur ein blondes, schüchternes Ding aus Amerika wäre.

Monica senkte die Stimme, holte tief Luft und begann noch einmal: »Sehen Sie, Shandee, wir müssen mit der wenigen Hilfe, die wir hier haben, auskommen. Sie übernehmen den roten Raum, Tauni den gelben, Freya den grünen. Wenn alle Schwerverletzten im Haus sind, können wir besser arbeiten.« Auch wenn Monica das selbst nicht glaubte. Im roten Raum lagen jetzt schon zwei Schwerverletzte, um die es sehr schlecht bestellt war. Es gab nicht genügend Strom für den Röntgenapparat und erst recht keinen für das CT. Und selbst wenn sie Bilder der Verletzungen hätten, würde das auch nichts nützen, denn es waren schließlich auch keine Chirurgen da, um zu operieren.

»Der rote Raum?« Shandee blickte sich um. Viele Augen waren auf sie gerichtet.

Monica setzte ein freundliches Gesicht auf und sagte Shandee das, was sie hören wollte. »Ich habe gehört, dass sie eine der besten Schwestern hier sind. Die Menschen brauchen Ihre Hilfe. Und ich übernehme die Ersteinteilung.«

Shandee machte auf dem Absatz kehrt und ging in den roten Raum.

Monica seufzte. *Es wird ein langer, harter Tag.*

Trent begleitete sie in den nächsten beiden Stunden, während sie, so gut es ging, die Patienten nach dem Schweregrad der Verletzung sortierte. Nach den ersten fünfzehn Verletzten hatten zwei Teenager, nämlich Taunis Bruder namens Jerrick und Shandees Sohn Arcus, die wichtigsten Triagekriterien gelernt, um assistieren zu können.

»Wenn jemand zu schnell atmet, holt mich. Wenn die Haut unterhalb der Verletzung zu blass ist, auch. Wenn jemand unverständliches Zeug redet oder bewusstlos ist, bringt ihn direkt zu Shandee.«

Ein paar Freunde von Jerrick waren da und halfen ihm, die Patienten fortzubringen. Arcus kümmerte sich zusammen mit Monica und Trent um die Verletzten.

Monica kletterte auf die Ladefläche eines der Lastwagen, auf der ein Verletzter lag. Sie berührte ihn an der Schulter. Der Mann war kalt und bewegte sich nicht. Sie hatte es schon vermutet. »Verdammt«, flüsterte sie vor sich hin.

Wie lange hatte er hier gelegen? Hatte er noch gelebt, als sie angekommen war? Wo war seine Familie? Wem gehörte der Laster? Sie begann trotz der Hitze zu zittern.

Trent kam gerade aus dem Eingang, als sie von der Ladefläche heruntersprang. »Rein oder raus?«, fragte er.

Monica richtete sich auf. »Er – er ist tot.«

Trent sah hinter sie, sein Lächeln war verschwunden. »Oh.«

Sie fasste sich an die Stirn, merkte, dass ihre Hand zitterte.

»Wie geht es Ihnen?«

»Gut. Wir, äh … wir müssen einen Ort für ihn finden.« Sie schluckte. Wahrscheinlich gab es noch mehr Tote. Vielleicht hatte Shandee schon einen Platz für sie gefunden.

Monica machte Fäuste, um das Zittern zu unterbinden. Die Erschöpfung brachte sie an den Rand des Wahnsinns, aber jetzt musste sie sich zusammenreißen.

»Hey?« Er legte seine warme Hand auf ihre Schulter. »Nehmen Sie sich das nicht zu Herzen, Sie können nicht jeden retten.«

Seine beruhigende Stimme und die Berührung brachten sie fast zum Weinen. Schnell wich Monica zurück. »Ich weiß ja. Er ist kalt. Wahrscheinlich war er schon tot, bevor ich herkam.«

Trent trat zurück, als ob er gestochen worden wäre.

Gut gemacht, Ice Queen. »Tut mir leid. Ich weiß, dass Sie mir helfen wollen, aber ich darf nicht nachdenken und muss mich weiter auf die Arbeit konzentrieren, okay? Verstehen Sie das?«

Sie brauchte zwar seine Hilfe, aber nicht sein Mitleid. Zumindest noch nicht.

»Ja, ich verstehe.«

»Gut.« Sie nickte und merkte, dass ihr eine Träne herunterlief. Verärgert wischte sie sie fort. »Vielleicht weiß Shandee, wo die Verstorbenen hingebracht werden sollen.«

In der sengenden Hitze, umgeben von Leid, verging Stunde um Stunde. Nach Vorschrift gab Monica nur den größten Notfällen eine Infusion. Sie verabreichte allen Patienten Antibiotika, in der Hoffnung, dass wenigstens diese minimale Vorbeugemaßnahme gegen Infektionen helfen würde, bis Walt, Donald oder irgendein anderer Arzt kam. Die Patienten im roten Raum waren zu schwer verletzt, als dass man sie in ein anderes Krankenhaus hätte bringen können. Sie würden die Fahrt auf Jamaikas schlechten Straßen nicht überleben.

Tauni war zum Schlafen nach Hause gegangen und Trent lief noch irgendwo in der Klinik herum. Er war doch länger geblieben und schickte die Verletzten mit den Einheimischen per Lastwagen ins Hauptkrankenhaus. Monica musste warten, bis Hilfe eintraf. Und beten, dass Verbandszeug und Medikamente ausreichten.

★★★

Um die Mittagszeit des nächsten Tages gab es zwei kleine Wunder, zwei kleine Lichtblicke für Monica. Walt kam mit einem Krankenwagen, einem echten, vollständig ausgerüsteten Krankenwagen mit tragbarem Monitor und Versorgungsmaterial. Und das zweite Wunder war Strom. Eine gleichmäßige Stromversorgung. Nichts flackerte wie vorher, wenn ein Windstoß gekommen war. Monica hätte vor Freude einen Luftsprung machen können, aber sie war zu müde dafür, weil sie in der Nacht nur kurze Nickerchen im Sitzen hatte machen können.

Sie fühlte sich wie ein Zombie, aber trotzdem führte sie Walt von einem Patienten zum nächsten und erklärte, was gemacht wurde. »Wir haben nur noch verdammt wenig Antibiotikum. Die härtesten Fälle bekommen ein Gramm Cefazolin und diese vier hier sogar eine zweite Dosis«, sagte sie mit einer Geste auf die entsprechenden Patienten. »Gestern Abend ist der Tetanusimpfstoff ausgegangen. Wir haben auch kaum noch das Notwendigste, Verbandsmaterial, antibiotische Salben, Schienen … Es gibt nicht genug, um alle zu versorgen.«

Walt schüttelte den Kopf und zog sie zur Seite. »Wir müssen Mari ins Hauptkrankenhaus bringen.« Mari war eine zweiunddreißig Jahre alte Frau, die mit einer offenen Bauchwunde eingeliefert worden war. Ihr Zustand verschlechterte sich zunehmend.

»Ich dachte, dass sie die Fahrt auf offener Ladefläche nicht überleben würde.«

Walt klopfte ihr auf den Rücken, um damit zu sagen, dass sie die richtige Entscheidung getroffen hatte. »Möglicherweise wird sie so oder so nicht überleben. Aber hier kann ich nicht operieren. Es ist hier noch schlimmer, als Donald es vermutet hatte. Niemand hat ihm gesagt, dass das Gebäude halb eingestürzt ist.«

»Laut Shandee befindet sich unterhalb der Trümmer nur ein Lager.«

Monica versteckte ein Gähnen hinter vorgehaltener Hand.

»Wann hast du das letzte Mal geschlafen?«

Bald würde sie keine Kraft mehr haben, das spürte sie. »Ist schon eine Weile her.«

Walt zog eine Augenbraue hoch.

»Als ich noch im anderen Krankenhaus war. Aber ich habe die eine oder andere Minute gegen die Wand gelehnt gedöst.«

»Kannst du dich hier irgendwo hinlegen? In ein ruhiges Zimmer?«

»Du machst wohl Scherze? Hier irren Menschen durch die Straßen, die kein Zuhause mehr haben. Ohne Trent hätte ich seit meiner Ankunft in Jamaika noch nicht einmal geduscht.«

»Wer ist denn Trent?«

Monica blickte sich suchend um. Trent war in der Nacht für ein paar Stunden fort gewesen und mit Kaffee zurückgekommen. Himmel sei Dank.

»Der Pilot. Er ist hier noch irgendwo.«

Wie gerufen erschien Trent plötzlich in der Tür.

Monica winkte ihn herbei.

»Trent, erinnern Sie sich an Dr. Eddy?«

»Walt«, bot er an.

Die Männer gaben sich die Hand.

»Vielen Dank für Ihre Mithilfe«, sagte Walt.

»Ich kann leider nicht viel tun.«

Walt blickte zu Monica und wieder zu Trent zurück. »Darf ich Sie um einen Gefallen bitten?«

»Selbstverständlich.«

»Könnten Sie Monica für eine Weile von hier wegbringen? Sie muss dringend schlafen.«

Sie wollte Einspruch erheben, weil Trent schon so viel für sie getan hatte. Der arme Kerl hatte gar keine andere Wahl gehabt. Wie überhaupt alle Menschen, die nicht verletzt waren – jeder wurde eingespannt. Doch Trent hatte etwas, das sonst keiner hatte: ein intaktes Haus und eine Dusche. »Sie müssen nicht«, entgegnete sie schwach, aber ihre Stimme verriet, wie sehr sie sich nach einer Pause sehnte.

»Das ist doch lächerlich. Ich warte schon darauf, dass Sie irgendwann zusammenklappen.«

Walt lachte. »Nicht unsere Monica. Sie ist wie eines dieser Häschen aus der Batteriewerbung.« Er rempelte Monica freundschaftlich an der Schulter an. »Los, hau ab. Ich möchte dich in den nächsten zehn Stunden nicht sehen.«

Monicas Augen weiteten sich. »Aber –«

»Es ist wieder eine Rettungstruppe eingetroffen. Ich gebe Donald Bescheid, dass er mehr Leute schicken soll.« Er machte eine wegscheuchende Geste.

»Wenn du sicher bist …«

»Ab mit dir.«

Als sie sich umdrehte, sah sie Trent grinsen.

»Ach, und Monica?«

»Ja?«

»Super Leistung!«

Kapitel 7

Trent fuhr aus dem Schlaf hoch, sein Herz raste, das Laken war nass vor Schweiß.

Er konnte sich nicht mehr an den Traum erinnern. Das war auch gar nicht nötig, denn der unbehagliche Nachhall des bereits vergessenen Albtraums war ihm bestens vertraut. Es war nun schon zwei Jahre her, seit ihm Albträume den Schlaf geraubt hatten.

Warum jetzt wieder?

Er ahnte warum. In seinem Haus schlief eine Frau, eine schöne, intelligente, attraktive Frau, die Erinnerungen an die Vergangenheit wachrüttelte.

Da sein Schlafrhythmus völlig durcheinander war, warf Trent die Decke zurück und entdeckte Ginger, die seit dem Erdbeben gerne in seinem Bett schlief. Er tappte barfüßig durchs Zimmer. Der Mond schien ins Haus und spendete ausreichend Licht. Trent zog sich eine Trainingshose über, schlich leise am Gästezimmer vorbei zur hinteren Terrasse und ließ sich auf einem der Liegestühle nieder.

Die laue Karibikluft war eine Wohltat. Hier oben, auf der Veranda mit Meeresblick, konnte er vergessen, dass um ihn herum die Welt buchstäblich in Trümmern lag. Hier konnte er dem sanften Rauschen der Wellen und dem Zirpen der Grillen lauschen.

Hier konnte er vergessen.

Hier konnten seine Wunden heilen.

Ginger lief einmal um ihn herum und rollte sich anschließend zu seinen Füßen ein, um weiterzuschlafen.

Jamaika war seine Zufluchtsstätte gewesen. Eine Auszeit, die nun zweifelsohne zu Ende ging. Es würde Jahre dauern, bis die Insel wieder auf die Beine kam, bis wieder Touristen anreisten.

Er könnte für Alex und Betty einen neuen Einsatzort finden, falls sie überhaupt wegwollten. Mit Blue Paradise Helicopter Tours könnte er zurückkommen, wenn alles wieder aufgebaut war.

Ohne Arbeit, ohne etwas, das ihn auf Trab hielt, würde Trent sich hier nicht wohlfühlen, und schlecht hatte er sich, weiß Gott, lang genug gefühlt.

Wie in den letzten fünf Tagen auch.

Ist es erst fünf Tage her?

Fünf lange, zermürbende Tage, die alle zu einer einzigen grauen Zeitspanne verschwimmen würden, wenn er auf der Insel blieb.

Ginger begann zu winseln und sprang auf. Die Grillen hörten auf zu zirpen, die Nacht schien innezuhalten.

Die Erde begann zu rollen, nur kurz, und schon war es wieder vorbei. Ob sein Gast davon aufgewacht war? Hatte Monica die Augen geöffnet und sich wieder umgedreht? Auch Ginger hatte sich wieder zusammengerollt und schlief weiter. *Ach, Hund müsste man sein …*

Ginger hob den Kopf. Aus dem Haus kam ein Geräusch und die Frage nach Monica beantwortete sich von selbst.

Trent spürte schon ihre Nähe, bevor sie neben ihm in der offenen Terrassentür erschien. »War das ungefähr Stärke vier?«, fragte er.

Sie schmunzelte. »Wohl kaum. Ich kann einfach nicht schlafen.«

Trent wandte sich ihr zu und es verschlug ihm den Atem. Ihr Haar war vom Schlaf zerzaust, die Augen waren nur halb geöffnet, oder besser gesagt noch halb geschlossen. Sie trug sehr knappe Schlafshorts und ein rosafarbenes T-Shirt mit der Aufschrift »Classy« – erstklassig – über den Brüsten. Brüste, die nicht von einem BH gehalten wurden. Er sah, wie sich ihre Brustwarzen durch den dünnen Stoff abzeichneten, und wurde sich im gleichen Augenblick gewahr, dass er sie anstarrte.

Er riss sich von dem Anblick der schönen Frau los und konzentrierte sich auf den Ozean. »Das Wachsein rentiert sich bei so einer schönen Nacht.«

Sie setzte sich auf den Liegestuhl neben ihm und zog die Beine unter sich. »Es ist schön hier draußen«, sagte sie leise, fast flüsternd.

»In ungefähr einer halben Stunde wird es sogar noch schöner.«

»Ach ja?«

»Sonnenaufgang.«

Seufzend lehnte sich Monica zurück. »Ich glaube, ich habe noch nie einen Sonnenaufgang beobachtet. Nur Sonnenuntergänge, an der Westküste.«

»Wohnen Sie am Meer?«

»Nein, ungefähr eineinhalb Stunden entfernt. Ich hätte nichts dagegen, näher am Meer zu wohnen, aber es ist zu teuer dort.«

Sie saßen eine Weile schweigend da. Monica hing ihren Gedanken nach und Trent warf immer wieder verstohlene Blicke auf ihre nackten Beine. Er überlegte, wo sie jetzt gerade wäre und was sie täte, wenn sie nicht hier säße.

Er massierte sich die Stelle zwischen den Augen und wischte die Gedanken beiseite. Ihm wurde wohlig warm, wenn er nur an sie dachte. *Es ist nur körperliche Anziehung.* Die kurzen Affären, die er bisher hier auf der Insel gehabt hatte, waren allesamt mit Touristinnen gewesen, die für ein, zwei Wochen Urlaub machten. Nur das Stillen sexueller Bedürfnisse, das nie damit geendet hatte, am Morgen gemeinsam auf der Veranda zu sitzen und den Sonnenaufgang zu sehen.

Monica war zwar keine Touristin und ganz sicher nicht zum Vergnügen da, aber letztlich war sie auch nur vorübergehend auf Jamaika.

»Ich überlege gerade«, unterbrach Monica seine Gedanken. »Sie fliegen doch sonst hauptsächlich Touristen, oder?«

»Ja.«

»Bedeutet die Katastrophe, dass Sie jetzt keinen Job mehr haben?«

Wohl kaum. Aber er verstand ihre Frage. »In gewisser Weise ja. Touristen wird es in nächster Zeit hier nicht viele geben.«

»Bleiben Sie trotzdem hier? Verlieren Sie jetzt Ihr Zuhause?« Ihre Stimme klang sorgenvoll.

»Es ist nicht ganz so schlimm. Blue Paradise hat noch andere Standorte.«

»Meinen Sie, dass man Sie versetzt?«

Er musste lachen.

»Was ist denn so lustig?«

»Ich bin Teilhaber von Blue Paradise.«

Ihre Lippen formten ein lautloses O. Dann wandte sie ihren Kopf wieder Richtung Meer. »Bleiben Sie hier und helfen beim Wiederaufbau?«

Er zuckte die Achseln. »Wahrscheinlich nicht. Die Nahrungsmittelversorgung wird ein Problem sein und wenn man längere Zeit auf den Generator angewiesen ist, ist es wie Camping.«

»Aber es ist furchtbar, dass Sie von hier weg müssen.«

Von seinem Zufluchtsort. »Es wird schon werden.«

Jetzt lachte sie leise auf. »Suchen Sie sich einen anderen Ort für Ihre Shorts und Flipflops?«

»Vielleicht.«

Der dunkle Himmel begann seinen langsamen Tanz Richtung Tag. Ein schwaches Blau leuchtete am Horizont und breitete sich weiter aus, bis in der Ferne orangefarbene und rote Strahlen durch die Wolken schimmerten. Trent beobachtete Monicas Staunen. Ihre hellen blauen Augen ließen nicht von dem Wunder des Naturschauspiels ab. Selbst die Zikaden schienen den Atem anzuhalten und die Vögel unterbrachen für einen Moment ihr Morgengezwitscher.

»Wow«, flüsterte sie.

Er bekam eine Gänsehaut. Allein sie zu betrachten, setzte Hormone frei.

Sie bemerkte seinen Blick und lächelte.

Wenn er sich mit Monica einließe, ginge es um mehr als nur um sexuelle Bedürfnisse. Nein, es wäre komplizierter … sehr viel komplizierter.

»Ich mache uns einen Kaffee«, sagte er plötzlich, riss sich abrupt von ihrem Anblick los und hastete ins Haus.

★★★

Monica blickte Trent hinterher. Er war so schnell geflüchtet wie ein Quarterback, der gerade von der schwangeren Cheerleaderin in der Männerumkleide aufgesucht worden war.

Selbst Ginger hob verwirrt den Kopf von den Pfoten und sah ihm nach.

»Was hat er denn plötzlich?«, fragte Monica den Hund.

Ginger gähnte und legte sich wieder hin.

Monica beobachtete wieder den Sonnenaufgang. Der Himmel war so beeindruckend, dass sie einfach nur den Moment genoss und für kurze Zeit vergaß, warum sie nach Jamaika gekommen war.

Ein Geräusch im Haus ließ vermuten, dass Trent den Generator gestartet hatte, um Kaffee zu machen.

Der Gedanke an Kaffee ließ ihr das Wasser im Munde zusammenlaufen.

Ihr schliefen die Beine ein, sie musste sich bewegen. Außerdem sollte Trent nicht alles allein machen müssen. Monica erhob sich und ging hinein. Trent stand vor der Küchenspüle, eine Hand in die Seite gestützt.

Gedankenverloren starrte er aus dem Fenster, eine Million Meilen entfernt. Da wollte Monica lieber nicht stören.

Als sie sich gerade wieder zum Gehen wandte, begann Ginger hinter Monica zu bellen.

Trent sah zu ihr. Seine Augen verengten sich, als er sie von oben bis unten musterte.

Monica war sich unsicher. War es Bewunderung oder Missachtung? Jedenfalls war irgendwas mit ihm. Sie verschränkte die Arme über der Brust und jetzt erst merkte sie, dass sie eigentlich nicht die passende Kleidung für die Anwesenheit eines Mannes trug … besonders die eines Mannes, den sie gar nicht richtig kannte. »Kann ich Ihnen helfen?«

Trent schüttelte den Kopf und öffnete den Vorratsschrank. »Ich mach das schon.« Er klang schroff.

Plötzlich fühlte sie sich schutzlos und ziemlich unwillkommen. »Dann gehe ich jetzt besser duschen«, sagte sie schnell.

»Das Wasser ist noch nicht warm.«

»Egal. Eine kalte Dusche macht mich wach.« Die Stimmung hier in der Küche war schon frostig genug. In der Dusche war sie wenigstens alleine.

Als sie gerade zum Gästebad gehen wollte, rief ihr Trent hinterher. »Monica?«

Unerwartet und ohne etwas dagegen tun zu können, stiegen ihr die Tränen in die Augen. Sie blieb stehen, ihr Hals schnürte sich zusammen. »Wenn ich genauer darüber nachdenke«, sagte sie mit leichtem Zittern in der Stimme, »gehe ich erst noch laufen, um richtig wach zu werden.«

Er rief noch einmal ihren Namen, aber sie war schon in das Zimmer geflüchtet, in dem sie geschlafen hatte, und hatte die Tür hinter sich geschlossen. Sie wusste nicht, was los war, was sich seit dem anfänglichen Knistern zwischen ihnen geändert hatte. Aber sie war froh darüber. Sie konnte weder Tränen noch Kopfschmerzen gebrauchen. *Lieber den anderen enttäuschen.* Oder noch besser: gehen, bevor bei irgendwem Gefühle aufkamen.

In diesem Fall würde sie sogar schon gehen, bevor sie überhaupt mit dem Gedanken daran spielte.

Wahrscheinlich ist er furchtbar im Bett. Und seine Küsse eklig feucht und unbeholfen …

Zwei Minuten später erschien sie in Laufschuhen und einer kurzen Sporthose. Sie hatte vorher schon die Stufen entdeckt, die unterhalb von Trents Haus hinabführten und mittlerweile war es hell genug, um den Weg zu finden. Es war völlig still im Haus, als sie hinausschlüpfte.

Kurz nachdem sie den Strand erreicht hatte, hörte sie ein Bellen hinter sich.

Ginger.

Gott sei Dank ohne Trent. Ihre Brust schnürte sich zusammen, aber es war vor Erleichterung und nicht vor Enttäuschung, redete sie sich zumindest ein. Ein schneller Lauf würde ihren Kopf befreien, ihre eigene Homöostase wieder herstellen. Vor ihrer Ausbildung hatte sie weder das Wort gekannt, noch gewusst, dass der Zustand, den es beschrieb – ein stabiles, sich selbst regulierendes Gleichgewicht –, überhaupt möglich war. Sie hatte immer gedacht, eine gewisse Leere im Leben sei normal.

Selbst in der Zeit, als sie noch mit Jessie und Danny zusammenwohnte, war ihr Leben nie wirklich erfüllt gewesen.

Monica rief nach dem Hund und legte noch einen Zahn zu.

Der Gedanke an ihre Schwester Jessie erinnerte Monica an ihr Zuhause. Ein Zuhause, das aus einem leeren Apartment in einem Vorort in Kalifornien bestand, weit entfernt von der Küste, umgeben von Menschen, die alle gerade so von der Hand in den Mund lebten. Das Apartment war leer, weil Jessie nach Texas gezogen war. Darüber hinaus wollten nun auch Katie und Dean nach Texas zurückziehen, weil Deans Bauunternehmen expandierte. Der Umzug war nachvollziehbar, denn sowohl Katies als auch Deans Familie wohnten in Texas, und alle wollten Töchterchen Savannah so oft wie möglich sehen.

Aber Monica fühlte sich ein bisschen einsam, seit Jessie nicht mehr so oft nach Kalifornien kam, und wenn Katie nicht mehr in der Nähe wohnte, würde es noch schlimmer werden.

Und was war mit ihr?

Sie würde dort, wo man es zu nichts bringen konnte, bleiben und weiterhin in viel zu großer Nähe zu ihrer Mutter wohnen.

Ihre Mutter war der letzte Mensch auf der Welt, der sie verstand. Renee hatte immer einen Freund und wenn der Sex zu langweilig wurde, suchte sie sich einen neuen.

Monica kannte noch nicht einmal ihren eigenen Vater. Er hatte sie verlassen, als sie noch in den Windeln lag, und sie hatte keinerlei Erinnerung an ihn. Er war ein Enigma, ein Mysterium, nutzlos und trotzdem ein riesiges Fragezeichen in Monicas Leben.

Kurz gesagt: Jeder, der etwas in ihrem Leben bedeutete, ging fort.

Monica sprang über einen großen Baumstamm, den der Tsunami angeschwemmt hatte, und rannte weiter. Für Ginger war es ein lustiges Spiel, sie rannte voraus, wartete, und wenn Monica aufholte, rannte sie wieder weiter.

Es ist ganz normal, dass Menschen wegziehen oder wieder aus dem Leben verschwinden.

Monica würde die Menschen, die sie hier kennengelernt hatte, ja auch wieder verlassen.

Wie Trent zum Beispiel.

Wie lange kannte sie ihn schon? Seit drei Tagen? Warum war es ihr nicht egal, dass er sie wieder loswerden wollte?

Weil es wehtat, zurückgewiesen zu werden.

Eigentlich sollte ich daran gewöhnt sein.

Monica wich den schäumenden Wellen aus und lief weiter, obwohl sie schon ziemlich aus der Puste war.

Aber dann versperrten Felsen den Weg und sie musste wieder umkehren.

Sie hatte zwar noch keine Lust dazu, aber wenn sie nicht schwimmen wollte, musste sie zu Trents Haus zurücklaufen und seine Gleichgültigkeit ertragen, während sie schweigend Kaffee tranken und dann zum Krankenhaus zurückfuhren.

Sie würde ihm danach einfach aus dem Weg gehen.

Und sich besser fühlen. Schließlich war sie die Ice Queen.

Trent saß auf den Stufen vor der Eingangstür. Er wartete.

Monica wurde langsamer, wollte sich aber an ihm vorbeidrängen, mit der Ausrede, dringend duschen zu müssen.

Ganz sicher hatte er sie gesehen, aber er blickte weiter aufs Meer. Als sie fast vor ihm stand, sah er auf ihre Füße. Er hielt eine Tasse in der Hand. »Wahrscheinlich ist er jetzt kalt«, sagte er.

Sie nahm ihm trotzdem die Tasse ab. »Wir trinken gerne Eiskaffee zu Hause«, versuchte sie zu scherzen.

Während sie den ersten Schluck trank, spürte sie, wie er sie beobachtete. Er hatte in den mittlerweile recht abgekühlten Kaffee schon Zucker für sie hineingegeben. »Danke«, sagte sie.

Sie drehte ihm den Rücken zu und nahm noch einen Schluck.

»Du bist abgehauen«, sagte er schließlich.

»Ich musste meine Gedanken sortieren, mich für den anstrengenden Tag wappnen.« *Der mit dir begonnen hat und weiß Gott wie enden wird.*

Nach einer längeren, unangenehmen Schweigepause wollte Monica wieder flüchten.

»Ich dusche jetzt und dann könnten Sie … kannst du mich vielleicht zum Krankenhaus zurückbringen?« Letzte Nacht war es noch selbstverständlich gewesen, dass er das tun würde, aber jetzt war sie sich nicht mehr sicher. Sie mochte es gar nicht, wenn sie auf andere angewiesen war. Hier konnte sie ja nicht einfach ein Taxi rufen oder irgendwen bitten, sie abzuholen. Sie könnte zwar vielleicht Walt anrufen, aber vielleicht war er gar nicht in der Nähe oder hatte überhaupt nicht die Möglichkeit, sie abzuholen.

»Natürlich.« Er stand auf.

Wieder schnürte sich ihre Kehle zusammen. *Das Joggen hat wohl auch nichts genützt.*

Wie angewurzelt stand er auf den Stufen. Sie wollte an ihm vorbei, aber er hielt sie fest. Seine Berührung brannte wie Feuer.

»Monica?«

Sie blieb stehen und plötzlich schien die Luft knapp zu werden. Er stand so nahe bei ihr, dass es ihr den Atem verschlug. Sie konnte dem Sog seines Blickes nicht mehr ausweichen. Er durchdrang sie mit den Augen.

Es war ein Blick, aus dem großes Leid sprach.

Er lockerte den Griff, strich sanft über die Innenseite ihres Armes.

Sie zitterte und atmete wieder. In einer Kneipe wäre dieses Flattern in ihrem Bauch willkommen gewesen. Aber hier, in Strandnähe, nach dem Sonnenaufgang, mit mehr Leben und Tod an allen Ecken und Enden, da wollte Monica es nicht spüren.

Es jagte ihr sogar noch mehr Angst ein, als ein Helikopterflug mit Barfuß ans andere Ende der Welt.

Es machte ihr mehr Angst als das Leben selbst. Sie schloss die Augen.

Trent ließ seine warme Hand über ihren Arm gleiten. Er stand nun noch dichter vor ihr.

»Das ist keine gute Idee«, flüsterte sie. Das Knistern musste sie nicht erst leugnen. Sie hoffte inbrünstig, dass er sie nicht bloßstellen würde und sagte, er hätte keine Ahnung, was sie meinte.

Sie konnte ihm nicht in die Augen sehen. In seine schokoladenbraunen Augen, die in ihr Innerstes vordrangen.

Als er die Hand fortnahm, atmete sie aus – sie hatte gar nicht gemerkt, dass sie die Luft angehalten hatte. Dann floh sie die Treppen hinauf.

Kapitel 8

Es gab zwei Arten der Stille: angenehm still und unangenehm still. Wie sie und Trent vom angenehmen Schweigen zu Hilfe-ich-muss-schleunigst-aus-dem-Auto-aussteigen gekommen waren, wusste sie nicht. So wie Trent das Lenkrad umklammerte, konnte er es ebenfalls kaum mehr abwarten, bis sie endlich verschwunden war.

Monica schloss die Augen und tat, als ob sie sich auf den letzten Kilometern vor dem Krankenhaus noch etwas ausruhte. Sie war so froh, als hinter der letzten Kurve endlich der mittlerweile vertraute Ort auftauchte. Auf den Straßen waren noch mehr Leute unterwegs als vorher. Polizisten durchsuchten die Trümmer mit Spürhunden. Dass sie jetzt noch Überlebende finden würden, war höchst unwahrscheinlich, aber trotzdem suchten die Menschen weiter nach ihren Angehörigen.

Während Trent bremste, öffnete Monica schon den Sitzgurt, um so schnell wie möglich abhauen zu können.

»Vielen Dank für das Bett und dass ich letzte Nacht von dem hier eine Pause machen konnte.« Sie war ihm wirklich dankbar, auch wenn sie sich gerade sehr unwohl fühlte.

»Keine Ursache.« Er hielt an, stellte den Motor ab.

Noch während sie die Tür öffnete, nahm sie ihren Rucksack. »Vielen Dank für alles, Trent. Es hat mich sehr gefreut, dich kennenzulernen.«

Er runzelte die Stirn. »Ich komme doch nachher wieder.«

Monica bemühte sich um ein Lächeln. »Nicht nötig. Walt meinte, dass heute noch weitere Helfer eintreffen werden.« *Und wenn du wiederkämst, würde ich vielleicht schwach werden.* »Aber vielen Dank … für alles.«

Dann floh sie, weil sie seine Verabschiedung gar nicht hören wollte.

Fast wäre sie losgerannt. Endlich hatte sie das Krankenhaus erreicht. Sie verstaute ihr Gepäck und suchte nach den anderen.

Dr. Eddy war mit einem Schwerverletzten zum Hauptkrankenhaus zurückgefahren und an seiner Stelle war Tina zu Hilfe gekommen. Sie war mit den neuen Helfern eingetroffen und hatte die Gelegenheit genutzt, sich hinzulegen.

Monica stürzte sich gleich in die Arbeit, um nicht weiter an Trent zu denken. Die Vergangenheit gehörte der Vergangenheit an. An ihn zu denken oder an das, was hätte sein können, war reine Energieverschwendung.

Es war sehr heiß geworden, über vierzig Grad, und die hohe Luftfeuchtigkeit dazu war kaum zu ertragen. Noch unerträglicher aber war der Geruch. Monica setzte sich eine Maske auf und riet Patienten und Angehörigen, dass sie dies ebenso tun sollten. Mit den unzähligen Toten und den fehlenden Sanitäranlagen würden sich bald Krankheiten ausbreiten.

Dr. Eddy hatte ihr gesagt, sie solle als Vorbeugemaßnahme Antibiotika einnehmen. In ihrem Beruf war die Sorge um Ansteckung normal, aber das hier war eine andere Hausnummer.

Ein paar Stunden später konnte Monica eine kurze Pause einlegen. Sie ging hinaus und setzte sich in den Schatten eines Baumes.

Als ihre Gedanken wieder zu Trent wanderten, verfluchte sie sich selbst, und nahm ihr Handy.

Jessie antwortete nach dem zweiten Klingeln. »Mo?«

»Hey, Jessie.«

»Oh Gott, ich habe mir solche Sorgen gemacht. Im Fernsehen sieht man … Na ja, das muss ich dir gar nicht erzählen. Wie geht's dir? Ist es schlimm?«

Ihre Schwester klang beunruhigt. »Mir geht es gut«, log sie. »Und es ist noch viel schlimmer als schlimm. Die armen Menschen hier haben fast alles verloren. Sie sind alle im Freien, schlafen in den Trümmern ihrer ehemaligen Häuser. Es ist das reinste Chaos.«

»Kaum vorzustellen, dass du da mittendrin bist.«

»Irgendwer muss ja hier sein.«

Am anderen Ende der Leitung hörte man ein lautes Seufzen. »Ich bin stolz auf dich, Mo.«

»Ach, hör auf.«

»Nein, wirklich. Du machst was aus deinem Leben und bewirkst etwas. Ich kann gar nicht oft genug sagen, wie stolz ich auf dich bin.«

Monicas Gesicht begann zu glühen. Sie starrte auf ihre Füße. »Danke, Jessie. Wie geht es euch? Wie geht's Danny?«

Jessie erzählte von der Tanzveranstaltung, auf der sie mit Danny war. Countrydance, mit Hut und Cowboystiefeln – Dannys Lieblingsoutfit, seit Jessie geheiratet hatte.

Monica bemühte sich, an den richtigen Stellen von Jessies Erzählungen zu lachen. Eigentlich liebte sie solche Unterhaltungen mit ihrer Schwester, aber Monica konnte sich kaum konzentrieren. Was Trent wohl gerade machte? An was dachte er gerade? Würde sie ihn wiedersehen?

»Mo?«

War er wieder in der Luft? Saß er mit Ginger auf der Veranda und blickte auf die Wellen?

»Monica?«

»Ja?«

Jessie zögerte. »Ist bei dir alles in Ordnung? Du bist so komisch.«

»Mir geht es gut. Bisschen müde, aber gut.«

Vielleicht lag es daran, dass es ein Ferngespräch war oder dass Monica so gut schauspielerte, jedenfalls schien Jessie die Ausrede zu glauben und redete weiter.

»... also, Jack kommt ja morgen. Weißt du eigentlich schon, wie lange du noch bleibst?«

»Warte, was hast du gesagt? Jack kommt hierher?«

»Hast du denn gar nicht zugehört? Es gibt doch ein Morrison auf der Insel. Er kommt nur für eine Nacht, um Beistand zu leisten. Das Hotel will die notleidende Bevölkerung unterstützen.«

Monica hatte daran gar nicht gedacht, dass es auch auf Jamaika ein Hotel von Jack und seiner Familie gab. Aber logisch. Es waren doch die Morrisons. Sie hatten fast überall eines ihrer Hotels stehen.

»Keine Ahnung, wie lange wir noch hier sind. Es gibt so viel Arbeit, dass ich mindestens einen Monat bleiben könnte.«

»Tust du aber nicht, oder?«

»Dann hätte ich keinen Job mehr, wenn ich zurückkomme. Aber wir haben noch gar nicht darüber geredet, wann wir abfliegen.« Ein paar Tage würde es mindestens noch dauern. Ein Rettungseinsatz war jedoch nur eine Erstmaßnahme und sie würde nicht ewig bleiben. Jetzt schon fragten die Einheimischen Monica, ob sie ihnen ein Dach über dem Kopf besorgen könne. Als ob das so einfach wäre.

»Du kannst auch mit Jack zurückfliegen, wenn du willst.«

»Das wäre doch lächerlich. Ich fliege mit dem Team zusammen heim.«

Jessie seufzte wieder. »Pass auf dich auf, Mo.«

»Tu ich doch immer.« Tatsächlich war von den beiden Schwestern immer Monica die vorsichtigere gewesen. Na ja, sie hatte schon hin und wieder mal etwas angestellt, aber etwas völlig Unvernünftiges hatte sie nie getan.

Die vernünftige Monica hatte stets ein Ziel vor Augen und erreichte es.

Immer.

So wie jetzt, als sie Trent sagte, dass man ihn hier nicht brauchte.

Ziel erreicht.

Und jetzt … wo war er?

»Ich hab dich lieb, Monica.«

»Ich dich auch, Jessie.«

Nachdem sie aufgelegt hatte, blieb Monica noch eine Weile sitzen und beobachtete zwei Vögel, die ein Nest bauten. Sie biss die Zähne fest aufeinander. Alles fühlte sich taub an.

Vielleicht wurde sie nun wirklich zur Ice Queen? Vielleicht war es ihr egal, ob sie jemals selbst ein Nest baute … oder überhaupt jemanden hatte, mit dem sie es bauen würde.

Tauni rief sie zurück und beendete Monicas Gedanken.

★★★

»Du musst sie finden, Jack.« Jessie richtete warnend den Zeigefinger auf ihren Ehemann. Er konnte ihr ohnehin nie einen Wunsch abschlagen. »Es war ihr anzuhören. Ihr geht es nicht gut, egal was sie behauptet.«

»Mein Schatz, ich bin mir sicher, dass sie einfach nur gestresst ist.«

»Ach nein, es ist nicht nur Stress. Ich kenne Monica und es geht ihr nicht gut. Irgendetwas ist mit ihr los.«

Jack schüttelte den Kopf. Sein braunes Haar war noch nass von der Dusche, einzelne Wassertropfen rannen über seine Brust. »Es hat eine Naturkatastrophe dort gegeben, Jessie, natürlich ist etwas los mit ihr.«

Es kam nicht oft zu Meinungsverschiedenheiten zwischen Jessie und ihrem Mann, aber jetzt wollte sie ihn am liebsten an den Schultern packen und ihn schütteln. »Es ist mehr als das. Sie ist … betrübt. Sehr betrübt. Sie hat sich bisher nur ein einziges Mal so angehört, und das war, als ich damals von zu Hause ausgezogen bin. Wenige Monate später ist sie bei mir eingezogen.«

»Da war Monica doch noch auf der Highschool.«

Jessie hatte Danny bekommen und es mit ihrer Mutter nicht länger unter einem Dach ausgehalten. Als Monica mit Sack und Pack vor der Haustür stand, hatte Jessie sie nicht wieder wegschicken können. Renee hatte sie zwar nicht hinausgeworfen, aber Monica hatte das unstete Leben ihrer Mutter nicht länger ertragen können. Diese Unstetigkeit in Sachen Männer. Heute hatten Monica und Jessie wieder eine Beziehung zu ihrer Mutter. Vielleicht nicht die beste, aber immerhin eine Art Beziehung, auf der sie aufbauen konnten, sofern keiner von beiden mit ihr zusammenleben musste.

»Damals war sie verzweifelt, wollte bei mir einziehen. Genauso klang sie jetzt auch … verzweifelt.«

Jack zuckte die Schultern. »Wahrscheinlich ist es nur Stress.«

»Es ist mehr als nur Stress!« Hörte ihr dieser Mann denn gar nicht zu?

Jack lächelte, seine Grübchen kamen dabei zum Vorschein. In seinem typisch texanischen Cowboygang kam er auf sie zu, zog sie in seine Arme.

Sie wollte sich aus der Umarmung lösen, aber er ließ sie nicht. »Darling, mach dir keine Sorgen. Ich werde nach Monica sehen, wenn es dich beruhigt.«

Sie gab nach.

»Machst du das wirklich?« Eine Welle der Emotionen überkam sie.

»Hast du es ihr schon gesagt?«

»Ich konnte nicht. Sie klang so traurig.«

Jack strich ihr über den Rücken, umfasste ihre Taille. »Vielleicht hätte es sie aufgemuntert.«

»Es war nicht der richtige Moment. Und wehe, du sagst ihr etwas von dem Baby, bevor ich es tue.«

Jack stupste mit seiner Nase gegen ihre und verschloss ihre Lippen mit seinen. Sie war im dritten Monat und jetzt war der perfekte Zeitpunkt, es der Familie mitzuteilen.

»Ich kann gut Geheimnisse hüten«, sagte er.

Sie rollte mit den Augen. »Du hättest Schauspieler werden sollen.«

Jack hatte in den ersten Monaten ihrer Beziehung so getan, als sei er ein mittelloser Träumer ohne festen Job, obwohl er in Wirklichkeit der reiche Hotelerbe und Besitzer der Morrison-Hotelkette war. Und nur, weil er wissen wollte, ob Jessie ihn liebte und nicht das Geld auf seinem Konto.

Jessie wusste sehr wohl, dass er ein Geheimnis bewahren konnte.

»Finde sie und schau, was mit ihr los ist. Und wenn etwas nicht stimmt, dann hol sie wieder nach Hause.«

»Jawohl, Ma'am.« Er zwinkerte ihr zu.

»Ich meine das ernst!«, rief sie aufgebracht. Es lag natürlich an den Hormonen. Aber Jack gab ihr einfach nur einen Kuss.

★★★

Es ist mir egal.

Trent versuchte sich das immer wieder einzureden, aber ohne Erfolg.

Nachdem er Monica am Krankenhaus abgeliefert hatte, war er zum Flughafen zurückgekehrt und hatte sich in die Arbeit gestürzt. Obwohl das Militär und andere Hilfsorganisationen größere Cargo-Helikopter gebracht hatten, mit denen Vorräte auf der Insel verteilt werden konnten, fand Trent auch einen Grund, um selbst zu fliegen. Mehr als einen, um genau zu sein. Er flog Touristen zurück zum Flughafen, damit sie die Insel wieder verlassen konnten, auch wenn es einen ganzen Strom flüchtender Menschen gab.

Aber irgendwann würde er keinen Grund mehr zum Fliegen haben.

Das Haus, sein früherer Zufluchtsort, fühlte sich an wie eine Zelle. Statt heimzufahren, rief er Alex und Betty an und bat sie um ein Treffen. Sie hatten zwar noch nicht über die Zukunft von Blue Paradise gesprochen, aber Trent wollte dem Paar Gewissheit geben, dass sie sich keine Sorgen zu machen brauchten.

Trent traf seine Angestellten in der privaten Pilotenlounge.

Er umarmte Betty und gab Alex die Hand. »Wie geht's euch beiden?«

»Besser«, sagte Alex und nahm die Hand seiner Frau. »Wir hatten großes Glück.«

»Haben fast ein schlechtes Gewissen«, fügte Betty hinzu.

Trent wusste, was sie meinten. »Wir hatten Glück. Ich weiß, dass es zu früh dafür ist, aber habt ihr schon darüber nachgedacht, was ihr jetzt tun wollt?«

Betty sah zu ihrem Mann, dann wieder zu Trent.

»Wir dachten, du könntest uns vielleicht sagen, welche Möglichkeiten es gibt«, sagte Alex.

Trent lächelte und versuchte, ihnen die Sorgen zu nehmen. »Ich kann überhaupt nicht einschätzen, wie lange es dauern wird, bis hier alles wieder aufgebaut ist und bis wieder Touristen kommen. Ihr wisst ja, wie viele Standorte wir haben, und ich bin sicher, dass wir etwas für euch finden können, wenn ihr von hier wegwollt. Wenn ihr bleiben möchtet, findet sich eine Übergangslösung, bis alles wieder beim Alten ist. Es liegt ganz an euch.«

»Unsere Tochter wohnt in Florida. Wir haben uns überlegt, ob wir sie nicht eine Weile besuchen. Zumindest, bis das Schlimmste hier überstanden ist. In unserem Haus gibt es ja noch nicht einmal Strom.« Alex rieb sich den kahlen Kopf. »Unsere Essensvorräte sind fast alle aufgebraucht. Betty macht sich Sorgen wegen Krankheiten und Seuchen.«

»Aber es fühlt sich an, als ob wir das sinkende Schiff verlassen«, murmelte Betty.

»Ihr habt hier nicht euer ganzes Leben verbracht«, erinnerte Trent sie. Sie waren erst vor gut einem Jahr gekommen und wollten während eines »verlängerten Urlaubes« ein bisschen Geld dazuverdienen. Alex war pensionierter Militärflieger und Betty war vorher Fluglehrerin gewesen. Beide hatten sich einen Vollzeitjob geteilt, die Mehrheit der Flugstunden hatte Alex geleistet. »Ihr sagt mir, was ihr tun wollt, und ich helfe euch dabei. Wenn ihr erst mal nach Florida geht und dann wieder zurückzukommen wollt, ist das auch okay. Keiner von uns hat das kommen sehen und keiner weiß, wie lange es dauern wird, bis wieder Normalität eingekehrt.«

Betty hatte Tränen in den Augen. »Danke!«

»Was wirst du denn machen?« Alex lehnte sich zurück und nippte an seinem Kaffee.

»Weiß ich noch nicht genau.«

»Du hast dieses wundervolle Haus«, erinnerte ihn Betty.

»Und genau wie ihr habe ich ein schlechtes Gewissen, dass ich darin wohne.« Zum ersten Mal, seit es gebaut wurde, fühlte es sich zu groß, zu leer an. Trent erhob sich. »Ihr zwei macht euch Gedanken und teilt mir mit, für was ihr euch entschieden habt. Ich sage Jason, dass er sich darum kümmern soll, wenn ihr woanders hingehen möchtet. Gebt mir einfach Bescheid.«

Sie verabschiedeten sich, Trent ging zu seinem Auto zurück. Sein knurrender Magen erinnerte ihn daran, dass er seit dem frühen Morgen nichts gegessen hatte. Vielleicht hatte er mehr Vorräte, als die meisten anderen, aber sie würden auch irgendwann aufgebraucht sein. Die Regierung hatte für die Einheimischen Suppenküchen errichtet, aber auch wenn Trent Jamaika sein Zuhause nannte, so war er doch kein Einheimischer und er war auch nicht arm.

Er musste nicht hier bleiben.

Ginger begrüßte ihn schwanzwedelnd und folgte ihm durchs Haus.

Er wollte sich ein Sandwich machen, doch nachdem er an dem Brot gerochen hatte, warf er es in den Müll. »Dann halt eine Dose Chili und ein paar Cracker zum Abendbrot«, sagte er zu seinem Hund.

Ginger fraß gierig ihr Hundefutter.

Trent aß auf der Veranda. Sein Blick fiel auf den leeren Stuhl neben sich.

Er hatte es vermasselt. Er hätte es wenigstens einer Person leichter machen können, aber nein, er hatte sich von seiner Vergangenheit überrollen lassen.

Monica hatte nur allzu deutlich gesagt, sie wolle nicht, dass er zurückkäme.

Was aß sie jetzt?

Aß sie *überhaupt* etwas?

Er hatte gehört, dass mindestens eine Krankenschwester mit einem Schwerverletzten in die Staaten zurückgeflogen war. War es Monica gewesen?

Das Chili lag ihm schwer im Magen.

»Ich weiß ja noch nicht einmal ihren Nachnamen.« Wie würde er sonst wissen, ob sie sicher nach Hause gekommen war?

Das Handy klingelte und unterbrach seine Gedanken.

Jasons Nummer stand auf dem Display.

»Hi Jason.« Trent versuchte, fröhlich zu klingen.

»Ich dachte, du rufst mal an und hältst uns auf dem Laufenden?«

»Mir geht's gut«, unterbrach ihn Jason. »Danke der Nachfrage.«

»Verdammt, Trent. Mom und Dad sind nicht mehr hier, um sich Sorgen zu machen. Das tun wir jetzt dafür.«

Bei dem Gedanken an seine Eltern durchfuhr ihn ein Schauder. »Mir geht's gut. Hier ist alles …« *Grauenvoll.* »… durcheinander. Aber gut, dass ihr anruft.«

Jason stieß einen langen Seufzer aus. »Bist du endlich zur Besinnung gekommen und fliegst wieder nach Hause?«

Ich bin doch hier zu Hause, wollte er schon sagen, aber er biss sich auf die Zunge. »Ich wollte mit euch über Alex und Betty reden«, sagte er stattdessen. Er bat Jason, sich nach Alternativen für seine treuen Mitarbeiter umzusehen.

»Klingt, als ob du auch bald die Zelte abbrechen wirst.«

»Ich habe noch nicht gepackt«, sagte Trent. »Die Krankenhäuser sind voller Menschen, die Hilfe brauchen.«

»Und? Spielst du jetzt Krankenschwester?«

Na ja …

Er dachte an den Vortag, als er mit Monica umhergelaufen und ihren Anweisungen gefolgt war. Es hatte ihm nichts ausgemacht. Sie hatte offensichtlich gewusst, was sie tat, und hätte nicht alles alleine geschafft.

»Du kannst auf keinen Fall länger bleiben«, sagte Jason sanfter als vorher. »Es bringt sie auch nicht zurück, wenn du wie ein Eremit lebst, Trent.«

Trents Haut kribbelte, er wurde wütend. »Meinst du, das ist es, was ich hier tue?«

»Was soll ich denn sonst meinen? Du bist direkt nach dem Absturz abgehauen. Kaum hatten wir unsere Eltern zu Grabe getragen, warst du schon weg. Für Glen und mich ist es, als ob wir nicht nur unsere Eltern, sondern auch unseren Bruder verloren hätten.«

Die alte Wunde schmerzte in seiner Brust. So hatte er es noch gar nicht gesehen. »Sie wären gar nicht erst geflogen, wenn ich Dad nicht gebeten hätte, sie nach Hause zu bringen.«

Er hatte Connie an dem Wochenende seiner Familie vorstellen wollen. Sie war Flugbegleiterin bei einer Linienfluggesellschaft. Sie hatten sich kennengelernt, als aufgrund des schlechten Wetters alle Flüge gecancelt worden waren und sie beide am Flughafen von New York während eines Schneesturms auf ein Taxi warteten. Sie hatten sich dann eines geteilt und nach einem gemeinsamen Abendessen auch das Bett. Connie wohnte in Chicago und Trent in einem Vorort von Connecticut.

Wenn er jetzt an sie dachte, Jahre nach ihrem Tod, dann sah er, wer sie wirklich gewesen war, und zwar so deutlich wie den Mond am Nachthimmel. Damals hatte er nur ihr Lachen gesehen, ihre Lebenslust.

Sie hatten sich an exotischen Orten getroffen, oder irgendwo in Amerika, wo Connie gerade einen kurzen Aufenthalt hatte. Sie hatten über die Zukunft gesprochen und bald wollte Trent gemeinsam mit ihr durchs Leben gehen.

Er hatte sie überrascht, war mit dem Learjet seines Vaters zu ihr geflogen, um sie für das Wochenende abzuholen. Als sie in Connecticut gelandet waren, hatte sie gedacht, es würde ein gemütliches Wochenende zu zweit werden. Aber seine Eltern, Beverly und Marcus, wollten unbedingt die Frau kennenlernen, mit der Trent seine Zukunft plante.

Connie hatte nicht einmal versucht, ihre Überraschung beziehungsweise ihr Missfallen zu überspielen, als Trent sie in ein Restaurant führte, in dem seine Eltern saßen. Das Abendessen wurde eine Katastrophe. Connie war mittendrin aufgestanden und Trent war ihr hinterhergerannt.

Was er sich eigentlich einbildete?

Sie wollten doch einfach nur Spaß miteinander haben, warum musste er es plötzlich so kompliziert machen?

Dabei hatte sie ihm beim Abschied immer gesagt, wie sehr sie ihn vermisste und dass sie ihn am liebsten noch viel öfter sehen wollte. Aber plötzlich wollte sie lieber gar keine Beziehung mehr haben. Sie gestand ihm die halbe Wahrheit.

In Chicago gebe es noch einen anderen.

Trent hatte sich benommen gefühlt, war zum Tisch zurückgekehrt und hatte kurz darauf seinen Vater gebeten, Connie heimzufliegen.

Wie immer war Marcus hilfsbereit und da Beverly ihn nicht alleine zurückfliegen lassen wollte, begleitete sie ihn.

Aber das Flugzeug landete nie in Chicago.

Und *der andere* war Connies Ehemann.

Na gut, vielleicht versteckte sich Trent vor dem Leben und leckte seine Wunden. Ja und? Er hatte schließlich die beiden wichtigsten Menschen verloren, weil er einfach nur zu blind gewesen war.

Jason redete weiter, aber Trent musste sich erst wieder auf die Worte des Bruders konzentrieren. »Sie würden auch nicht wollen, dass du dein Leben so verschwendest. Und sie würden dir, verdammt noch mal, auch keine Vorwürfe machen.«

Auch wenn es ihm ganz und gar nicht gefiel, sein Bruder hatte recht.

Seit dem letzten Gespräch mit ihm hatte sich etwas geändert. Irgendetwas in Trent war dabei, aufzutauen.

»Komm wieder heim«, versuchte es Jason wieder.

»Ich weiß nicht, ob das noch mein Zuhause ist.«

»Vielleicht nicht. Aber das findest du nicht heraus, wenn du dort bleibst.«

Vielleicht war es tatsächlich an der Zeit, einen neuen Schritt zu wagen. Aber er konnte Jamaika nicht einfach so verlassen. Noch nicht. »Ich denke darüber nach.«

»Versprochen?« Jason klang hoffnungsvoll.

»Versprochen.« Sie verabschiedeten sich. Trent lehnte sich entspannt zurück.

Als aber sein Blick auf den leeren Stuhl neben sich fiel, sprang er plötzlich auf die Beine. »Komm, Ginger. Lass uns fahren.«

Kapitel 9

Ein Kind lachte. Das unerwartet fröhliche Geräusch überraschte Monica. Seit sie hier war, hatte es so wenig zu lachen gegeben. Ginger leckte die Hand eines kleinen Mädchens, das am Bett ihrer Mutter saß.

Trent?

Er stand in der Tür, sah zu ihr, aber seine Augen waren von der Sonnenbrille verdeckt.

Warum ist er hier?

Er kam auf sie zu, während Ginger bei dem Kind und einem Teenager blieb, der aus seinem Bett geklettert war, um den Hund zu streicheln.

Monica blickte sich um, ob ihn noch jemand bemerkt hatte. Seine zusammengepressten Lippen. Ärgerte er sich oder war das ein fröhlicher Gesichtsausdruck? Als er zu ihr kam, änderte sie ihre Sitzhaltung.

»Hallo«, stieß sie hervor.

»Kann ich dich einen Moment sprechen?«

»Äh …«, sagte sie zögerlich. Sie hatte Angst vor sich selbst.

»Nur einen kurzen Moment.«

Monica schluckte. Sie stand auf, legte einen Stapel Unterlagen auf den Tisch und hängte sich ihr Stethoskop um den Hals.

»Du bleibst hier!«, befahl Trent seinem Hund.

Ginger setzte sich brav, die beiden beobachtend, während Monica voranging.

Draußen wurde es langsam düster. Monica lief schneller, versuchte den Abstand zu ihm zu vergrößern, bevor sie an der Tür waren. »Ich dachte, ich hätte gesagt, dass du nicht wiederkommen musst.«

Die Tür fiel hinter ihnen ins Schloss. Trent nahm die Sonnenbrille ab und steckte sie mit einem Bügel ans T-Shirt. »Ich musste aber wiederkommen«, sagte er mit dem Anflug eines Grinsens.

»Warum?«

Er kam noch einen Schritt näher und bevor sie zurückweichen konnte, hatte er den Arm um ihre Hüfte geschlungen und zog sie an sich heran. Monica blieb der Atem stehen und Trent ließ ihr keine Zeit zum Denken.

So plötzlich waren seine Lippen auf ihren, dass es Monica wie eine Explosion traf. Sie hatte den ganzen Tag an ihn gedacht. Sich vorgestellt, seinen Körper nahe bei sich zu spüren, die sanfte Berührung seiner Hände. Hatte daran gedacht, wie sehr sie sich gewünscht hatte, ihn wenigstens ein einziges Mal zu küssen. Und jetzt war er da und hatte sie in seine Arme geschlossen.

Von seiner Seite gab es kein Zögern, keinen Zweifel. Es war, als hätte er sie schon hundert Mal geküsst und hätte ein Recht darauf, wann immer er wollte. Selbstbewusst eroberte er ihre Lippen und Zunge und es war alles andere als eklig feucht oder unbeholfen!

Es war himmlisch.

Monica schloss die Augen, berührte seine Schultern, seinen Hals, griff in sein Haar. Sie fühlte sich lebendig, erfüllt, spürte, wie jede Zelle in ihrem Körper den Mann in ihren Armen wollte.

Seine Sonnenbrille drückte ihr in die Brust. Bevor sie protestieren konnte, hatte Trent schon die Brille abgenommen und sie auf den Boden geworfen.

Sie kicherte während des Kusses, wollte ihm noch näher sein.

Er küsste sie, bis sie nach Luft schnappte, bis ihre Brüste sich nach seiner Berührung sehnten, bis sie zerfloss. Und er hart wurde.

Trent hatte mit diesem Unsinn begonnen und Trent war es auch, der wenige Minuten später wieder seine Lippen von ihr löste.

Sie seufzte, als er sie abschließend noch einmal kurz auf den Mund und auf die Schläfen küsste.

Sie standen beieinander, eng umschlungen, außer Atem.

»Ich konnte dich nicht abreisen lassen, ohne dich wenigstens einmal geschmeckt zu haben«, flüsterte er ihr ins Ohr.

Es klang wehmütig. »Noch reise ich nicht ab.«

Ohne darauf einzugehen fragte er: »Wie heißt du eigentlich mit Nachnamen?«

Er strich ihr über den Rücken.

»Mann. Monica Mann.«

»Wann schicken sie dich wieder heim?«

»Weiß noch nicht.«

Trent lehnte sich zurück, nahm ihr Gesicht in die Hände und gab ihr wieder einen kurzen Kuss. »Kannst du hier weg?«

Sie schüttelte den Kopf. »Nein.« Es gab noch so viel zu tun und es war nur eine andere Krankenschwester da.

Er sah ihr tief in die Augen. »Bitte fliege nicht, ohne es mir vorher zu sagen.«

»Nach nur einem Kuss sagst du mir, was ich tun soll?«, fragte sie scherzend.

»Bitte!«

Trotz der Hitze bekam sie eine Gänsehaut.

Mit dem Daumen streichelte er ihre Lippen, dann fuhr er ihren Nacken entlang zur Schulter. Er musste sich regelrecht überwinden, einen Schritt zurückzutreten, als ob ihm die Trennung körperliche Schmerzen bereitete. Trent öffnete die Tür und pfiff nach Ginger, die aufsprang und ihm hinterherlief.

Monica blickte ihm nach.

Sie berührte ihre Lippen, spürte noch seinen Kuss, auch als er längst weg war.

★★★

Am nächsten Morgen, in der Pilotenlounge, nahm Trent den ersten Schluck Kaffee und schüttelte sich.

»So schlimm?«, erkundigte sich der Pilot eines Privatjets, der vor dreißig Minuten gelandet war. Er hatte gerade nach der Kaffeekanne greifen wollen, jetzt aber hielt er mit der Hand in der Luft inne.

»Der muss erst wiederbelebt werden«, antwortete Trent.

Daraufhin ließ der Pilot die Hand wieder sinken.

»Sie wissen nicht zufällig, wer den Hubschrauber hier fliegt, oder?«, erkundigte er sich.

Trent stellte den Kaffee zur Seite. »Der steht vor Ihnen.«

»Mein Chef muss hier auf der Insel etwas erledigen. Man hat uns gesagt, dass die Straßen zwar befahrbar, aber in sehr schlechtem Zustand sind.«

Trent blickte zum Jet. »Haben Sie guten Kaffee an Bord?«

Der Pilot lachte. »Klar. Wir haben alles.«

Trent stand auf, streckte ihm die Hand entgegen. »Ich heiße Trent.«

»Ich bin Roy. Kommen Sie, ich stelle Ihnen meinen Chef vor.«

Trent folgte Roy über die Rollbahn zu dem Luxusjet. Er kannte sich mit Flugzeugmodellen aus und wusste, dass in dieser Gulfstream ein Haufen Kohle steckte. Ein enorm großer Haufen. Ledersitze, eine Couch, hinter der Tür am Ende vermutlich ein Schlafzimmer. *Ganz nett!*

Am Tisch saß ein Mann in Trents Alter. Er trug Jeans und einen Cowboyhut.

»Jack?«, sagte Roy, als er eintrat. »Ich habe den Piloten gefunden.«

Jack erhob sich, gab Trent die Hand. »Jack Morrison.«

»Trent Fairchild.«

Jacks Handschlag war fest und selbstbewusst. Ein Handschlag, der viel aussagte. »Ich weiß nicht, was Roy Ihnen alles erzählt hat.«

Trent wippte auf den Fersen. »Nur, dass es hier Kaffee gibt.«

Mit texanischem Akzent antwortete Jack: »Klar, den können Sie hier bekommen.« Er ging zur Bar, holte eine Tasse hervor und goss frisch gebrühten, wohlriechenden, starken Kaffee ein. »Wie möchten Sie ihn?«

»Schwarz und zurzeit am besten intravenös.«

Jack lachte. »Kommt mir bekannt vor.«

»Kaffee ist momentan wertvoller als Gold.«

Roy ging um seinen Chef herum und goss sich ebenfalls eine Tasse ein. Offensichtlich hatten die beiden kein typisches Angestellten-Arbeitgeber-Verhältnis mit der üblichen Hierarchie.

Jack reichte ihm die Tasse und Roy verließ das Flugzeug wieder.

Der erste Schluck Kaffee traf auf seinen Gaumen und er spürte sofort einen Kick. »Perfekt.« Er hatte die Nacht zuvor nicht viel geschlafen. Gedanken an Monica hatten ihn bis in seine Träume verfolgt. Und wenn er wach war, hatte der Kuss seine Fantasie angeregt.

»Ich zahle für Ihre Hilfe.«

Trent schüttelte den Kopf. »Nicht nötig. Sie sind wohl kaum zum Urlaubmachen hergekommen.«

Jack bot ihm den Sessel gegenüber an und setzte sich selbst wieder hin. »Das Morrison Hotel hat es übel erwischt. Die Bungalows auf Meereshöhe sind komplett weggespült worden, aber das Haupthaus steht noch.«

»Sind Sie *der* Morrison?«

Jack musste lachen. »Ja, zumindest einer von denen.«

Trent dachte an seine Brüder, fragte sich, ob sie schon einmal die Bekanntschaft mit seinem Gegenüber gemacht hatten. »Möglicherweise kennen wir die gleichen Leute«, sagte er. »Fairchild Charters & Vacation Tours arbeitet mit vielen Ihrer Resorts zusammen.« Der Vertragsabschluss wurde damals, als sein Vater noch lebte, gehörig gefeiert.

Jack riss die Augen auf. »Sie sind *der* Fairchild?«

Jetzt musste Trent lachen. »Meine Brüder leiten das Unternehmen.«

»Wow, die Welt ist klein, was?«

»Kann man wohl sagen. Und noch kleiner, wenn man seine eigenen Flügel hat.« Er lehnte sich wohl kaum zu weit aus dem Fenster, wenn er annahm, dass der Mann schon als Baby mit Privatjets geflogen war.

»Dann sind Sie wohl auch hier, um nach Ihrem Unternehmen zu sehen?«, wollte Jack wissen.

»Ich lebe hier.«

»Ach so. Das heißt, Sie sind genau der richtige Mann für mich. Kann man irgendwo in der Nähe des Hotels landen?«

Trent zog die Landkarte, die auf dem Tisch lag, zu sich herüber. Er zeigte auf mögliche Landeplätze und berichtete vom Zustand der Straßen.

»Und wo ist das Krankenhaus?«

»Hier. Hoffentlich nichts Ernstes?« Es war ihm gar nicht in den Sinn gekommen, dass Jack in Jamaika vielleicht auch jemanden zu betrauern hätte.

»Ich muss nur jemanden besuchen. Gibt es mehrere Krankenhäuser?«

»Noch ein paar, aber auf dieser Seite der Insel ist es das einzige, das wirklich betriebsbereit ist. In Port Lucia gibt es noch eine kleinere Klinik.«

Jack schüttelte den Kopf. »Also, da haben wir wohl ein paar Flüge vor uns. Sind Sie sicher, dass Sie das machen können?«

Trent trank den Kaffee aus und stellte die Tasse ab. »Ich mache seit einer Woche nichts anderes. Bringen Sie Lebensmittel und Wasser für sich mit. Wir haben hier kaum noch etwas.«

Kapitel 10

Trent flog Jack zu einer Stelle in der Nähe des Hotels, die sich als Landeplatz eignete. Er bemerkte Jacks Entsetzen, als er das Ausmaß der Katastrophe sah und feststellte, dass die Zerstörung noch viel schlimmer war, als es im Fernseher gewirkt hatte.

Der Hotelstrand war nicht mehr wiederzuerkennen. Straßen waren weggespült worden, Bäume entwurzelt, und jetzt schwammen Boote dort, wo früher die Bungalows des Hotels gestanden hatten.

»Oh Gott, wie muss das erst für Sie sein?«, fragte Jack Trent, bevor der Manager des Morrison Hotels kam.

Trent blickte sich um. All das waren nur Dinge, leblose Gegenstände, die man ersetzen konnte. »Die beschädigten Gebäude sind das geringste Übel. Wirklich furchtbar ist es wegen der vielen Menschen, die nicht überlebt haben … oder die gerade so überlebt haben.«

Jack Morrison war ein Mann, mit dem Trent zu Hause auch seine Freizeit verbringen würde. Der eine oder andere Freund hier auf der Insel war nur vorübergehend geblieben. Er hatte seine Kollegen und ein paar Kumpel, aber keinen, der die Welt kannte, in der er aufgewachsen war. In einer Welt, wo man Flugzeuge in Milliardenhöhe kaufte und flog. Obwohl die Fairchilds so reich waren, hatten sie es nicht heraushängen lassen.

Beverly, seine Mutter, hatte nie eine Haushälterin gehabt. Sie hatte selbst gekocht und die Kinder zur Schule gebracht. Sein Vater, Marcus, hatte hart gearbeitet und Fairchild Charters & Vacation Tours aufgebaut, indem er die beiden Dinge, die er liebte, vereinte: Fliegen und Reisen. Mithilfe von Investoren und mit seinem eigenen Ersparten hatte er seinen Traum verwirklicht. Als das Unternehmen größer wurde, hatte er Trent und seine Brüder miteinbezogen, aber nur so weit, wie sie wollten.

Trotz erfolgreicher Firma waren seine Eltern immer für ihn da gewesen, für alle drei. Es gab nichts, um das sie ihre Eltern nicht hätten bitten können. Sie hatten gut zusammengehalten und Spaß zusammen gehabt, überall auf der Welt. Gott, wie sehr Trent das polternde Lachen seines Vaters vermisste, den guten Rat seiner Mutter. Seine Eltern hatten eine unglaublich glückliche Ehe geführt, ein glückliches Leben gehabt. Trent vermisste sie sehr. Und er fühlte sich für ihren Tod verantwortlich.

Jack hatte ein paar Stunden im Hotel zugebracht, mit den Angestellten gesprochen, die noch dort waren, und seine persönliche Hilfe versprochen. Er machte sich Notizen, schüttelte Hände, ließ mehr als eine Frau an seiner Schulter weinen.

Trent stand daneben und sah zu. Dann machten sie sich wieder auf den Weg und flogen weiter zur Hauptklinik.

Während Jack durch das Krankenhaus lief, versuchte Trent, zu der Stelle durchzukommen, wo Monica am Anfang gearbeitet hatte. Er freute sich, ein paar Gesichter zu sehen, die er vom Hinflug kannte, vor allem, weil ihm das sagte, dass ihr Team noch nicht abgereist war.

Zwischen den vielen Menschen hörte Trent plötzlich seinen Namen.

Er schaute, wer ihn gerufen hatte, und entdeckte Kiki, die auf einem Bett lag.

Sein Herz machte einen Sprung. »Kiki?«

Sie streckte die Hand nach ihm aus, lächelte wie immer. »Trent, mein Freund.«

Er ging zu ihr und nahm ihre Hand. »Kiki, Gott, wie geht es dir?«

»Schon besser.«

Trent hatte Reynard seit Tagen nicht gesehen. »Weiß Reynard, dass du hier bist?«

Sie nickte. »Er hat mich gestern gefunden.« Sie legte eine Hand an die Stirn. »Ich war schon ganz kalt. Aber der amerikanische Arzt sagt, dass alles wieder gut wird.«

Ihr linkes Bein war geschient und Kiki wirkte ein bisschen benommen. »Von Reynard weiß ich, dass du eine starke Frau bist«, sagte Trent mit einem Zwinkern.

»Du alter Charmeur«, lachte sie.

»Ich bemühe mich. Wo ist dein Mann jetzt?«

Ihr Gesicht verfinsterte sich. »Das, was von unserem Haus übrig war, ist gestern eingestürzt. Er sucht eine Bleibe. Es sind zu viele Kinder für meine Mutter.«

Ihr Haus war recht klein und vermutlich war das Haus der Mutter noch kleiner.

»Perfekt«, sagte er grinsend. Jetzt musste er sich anstrengen, sonst würde Reynards Stolz ihn davon abhalten, Ja zu sagen.

»Was ist perfekt?«

»Ich brauche jemanden, der sich um mein Haus kümmert, wenn ich weg bin. Du könntest mit Reynard und den Kindern dort wohnen. Auf das Haus aufpassen.«

Kiki legte den Kopf schief, so gut es in ihrer Position, flach ausgestreckt auf dem Bett, eben ging. »Trenton! Das ist nicht –«

Er legte einen Finger auf die Lippen, um sie zum Schweigen zu bringen. »Meine Brüder brauchen mich zu Hause. Ich komme wieder … irgendwann. Wenn in der Zwischenzeit niemand im Haus wohnt, wächst ein Dschungel darin.«

Kiki schüttelte den Kopf, aber ihr Blick wurde sanft, erleichtert, als ob ihr gerade ein Stein von Herzen gefallen sei.

»Wann reist du ab?«

»Wenn man mich hier nicht länger braucht. In ein, zwei Wochen.«

Es laut auszusprechen, besiegelte den Entschluss. Er hatte sich versteckt und jetzt war es an der Zeit, wieder richtig zu leben.

»Dein Mann soll dich hinbringen, sobald du rauskommst. Nicht, dass auch noch deine Kinder krank werden.« Trent wusste, was man zu einer Mutter sagen musste. »Ich bin zur Zeit nur zum Schlafen zu Hause.«

Er stand auf.

Kiki hielt noch seine Hand, sie hatte Tränen in den Augen. »Deine Mama wäre stolz auf dich.«

Ja … das wäre sie.

Trent fand Jack, der draußen schon auf ihn wartete. »Haben Sie denjenigen gefunden, den sie gesucht haben?«

Jack schüttelte den Kopf. »Mir wurde gesagt, dass sie im anderen Krankenhaus ist.«

»Dann fliegen wir los.«

★★★

»Wie bitte?« Monica telefonierte mit Deb in Kalifornien.

»Pat hat dir den Krieg erklärt. Behauptet, du hättest deine Dienste nicht weggetauscht und müsstest das verantworten.«

Monicas Kiefer schmerzte, weil sie die Zähne aufeinanderbiss. »Ich habe aber doch alle Dienste weggetauscht.«

»Irgendwer hat sich krankgemeldet.«

»Wie zum Henker soll ich mich denn darum kümmern können? Das ist doch Sache der Einsatzleitung.«

»Pat stellt das aber ganz anders dar. Wir hatten zwei kurze Dienste, als du deinen hättest haben sollen.«

»So ein Mist.« Den Job zu verlieren, gehörte eigentlich nicht zur Katastrophenhilfe.

»Und noch was.«

»Was denn?«

»Es geht das Gerücht um, dass bei euch ein Patient aufgrund eines medizinischen Fehlers gestorben sei. Ein Fehler seitens einer Krankenschwester.«

»Hier bei uns?« Monica begann zu schwitzen.

Deb erzählte ihr von dem Bericht eines Journalisten, dem zufolge ein reicher Tourist gestorben sei, dessen Familie nun Ärzte und Schwestern ohne Grenzen für seinen Tod verantwortlich machte.

»Das ist doch lächerlich«, sagte Monica zu ihrer Freundin. »Wir geben hier unser Bestes und das mit Zahnstochern und Tesafilm. Wir haben kein Verbandszeug, keine Mullbinden, kein Antibiotikum mehr. Es ist wie ein verdammtes Kriegsgebiet hier, Deb.«

»Wie auch immer. Jedenfalls versucht Pat, dir irgendetwas in die Schuhe zu schieben.«

Monica wollte jetzt nicht daran denken. »Was, in Gottes Namen, soll ich nun dagegen tun?«

»Ich wollte es dir nur sagen, damit du gewappnet bist, wenn du zurückkommst.«

»Ich habe nächste Woche wieder Dienst«, erklärte Monica.

»Nicht mehr.«

»Wie bitte?«

»Pat hat dich aus dem System genommen.«

Diese Hexe.

Monicas Job bedeutete Unabhängigkeit. Er war ihr Leben.

»Es tut mir leid, Monica.«

»Ist ja nicht deine Schuld. Ich kümmere mich darum, wenn ich zurückkomme.«

»Pass auf dich auf.«

Monica beendete das Gespräch und lehnte in dem Nebengebäude, in das sie gegangen war, um ungestört telefonieren zu können, ihren Kopf gegen die Wand. Es gab ein Team, das sich um Rechtsangelegenheiten von Schwestern ohne Grenzen kümmerte. Walt und Donald würden auf ihrer Seite sein und alle Hebel in Bewegung setzten, wenn das Krankenhaus oder Pat sie wegen des Einsatzes in Jamaika feuerte.

So ein Mist, dass sie hier nun auch noch mit so etwas belastet werden musste.

Shit!

★★★

Monica rannte von einem Patienten zum anderen, ohne Pause. Draußen waren Zelte aufgestellt worden, für diejenigen, die zwar entlassen wurden, aber kein Zuhause mehr hatten. In einem anderen Zelt waren Kinder, die darauf warteten, dass einer der Eltern oder wenigstens irgendwer aus der Familie sie abholte. Die allgegenwärtige Verzweiflung bedrückte Monica.

Sie hatte Walt etwas über die Abreise sagen hören. Vier Leute aus dem Team würden innerhalb der nächsten vierundzwanzig Stunden abreisen. »Aber es gibt noch so viel zu tun.«

»Ich weiß«, hatte Walt geantwortet.

»Wie lange bleibst du noch?«

»Noch eine Woche.«

Monica hatte eigentlich gedacht, dass sie gar nicht länger in Jamaika bleiben könne, aber wenn sie zu Hause ohnehin keinen Job mehr hatte, gab es schließlich keinen Grund zur Eile. Das würde Pat ähnlich sehen und sie wohl nicht zur Rückkehr zwingen, um sie dann zu feuern.

Monica musste unbedingt mit Walt sprechen, aber er war schon zum Hauptkrankenhaus abgereist. Der arme Kerl wurde noch mehr hin- und hergeschleift als sie.

Tauni hielt das Bein eines jungen Mädchens, während Monica es verband. »Haben wir noch Kompressen?« Kompressen waren Mangelware.

Tauni rutschte mit ihrer Hand ein Stück weiter, damit Monica den Verband befestigen konnte. »Weniger als eine halbe Kiste voll.«

»Ich rufe Walt an. Vielleicht haben sie noch welche und er kann sie morgen mitbringen, wenn er kommt.«

»Die Regierung hat gesagt, dass wir bald mehr kriegen.«

Die Regierung, wie Tauni es nannte, hatte alles Mögliche versprochen. Aber bisher hatte man noch nichts davon gesehen. Sie hatten Lebensmittel mit bewaffneten Sicherheitsleuten gebracht und mit unnötiger Gewalt die Leute davon abgehalten, auf die Lastwagen zu klettern. Es war ziemlich furchteinflößend. Hungersnot würde bald die nächste Katastrophe sein.

Die Menschen wurden ungeduldig. Wenn die Grundbedürfnisse nicht gestillt waren, wenn die eigene Familie Hunger litt, schwand auch die Nächstenliebe.

Monica legte das Bein des Mädchens ab und lächelte ihre Patientin an. »Sieht gut aus. Heilt alles sehr gut,« sagte sie zur Mutter, die am Bett ihrer Tochter saß.

»Vielen Dank.«

Tauni berührte Monicas Schulter und deutete zur Tür. »Besuch für dich.«

Trent. Neben ihm sogar ein noch bekannteres Gesicht.

Monica quietschte und stürmte zu ihrem Schwager, um ihn zu umarmen.

»Hallo!«

Sie spürte eine Hand auf ihrem Arm, die sie von Jack wegzog.

»Hallo?« Trents Stirn verdunkelte sich. Er schaute verwirrt zwischen den beiden hin und her. »Kennt ihr euch?«

»Ja, das ist –«

Trent warf die Arme in die Luft, unterbrach sie jäh. »Ich will es gar nicht wissen.« Er wollte hinausstürmen.

»Warte!« Monica hielt Trents Arm fest. *Was hat er denn?* »Was ist los mit dir?«

»Mit mir?« Trent warf Jack einen vernichtenden Blick zu, dann starrte er Monica an. »Was ist los mit *dir*? Ich hätte dich nicht geküsst, wenn ich gewusst hätte, dass du einen anderen hast.«

Monica klappte das Kinn herunter.

»Dich geküsst?«, meldete sich Jack.

Monica stieß Trent den Zeigefinger in die Brust. »Du musst mal deinen Testosteronspiegel überprüfen lassen, mein Lieber. Jack ist mein Schwager. Er ist mit meiner Schwester verheiratet.«

Jetzt klappte Trents Kinnlade herunter.

»Ach.«

»Jawohl, ach! Und du hast gedacht, dass ich …« Gott, was dachte er denn von ihr? Niemals, nicht einmal in ihren besten Ice-Queen-Tagen, hätte sie mit mehr als einem Mann etwas angefangen. Sie würde noch nicht einmal mit mehreren Männern etwas trinken gehen. Sie wandte Trent den Rücken zu und schenkte ihre ganze Aufmerksamkeit Jack. »Hi.«

Jack zwinkerte. »Hallo, Darling. Du siehst … wie soll ich sagen … furchtbar aus.«

Sie lachte, trotz des Flatterns im Bauch, das der Mann verursacht hatte, der sie gerade mit seinen Blicken durchbohrte.

»So etwas darf nur jemand aus der *Familie* sagen. Selbst wenn es stimmt.« Das Wort ›Familie‹ betonte sie so, dass es alle im Umkreis von fünf Metern hören konnten. »Wie geht es Jessie … also meiner *Schwester* Jessie? Deiner *Frau?*«

Jack sah Trent über Monicas Schulter hinweg mitleidig an. »Da haben Sie sich aber was eingebrockt. Wenn Monica sauer ist, wird sie zur Furie.« Jack sah wieder zu Monica zurück. »Und ich würde sagen, sie ist ziemlich sauer.«

Immer noch kehrte Monica Trent den Rücken zu. Sie zog Jack zum Hintereingang hinaus. Vielleicht checkte es Mr Testosteron endlich und würde sie in Ruhe lassen.

Armleuchter.

Sie zog Jack zu dem schattenspendenden Baum, den sie zu ihrem Pausenplatz auserkoren hatte, und setzte sich ins Gras. »Jessie hat mir gesagt, dass du kommst. Aber du hättest dir nicht die Mühe machen müssen, mich zu suchen.«

»Jessie hätte mich lebendig skalpiert, wenn ich nicht persönlich nach dir gesehen hätte.«

Monica musste grinsen. Jack würde alles für ihre Schwester tun. »Na ja, es war zwar nicht nötig, aber ich kann dir gar nicht sagen, wie ich mich freue, dich zu sehen.«

»Keine Ahnung, wie du das hier aushältst, Darling. Deine Schwester ist unglaublich stolz auf dich. Sind wir alle. Katie lässt dir ausrichten, dass sie einen Wellnesstag mit dir plant, sobald du heimkommst.«

Katie war Jacks Schwester und obwohl Monica und sie gar nicht verwandt waren, war sie auch fast wie eine Schwester für Monica. »Sag ihr, ich nehme sie beim Wort. Sieht so aus, als hätte ich viel Zeit, wenn ich nach Hause komme.«

»Was? Warum das denn?«

»Ist ’ne lange Geschichte. Meine Chefin hat mich aus dem Dienstsystem genommen. Sie hat mich schon länger auf dem Kieker.«

Jacks Grübchen verschwanden. »Wie bitte?«

Monica winkte ab. »Ich bin sicher, dass alles wieder in Ordnung kommt, wenn ich zurück bin.« Auch wenn sie daran zweifelte.

»Wer feuert denn eine Krankenschwester, die sich für das hier den Hintern aufreißt?« Er warf eine Hand in die Luft und deutete vage auf alles, die Leute, die Zelte, die Verwüstung.

»Alles wird gut.«

»Ich habe gute Rechtsanwälte –«

»Die darfst du auf meine Chefin loslassen, wenn sie meine Kündigung durchsetzen will. Vorher probiere ich es auf meinem eigenen Weg.« So etwas hatte Monica, weiß Gott, bisher nicht gekannt und Jessie auch nicht. In ihrer Kindheit hatte es keinen Mann gegeben, auf den sie sich hätten verlassen können. Monica wusste, dass Jack keine leeren Versprechungen machte, und wenn sein Vater, Gaylord Morrison, auch noch Wind von Monicas Problem bekam, dann würde er dem ganzen blöden Krankenhaus seine Rechtsanwälte auf den Hals hetzen.

»Musst es mir bloß sagen.«

Monica hatte Jack von Anfang an gemocht. Er war einfach perfekt für ihre Schwester. »Mach ich.«

Jack stützte sich auf die Arme auf und nickte Richtung Krankenhaus. »Also, was läuft da zwischen dir und Fairchild?«

»Fairchild?«

»Trent.«

»Ach, so heißt er mit Nachnamen?«

Jack kniff die Augen zusammen. »Du küsst ihn und weißt nicht einmal, wie er heißt?«

Sie kickte sein Schienbein. »Es war nur ein Kuss. Und Namen sind … hier nicht von Bedeutung.« Und trotzdem war Trent extra gekommen, um ihren herauszufinden.

»Ich finde trotzdem, dass man erst den Namen wissen sollte. Sonst fühlt sich der Mann vielleicht noch ausgenutzt.«

Monica prustete los. »Zum Küssen lassen sich Männer doch gerne ausnutzen.«

»Der aber nicht. Er schien es nicht gerade prickelnd zu finden, als er dachte, du hättest einen anderen.«

»Tja … er hat aber keinen Anspruch darauf, eifersüchtig zu sein. Wir haben uns gerade erst kennengelernt.«

Jack schnipste ein Insekt vom Bein. »Das ist nicht ausschlaggebend. Wenn ich nur daran denke, wie ich mich gefühlt habe, als Jessie einen Tag, nachdem wir uns kennengelernt hatten, einen anderen Mann ansah …«

»Das war etwas anderes.«

»Ach ja, warum?«

»Keine Ahnung. War es eben.« Bei Jack und Jessie war es Schicksal, die Liebe fürs Leben. Für sich selbst glaubte Monica nicht daran. Sie hatte Schwierigkeiten, anderen Menschen völlig zu vertrauen, und das gab sie auch offen zu. »Genug über ihn. Erzähl mir lieber von Danny. Reitet er schon auf seinem Pferd?«

Ihr Neffe war immer ein beliebtes Gesprächsthema in der Familie. Der Kleine war so ein lebhafter Bursche und genoss das Leben auf der Ranch mehr als jeder andere.

Sie sprachen eine Weile über die Dinge zu Hause, dann stand Jack wieder auf. »Ich habe meinem Piloten gesagt, dass wir vor Anbruch der Dunkelheit wieder abfliegen.«

Sie erhob sich ebenfalls und umarmte ihn. »Richte allen viele Grüße aus. Und sag Jessie, dass ich bestens aussehe, sonst macht sie sich Sorgen.«

»Müde siehst du aus.«

»Ich bin auch erschöpft. Aber irgendwann hört das ja wieder auf und dann hole ich den Schlaf nach. Mach dir keine Sorgen.«

Er sah zu den Menschen um sie herum, manche ohne Schuhe, alle in schmutzigen Klamotten. »Wenn du schneller weg willst, dann schicke ich ein Flugzeug.«

»Danke, Jack. Es ist schön zu wissen, dass sich jemand um mich kümmert.«

»Du kannst schließlich genauso nerven wie Katie und deshalb behandle ich dich auch wie meine kleine Schwester.«

Monica wusste schon, wie er das meinte. Den Arm über ihre Schulter gelegt, begleitete er sie zurück zur Klinik.

Trent saß auf einem Stuhl bei der Tür und wartete.

Monica zögerte.

»Ich warte am Auto auf Sie«, sagte Jack zu Trent. Er gab Monica einen Kuss auf die Wange. »Tschüss, Darling. Pass auf dich auf.«

»Mache ich.«

Jack schlenderte lässig zur Tür.

Trent erhob sich, die Hände in den Hosentaschen. »Ich glaube, ich muss mich bei dir entschuldigen.«

Sie sah ihm in die Augen. »Das glaube ich auch.«

»Ich bringe jetzt deinen Schwager zum Flughafen zurück, dann komme ich wieder, um dich abzuholen.«

»Ich habe hier noch zu tun –«

»Tauni hat gesagt, dass ihr heute Abend genügend Hilfe bekommt. Wenn du hier bleibst, wirst du am Ende selbst noch krank.«

»Na gut.« Sie war zu müde, um zu widersprechen. »Und jetzt zur Entschuldigung …«

Er musterte sie ausgiebig von oben bis unten und wieder nach oben. Ihre Haut prickelte, als ob er sie berührt hätte. Dann flüsterte er ihr ins Ohr: »Für diese Entschuldigung brauchen wir mehr Privatsphäre.«

Damit ging er. Und sie blieb wie angewurzelt stehen.

Vorfreude breitete sich aus und schickte einen wohligen Schauder über ihren Rücken.

Kapitel 11

»Ich wollte noch etwas sagen«, meinte Jack, als er Trent zum Abschied die Hand gab.

»Wie wäre es mit *Dankeschön?*«

Jack hob eine Augenbraue und stupste seinen Cowboyhut ein paar Zentimeter nach hinten. »Monica ist wie eine Schwester für mich.«

Ach so, jetzt macht Jack einen auf großen Bruder.

»Die meisten Leute finden mich ganz nett.«

Jack holte aus der hinteren Hosentasche eine Visitenkarte, die er Trent gab. »Rufen Sie mich an, wenn Monica irgendetwas braucht, egal was. Hört sich so an, als ob ihr der Job zu Hause Sorgen macht. Ich würde gerne wissen, wer für die Leitung der Hilfsorganisation zuständig ist.«

»Ihr Job macht ihr Sorgen?«, fragte Trent nach.

»Es gibt eben nicht nur nette Leute.«

Trent steckte die Karte ein. »Mal sehen, was ich herausfinden kann.«

»Vielen Dank. Und Danke fürs Herumfliegen.« Jack nickte, streckte den Rücken gerade. »Passen Sie gut auf sie auf.«

»Wird erledigt.«

Jack sprang leichtfüßig die Treppe zu seinem Privatjet hinauf und verschwand.

Sehr sympathisch. Gut, dass ich ihn nicht hassen muss. Mr Testosteron, wie Monica sagte, hatte voreilig Schlüsse gezogen und fast alles vermasselt. Mit so viel Testosteron in den Adern brauchte er jetzt dringend Koffein. Und ja, Monica war in seinem Kopf und von dort nicht mehr wegzubekommen.

Sonst war es Trent egal gewesen, was bei den Frauen, die er kennenlernte, zu Hause los war. Eigentlich war er immer davon ausgegangen, dass die meisten Frauen, mit denen er sich auf Jamaika vergnügt hatte, zu Hause einen anderen hatten. Das hatte es einfacher gemacht.

Aber bei Monica war es anders.

Warum? – Darüber würde er später nachdenken. Jetzt bekam er davon Kopfschmerzen. Oder vielleicht lag es auch am Hunger.

Seine Entschuldigung bei der erwähnten Dame musste größer ausfallen. Ein Blumenstrauß und eine Schachtel Pralinen würden nicht ausreichen. Das gab es ohnehin nicht. Für die Blumen würde er durch Wiesen und Wälder streifen müssen, aber das ging zu weit.

Er fuhr mit dem Jeep den Hügel hinab. Diesmal, um sie zu seinem Haus zu bringen. Zumindest für kurze Zeit.

★★★

Schwangerschaftshormone waren furchtbar nervig, sie brachten einen um den Verstand und ließen einen lächerlich wirken.

Jessie hatte Tränen in den Augen, als ihr bewusst wurde, dass Jack sie aus einer Höhe von siebentausend Metern anrief.

»Hallo, mein Schatz, wie geht es dir?« Er klang beruhigend und so sehr nach Jack.

»Ich vermisse dich.«

»Noch bevor du aufwachst, krieche ich zu dir ins Bett«, sagte er. Das hörte sich gut an.

»Wie ist die Lage in Jamaika?«

Jack zögerte. »Entsetzlich.«

»Können wir irgendwie helfen?«

»Ich werde dafür sorgen, dass unsere Firma einen Hilfsfonds gründet. Es werden Unterkünfte, Notzelte, Kleidung, Lebensmittel und vieles mehr gebraucht.«

»Ich möchte auch irgendwie helfen«, sagte Jessie.

»Wir lassen uns etwas einfallen, wenn ich heimkomme. Monica richtet dir liebe Grüße aus«, sagte er.

Allein der Name ihrer Schwester brachte ihr Lächeln zurück. »Hast du sie getroffen?«

»Klar.«

»War sie irgendwie komisch?«

Die Leitung war gestört, als Jack gerade irgendetwas von einem Mann sagte, sodass Jessie es nicht genau verstehen konnte. »Wie bitte?«

»Trent Fairchild. Ist ein netter Kerl. Wurde ziemlich sauer, als er dachte, ich sei jemand anderes als ihr Schwager.«

Jessie schloss die Augen und schüttelte den Kopf. »Was? Moment mal … Monica hat jemanden kennengelernt?«

»Das habe ich doch gerade gesagt. Entweder war sie komisch wegen ihm oder wegen der Tatsache, dass es in ihrem Job zu Hause Schwierigkeiten gibt.«

Jessie war verwirrt. Jack musste alles nochmal langsam und deutlich erklären.

»Damit ich das richtig verstehe«, sagte sie, als Jack fertig war, »man hat sie gefeuert und sie hat einen Hubschrauberpiloten namens Trent geküsst?«

Jack musste lachen. »Na ja, bis jetzt hat man sie noch nicht gefeuert, aber so gut wie. Und weißt du was noch? Den Fairchilds gehört ein Touristikunternehmen, mit dem die Morrisons weltweit zusammenarbeiten. Ich muss mal meinen Dad nach ihnen fragen.«

Jessie holte einen Zettel und schrieb den Namen auf. »Ach, das kann ich übernehmen. Das geschieht Monica ganz recht, weil sie sich in meine Angelegenheiten eingemischt hat, damals bei unseren ersten Dates.«

»Wir hatten doch immer nur *fast* ein Date«, erinnerte er sie.

Sie kicherte. Er hatte recht. Sie hatten nie ein echtes Date gehabt, das hatte sie damals nicht zugelassen.

»Komm schnell nach Hause.«

»Ich liebe dich, mein Schatz.«

»Ich liebe dich auch.«

Jessie beendete das Gespräch und hielt den Hörer noch eine Weile an die Brust gedrückt. Nach einem lauten Seufzer wählte sie schließlich Katies Nummer.

Katie hob gleich nach dem ersten Klingeln ab.

Nach dem üblichen »Hallo« und »Wie geht's« kam Jessie gleich auf den Punkt.

»Wir müssen alles über einen gewissen Trent Fairchild herausfinden.«

»Ach ja?«, fragte Katie.

»Ja. Müssen wir unbedingt.« Sie konnte kaum glauben, dass jemand Monica den Kopf verdreht hatte.

Bisher hatte das noch niemand geschafft. *Das ist ein Zeichen!*

★★★

Monica wusste nicht, auf welche Weise Trent sich entschuldigen wollte, aber sie hoffte inbrünstig, dass dabei ein Essen, ein Bett … und eine Dusche mit im Spiel sein würden.

Lieber erst die Dusche, dann Essen und ein Bett ohne Partner, zumindest vorerst, bis sie wenigstens ein paar Stündchen geschlafen hatte. Monica hatte nun noch mehr Respekt für die Ärzte, die während des Studiums und ihrer Zeit im Praktikum extrem viel arbeiteten und äußerst wenig Schlaf abbekamen.

Ihr schmerzten Rücken und Füße und ihre Augen brannten. Monica konnte sich nicht erinnern, jemals so erschöpft gewesen zu sein.

Sie hinterließ eine Nachricht, um Walt Bescheid zu geben, dass sie mindestens zwölf Stunden nicht in der Klinik sein würde. Zehn davon plante sie zu schlafen.

Monica setzte sich draußen neben dem Krankenhaus auf den Boden und wartete auf Trent. Ihr fehlte sogar die Energie zu lächeln, als er vorfuhr.

»Soll ich dich tragen?« Er ging ums Auto herum und öffnete die Tür für sie.

»Jetzt würde ich sogar in deinen Hubschrauber steigen, wenn ich dadurch schneller unter die Dusche käme.«

»Dann muss es ja richtig schlimm sein.«

Er bog auf die Straße und wich einem Schlagloch von der Größe des Grand Canyons aus. Monica lehnte sich mit geschlossenen Augen zurück. »Bitte verzeih mir, wenn ich gerade nicht so gesprächig bin.«

»Ich versuche gar nicht erst, ein Gespräch anzufangen«, erwiderte Trent.

Sie war schon fast eingeschlummert. »Gut, weil ich mehr als zwei aktive Gehirnzellen brauche, um deine Reaktion auf Jack zu besprechen.«

Monica döste während der gesamten Fahrt und merkte kaum, dass sie an seinem Haus angekommen waren. Trent half ihr aus dem Auto. Sie konnte nur den ersten Teil ihres Planes in die Tat umsetzen. Nach der angenehm warmen Dusche schaffte es Monica nicht einmal mehr, sich die Haare zu trocknen, bevor sie ins Bett fiel. Das Essen würde warten müssen.

Die Sonne, hell und durchdringend, prickelte auf ihren Augenlidern. Monica streckte sich. Sie fühlte mindestens vier verschiedene Muskelgruppen, die ihr bisher gänzlich unbekannt waren, und drehte sich noch einmal um. Mit dem weichen Kissen unter dem Kopf hing sie noch ein Weilchen ihren Träumen nach. Es fühlte sich so verdammt gut an, einfach nur im Bett zu liegen. Niemand rief nach ihr und brauchte ihre Hilfe.

Sie blinzelte, dann erst fiel ihr ein, wo sie war. Sie hatte gestern Abend noch ein Schlafshirt angezogen, aber zur Hose war sie nicht mehr gekommen. Mit einem Handtuch um die nassen Haare hatte sie sich, ohne sich zuzudecken, aufs Bett fallen lassen. Das war das Letzte, woran sie sich erinnerte. Das Handtuch lag nun zusammengefaltet auf dem Stuhl neben der Tür. Eine leichte Baumwolldecke lag auf ihr. Die Beine waren nackt, sie trug nur einen dünnen Slip.

Immerhin hatte sie Trent den erholsamsten Schlaf seit mehr als einer Woche zu verdanken. Dafür durfte er ruhig etwas mehr von ihr gesehen haben, als er ihr das Handtuch abgenommen und sie zugedeckt hatte.

Ihr knurrender Magen erinnerte sie daran, dass sie schon lange nichts Anständiges mehr gegessen hatte, und bewegte sie zum Aufstehen.

Im Bad betätigte sie den Lichtschalter und – Wunder, oh Wunder – das Licht ging an. Dabei hörte sie gar nicht das Brummen des Generators. Ein paar Minuten später kam sie in Laufshorts und T-Shirt aus dem Zimmer. Alle anderen Klamotten mussten dringend gewaschen werden. Falls der Strom wirklich ging, konnte sie Trent vielleicht noch um einen weiteren Gefallen bitten.

Er saß im Wohnzimmer vor einem großen Fernseher, in dem Nachrichten liefen.

»Guten Morgen«, machte sie sich bemerkbar.

Sein Gesicht hellte sich auf, er erhob sich. »Ich habe schon gedacht, du schläfst noch mal zwölf Stunden.«

»Zwölf Stunden?«

»Mindestens. Du bist ungefähr um acht eingeschlafen.« Er tippte auf die Uhr. »Jetzt ist es gleich zehn.«

»Du machst Scherze.«

»Nein.«

Ihr Herz hüpfte. Vierzehn Stunden. »Ich muss wieder zurück.« Sie wollte sich gleich umziehen gehen. Wieder in die alten, stinkigen Anziehsachen.

»Halt. Ich habe mit Dr. Klein gesprochen.«

Sie blieb stehen.

»Dein Handy hat geklingelt, kurz nach sechs heute Morgen. Du hast dich nicht gerührt.«

»Und du bist drangegangen?« Sollte sie sich freuen oder wütend sein?

Zum Wütendsein brauchte man mehr Energie. Sie war zwar ausgeruht, aber auf schlechte Laune hatte sie jetzt keine Lust.

»Ja. Jedenfalls habe ich ihm gesagt, dass du fast im Koma liegst, und da hat er gesagt, dass du besser erst heute Abend wieder zurückkommst. Du sollst ihn oder Walt anrufen, wenn du wach bist.«

»Okay. Heute Abend erst?« Sollte das heißen, dass sie fast acht Stunden für sich hatte?

»Heute Abend«, bestätigte er. »Wie wäre es mit einem Kaffee?«

»Für Kaffee würde ich glatt jemanden töten.«

»Brauchst nicht gewalttätig zu werden«, lachte er. »Der Strom kam wieder, als du schon eingeschlafen warst. Endlich Schluss mit Instantkaffee. Setz dich doch, ich mach dir einen.«

»Bevor ich es mir zu gemütlich mache, hast du eine Waschmaschine und einen Trockner? Meine Sachen –«

Er zeigte zum Flur zwischen den Schlafzimmern. »Am Ende des Ganges ist die Stiefelkammer.«

»Eine Stiefelkammer in Jamaika?«

»Wenn man im Nordosten von Amerika aufgewachsen ist, baut man sich kein Haus ohne Stiefelkammer. Waschmaschine und Trockner sind dort.«

Fünf Minuten später gesellte sie sich wieder zu Trent in die Küche. »Saubere Klamotten und guter Schlaf. Jetzt habe ich schon wieder ein schlechtes Gewissen.« Ihre Kollegen hatten nicht so viel Glück.

»Schlechtes Gewissen?«

»Wenn mich Donald nicht überredet hätte, mich freiwillig für die andere Klinik zu melden, würde ich jetzt noch auf den Krankenhauspritschen schlafen.« Trent hätte sie auch nicht kennengelernt. Aber das erwähnte sie nicht.

»Erinnere mich daran, mich bei Donald zu bedanken.« Trent zog eine Augenbraue hoch, goss ihr Kaffee ein und reichte ihr die Tasse mit einem Löffel.

»Danke.« Sie stöhnte – ein kehliges Schlafzimmerstöhnen – als sie den ersten Schluck trank. »Du kannst unglaublich gut Kaffee kochen, Trent.«

Er lehnte sich gegen die Arbeitsplatte und beobachtete sie über den Rand seiner Tasse hinweg. »Guter Kaffee ist Teil eins der Wiedergutmachung.«

Sie hob die Tasse zum Prosit. »Hast eine gute Show abgezogen.« Mit dem nächsten Schluck fühlte sie, wie die Anspannung der letzten Tage von ihren Schultern wich. »Bist du generell ein eifersüchtiger Typ?«

Trent kniff das Gesicht zusammen. »Müssen wir unbedingt darüber reden?«

Sie lachte über sein Unbehagen. »Du hast ja gar keine Ahnung, wie verrückt Jack nach meiner Schwester ist, sonst würdest du über deine falsche Mutmaßung lachen.«

»Er war so entschlossen, dich zu finden.«

»Wahrscheinlich hätte Jessie ihm sonst die Hölle heiß gemacht. Sie kann glucken wie eine Mutter.«

»Ist sie die Ältere von euch beiden?«

»Ja, zwei Jahre älter. Wir sind aufeinander angewiesen. Na ja, jetzt hat sie Jack, aber früher, als ich die Ausbildung gemacht habe, war sie alleinerziehend und wir haben uns gegenseitig geholfen.«

»Was ist mit deinen Eltern?«

Monica starrte in die Tasse. »Unser Dad ist abgehauen. Ich kann mich nicht einmal mehr an ihn erinnern. Und meine Mutter ist zu sehr mit ihrem eigenen Leben beschäftigt.« Sie wollte gar nicht über ihre Eltern reden. »Jedenfalls hat Jessie ihm sicher Schläge angedroht, wenn er nicht nach mir sucht.«

»Er ist sehr sympathisch.«

»Finde ich auch. Die ganze Familie ist so bodenständig. Man kann sich kaum vorstellen, dass sie stinkreich sind. Hast du seinen Privatjet gesehen?«

Er grinste. »Sehr nobel. Bist du schon damit geflogen?«

»Klar.«

»Und das macht dir nichts aus? Ich dachte, du hast Flugangst.«

Ihre Tasse war schon leer. »Da muss ich ja nicht zum Fenster hinaussehen. Bei deinem Hubschrauber bräuchte ich eine Augenbinde, um nicht rauszuschauen.«

»Du hast beim Fliegen also nur Angst, wenn du siehst, wie hoch du bist?«

»Genau.«

Er füllte ihre Tasse auf und schob den Zucker zu ihr. »Bist du hungrig?«

Prompt war ein lautes Magenknurren zu hören. »Das beantwortet wohl die Frage«, meinte er.

Sie stellte sich zu ihm. »Bitte sag mir, dass du etwas anderes als Powerriegel hast.«

»Die frischen Vorräte sind alle aufgebraucht. Aber ich habe ganz annehmbare Konserven.« Er öffnete die Tür zur Speisekammer. »Viele Leute haben Hühner. Ich habe ein paar Eier stibitzen können.«

Monica entdeckte eine Dose mit Hühnerfleisch und ein Glas Salsa. Sie suchte in den Vorratsschränken nach weiteren brauchbaren Zutaten und stellte alles auf die Arbeitsfläche. »Daraus könnte man schon was zubereiten«, murmelte sie.

»Sicher, dass ich nicht etwas machen soll?«

»Nein, nein. Es ist schön, zur Abwechslung mal etwas Appetitliches in den Händen zu haben.«

Er setzte sich auf den Stuhl, auf dem sie vorher gesessen hatte. Sie spürte, wie er sie beobachtete. »Die meisten Junggesellen haben nur Steaks, Bier und Fertigessen im Kühlschrank.«

»Solche Zeiten hatte ich auch. Aber auf Dauer ist das langweilig. Unsere Mutter hat uns Kochen beigebracht.«

»Hat sie gut gemacht«, meinte Monica. »Hast du seit dem Erdbeben schon mit ihr geredet?«

Als er nicht gleich antwortete, blickte sie fragend auf.

»Meine Eltern sind beide vor ein paar Jahren gestorben.«

»Oh. Das tut mir leid. Waren sie noch jung?« Seinem Gesichtsausdruck war abzulesen, dass er immer noch um sie trauerte.

»Schon.«

Monica wechselte schnell das Thema. Offensichtlich wollte er ebenso wenig über seine Eltern reden wie sie über ihre. Das konnte sie gut verstehen. »Bei uns hat immer Jessie gekocht. Meistens hatten wir keine Kohle, weshalb wir auch nie zum Essen ausgegangen sind.«

Trent musste lachen. »Und jetzt ist sie mit einem Morrison verheiratet!«

Monica öffnete die Dose mit dem Hühnerfleisch und leerte sie in einen Topf auf dem Herd. »Das war eine ganz verrückte Geschichte.«

»Was denn?«

»Wie sie Jack kennenlernte. Sie dachte, er sei nur ein Aushilfskellner im Morrison Hotel, der vorübergehend dort jobbte. Er hat ihr gar nicht gesagt, dass ihm das ganze Hotel gehört.«

»Hätte das einen Unterschied gemacht?«

»Oh ja. Jessie hatte schon Danny. Eine falsche Entscheidung während der Highschool und schon war sie alleinerziehende Mutter. Sie hat immer die größten Loser an Land gezogen. Und dann kommt Jack daher und tut so, als sei auch er ein Taugenichts … Na ja, er hat nicht aktiv so getan, aber er wusste, dass sie jemanden suchte, der sein Leben auf die Reihe bekam. Für ihn gleichbedeutend damit, dass es jemand mit Geld sein musste.«

»Und Jack hat Geld«, meinte Trent.

»Keinem Mann gefällt es, wenn eine Frau nur sein Geld liebt. Also hat er gelogen.«

»Und hat gesagt, dass er keine Kohle hat?« Trent fand das sehr lustig.

»Er hat einfach die Wahrheit verschwiegen. Er hat nicht direkt gesagt, dass er keine Kohle hat.« Monica rührte das Hühnchen um und gab Gewürze dazu, die sie über dem Herd fand. »Jack hat alles gegeben, damit sie sich trotzdem in ihn verliebte. Dabei war Jessie entschlossen, ihn nicht zu beachten.«

»Was wohl nicht wirklich funktioniert hat.«

»Nicht lange.« Monica steckte den Kopf wieder in den Küchenschrank und zog eine Packung Tortillas hervor. »Die wolltest du mir wohl unterschlagen, Barfuß.«

Er grinste. »Ich habe ganz vergessen, dass ich die noch hatte.«

Laut Verfallsdatum noch gut. Die frischen Eier brutzelten in der Pfanne, während sie die Geschichte ihrer Schwester zu Ende erzählte. »Jedenfalls sind sie zusammengekommen und dann erst hat sie herausgefunden, wer er wirklich ist. Sie war ziemlich sauer.«

»Niemand wird gerne angelogen.«

»Nein. Aber ich verstehe schon, warum er das gemacht hat. Er hat wirklich einen Haufen Schotter. Wahrscheinlich hat ihn mehr als eine Frau wegen des Geldes heiraten wollen.«

»Du hast ihm das gleich verziehen, oder?« Trent hatte das Kinn auf die Hände gestützt, während er sie beobachtete. So wie er die ganze Zeit grinste, hätte sie gerne gewusst, was in seinem Kopf vorging. Sie zog zwei Teller aus dem Schrank und schaufelte die Hühnchenomeletts darauf.

»Sie sind sehr ineinander verliebt. Noch vor Jessie wusste ich, dass er der Richtige für sie ist, darum habe ich es ihm verziehen.« Monica schaltete den Herd aus und brachte die Teller. Sie füllte Kaffee nach und setzte sich neben ihn.

»Hast du früher als Köchin in einem Schnellrestaurant gearbeitet, bevor du Krankenschwester wurdest?«

»Ich habe zu Schulzeiten ein bisschen gekellnert.« Sie goss Salsa auf ihre Eier und steckte sich die erste Gabel voll Essen in den Mund. »Mmmmh.«

Trent streckte kauend den Daumen nach oben. »Super«, nuschelte er.

»Alles schmeckt super, wenn man kurz vor dem Verhungern ist. Käse fehlt.« Aber trotzdem war es die beste Mahlzeit seit Ewigkeiten.

»Es ist perfekt.«

Nicht perfekt, aber schön, dass es ihm schmeckte. »Hattest du auch miese Jobs, als du jünger warst?«

Er schüttelte den Kopf. »Nicht wirklich. Ich bin nach der Highschool direkt aufs College gegangen und danach gleich ins Familienunternehmen eingestiegen.«

»Die Hubschrauber?«

Er nahm einen weiteren Bissen und kaute genüsslich, bevor er weitersprach. »Erst habe ich im Büro gearbeitet. Marketing, Öffentlichkeitsarbeit und so ein Kram.«

»Klingt, als hattest du gar keine andere Wahl. War es beschlossene Sache, dass du für die Familie arbeitest?« War das besser oder schlechter, als wenn man überhaupt keine Weichenstellung von den Eltern bekam?

»Es wäre Zeitverschwendung gewesen, sich woanders nach einem Job umzusehen. Außerdem war klar, dass ich immer als Pilot arbeiten kann, falls das Büro nicht mein Fall ist.«

»Und deshalb fliegst du jetzt.«

Er verspeiste den letzten Rest seines Essens und schob den Teller zur Seite. »Ich bin schon immer unheimlich gerne geflogen. Hubschrauber, Jets … alles.«

»Hast du keine Angst, du könntest abstürzen?« Ihr wurde ganz anders, wenn sie nur daran dachte, dass man so viel Zeit in der Luft verbringen konnte.

»Denkst du beim Autofahren ans Sterben?«, antwortete er mit einer Gegenfrage.

»Nicht wirklich.«

»Das Gleiche gilt fürs Fliegen. Das einzige Mal, das ich ans Abstürzen dachte, war bei meinem ersten Flug. Seitdem kommt es mir nicht mehr in den Sinn. Der beste Weg, keine Angst zu haben, ist selbst am Steuerhorn zu sitzen.«

»Na ja, ich weiß nicht.«

»Du musst ja nicht. Aber du bist doch sicher jemand, der gerne die Kontrolle übernimmt. Vielleicht könnte das deine Flugangst heilen.«

»Wenn Gott gewollt hätte, dass wir fliegen, hätte er uns Flügel gegeben.«

»Oder Piloten«, lachte Trent.

Monica lehnte sich entspannt zurück und reckte die Arme über den Kopf.

Die Bewegung erregte Trents Aufmerksamkeit und ließ ihn unwillkürlich grinsen. Er trug T-Shirt und Shorts, wie sie es nicht anders von ihm kannte. Seine Haare könnten einen Besuch beim Friseur vertragen, aber er sah auch nicht wie ein Surfer in Kalifornien aus. »Also, Mr Testosteron, was macht man auf dieser Insel, wenn man gerade keine Touris in schwindelerregenden Höhen herumfliegt oder die Folgen einer Naturkatastrophe beseitigt?«

Sie war sich nicht sicher, ob er Lust hatte, dort weiterzumachen, wo sie letztes Mal nach dem Kuss aufgehört hatten. Er hatte sie nicht einmal berührt, seit er ihr am Abend ins Bett geholfen hatte. Nun ja, gestern hatte sie auch ihre beste Zombieshow gegeben und hätte ihm in seinen Armen bloß etwas vorgeschnarcht.

Er rieb sich nachdenklich das Kinn. »Normalerweise feiert man hier seinen freien Tag mit Rumcocktails und einer Steel-Band.«

»Zurzeit wohl nicht«, meinte sie.

Er drehte sich in seinem Stuhl, sein Knie berührte ihres. Die Berührung war so unschuldig, wie sie nur sein konnte, und trotzdem verschlug es ihr schier den Atem. Als er schließlich seine Hand auf ihren Oberschenkel legte, wusste sie, dass er ihren Kuss nicht vergessen hatte und ebenso wenig sein Versprechen, den Fehler mit Jack wieder gutzumachen. »Jetzt fehlt nur noch, dass du etwas Schnulziges sagst, von wegen ›wir könnten unsere eigene Musik machen‹ …«

Er ließ seine Hand an der Außenseite ihrer Schenkel entlangwandern, fasste die Stuhllehne und zog sie mitsamt Stuhl näher.

Sie blieb an seinem Bein hängen und plötzlich war sein Gesicht direkt vor ihr.

»Wir könnten den Spruch auch auslassen«, sagte er.

Die Raumtemperatur stieg um zehn Grad. Er hatte seine Hände links und rechts auf ihre Beine gelegt, aber er bewegte sie nicht.

»Sprüche sind für Leute, die nicht wissen, was sie wollen«, sagte sie.

Er grinste.

»Zu solchen Leuten gehören wir nicht.«

Nein. Sie hatte sich schon nach seiner Nähe gesehnt, als er ihr seinen Namen gesagt hatte. Monica legte ihre Hände auf seine und schob sie auf ihren Schenkeln ein Stückchen höher.

Sie mochte weder Sprüche noch Spielchen. »Zu welchen Leuten gehören wir dann?«

Er übernahm jetzt die Führung, ließ seine Hände über ihre nackte Haut wandern, und löste in jedem Nerv ihres Körpers Vorfreude aus. Ihr entfuhr ein Stöhnen, als er sie an der Hüfte packte und vom Stuhl auf seinen Schoß zog, als ob sie nichts wiegen würde. Sie hielt sich an seinen Schultern fest, um das Gleichgewicht zu halten, und genoss das Gefühl seiner Hände auf ihrem Po.

Das geschickte Manöver machte sie gierig nach ihm, obwohl sie sich nicht einmal küssten. »Zu Leuten, die so etwas hier machen.« Trents warmer Atem streifte ihre Lippen, sein Blick war so geladen, dass sie nicht wegsehen konnte.

Monica beugte sich vor. Er zögerte, aus welchem Grund auch immer, aber sie wollte nicht länger warten.

Trent, der Schurke, lehnte sich zurück. »Bist du sicher?«

Sie antwortete nicht. Ihre Lippen berührten seine, warm und weich, und dann spürte sie seine Zunge und jetzt war Trent an der Reihe, zu stöhnen.

Seine Berührungen sprühten vor Verlangen. Er ließ seine Hand unter ihr T-Shirt gleiten, suchte sich einen Weg zu ihren Brüsten und glitt unter ihren BH.

»Du fühlst dich unglaublich gut an«, stieß er hervor, als seine Lippen von ihren abließen, um ihr Kinn, ihren Hals zu erforschen.

Seine festen Muskeln wurden unter ihren Händen spürbar.

»So weich«, murmelte er.

Monica drückte sich näher an ihn heran. Nur der Stuhl hielt sie davon ab, ganz mit ihm zu verschmelzen.

Seine Lippen fanden eine empfindsame Stelle hinter ihrem Ohr und das Beben in ihrem Bauch löste sich an einer anderen Stelle auf. »Oh«, flüsterte sie.

Trent gluckste und küsste wieder ihren Hals.

Monica hörte den Hund bellen, aber achtete nicht darauf. Trent hob sie von seinem Schoß und setzte sie auf die Arbeitsplatte. Sie half ihm das Shirt auszuziehen, es war im Weg.

Ginger bellte wieder.

Mistköter.

Gerade wollte auch Trent ihr das T-Shirt ausziehen. Ihr einziger Gedanke war, so schnell wie möglich ganz viel Haut von ihm zu spüren. Trent zog ihr das T-Shirt plötzlich wieder herunter und hob sie von der Arbeitsplatte.

Da hörte Monica es auch.

Leute. Kinder. Hundegebell.

Monica sah Trents verschleierten Blick. Er atmete genauso schnell wie sie.

»Trent?«, rief jemand vom Eingangsflur aus.

»Besuch?«, flüsterte Monica.

Trent ordnete seine Haare und zupfte sich das Hemd zurecht. Sie hatten kaum Zeit sich darauf einzustellen, schon kam eine ganze Familie ins Zimmer gestürmt.

Ginger lief aufgeregt bellend herum. Ein Mann, den Monica schon einmal gesehen hatte, trug eine Frau auf dem Arm.

»Reynard, Kiki?«

Reynard blickte von Trent zu Monica und wusste genau, bei was er sie gerade gestört hatte.

Die Frau, die Trent Kiki genannt hatte, wurde rot. »Wir kommen zu früh«, sagte sie.

»Nein, nein.« Trent warf Monica einen entschuldigenden Blick zu und griff nach ihrer Hand. »Es passt bestens.«

Monica bemühte sich, freundlich zu wirken. Ihre Libido war so plötzlich verschwunden, wie wenn man einen Kübel Eiswasser über sie geschüttet hätte. Eines der fünf Kinder rannte herbei und umarmte Trents Beine. »Onkel Trent.«

Offensichtlich waren sie nicht verwandt, aber das Kind zeigte Monicas Fast-Liebhaber gegenüber große Zuneigung.

»Micha. Das ist meine Freundin Monica.« Der Junge grinste sie an.

»Monica, kannst du dich noch an Reynard erinnern? Du hast ihn an deinem ersten Tag auf der Insel kennengelernt.« Trent fuhr mit der Vorstellungsrunde fort.

Ach ja, jetzt erinnerte sie sich. »Schön Sie wiederzusehen«, brachte sie hervor.

»Wir sind zu früh gekommen«, sagte Kiki erneut. »Wir gehen besser wieder.«

Trent drückte Monicas Hand. »Nein, bitte … Ich habe euch doch gesagt, dass ihr kommen sollt.« Trent wandte sich zu Monica und erklärte: »Ihr Haus ist durch das Erdbeben eingestürzt. Ich habe Kiki und Reynard gebeten, hierherzukommen.«

»Aha«, sagte Monica.

Micha warf für Ginger einen Plastikknochen zum Zurückbringen. Die anderen Kinder waren ausgelassen und fröhlich und bekamen von der Spannung nichts mit.

Kiki lehnte sich gegen ihren Mann und humpelte ein, zwei Schritte. Monica sah, wie blass sie war und dass sie Schmerzen hatte, und sie verdrängte ihre sexuellen Bedürfnisse. »Ihnen geht es nicht gut, oder?«

»Sie wurde gerade aus dem Krankenhaus entlassen«, erklärte Reynard. »Die Ärzte haben gesagt, sie braucht ein Bett und viel Ruhe.«

Monica schenkte Trent ein halbes Lächeln. Offensichtlich war er genauso frustriert wie sie. »Das Gästezimmer?«, fragte sie ihn.

Er nickte.

»Kommen Sie mit.« Sie führte Reynard und seine Frau in das Zimmer, in dem sie geschlafen hatte.

Vorbei mit Privatsphäre und Zweisamkeit. Die Anzahl der Bewohner des Hauses hatte sich mit einem Schlag vervierfacht und jeglicher Gedanke an Intimität musste warten.

Verdammt!

Kapitel 12

Trent half Reynard, die spärlichen Reste des Familienbesitzes ins Haus zu bringen.

»Ist es wirklich okay, dass wir hier sind?«

Trent schulterte eine Tasche und nahm noch einen Sack auf. »Ich will nichts weiter darüber hören, Reynard. Wie ich deiner Frau schon gesagt habe, werde ich bald abreisen. Wenn ihr auf das Haus aufpasst, muss ich mir darüber keine Sorgen machen.«

Reynard wirkte beruhigt. »Ich werde natürlich Miete zahlen.«

Trent schüttelte den Kopf. »Spar dir lieber dein Geld für ein neues Haus.« Obwohl sich Trent nicht sicher war, ob das überhaupt möglich war und wie lange es dauern würde. Die wirtschaftliche Lage der Insel war noch nie besonders gut gewesen. Jetzt würde es noch schwieriger werden.

Trent wollte zum Haus gehen, da legte ihm Reynard eine Hand auf die Schulter. »Vielen Dank.«

»Ich behalte mein Zimmer, bis ich abreise«, sagte Trent, als er ins Haus ging. »Und ich werde euch über meine Pläne informieren, wenn ich weg bin.«

»Wann reist du ab?«

Trent dachte an Monica und schüttelte den Kopf. »Weiß ich noch nicht. In ein, zwei Wochen.« Er hatte Jack Morrison versprochen, auf seine Schwägerin aufzupassen, und Trent hielt immer sein Versprechen. Aber er machte sich auch nichts vor. Wegen eines Versprechens, das er einem Fremden gegenüber gegeben hatte, blieb er nicht. In Wirklichkeit war er noch nicht bereit, sich von seiner Krankenschwester zu verabschieden.

Noch nicht.

Monica stand wieder in der Küche. Diesmal wärmte sie eine Suppe aus der Dose auf.

Reynards Kinder saßen auf der Küchentheke und redeten aufgeregt darüber, dass sie nun in einem großen Haus wohnen würden und dass ihr eigenes eingestürzt war. Sie erzählten Monica ihr ganzes Leben, während sie ihnen etwas zu essen zubereitete.

»Bei so einem großen Haus müsst ihr gut mithelfen, es sauber zu halten«, sagte sie zu den Kindern. »Eure Mama muss noch ein paar Tage im Bett bleiben.«

Mit geschwellter Brust verkündete Micha: »Klar helfen wir!«

Monica nahm Schüsseln aus dem Küchenschrank und schöpfte Suppe hinein. Reynard trug die Taschen in das zweite Gästezimmer, während Trent dem Treiben in der Küche zusah. Tanya, die älteste Tochter, war zehn Jahre alt und hielt das jüngste Kind auf dem Schoß. »Mama muss schlafen und wir müssen still sein«, sagte sie zu den Geschwistern.

Trent stand auf. »Ihr könnt auch spielen. Ihr müsst aber gut aufeinander aufpassen.«

Monica lächelte Trent zu.

Innerhalb kürzester Zeit hatte sie den Kindern Essen gemacht und kümmerte sich um Kiki, damit auch sie etwas aß.

Trent bekam ein schlechtes Gewissen, dass Monica schon wieder arbeitete, obwohl es eigentlich ihr freier Nachmittag war. Eine halbe Stunde später holte sie die Wäsche aus dem Trockner, faltete sie ordentlich zusammen und verstaute sie im Rucksack. Anscheinend wollte sie wieder fahren.

Vielleicht würde es nie wieder eine Gelegenheit geben und er wollte nicht länger mit den vielen lärmenden Kindern im Haus bleiben. Deshalb packte er ein paar Flaschen Wasser und Snacks für ein Picknick ein, dann holte er eine Decke und ein paar Handtücher aus dem Schrank.

Monica hielt ihn im Flur auf. »Am besten bringst du mich jetzt zur Klinik zurück. Da kann ich auch –«

Er unterbrach sie, indem er ihr einen Finger auf die Lippen legte. »Es ist dein freier Tag«, erinnerte er sie. »Wir haben noch die Hälfte davon übrig.« Er streichelte ihre Schultern und Arme. »Wie wäre es, wenn ich dir ein abgeschiedenes Plätzchen am Strand zeige, eine Lagune, die die Touristen nicht kennen?«

Sie lehnte sich gegen die Wand und seufzte. »Sightseeing?«

Nein, eher einen Ort finden, weit weg von Kinderlärm und Chaos, damit sie da weitermachen konnten, wo sie vorher aufgehört hatten. »Na ja, wir können es auch Sightseeing nennen.«

»Meinetwegen.«

Trent lud den Rucksack mit dem Proviant in den Jeep und sagte Ginger, dass sie zu Hause bleiben musste. Nicht, dass sie schon wieder durch ihr Bellen gestört würden.

Er sagte Reynard, dass er erst abends wieder zurückkäme, wenn er Monica zur Klinik gebracht hätte. Dann fuhren sie los.

»Du überraschst mich, Barfuß«, sagte Monica, als sie aus der Einfahrt fuhren.

»So? Warum denn?«

»Zuerst habe ich gedacht, dass du dich eingemauert hast, weil du hier ganz alleine lebst, und schon spaziert eine ganze Familie herein, um in deinem Haus zu wohnen.«

»Ich habe andere Möglichkeiten, aber Reynard und seine Familie haben nichts mehr.«

Sie öffnete ihr Fenster. Der warme Fahrtwind wirbelte durch ihr Haar. Sonst hatte sie die blonden Locken zu einem Pferdeschwanz gebunden oder hochgesteckt. Ihm gefiel ihr offenes

Haar. Es verschaffte ihr einen verwegenen Look und unwillkürlich dachte er an laue und gleichzeitig heiße Nächte.

»Willst du wirklich die Insel verlassen?«, fragte sie.

»Zumindest für eine Weile.«

»Und gehst du wieder nach Hause an die Ostküste?«

Er zuckte mit den Achseln. »Ich habe meine Brüder schon sehr lange nicht mehr gesehen. Wahrscheinlich fange ich dort an.«

Monica hielt sich die Locken hoch und blickte aus dem Fenster. »Ich kann mir gar nicht vorstellen, wie es ist, wenn man keine Verpflichtungen hat und einem die ganze Welt offensteht.«

»Welche Verpflichtungen hast du denn?«

»Meinen Job zum Beispiel. Obwohl ich den vielleicht gar nicht mehr habe, wenn ich heimkomme.«

Er bog in eine unbefestigte Straße ab. Die Einheimischen kannten den einsamen Strand und auch die noch einsamere Höhle dort, aber der Weg war so überwuchert, dass hier sicher schon länger kein Auto mehr gefahren war. Zumindest nicht mehr seit dem letzten Regen. »Jack hat erwähnt, dass es Schwierigkeiten mit deinem Job gibt. Was ist los?«

»Meine Chefin ist eine Hexe. Und ich bin wirklich nicht zickig. Sie hat schon länger nach einem Grund gesucht, mir an den Karren zu fahren. Keine Ahnung warum. Ich habe ihr überhaupt nichts getan. Vor ein paar Tagen hat mich eine Kollegin angerufen und mir gesagt, Pat hätte meine Schicht gestrichen. Angeblich hätte es Lücken im Plan gegeben, weil ich meine Dienste nicht weggetauscht habe. Sie behauptet, ich hätte meine Patienten im Stich gelassen.« Monica machte Anführungszeichen in der Luft und runzelte dabei sorgenvoll die Stirn.

»Wie sollst du denn irgendwen im Stich lassen, wenn du gar nicht da warst?«

»Keine Ahnung. Walt wird ihr ans Leder gehen, wenn wir zurückkommen. Allerdings sind unsere Ärzte nicht im Krankenhaus angestellt. Sie sind selbstständige Belegärzte und die aus der Notaufnahme gehören zu einer Ärztegemeinschaft. Walt hat andere Tarifvereinbarungen als ich. Ich bin Angestellte des Krankenhauses und man muss mich nicht freistellen. Ich hatte Urlaub eingereicht und habe meine Dienste weggetauscht.«

»Was ist dann das Problem?«

»Meine Tauschpartnerin hat sich krank gemeldet und die Personalabteilung hat sich nicht darum gekümmert.«

Trent dachte bei sich, dass er Jack raten musste, sich an Walt zu wenden.

»Krankenschwestern werden überall gebraucht«, sagte er, um sie zu beruhigen. Sie hielt sich verkrampft am Türgriff fest. »Was wartet noch auf dich in Kalifornien?«

»Meine Wohnung.« Doch bevor sie das zu Ende gesagt hatte, musste sie schon lachen. »Wahrscheinlich zählt das nicht, oder? Meine Freundin Katie und ihr Mann Dean wohnen in der Nähe. Aber sie ziehen vielleicht wieder nach Texas.«

»Deine Schwester wohnt auch in Texas, oder?«

Monica wurde still. »Ja. Sind also nur noch ich und meine Mutter übrig.« Sie schauderte.

Die Unterhaltung verebbte. Offensichtlich hatte das Gespräch dazu geführt, dass sie über ihr Zuhause nachdachte und darüber, ob sie dort wohnen bleiben wollte.

Die Straße hörte einfach auf. Es gab kaum genügend Platz, um den Wagen zu wenden. Trent ließ das Auto ausrollen und zog schließlich im Schatten unter einem Baum die Handbremse an.

Monica blickte verwirrt zu ihm.

»Sind wir da?«

Er hob die Sonnenbrille hoch, sodass sie das Leuchten in seinen Augen sehen konnte. »Von hier geht es zu Fuß weiter.«

Sie griff nach ihrem Rucksack und hüpfte aus dem Auto. »Muss ich mich jetzt für einen entspannten Strandtag auch noch anstrengen?«, scherzte sie.

»Es wird die Sache wert sein.«

Monica klopfte sich auf die hintere Hosentasche und zog das Handy heraus. »Kann ich das aufladen, während wir weg sind? Ich habe keinen Saft mehr.«

Er beugte sich vor, zog das Ladegerät aus der Konsole und steckte das Handy ein. Dann führte er sie den zugewachsenen Pfad entlang. Seine Füße sanken in den aufgeweichten Sandboden. Erst vor Kurzem war er hier entlanggeflogen und hatte gesehen, dass der Tsunami diese Stelle nicht erreicht hatte. Die Höhle lag auf der anderen Seite der Insel, die vom Tsunami getroffen worden war, und war durch die Felsen zu beiden Seiten sehr geschützt.

»Wir sind mitten im Nirgendwo«, bemerkte Monica, als sie sich durch das Gebüsch schlugen. »Woher kennst du die Stelle?«

»Ein Einheimischer hat mir mal den Pfad gezeigt. Ich hatte die Stelle schon aus der Luft gesehen, aber nie den Zugang gefunden.« Große Farne streiften seine Beine. Er hielt sie zur Seite, damit Monica vorbeigehen konnte. Da entdeckte er eine Bananenstaude, die grüne Früchte trug. »Warte mal.« Mit gezücktem Taschenmesser verschwand er im Dickicht.

»Bananen?«

»Ja. Vielleicht findest du ein paar gelbe auf dem Boden. Ich hole noch welche herunter und wir können sie auf dem Rückweg mitnehmen.«

Monica suchte den Boden ab und fand tatsächlich ein paar reife Früchte. Trent ließ die grünen Bananen für den Rückweg liegen. Er nahm Monicas Hand, denn jetzt ging es steil bergab.

Kurz bevor sie zum Sandstrand kamen, hatte man einen wundervollen Blick auf die Bucht. »Wow!«

Oh ja. Auf dem türkisfarbenen und dunkelblauen Wasser tanzten kleine weiße Schaumkronen. Der weiße Sand in der Bucht war feinkörnig und nur gelegentlich sah man Treibgut, weil auch hier eine kleine Welle den Strand erreicht hatte. Dennoch war es atemberaubend schön.

»Und? War das die Anstrengung wert?«, fragte er.

Monicas Lächeln drang tief in sein Innerstes vor. »Wenn ich das sehe, verstehe ich, warum man hier wohnen möchte.«

»Es wird noch besser«, versprach er.

Sie erreichten den Strand. Monica ließ ihren Rucksack fallen, kickte ihre Schuhe weg und rannte zum Wasser. »Es ist so warm!«

»Überrascht dich das?«

»Ich habe bisher nur den Flughafen und das Krankenhaus gesehen. Und als ich joggen war, bin ich auch nicht zum Wasser gegangen«, rief sie zurück. Sie hob eine Muschel auf. »Wir könnten schwimmen gehen.«

Er nahm ihren Rucksack und zeigte den Strand entlang. »Aber erst will ich dir da drüben noch was zeigen.«

Sie rannte wieder zu ihm. »Was denn?«

»Eine Höhle«, sagte er, als sie schon vor der Felsöffnung standen. Sie war eineinhalb Meter breit und zwei Meter hoch. Er schob einen Baumstamm zur Seite, der angeschwemmt worden war. Aus der Höhle strömte ihnen kühle Luft entgegen.

»Cool!«, sagte sie, als sie eintrat. Er folgte ihr. Die Felsdecke wölbte sich ungefähr zehn Meter weit nach oben. Durch einen schmalen Spalt über ihnen fiel ein Lichtstrahl herein.

»Wie weit geht es nach hinten?«

»Nicht sehr weit. Auf der linken Seite gibt es einen kleinen Gang, aber er wird immer enger, sodass man irgendwann nicht mehr weiter kann.«

An einer Stelle tropfte es von der Decke. Darunter hatte sich ein kleiner See gebildet. Monica schöpfte etwas Wasser mit den Händen und hielt es vor sich. »Es ist ganz frisch.«

»Wahrscheinlich Reste vom Regen. Ich habe die Stelle darüber schon abgesucht, aber weder eine Quelle noch einen Bach gefunden.«

Seine Stimme hallte von den Höhlenwänden wider. In der Höhle war es ein paar Grad kälter als draußen. Ein perfekter Rückzugsort an so einem heißen Tag. Und im Gegensatz zu seinem Haus waren sie hier allein.

»Es ist unglaublich. Ich bin froh, dass die Riesenwelle hier nichts kaputt gemacht hat.«

Das Licht erhellte die Hälfte ihres Körpers. Seine engelsgleiche Krankenschwester. Ein Grinsen umspielte seinen Mund. Sie grinste zurück.

»Was hast du jetzt vor, Barfuß?«

Er kam auf sie zu, ließ die beiden Rucksäcke auf den Boden fallen. »Schlimme Sachen«, warnte er. »Schlimme, schwitzige Sachen.«

Monica biss sich auf die Lippe, blieb aber stehen, während er näherkam.

»Ach was, schwitzig?«

Er umschlang ihre Taille und berührte ihre Lippen mit seinen. »Dampfig, schwitzig …« Er küsste ihren Hals. »Heiß.«

Sie zerschmolz in seinen Armen. Er küsste sie. Später würden sie schwimmen gehen, aber erst wollte er in sie eintauchen.

Trent berührte ihre Zunge mit seiner Zungenspitze und verlor sich in ihrem Kuss. Sie drückte ihren schlanken Körper an ihn heran, ihr straffer Busen weich an seinem festen Oberkörper. Sie erwiderte seinen Kuss, seine Berührungen, ohne zu zögern. Sie ließ ihre Hände seinen Rücken entlangwandern und umfasste seinen Hintern. Er stöhnte. Seine Shorts waren schon längst zu eng geworden, aber jetzt mussten sie weichen.

Monica kniff wieder in sein Hinterteil und lachte auf, als er stöhnte. Sie zerrte so lange an seinem T-Shirt, bis es endlich im Sand lag. Ihre zarten Finger berührte seine nackte Brust, gierig nach dem nächsten Kuss. Heiße, inbrünstige Küsse, die noch viel mehr verlangten, mehr versprachen.

»Du hast doch sicher eine Decke dabei, oder?«, sagte Monica und ließ ihn wieder los. »Sex im Sand wird überschätzt.«

Er wollte sie fragen, woher sie das wusste, ließ aber davon ab. Er löste sich von ihr, um die Picknickdecke auszupacken, die er dort ausbreitete, wo der vom Wasser reflektierte Lichtstrahl hinfiel. Hier gab es nicht allzu viel Sand, der hätte stören können.

Monica half ihm, die Decke auszubreiten, und setzte sich darauf. »Langsam denke ich, dass du das geplant hast«, meinte sie.

Er kniete vor ihr nieder, umfasste sie. »Habe ich auch.« Dabei beugte er sich vor, küsste sie und drückte sie flach auf die Decke. Dann zog er ihr das T-Shirt aus. Ihre hellen Brüste schimmerten durch den pinken BH hindurch. Die Farbe gefiel ihm. Ob sie das entsprechende Höschen dazu trug? Spitzenunterwäsche bei Frauen brachte sein Blut in Wallungen. So schöne Wäsche, die nur so wenige sehen durften. Umso süßer war der Moment, wenn man sie tatsächlich zu Gesicht bekam. Er küsste sie den Hals hinab. Dann tauchte seine Zunge tief in den Stoff ihres BHs ein und fand ihre Brustwarze, die sich ihm wartend entgegenreckte.

Monica bewegte sich unter ihm, schickte erregende Wellen zwischen seine Beine. Er schob ihren BH zur Seite und leckte genüsslich ihre Knospen. Er biss sanft hinein und sie stöhnte auf. »Mach das noch mal.«

Er grinste und gehorchte ihr. Ihre Hüften hoben sich und drückten sich gegen ihn.

Trent griff unter sie, befreite ihre Brüste vom BH und erforschte weiter sein karibisches Geschenk. Er hatte sich schon immer gefragt, wie es wohl wäre, mit einer schönen Frau in der Höhe zu schlafen. Ihr Stöhnen hallte von den Höhlenwänden wider und erfüllte ihn mit Freude.

Sie flüsterte seinen Namen und wölbte sich ihm entgegen, als er den Bund ihrer Shorts öffnete. Ihre schlanke Linie kam nicht vom Hungern, sondern vom Sport. Ihre weiblichen Kurven regten seinen Appetit auf sie noch weiter an.

Wie erwartet, passte der Slip zum BH. Der Duft ihrer sonnengeküssten Haut und der leicht salzige Geschmack steigerten sein Verlangen ins Unermessliche.

Monica streifte ihre kurze Hose ab und stützte sich auf die Ellbogen. »Jetzt bist du dran, Barfuß. Diese Shorts schauen sehr unbequem aus.«

Ihm gefiel der Spitzname, den Monica ihm verpasst hatte.

Sie zog seine Shorts über die Hüften und lachte. »Nichts drunter?«

»Unterhosen sind was für Mädchen.«

Sie kicherte und fuhr mit dem Fingernagel seine Hüfte entlang. Er zitterte. Sein Glied reckte sich ihr entgegen.

Monica zögerte. »Hast du Kondome?«

Aus seiner Shorts holte er den Geldbeutel heraus.

Erleichtert atmete sie auf und streichelte über die weiche Haut bis zur Spitze seines Schwanzes. Als sie ihn fest im Griff hatte, warf er den Kopf nach hinten und schloss die Augen. Es fühlte sich so gut an. *Sie* fühlte sich so wahnsinnig gut an.

Monica setzte sich auf. Bevor er wusste, was sie tun wollte, hatte ihre Zunge ihn gefunden. »Oh Gott.« Er umfasste ihren Hinterkopf. Er sollte eigentlich ein Gentleman sein, schließlich war es ihr erstes Mal zusammen, aber er wollte nicht, dass sie aufhörte. Die warme Höhle ihres Mundes umschloss ihn. Er hätte sofort kommen können, aber hielt sich zurück und konzentrierte sich auf den Genuss ihrer Berührung.

So schnell hatte er noch nie losfeuern wollen. Höchstens, als er noch ein Teenager war und das erste Mal mit einem Mädel hinter der Turnhalle herumgemacht hatte.

»Warte, Monica.« Sein Atem ging schnell.

Sie ließ ihn mit einem leichten Schnalzen los und lachte ihm ins Gesicht.

»Was ist los, Barfuß? Zu viel für dich?«

Er stieß sie sanft auf die Decke zurück, drückte sein Knie zwischen ihre Schenkel. Ihre feuchte Mitte ritt auf seinem Bein. »Ich komme nicht ohne dich.«

Seine Finger fanden den Bund ihres Höschens und tauchten hinein. Sein Engel war so bereit für ihn. Pinke Unterwäsche flog durch die Höhle. Monica griff nach seiner Geldbörse.

Er half ihr, das Kondom zu finden, streifte es über und rutschte zwischen ihre Beine. »Oh bitte, Trent«, bettelte sie, als er auf ihr lag, aber sich nicht bewegte. Er fand ihre Lippen und küsste sie, bis sie sich ihm entgegenreckte. Schließlich nahm sie seinen Schwanz und platzierte ihn dort, wo sie ihn haben wollte, bis er den Atem anhielt und endlich in sie eindrang.

Das sanfte, kühle Blau ihrer Augen schien im Dämmerlicht der Höhle zu schmelzen. Sie gab ihm Raum und stöhnte, als sie alles von ihm in sich spürte.

»Oh Gott ist das gut«, murmelte sie.

Das war es. Sie war es.

Sie packte seine Hüften, seinen Hintern, zog ihn noch näher. Sie gingen es nicht langsam an, es war kein zärtlicher Tanz. Hier hatte die Leidenschaft die Führung übernommen und sie hatten ein gemeinsames Ziel. Er küsste sie. Ihre Beine umschlossen seinen Rücken. Ihr stoßweiser Atem passte sich der Bewegung an. Es war, als ob ihr Körper ihn von innen umarmte, und dann hörte er, wie sich der Rhythmus ihres Atems änderte.

Wieder unterdrückte er die Welle der Erleichterung, die sich anbahnte, wartete, drang so weit es ging in sie hinein, wollte für immer dort bleiben.

Als sie seinen Namen rief und sich an ihm festkrallte, ließ er die warme Welle der Ekstase zu und kam.

Er war im Himmel.

Kapitel 13

Monica erinnerte sich an frühere Gespräche mit ihrer Schwester und ihren Freundinnen über das Thema Sex. Für ihr erstes Mal hatte sie Großartiges erwartet. Auch wenn sie gesagt hatten, dass es beim ersten Mal etwas wehtat. Aber mit dem richtigen Partner wäre der Schmerz unbedeutend, im Vergleich zu dem Vergnügen, das folgen würde.

Dummes Gewäsch. Schmerzen, und zwar echte Geh-verdammt-noch-mal-runter-von-mir-Schmerzen, die zu nichts weiter führten als zu einer Sauerei. Andrew, ihr erster Liebhaber, war in der Kunst des Liebens nicht gerade sehr erfahren gewesen. Es war schon wieder vorbei, bevor es überhaupt richtig losgegangen war. Das war im Sommer nach ihrem letzten Highschooljahr gewesen. Monica hatte es damals, im Gegensatz zu ihren Freundinnen, die ihre Jungfräulichkeit irgendwann zwischen der zehnten und elften Klasse verloren hatten, nicht sehr eilig gehabt. Sicher hatte auch Jessies frühe Schwangerschaft dazu beigetragen, und dass sie sagte, es würde sich nicht rentieren. Jessie liebte Danny von der ersten Minute an, aber als alleinerziehende Mutter war es für sie alles andere als leicht. Monica wollte erst die Schule beenden und einen Plan haben, bevor Sex alles komplizierter machen würde.

Andrew blieb nicht, was auch keine große Enttäuschung war, und eine andere Gelegenheit hatte sich monatelang danach nicht mehr ergeben. Sie hatte schon, bevor sie Andrew kennenlernte, die Pille genommen und im ersten Semester ihrer Krankenschwesterausbildung hatte sie niemals, nicht auch nur ein einziges Mal ohne Kondom Sex gehabt. Ihre nächste sexuelle Erfahrung machte sie mit einem jungen Arzt, der gerade sein Praktikum absolvierte. Monica wusste, dass er ein Schürzenjäger war. Sie wollte aber unbedingt herausfinden, was das große Gerede um das Thema Sex sollte. Wer wäre da besser geeignet gewesen als einer, der Frauen schon beim ersten Blick feucht werden ließ? Er war sexy, sanft und im Bett so geübt, dass Monica immer wieder auf ihn zurückkam.

Irgendwann hatte der junge Arzt mit ihr Schluss gemacht. Oder vielleicht war es auch sie selber gewesen. Sie hielt ihre Liebhaber auf Abstand, traf sie selten außerhalb des Schlafzimmers. Warum sollten lediglich Männer den Ruf haben, nur auf Sex aus zu sein?

Und trotzdem hatte sie bei keinem ihrer Loverboys gedacht: »Ach, jetzt verstehe ich endlich, wovon die Leute reden.«

Nun aber war es so weit.

Der Orgasmus, den Trent ihr beschert hatte, katapultierte sie bis zur Stratosphäre, sodass nur die NASA sie wieder hätte herunterholen können.

»Gütiger Gott, Barfuß, *das* müssen wir wiederholen.«

Trents Atem hatte sich noch nicht ganz beruhigt. Er hob den Kopf, den er an ihrem Hals vergraben hatte, und sah ihr in die Augen. Sein Lächeln, zufrieden mit Gott und der Welt, traf sie und ließ irgendetwas in ihr, der Ice Queen, langsam auftauen.

»Jetzt gleich?«, scherzte er.

Sie klammerte sich an seinem Rücken fest und fühlte den Sand auf seiner Haut. »Ich lass dich ein bisschen ausruhen. Vielleicht nach dem Schwimmen.«

»Sehr nett von dir«, lachte er. Er rollte sich auf die Seite und zog sie mit sich. Laut seufzend sagte er ohne Worte: *Das war Wahnsinn.*

»Ich weiß!«

Er küsste sie als Antwort auf den Kopf.

»Selbst der Sand hat mir nichts ausgemacht … fast nichts.« Er war überall. Überall dort, wo Trent sie berührt hatte.

»Der Sand ist doof.«

Sie küsste sein Kinn und wich ein paar Zentimeter zurück. Ihr Körper bebte vor Energie. Sie musste sich einfach bewegen. »Lass uns schwimmen gehen. Zum Waschen.«

Er legte eine Hand hinter seinen Kopf und beobachtete sie, während sie ihre Unterwäsche wieder anzog. Er lächelte immer noch. »Du bist so schön«, sagte er und sie hielt plötzlich inne. Sein Blick brachte sie aus der Fassung. Er wollte noch etwas sagen, hielt sich aber zurück.

Sie berührte sein Bein. »Du bist selbst aber auch sexy, in jeglicher Hinsicht, Barfuß.«

Er zog sie zu sich und küsste sie wieder. Dann angelte er nach dem BH und warf ihn fort. »Den brauchst du doch nicht.« Er stand auf und zog sie zum Stehen hoch. »Wann hast du sonst wieder Gelegenheit zum Nacktbaden an so einem schönen Strand?«

Sie war zwar nicht exhibitionistisch veranlagt, aber prüde war sie auch nicht. Grinsend meinte sie: »Der Untergrund ist ganz schön hart. Wer als Letztes im Wasser ist, muss das nächste Mal unten liegen.« Und schon war sie losgerannt.

Trent holte sie kurz vor dem Wasser ein und hob sie hoch. Gemeinsam fielen sie ins Meer.

Sie tauchte wieder auf und schüttelte das Wasser aus dem Haar. Trent hielt sie fest. »Das ist nicht fair. Wir waren gleichzeitig drin.«

»Nicht ganz. Meine Füße waren vor deinen im Meer.«

Monica spritzte ihm Wasser ins Gesicht. »Mistkerl.«

Als sie bis zum Bauchnabel im Meer waren, schlang sie ihre Beine um seine Hüfte und ließ den Oberkörper auf dem Wasser treiben. Das Meer liebkoste ihre Haut. Trent hielt sie und bewunderte ihren nackten Körper. Mit seinen Daumen streichelte er die Wölbung ihres Busens und neckte sie dabei.

»So soll das Leben sein. Jetzt verstehe ich, warum es dir hier so gefällt.«

»Das Karibische Meer und eine schöne Frau.«

Er drehte sich mit ihr, damit die Sonne sie nicht blendete. »Bringst du hier oft Frauen her?«

»Glaubst du mir, wenn ich sage, dass du die Erste bist?«

Oh ja, das Eis war gerade dabei zu schmelzen. »Du kommst mir nicht vor wie einer, der Lügenmärchen erzählt.«

»Ich lüge nie.«

»Auch keine kleinen Notlügen oder Schwindeleien? Du weißt schon, wo man sagt, es gehe einem gut, wenn es gar nicht so ist?«

»Na ja …«

»Oder wo man sagt, man ruft an, wenn man es gar nicht vorhat?« Jetzt fischte sie aber und verfluchte sich dafür. Es war nur ein kleiner Flirt. Sie wohnten weit voneinander entfernt, hatten ein völlig unterschiedliches Leben.

Seine warmen Augen, die sie so zärtlich angeblickt hatten, verdunkelten sich. »Wenn ich sage, dass ich anrufe, dann tue ich das auch. Ich mag keine Spielchen.«

Eine Welle spülte über ihren Kopf. Trent hob ihr Gesicht aus dem Wasser. Monica löste den Klammergriff ihrer Beine und stellte sich neben ihn. »Ich mag auch keine Spielchen«, sagte sie. »Wir wissen beide, das, was wir hier tun –«

»Ist hier und jetzt«, beendete er den Satz für sie. Es machte sie traurig, darüber nachzudenken.

Ein Schatten huschte über sein Gesicht. Doch küsste er sie und schmeckte das Salz auf ihren Lippen. Immerhin wusste sie jetzt, wo sie stand. Man musste sich nichts vorspielen.

»Also, Miss Kalifornien, ich gebe Ihnen eine zweite Chance für die obere Position«, sagte er mit einem Lächeln, das nicht ganz so fröhlich wirkte wie vorher.

»Miss Kalifornien?«

»Wenn du mich immer noch Barfuß nennst, muss ich dir auch einen Spitznamen geben.«

Er gefiel ihr. »Also, was muss ich für die zweite Chance tun?«

Er nickte zu dem Felsen in der Lagune. »Wer zuerst dort und wieder zurück ist, hat gewonnen.«

Sie legte den Kopf schief. »Ich dachte, du magst keine Spielchen.«

»Freundschaftliche Wettbewerbe schon, Spielchen nein. Ich gebe dir sogar einen Vorsprung.«

»Wie viel Vorsprung?«

»Weiß nicht. Zehn … neun … acht.«

Monica tauchte ins Wasser und schwamm los. Sie erreichte den Felsen zuerst, aber Trent war schon dicht hinter ihr. Es war hoffnungslos. Er war ein kräftiger Schwimmer und ein schneller Läufer. Als sie wieder am Strand ankam, war er schon längst da und schien noch nicht einmal außer Atem zu sein. »Das ist unfair. Du hattest einen Heimvorteil.« Sie fühlte sich wie ein Kind … ein nacktes Kind, völlig sorglos.

Er wollte sie fangen, aber sie entwischte ihm. Sand wirbelte auf, als Monica mit einem geschickten Haken flink vor ihm davonlief. Er trieb sie zur Höhle und sie schlüpfte lachend hinein.

Immer noch versuchte er, sie zu fangen, und sie freute sich schon darauf, wenn es so weit sein würde. Aber noch wich sie ihm aus, indem sie um den kleinen See herum rannte. Kurz überlegte sie, wieder aus der Höhle hinauszurennen, aber es würde sich mehr rentieren, drinnenzubleiben. Wenn sie schon so wenig Zeit mit Trent hatte, dann musste sie diese nicht mit Schwimmen vergeuden.

Sie wartete dicht am Höhlenausgang und hielt die Luft an. »Ein Gentleman würde mir nicht zweimal hintereinander den unteren Platz überlassen.«

Trent hob beide Arme in die Luft. »Ich gebe auf. Du darfst oben sein.«

Sie ging auf ihn zu. »Du bist so leicht herumzukriegen.«

Beide lachten. Doch dann fing die Erde an zu beben.

★★★

Der Schlag zog ihnen die Füße weg, sie fielen zu Boden.

Es dauerte nur den Bruchteil einer Sekunde, bis Trent kapierte, was los war. Es war kein Ich-dreh-mich-wieder-um-und-schlaf-weiter-Beben, es war ein lauter Schlag, als ob ein Flugzeug in ein Gebäude gecrasht wäre. Das Donnern in der Höhle brachte ihn gleich wieder auf die Beine. Etwas stürzte herunter. Monica lag auf der Erde, Steinbrocken fielen auf sie hinunter.

Sie schrie auf. Taumelnd eilte Trent zu Hilfe. Immer noch bebte die Erde.

Das Licht von draußen war mit einem Schlag erloschen. Er konnte gerade so erkennen, dass Monica von fallenden Felsbrocken getroffen worden war.

Er versuchte ihr zu helfen, um weiteren herunterfallenden Steinen zu entkommen. Sie klammerte sich an seine Schulter, ihre Augen schreckgeweitet. Trent wollte sie hochziehen, aber sie schrie auf.

Ihr rechtes Bein war unter einem großen Felsblock eingeklemmt.

Die Erde stand wieder still.

»Alles wird gut«, beruhigte er sie. »Ich bin bei dir.« Über ihr lösten sich immer noch Teile der Höhlendecke. Wenn jetzt ein Nachbeben käme …

Trent konnte in der dunklen Höhle kaum etwas sehen. Das einzige Licht kam nun nur noch aus der schmalen Öffnung von oben. Er versuchte, den Steinbrocken von Monicas Bein zu heben. »Ich kann mich nicht bewegen«, schrie sie.

Blut quoll unter den Steinen hervor. Er nahm ihr Bein mit beiden Händen und zog fest an. Einen halben Meter vor ihnen fielen wieder Steine von der Decke.

Monica verbarg ihr Gesicht mit beiden Händen. Trent beugte sich über sie, um sie zu schützen.

Als sich der Staub gelegt hatte, richtete er sich wieder auf. »Hör zu. Ich muss graben. Wenn ich den Stein anhebe, musst du dich darunter hervorziehen.« Falls er den Brocken überhaupt hochheben konnte.

Ihre Augen waren feucht vor Tränen, die sie noch nicht geweint hatte. »Das war ein sehr starkes Beben. Wenn ein Nachbeben kommt –«

Es würde eines kommen. Das wusste er auch.

Wie verrückt versuchte er, um ihr Bein herum zu graben. Als er merkte, dass sich das Bein im Sand leicht bewegte, klemmte er den Felsen fest, damit er nicht weiterrollte.

»Okay, jetzt versuche ich es noch mal. Bist du bereit?«

Sie nickte, stütze sich auf den Ellbogen und stellte das unverletzte Bein auf.

»Eins … zwei … drei.« Trent hob den Felsblock mit aller Kraft. Sein Rücken jaulte auf, die Arme brannten wie Feuer, aber der Felsen bewegte sich keinen Zentimeter.

Er versuchte es weiter. Ihm tropfte Schweiß von der Stirn.

Monica stoppte ihn, indem sie ihm die Hand auflegte. »Das wird nichts nützen. Wir müssen graben.«

Sie setzte sich so weit auf, wie es ging und half ihm, den Sand wegzugraben. Er versuchte nicht daran zu denken, welche Schmerzen sie haben musste. Das Blut floss ihren Unterschenkel entlang. Der Rest des Beines wurde vom Felsbrocken verdeckt.

Während sie gruben, sank der Stein noch tiefer auf ihr Bein und das Loch. Monica schrie zweimal auf, als sich der Felsblock bewegte.

Trent schaufelte weiter. Gerade als er dachte, er würde sie befreien können, kam das Nachbeben. Jegliche Vernunft wich dem Entsetzen. Trent schob ihr Bein in den Hohlraum, den er gegraben hatte. Als er ihre Zehen sehen konnte, packte er sie an den Schultern und zog sie fort.

Monica schrie auf.

Ein paar Meter von der Höhlenöffnung entfernt brach er mit Monica auf seinem Schoß zusammen.

Dort, wo sie vorher eingeklemmt gelegen hatte, lag nun großes Felsgestein.

Seine Arme umgaben sie. Sie waren beide zu schockiert, um sich zu rühren.

Erst als sie leise zu wimmern anfing, löste er den festen Griff.

»Alles ist gut. Du bist in Sicherheit.« Aber da war er sich nicht sicher. Sie waren in einer Höhle und eine halbe Tonne Gestein trennte sie von der Außenwelt. An den steilen Höhlenwänden konnte man nicht zur Öffnung über ihnen klettern und Monica konnte nicht laufen, geschweige denn klettern.

»Spar dir deine kleinen Notlügen für ein andermal auf, Barfuß.«

Er umarmte sie wieder und merkte, dass sie zitterte. Sie waren voller Sand und Schmutz und er hatte noch nicht einmal ihr Bein untersucht. Er versuchte, sich die Verletzung anzusehen.

»Es ist gebrochen«, sagte sie, bevor er überhaupt etwas sehen konnte.

»Bist du dir sicher?« Sie hatte eine offene Wunde dort, wo die Steine sie getroffen hatten. Das Bein war bereits stark geschwollen. Aber er sah keinen Knochen. Das war doch ein gutes Zeichen, oder?

Monica blickte hinter sich zu dem kleinen See. »Ich muss den Dreck rauswaschen.«

Er hob sie so sanft, wie es ging, hoch und legte sie am See ab. Dann holte er die Tasche, die er für den Tagesausflug gepackt hatte, und war heilfroh, dass er sie nicht draußen gelassen hatte. Er holte ein Handtuch heraus.

So langsam und vorsichtig es ging, half er Monica, den oberflächlichen Dreck aus den Wunden zu waschen. Abgesehen von der Verletzung am Bein, hatten beide nur kleine Kratzer. Irgendwann warf sie ihm das Handtuch zu und lehnte sich zurück. »Du musst den Rest machen.«

»Den Rest?«

Sie schluckte. »Den Rest wegschrubben.« Soweit er es erkennen konnte, wich noch mehr Farbe aus ihrem Gesicht, als sie nur davon sprach.

»Das wird aber wehtun.«

»Man muss es machen.«

»Bist du sicher?«

»Wenn du es nicht tust, schreie ich nicht laut.« Sie versuchte zu scherzen, aber er wusste, dass sie unglaubliche Schmerzen hatte.

Ich schaffe das. Er befeuchtete einen Handtuchzipfel. »Halte dich an mir fest.«

Sie packte seine Schultern.

Als er fertig war, hatte er Spuren ihrer Fingernägel in seiner Haut und Monica war blass wie ein Gespenst. Es dauerte einige Zeit, bis er auch den Rest ihres Körper gewaschen und sie angezogen hatte. In ihrem Rucksack befanden sich eine kleine Rolle Klebeband und genau drei sterile Wundauflagen. »Ich gehe nie ohne aus dem Haus«, erklärte sie.

Sie nahm seit ihrer Ankunft auf der Insel prophylaktisch Antibiotika, weshalb sie sich immerhin wegen einer Infektion wenig Gedanken zu machen brauchte.

Eine Sorge weniger.

Keiner von ihnen sagte, was offensichtlich beide beschäftigte, bis Trent es geschafft hatte, Monica auf der Stranddecke zu betten.

»Und jetzt?«

Trent holte sein Handy aus der Tasche.

»Kein Empfang.«

Monicas Gesichtsausdruck änderte sich nicht. »Habe ich hier drinnen auch nicht anders erwartet. Hast du Reynard gesagt, wo wir hinfahren?«

Trent schüttelte den Kopf. »Er wird schon wissen, dass etwas nicht stimmt, wenn wir nicht nach Hause kommen.«

»Die Leute aus der Klinik werden Walt anrufen.«

Trent zwängte sich zwischen sie und die Wand, damit sie sich bei ihm anlehnen konnte. »Wir haben etwas zu essen. Und Wasser.«

Monica nickte.

»Irgendwer wird uns finden.«

Irgendwer würde sie finden. Worüber sie nicht sprachen war, *wann* das sein würde.

Kapitel 14

Wenn ich mich nicht bewege … wenn ich nicht atme … Egal, was sie machte, ihr Bein schmerzte höllisch und sie konnte nichts dagegen tun. Sie hatte noch sechs Ibuprofentabletten und das Antibiotikum, auch wenn es wahrscheinlich nicht das passende war. Das würde noch für zwei Tage reichen. Das Wasser in dem kleinen See war wahrscheinlich frisch, aber weder sie noch Trent wollten es trinken. Zumindest noch nicht.

»Weißt du noch, diese kleinen Notlügen, die du sonst nicht erzählst?«, fragte sie Trent, als es Nacht wurde und das spärliche Licht von oben nachließ.

»Ja?«

»Jetzt musst du mir sagen, dass alles wieder gut wird, auch wenn du nicht daran glaubst.« Es hatte noch nicht viele Momente in Monicas Leben gegeben, in denen sie Angst hatte. Aber jetzt war definitiv so ein Moment. Was, wenn sie nicht gefunden wurden? Wenn sie nichts mehr zu essen hatten?

»Mein Auto ist auf der Straße. Irgendwer wird es sehen.«

Sie wollte ihn nicht darauf hinweisen, dass die Straße verlassen ausgesehen hatte. Außerdem ging zurzeit kaum ein Inselbewohner zum Baden. Die meisten kämpften um das pure Überleben.

»Wie war das Erdbeben im Vergleich zum ersten?«, wollte sie wissen.

»Schwer einzuschätzen«, seine Stimme war dicht an ihrem Ohr und klang beruhigend. »Mein Haus war sehr laut, aber die Wände sind nicht eingefallen.«

Ihre Augen hatten sich an die Dunkelheit der Höhle gewöhnt, trotzdem konnte man nicht den verschütteten Eingang sehen.

»Das erste Beben hat vielleicht die Felsbrocken gelockert. Deshalb sind sie jetzt runtergekommen.« Wenigstens klang seine Stimme gut an ihrem Ohr.

Trent bewegte sich und sie setzte sich auf. »Du solltest dich hinlegen. Mit dem Rücken an die Wand gelehnt kann das nicht sehr bequem sein.«

»Wenn ich sitze, bleibe ich wach.«

Monica konnte seinen Gesichtsausdruck im Dunkeln nicht erkennen. Sie legte ihm eine Hand auf die Brust, um ihm Mut zuzusprechen. Er klang angespannt, sein Körper war steif. »Vielleicht versuchen wir besser, ein bisschen zu schlafen. Selbst wenn Reynard merkt, dass du nicht heimkommst, wird es noch eine Weile dauern, bis man im Krankenhaus den Ärzten Bescheid gibt und bis dann jemand kommt und nach uns sucht. Im Dunkeln wird man dein Auto sowieso nicht sehen.«

Trent seufzte und löste sich von der Wand. Monica hatte das verletzte Bein auf den Rucksack gelegt und Trent benutzte ein zusammengerolltes Handtuch als Kissen, während sich Monica an seine Schultern lehnte.

Als sie sich an ihn kuschelte und so bequem lag, wie es eingesperrt in einer Höhle mit gebrochenem Bein eben möglich war, versuchte sie, die Augen zu schließen.

Sie merkte, dass Trent genauso wach war wie sie selbst.

»Weißt du«, flüsterte sie, »bevor das Erdbeben kam und die Höhlenwand auf mich niedergestürzt ist, hatte ich echt eine schöne Zeit mit dir zusammen.«

Seine Brust bebte leicht, weil er sanft lachte. »Ich weiß halt, wie man einem Mädel eine schöne Zeit bereitet.«

»Ich hatte nicht gedacht, dass ich von der Woche so schöne Erinnerungen mitnehmen würde.«

»Und jetzt bist du hier in der Höhle eingesperrt, weil ich dich ganz für mich allein haben wollte.«

Sein selbstanklagender Ton ließ sie zusammenzucken.

»Hey«, stieß sie ihm den Zeigefinger in die Brust. »Ich wollte dich auch ganz für mich allein. Du hast ja nicht wissen können, was passiert.«

»Ich erinnere dich morgen noch mal daran.«

Sie schmiegte sich an ihn, stöhnte aber bei der kleinsten Bewegung ihres Beins auf.

»Willst du nicht doch lieber jetzt gleich zwei von den Ibuprofentabletten nehmen?«

Gewollt hätte sie schon. »Ich warte, bis ich es wirklich nicht mehr aushalte.«

Er strich über ihr Haar, über ihre Arme. Die gleichmäßige Bewegung beruhigte sie und machte sie schläfrig.

Sie hörte Trent in ihr Ohr murmeln: »Es tut mir so leid, Monica.«

»Es ist nicht deine Schuld«, flüsterte sie und nickte ein.

★★★

Das Telefon klingelte. Jessie schreckte aus dem Traum hoch. Neben ihr griff Jack nach dem Hörer.

Es war 4:23 Uhr. Wenn um diese Zeit das Telefon klingelte, waren es selten erfreuliche Nachrichten.

»Ich hoffe, es gibt einen guten Grund für den Anruf«, sagte Jack ins Telefon. Er hörte dem Anrufer zu. »Ich bin ihr Ehemann«, antwortete er dann.

Jessie knipste die Nachttischlampe an. Jack hatte sich aufgesetzt. Er machte ein entsetztes Gesicht und blickte Jessie mit zusammengezogenen Augenbrauen an.

Sie bekam es mit der Angst zu tun. »Was ist denn?«

»Oh.« Er hielt eine Hand hoch, um ihr anzudeuten, dass sie kurz warten müsse. »Und hat nicht angerufen? Wann wurde sie zuletzt gesehen?«

Monica!

Die aufsteigende Panik schnürte Jessie den Hals zu. Sie krallte sich in Jacks Bein. »Geht es um Monica?«

»Warten Sie bitte kurz«, sagte er zu der Person am Telefon. »Monica ist letzte Nacht nicht in der Klinik aufgetaucht. Sie und Trent hat man seit gestern Nachmittag nicht mehr gesehen.«

Jessie blieb der Mund offen stehen. »Was? Das ist total untypisch für sie.«

Jack wandte sich wieder an den Anrufer. »Ich wusste gar nicht, dass es ein zweites Beben gegeben hat«, sagte er ins Telefon.

Ein zweites Beben? Und Monica wird vermisst? Jessie warf die Decke zurück und sprang aus dem Bett. Sie griff nach ihrer Handtasche, die neben dem Schminktisch stand, und holte das Handy heraus. Sie wählte Monicas Nummer, ließ es klingeln. »Komm schon, Mo, geh dran.«

Es meldete sich nur die Mailbox. Monicas fröhliche Stimme bat den Anrufer, eine Nachricht zu hinterlassen. »Monica? Verdammt, Mo, wo bist du? Ruf mich sofort an, wenn du das hörst, verstanden, Mo?« Mit zitternder Hand legte sie wieder auf.

Jack kam von hinten auf sie zu, legte ihr sanft die Hände auf die Schultern.

»Was ist passiert? Wo ist sie?«

Jack schüttelte den Kopf. »Das war einer der Ärzte. Sie ist zu Trents Haus gefahren, um dort zu schlafen. Das war kurz, nachdem ich wieder abgeflogen bin. Sie hätte vor acht Stunden wieder in der Klinik zurück sein sollen. Als sie nicht aufgetaucht ist, hat die Krankenschwester für den Teamleiter im Hauptkrankenhaus eine Nachricht hinterlassen.«

»Haben sie schon bei Trent zu Hause nachgefragt?«

»Dort sind sie auch nicht. Ein Freund meinte, sie seien am Nachmittag aufgebrochen und seitdem nicht zurückgekommen. Im Wirrwarr des Nachbebens hat bis kurz vor Mitternacht niemand daran gedacht, sie zu suchen.«

»Monica würde nicht einfach so wegbleiben. Dafür ist sie viel zu verantwortungsbewusst. Oh Gott, Jack, wir müssen sie finden.«

»Wir werden sie finden. Mein Schatz, alles wird gut.«

Nichts war gut. Vielleicht war es auch ihre Intuition als Schwester. Aber Monica meldete sich nie krank, nicht einmal, wenn sie halb tot war. Und jetzt tauchte sie gar nicht bei der Arbeit auf und rief nicht an?

Jack zog sich sanft aus der Umarmung zurück. »Zieh dich an. Ich rufe den Piloten an und gebe dem Rest der Familie Bescheid.«

Jessie nickte, schnappte sich das erstbeste zum Anziehen, das ihr in die Hände fiel.

★★★

Monica stöhnte im Schlaf, wachte aber nicht auf. Trent fielen immer wieder für ein paar Minuten die Augen zu. Er lauschte ständig nach Geräuschen von außerhalb. Wenn am nächsten Morgen ein bisschen mehr Licht einfiel, wollte er die Höhle erforschen. Vielleicht hatte das Beben auch einen Gang freigelegt, der ins Freie führte. Die kühle Luft kam von irgendwo her, aber nicht von dem kleinen Spalt über ihnen. Von dort kam nur warme Luft. Das ständige Tropfen von der Decke in den kleinen See war wie Folter. Es signalisierte jede verstrichene Sekunde der verbleibenden Zeit, die ihnen hier drinnen noch zum Überleben blieb. Trent konnte zwar Monica etwas vorschwindeln, aber sich selbst nicht.

Der Jeep stand weit entfernt von der Hauptstraße. Die Lagune und die Höhle lagen fernab, es kamen nur selten Leute hierher. Reynard war nicht derjenige gewesen, der ihm dieses Stückchen Paradies gezeigt hatte, und Trent wusste nicht, ob sein Freund es überhaupt kannte. Trent stellte sich das Luftbild vor. Das Stoffdach des Jeeps würde keine Sonnenstrahlen reflektieren und die schwarze Farbe konnte man auch nicht gut sehen. Der Strand vor der Höhle würde unberührt aussehen. Sie hatten ja nicht einmal ein buntes Handtuch dort liegen lassen, was die Aufmerksamkeit der Suchenden auf sich ziehen könnte.

Was zum Henker hatte er sich nur dabei gedacht, Monica hierherzubringen? *Sex*. Nur daran hatte er gedacht. Er wollte ein bisschen Privatsphäre mit seinem blonden Engel genießen.

Er sah ihr beim Schlafen zu. *Tja, Privatsphäre haben wir jetzt genug*. Wenn es nicht so furchtbar wäre, hätte er es fast komisch gefunden.

Monica stöhnte wieder auf. Dieses Mal schreckte sie hoch. »Oh Gott!«

»Schon gut«, versuchte er, ihre Angst zu mildern.

Sie wurde steif. Trent sah im Dunkeln nicht ihr Gesicht und war froh, dass sie nicht seine Angst zu sehen bekam.

»Es war gar kein Traum«, stammelte sie.

»Schschsch, es wird bald hell.« Die Dunkelheit war nur eines von vielen Hindernissen.

Sie war ein paar Minuten ruhig. Dann begannen, ihre Schultern zu zittern. Sie weinte leise.

In ihm schnürte sich etwas zusammen und drohte, seine ruhige Fassade ebenfalls zum Einsturz zu bringen.

»Was ist denn?« Was *nich*t war, wäre die bessere Frage.

»Ich … ich muss mal«, schluchzte sie.

»Ach so.« Dass so etwas Banales sie zum Weinen brachte, zeigte nur, wie verletzlich sie war. Bis jetzt hatte er diese Seite von ihr nicht gekannt.

Er half Monica, sich aufzusetzen, dann stellte er sein Handy an, um das Displaylicht zu verwenden. Als das Licht auf sie fiel, wandte sie sich ab. »Hey.« Er legte einen Finger unter ihr Kinn und sah ihr in die Augen. »Es ist kein Problem.«

»Es ist mir peinlich.«

»Und das sagt eine Krankenschwester, die anderen Menschen jeden Tag dabei hilft?«

»Ich bin nicht gerne selber die Patientin.«

Er lachte leise und hoffte, dass er die unangenehme Situation für sie erleichtern konnte. »Also, überlegen wir mal. Wie gehen wir am besten vor?«

Sie blickte sich in der Höhle um. »Wir müssen davon ausgehen, dass wir noch eine Weile hier sind.« Sie zeigte in die dunkelste Ecke. »Ich könnte mich dort an der Wand festhalten.«

Trent untersuchte die besagte Stelle und grub mit seinem Schuh im Sand. Wieder mal war er froh, ein Mann zu sein. Er ging zu Monica zurück und gab ihr das Handy. »Am besten leuchtest du uns den Weg.«

Er hob sie, so vorsichtig es ging, hoch. Trotzdem stöhnte sie auf.

»Geht's?«

Sie nickte. Aber selbst das Nicken war eine Lüge.

Trent setzte vorsichtig jeden Schritt, bis er auf der anderen Seite angekommen war und ihr half, auf einem Bein zu stehen. Das verletzte Bein war zu nichts zu gebrauchen.

»Wie soll ich dir jetzt helfen?«

»Ich komme schon alleine klar.« Sie stützte sich an der Höhlenwand ab und reichte ihm das Telefon.

Er wusste nicht recht, ob er bei ihr bleiben und sie halten sollte, oder ob sie es tatsächlich ohne ihn schaffte. Unschlüssig blieb er stehen.

»Du kannst mich jetzt loslassen. Im Gegensatz zu euch Jungs pinkeln wir Mädels lieber alleine.«

»Sicher?«

»Ganz sicher, Barfuß.«

Er ließ sie langsam los und befürchtete, dass sie gleich hinfallen würde. Tat sie aber nicht.

Er wandte ihr den Rücken zu. Mit einem Räuspern meinte sie: »Ähm, könntest du vielleicht, also nicht herschauen, aber trotzdem zu mir leuchten?«

Aus ein paar Schritten Entfernung hielt er das Telefon, sodass es zu ihr hinüberleuchtete.

»Und jetzt rede etwas. Erzähl mir irgendeinen Witz … egal. Ich kann nicht pinkeln, wenn du mir zuhörst.«

Er musste grinsen und sagte, was ihm gerade in den Sinn kam. »Hast du dich auch schon mal gefragt, wie in der Serie *Gilligans Insel* das Transistorradio von dem Professor noch so lange nach der Strandung funktionieren konnte? Ist ja nicht so, dass sie hunderttausend Batterien auf dem Schiff gehabt hätten.«

Sie lachte auf. »Angeblich gibt es in einer Folge eine Erklärung dafür, aber genau die habe ich nie gesehen«, sagte Monica.

»Und wo hatten sie nur diese komischen Kostüme her?«

»Oder Ginger ihr Make-up … Ach so, Ginger. Hast du deinen Hund etwa nach ihr benannt?«

»Ja. Die Frage war, ob ich sie Ginger oder Mary Ann nenne.«

»Was meinst du, stand Mary Ann eher auf Gilligan oder auf den Professor?«

»Die meisten meinen auf Gilligan.«

»Dann hat der Professor Ginger abbekommen.«

Trent schüttelte den Kopf. »Ich glaube ja, dass der Professor schwul war.«

Trotz der widrigen Umstände lachte Monica erneut. »Ach komm schon, er hat ständig den Damen nachgeschaut. Und überhaupt, vielleicht haben sich ja auch Ginger und der Skipper zusammengetan.«

»Iiih.«

Monicas Glucksen erwärmte ihn. »So, ich bin fertig.«

Trent reichte ihr das Telefon und hob sie wieder hoch. »Gut, dass ich nicht hundert Kilo wiege, oder?«

»Baby, im Fitnesscenter würde ich mehr stemmen, als du überhaupt auf die Waage bringst.«

»Du Angeber!«

Er setzte sie auf der Decke ab, ließ sie aber nicht los, weil sie sich vor Schmerz in seine Schultern krallte. Im Licht des Telefondisplays sah er ihr verzerrtes Gesicht. Sie kniff die Augen zu und biss sich auf die Lippen. »Wo sind die Ibuprofentabletten?«

»Im Rucksack«, stieß sie mit zusammengebissenen Zähnen hervor.

Er nahm ihr das Handy ab und wühlte durch ihre Sachen, bis er das Tütchen mit den Medikamenten fand.

»Welche sind es?«

»Die orangefarbenen.«

Er holte sie heraus und reichte sie ihr mit einer Flasche Wasser. Ohne Widerspruch nahm sie die Tabletten und gab ihm nach nur einem winzigen Schluck die Flasche zurück. »Danke.«

Die Uhrzeit auf dem Telefon sagte ihnen, dass es noch eine Stunde dauern würde, bis Licht durch den Spalt fiel. Nachdem er sich neben sie auf die Decke gelegt hatte, machte er das Handy wieder aus. Sie mussten, so lange wie möglich, Batterien sparen.

»Ich glaube, Mr und Mrs Howells waren diejenigen, die wirklich Glück hatten«, fuhr er mit dem vorigen Gesprächsthema fort. »Ein glücklich verheiratetes Pärchen, das zusammen auf einer einsamen Insel landet.«

»Hatten alles Geld der Welt, aber konnten es nicht ausgeben.«

»So viel Macht und Einfluss und niemand scherte sich darum.«

»Das rückt das Leben wieder in eine andere Perspektive. Ich habe immer gedacht, es sei nur eine Fernsehserie. Dreißig Minuten Unterhaltung zum Abschalten. Aber falsch gedacht.«

Trent massierte sanft ihre Arme.

»Das fühlt sich gut an«, murmelte sie.

»Hast du dann weniger Schmerzen im Bein?«

»Es hilft ein bisschen.« Was übersetzt hieß: Nein, aber hör trotzdem nicht auf.

»Meinst du, sie suchen schon nach uns?«, fragte Monica.

»Ich glaube schon.«

Kapitel 15

Jack versuchte, sie dazu zu überreden, dass sie zu Hause blieb. Doch Jessie wollte unter keinen Umständen in Texas bleiben, wenn ihre Schwester irgendwo auf einer Insel in der Karibik verschollen war.

»Es gibt dort keine Hotels, wo man übernachten kann«, hatte Jack argumentiert.

»Ist mir egal. Ich schlafe im Flugzeug. Jedenfalls bleibe ich nicht hier.«

Katie und Dean waren mit ihrer Tochter Savannah nach Houston auf Gaylords Ranch gekommen, um auf Danny aufzupassen. Jessies Schwiegervater, Gaylord, wusste von Monicas Verschwinden, aber er war gerade in Tokio auf Geschäftsreise. Er würde anschließend nach Jamaika fliegen und Jack bei der Suche helfen.

Dann gab es noch die Brüder von Trent Fairchild. Katie und Jessie hatten natürlich sofort herausgefunden, wo die Fairchilds lebten, und Katie hatte eine Nummer von der Firma. Jack sprach mit der Ortsbehörde und organisierte die private Nummer von Jason Fairchild, Trents ältestem Bruder.

Das Telefonat, das Jack mit Jason führte, war genauso schwierig wie das erste Gespräch am Morgen, als er selber die schlechte Nachricht bekommen hatte.

Jason und Glen Fairchild waren auf dem Weg nach Jamaika und würden zur gleichen Zeit wie Jack und Jessie landen.

Der Pilot verkündete, dass er nun den Sinkflug einleitete, sie mussten ihre Sitzgurte wieder schließen. Jack saß neben Jessie und hielt ihre Hand. »Wir werden sie finden«, redete Jack immer wieder auf sie ein.

»Ich weiß.« Sie würde die Hoffnung nicht aufgeben. Alles andere war sowieso unvorstellbar. Aber als schließlich die Insel auftauchte und sie durch das Flugzeugfenster von oben die verheerenden Folgen des Tsunamis sahen, wich ein Stück der Zuversicht. Sie war schockiert und bekam einen Kloß im Hals, aber sie starrte weiter aus dem Fenster, bis das Flugzeug landete.

Bevor sie die Parkposition erreicht hatten, wandte sich Jack ihr zu und nahm ihren Kopf in beide Hände. »Bitte versprich mir eines.«

»Was denn?«

»Wenn es gefährlich wird für dich oder für unser Kind, dann bleibst du bei Roy, okay?«

»Was meinst du mit gefährlich?«

Jack strich ihr eine Haarsträhne aus dem Gesicht. »Die hygienischen Bedingungen sind katastrophal, es drohen Krankheiten und Seuchen wegen … wegen der Toten.«

Jessie wollte widersprechen. Stattdessen aber sagte sie nur: »Sie ist meine Schwester, Jack.«

»Und wir werden sie finden. Aber sie würde auch nicht wollen, dass du dein Leben aufs Spiel setzt. Unser Baby braucht eine gesunde Mutter.«

Es war wirklich der falsche Zeitpunkt, um schwanger zu sein. »Wir fliegen nicht ohne sie zurück.«

»Genau.«

Jessie nickte tapfer. Dann verließen beide den sicheren Hafen ihres Flugzeuges.

Sie trafen Jason Fairchild in der Pilotenlounge am Kontrollturm. Jessie stand daneben, als sich Jack und Jason die Hand gaben. Dann stellte Jack sie vor.

»Das ist meine Frau Jessie, die Schwester von Monica.«

Jason war ein paar Zentimeter größer als Jack. Er hatte fast schwarze Haare und wirkte etwas zurückhaltend. Er nickte ihr zu, gab ihr aber nicht die Hand. »Ich hätte mir gewünscht, dass wir uns unter anderen Umständen kennenlernen.«

Untertreibung des Jahres. »Haben Sie schon mit irgendwem gesprochen?«, fragte sie Jason.

»Wir sind eben erst gelandet. Glen erkundigt sich gerade nach den Hubschraubern, damit wir von der Luft aus suchen können.«

»Glen ist Ihr Bruder, oder?«, fragte Jack.

»Ja, genau. Einer der Sicherheitsleute hat gesagt, dass Reynard gleich kommt und uns auf den neuesten Stand bringt.«

Jack kratzte sich am Kopf. »Das heißt, wir warten hier?«

Jessie war zu ungeduldig. »Was ist denn mit dem Arzt, der uns gestern angerufen hat?«

Jack nahm sein Handy, wählte die Nummer, die der Arzt ihm am Telefon durchgegeben hatte. »Dr. Eddy, hier ist Jack Morrison. Wir sind gerade angekommen.« Jason und Jessie beobachteten ihn gespannt.

»Okay. Wir finden eine Möglichkeit und kommen zu Ihnen. Danke. Und Sie rufen uns gleich an, falls Sie etwas wissen. Okay. Bis später.«

Jack legte auf und schenkte Jessie ein schmales Lächeln. »Er weiß immer noch nichts. Er war in der Klinik, in der Monica gestern hätte arbeiten sollen.«

»Wie? Er sucht gar nicht nach ihr?« *Wie kann es sein, dass die einzigen Leute, die sie hier auf der Insel kennt, nicht nach ihr suchen?*

»Die Behörden sind informiert.«

Das reichte nicht. Sie wollte gerade protestieren, als jemand kam.

Jason gab dem Mann die Hand. Offensichtlich kannten sie sich. »Reynard. Bitte sagen Sie, dass Sie etwas wissen.«

Reynard sah alle an, sein Blick machte wenig Hoffnung. »Setzen wir uns. Dann erzähle ich alles, was ich weiß.«

Jack zog einen Stuhl für sie heran und setzte sich neben sie.

Jason stellte Reynard als einen Freund von Trent vor und sagte, dass er bei der Organisation der Hilfsmannschaften und der Transporte auf der Insel half.

»Meine Frau und ich, also, unser Haus ist beim ersten Erdbeben eingestürzt. Trent hat uns erlaubt, in seinem Haus zu wohnen. Er wollte in ein paar Tagen abreisen. Kiki und ich sind gestern kurz vor zwölf Uhr mittags angekommen. Ihre Schwester«, sagte er zu Jessie, »war bei Trent zu Hause. Sie wollte am Abend wieder zur Arbeit zurückfahren und Trent wollte danach wieder nach Hause kommen.«

Jessie beugte sich vor. »Was ist dann passiert?«

»Nichts. Wir haben beide weder gesehen noch von ihnen gehört. Sie hatten sich ein paar Dinge eingepackt, etwas zu essen und so.«

Jason kniff die Augen zusammen. »Sie wollten ein Picknick machen?«

»Vielleicht. Meine Frau und ich meinen, dass wir sie, als wir ankamen, vielleicht gerade gestört hatten, bei …« Er brach ab, blickte vielsagend zu den Männern.

Jack seufzte und nahm Jessies Hand. »Hatte ich also doch recht. In seiner Gegenwart war sie so anders.«

»Okay, ich verstehe. Sie hatten was miteinander. Wo würde man mit jemandem hinfahren, um ungestört zu sein?«, fragte sie Reynard.

»Das ist es ja, Mrs Morrison, hier gibt es nichts. Die Hotels nehmen keine Gäste auf. Vielleicht hat Trent sie irgendwohin gebracht, an eine abgelegene Stelle, aber das kann überall sein.«

»Nein, überall kann es nicht sein. Das muss schon irgendwo sein, wo nicht lauter Leute hinkommen. Und nahe genug, um danach rechtzeitig zur Klinik zurückzufahren.« Jessie rieb sich die Hände.

»Wo haben Sie mit der Suche begonnen?«, fragte Jack.

Reynard blickte von einem Mann zum anderen. »Wir sind ein paarmal die Straße zur Klinik abgefahren.«

»Und?« *Das kann doch noch nicht alles gewesen sein!*

»Jeder hier sucht irgendwen, Mrs Morrison –«

Jason schlug mit der Hand auf den Tisch. »Wollen Sie uns etwa sagen, dass es bis jetzt gar keinen Suchtrupp gibt?«

Reynard bekam große Augen. »Trents Freunde suchen.«

Jessie wandte sich mit flehendem Blick ihrem Mann zu.

★★★

»Du fällst noch runter und brichst dir das Genick.« Dieser Mann und seine dumme Idee, die Wand hochzuklettern. An einer glatten Höhlenwand ohne Vorsprünge, in die man den Fuß setzen konnte, und wo es nichts zum Festhalten gab.

»Ich muss es versuchen.«

»Warum, damit wir beide nicht mehr laufen können? Was bringt uns das denn, Barfuß?« Sie konnte keine aufgebrachte Körperhaltung einnehmen und legte alles in den Tonfall. Aber sie hatte panische Angst, dass er bei dem Versuch, das Höhlendach zu erreichen, fallen würde und sich etwas brechen könnte. »Du bräuchtest eine Dosis von meiner Höhenangst, dann würdest du verstehen, wie riskant das ist.«

Trent suchte die Wände ab. Manchmal fand er eine Spalte, in die er die Zehen stecken und ein, zwei Meter klettern konnte, bis es nicht mehr weiter ging. Monica blieb nichts anderes übrig als zuzusehen, wie er wie ein eingesperrter Löwe in der Höhle umherlief und nach einer Klettermöglichkeit suchte.

Die Sonne war aufgegangen und das schwache Licht zeigte erneut, dass es in der Höhle keinen Durchgang gab, durch den man sich hätte zwängen können. Es gab die riesige Pfütze, ungefähr sechzig Zentimeter tief und zwei Meter lang. Beide hatten schon von dem Wasser getrunken. Es schmeckte nach Erde, wahrscheinlich weil es direkt durch den Boden über ihnen sickerte. Irgendwo musste es im Sand wieder ablaufen. Kurz nach Sonnenaufgang hatte es zu regnen begonnen, und obwohl es stark plätscherte, war der See nicht übergelaufen.

»Ich kann nicht einfach hier rumsitzen«, sagte er, als er es an einer anderen Stelle erneut versuchte.

»Was soll *ich* denn da sagen?«

Er blickte sie finster an. Ein Blick wie von einem Vater, dessen halbwüchsige Tochter in kurzem Minirock mit ihrem motorradfahrenden Freund verschwinden wollte.

Statt zu antworten, nahm er Anlauf, um ein Felsstück, das mehr als einen Meter über seiner Reichweite hervorstand, zu erwischen. Beim dritten Versuch bekam er es zu fassen und blieb über dem Abgrund hängen. Monica sah nichts, an dem er sich als Nächstes hätte festhalten können. Trent anscheinend schon. Er versuchte, es zu erreichen, fiel aber mit einem Plumps zu Boden.

Monica erschrak, doch schon war er wieder auf den Beinen.

»Ach, so ist das also«, rief sie aufgebracht. »Du willst hier einen auf Held machen. Aber mit toten Helden kann man nichts anfangen.« Bei jedem Sprung zuckte sie zusammen.

Warum konnte er nicht einfach einsehen, dass es ausweglos war? Selbst wenn er es ein paar Meter weit schaffte, fand er danach nichts mehr zum Festhalten.

Und wenn er fiel …

Monica drückte sich mit dem Rücken an der Wand zentimeterweise nach oben, bis sie zum Stehen kam. Die Bewegung verursachte höllische Schmerzen im Bein, die ihr schier den Verstand raubten. Fast hätte sie sich übergeben müssen. Sie hoffte, dass es am Schmerz lag und nicht an dem Wasser aus der Pfütze.

Trent hatte gar nicht bemerkt, dass sie aufgestanden war. Er versuchte immer noch, ohne Seil die senkrechte Höhlenwand hinaufzuklettern.

An die Wand gestützt hüpfte sie auf einem Bein zu ihm. Monica musste ihm zeigen, wie dumm seine Idee war. *Testosteronverseuchtes Gehirn.* Mit der anderen Hand hielt sie an der Krankenschwesterhose das verletzte Bein hoch. Sie kniff die Augen zusammen und versuchte, weiterzuhüpfen.

»Scheiße«, schrie sie, als sie vor Schmerz explodierte.

»Hey, was machst du denn?« In der nächsten Sekunde war Trent unten und bei ihr. »Was zum Henker tust du da?«

Tränen, vor Schmerz oder Angst – sie wusste nicht, was überwog – schossen ihr in die Augen. »Ich wollte ausprobieren, wie es ist, alleine zu sein, du Blödmann. Du bringst dich hier noch um und lässt mich alleine zurück«, schluchzte sie, als die erste Träne fiel. Sie hasste es, wenn sie weinen musste. Davon bekam sie nur Kopfschmerzen und es brachte, verdammt noch mal, überhaupt nichts.

Doch als die Tränen einmal zu rollen anfingen, waren sie nicht mehr aufzuhalten. Sie schluchzte und schlug auf Trents harte Brust ein. »Du Blödmann«, sagte sie wieder und wieder. Hoffentlich kapierte er es jetzt.

Mit seinen starken Armen hob er sie hoch und trug sie zur Decke zurück.

Sie wischte sich unwirsch die Tränen fort, als wären es lästige Ameisen bei einem Picknick, und mied seinen Blick. »Depp«, murmelte sie.

Trent ließ sich neben sie fallen und seufzte frustriert. »Ich muss irgendetwas tun, Monica.«

»Du kannst auch etwas tun. Nämlich mit mir reden. Und abwechselnd mit mir laut rufen, damit uns die Rettungsleute hören. Du könntest mir erzählen, dass wir hier wieder rauskommen.« Sie waren seit fast vierundzwanzig Stunden eingesperrt und langsam wurden die Essensvorräte knapp. Gott sei Dank hatte sie in ihrem Rucksack noch ein paar Powerriegel und so eine Art Astronautennahrung von Ärzte ohne Grenzen gehabt. Aber es waren nur die Reste ihrer Wochenration. Monica hatte vorher noch nicht alles aufgegessen, weil sie bei Trent zu Hause etwas bekommen hatte, aber trotzdem war nicht mehr viel übrig. Sie hatten noch ein paar Snacks vom geplanten Picknick und Bananen, aber mehr nicht. Für beide würde es in etwa noch zwei Tage reichen.

Danach käme ein sehr langsamer Tod. Mit dem Wasser würden sie unter günstigen Umständen vielleicht noch fünf Tage überleben. Aber wenn das Wasser … Nein, daran mochte sie gar nicht erst denken. Sie hatten vor ungefähr drei Stunden zum ersten Mal davon getrunken und bisher zeigte keiner von ihnen irgendwelche Reaktionen darauf.

»Wenn ich hier drinnen sterben muss –«

»Du wirst nicht sterben.«

Sie ignorierte, was er gesagt hatte, und setzte sich auf. »Wenn ich hier drinnen sterben muss, dann bitte nicht neben deiner Leiche, weil du dir das Genick gebrochen hast. Ich habe schon genug Tote gesehen.« Sie sah ihm in die Augen.

»Du wirst nicht sterben«, flüsterte er.

Jetzt wich sie seinem Blick aus … dem Blick eines Mannes, der nicht lügen konnte und der am Vortag bei den gleichen Worten noch viel überzeugender geklungen hatte. Sie schaute auf ihr Bein.

Der dürftige Verband war blutgetränkt.

★★★

In der Nacht war es am schlimmsten. Die Dunkelheit … die Stille.

Trent gab seine Kletterei auf und half Monica, das Bein neu zu verbinden, bevor die Sonne wieder untergehen würde. In der Höhle war es wärmer als am Vorabend. Doch bevor sie den Gedanken fertiggedacht hatte, fiel ihr ein, dass es in einer Höhle kaum Temperaturschwankungen gab. Es musste ihre eigene Temperatur sein, die gestiegen war.

Sie hatte einen offenen Bruch. Zwar hatte sie die Wunde, so gut es ging, gereinigt und versorgt, aber jetzt war es sinnlos, sich zu fragen, was sie anders hätte machen können. Ihr Bein war heiß und sie fühlte sich schlecht.

Zum Glück schien es Trent relativ gut zu gehen.

»Ich wollte schon immer Klavierspielen lernen«, sagte sie aus dem Nichts heraus.

»Warum hast du es nie getan?«, fragte Trent in die Dunkelheit. Ihr Kopf lag auf seinem Schoß. Er wollte unbedingt wach bleiben, falls er in der Nacht etwas hörte.

»Wir hatten früher kein Geld. Meine Mutter wohnt immer noch in dem Mobilheim, in dem wir aufgewachsen sind. Jack wollte ihr eine schönere Wohnung zahlen, aber sie hat das abgelehnt.«

Er strich ihr über den Kopf, während sie sich unterhielten.

»Hast du was auf deiner Liste stehen? Du weißt schon, irgendwelche Sachen, die du vor deinem Lebensende noch unbedingt machen willst?«

Er lachte leise, weil er an etwas dachte, es aber nicht sagte.

»Was denn?«, fragte sie.

»Ich wollte schon immer mal ein Wochenende auf einer richtigen Ranch verbringen.«

»Wie in diesem Film … ach, wie hieß der doch gleich?« Sie hatte die Hauptdarsteller vor Augen, aber kam nicht auf den Filmtitel.

»*Es gibt nur eine Sache, die im Leben zählt*«, imitierte Trent die Cowboystimme von Jack Palance.

»*Hältst du dich daran, dann ist alles andere scheißegal*«, beendete sie das Zitat für ihn. »Und mit wem willst du auf die Ranch?«

»Mit meinen Brüdern. Sie würden es hassen.« Seine Brust bebte, als er leise in sich hineinlachte.

»Warum?«

»Sie sind absolute Büromenschen. Sie sind super, versteh mich nicht falsch, aber sie sind lieber im Büro als draußen im Freien.«

»Langweiler?«

»Nein, gar nicht … aber besser für die Stadt geeignet. Sie haben es auch gar nicht verstanden, dass ich hierhergezogen bin.«

»Warum bist du eigentlich nach Jamaika gezogen?«

Er blies langsam die Luft aus. »Als meine Eltern gestorben sind, brauchte ich irgendetwas Neues, einen Tapetenwechsel.«

»Hast du dich eingesperrt gefühlt, als sie noch lebten?«

»Nein, das nicht. Ich brauchte nur etwas Neues.«

Monica ignorierte die Wärme ihres Körpers und den Schweiß unter ihrem Haar. Sie hielt beim Sprechen die Augen geschlossen. »Und jetzt bist du wieder bereit, nach Hause zu gehen?«

»Schon längst«, sagte er.

Nach Hause, das klang gut. Wirklich gut.

Kapitel 16

Sie ließen Such- und Rettungsmannschaften aus Texas und Kalifornien einfliegen. In dem Team aus Kalifornien waren Mitglieder der Feuerwehr aus der Nähe vom Pomona-General-Krankenhaus. Manche der Männer kannten Monica persönlich. Jessie war überwältigt von der Hilfsbereitschaft. Sie hatten alles stehen und liegen gelassen, um ihre Schwester und Trent zu suchen. Doch das zauberte Monica auch nicht gleich zurück. Es dauerte allein etliche Stunden, bis die Teams ankamen und einen gezielten Plan erstellt hatten.

Jack und Jessie warteten bei Trent zu Hause, wo für die Suchtrupps mittlerweile Zelte aufgestellt worden waren. Unterdessen flogen Glen und Jason mit den Blue-Paradise-Helikoptern, um von der Luft aus zu suchen.

Viele Freunde von Trent kamen und auch ein paar neue Freunde von Monica, die zu Fuß oder per Auto unterwegs waren, um nach dem vermissten Paar zu suchen.

Ein neues Gesicht war auch darunter. Der Mann war in einer alten Schrottkarre angekommen, die der Kiste von Jack damals, als sie sich kennenlernten, alle Ehre gemacht hätte. Er parkte vor dem Haus und sprang aus dem Auto. Jessie begrüßte den Neuankömmling. Jeder, der bei der Suche half, war willkommen.

»Sie müssen Monicas Schwester sein.«

»Ja, stimmt.«

»Ich bin Walt. Ich arbeite mit Monica.«

»Einer der Ärzte?«

»Ja, Dr. Eddy.«

Er kratzte sich den Kopf. Er sah genauso müde aus, wie sich Jessie fühlte. Monica hatte ihr schon öfters etwas über Dr. Eddy erzählt und aus welchem Grund auch immer, hatte sie sich ihn nicht als jungen, attraktiven Mann vorgestellt.

»Gibt es schon irgendwelche Neuigkeiten?«, fragte er.

Jessie schüttelte den Kopf. Jack war gerade mit Gaylord zu Fuß unterwegs. Jessie war im Haus geblieben, um die Helfer einzuteilen und mit Essen zu versorgen. Ginger bellte die Neuankömmlinge an, bis man sie streichelte.

»Leider nicht.« Jessie blickte hinter ihn, ob vielleicht noch mehr Leute dabei wären. »Kommen nicht noch mehr?«

»Dr. Klein ist immer noch im Hauptkrankenhaus. Der Rest des Teams ist entweder schon weg oder reist morgen früh ab.«

Sie brauchten jeden, den sie kriegen konnten. »Aber Sie bleiben noch?«

Dr. Eddy versuchte, den Dreck von seinen Schuhen zu streifen. »Ich bin derjenige, der Monica zu Ärzte ohne Grenzen gebracht hat. Ich reise nicht ab, bevor wir sie gefunden haben«, sagte er gepresst. Hatte Dr. Eddy etwa andere Gefühle für Monica?

»Sie wissen, dass sie zuletzt mit Trent Fairchild gesehen wurde, oder?«

Dr. Eddy schüttelte den Kopf, auf seinen Lippen ein schmales Lächeln. »Ja. Netter Kerl. Sie schienen sich ganz gut zu verstehen. Richtig gut zu verstehen.«

»Und es macht Ihnen nichts aus?«

»Mir? Ach … Sie meinen, dass Monica und ich …?« Sein vehementes Kopfschütteln vertrieb die Idee gleich wieder. »Nein,

nein. Monica ist für mich wie eine Schwester. Sie lässt sich von niemandem reinreden und sie ist die beste Krankenschwester, mit der ich je zusammengearbeitet habe. Wenn ihr etwas passiert ist –«

Sie hielt die Hand hoch, unterbrach ihn mit der Geste. »Wir werden sie finden, Dr. Eddy.«

»Wollen wir uns nicht duzen? Ich heiße Walt.«

»Jessie«, sagte sie lächelnd.

Sie beugte sich über eine Landkarte der Insel und zeigte auf die Orte, an denen bereits Suchtrupps unterwegs waren. »Die Hubschrauber müssen nach Sonnenuntergang auf dem Boden bleiben. Mein Mann konzentriert sich mit dem ersten Team auf diese Gegend hier und das zweite Team ist dort.« Sie zeigte auf die Karte.

»Hier ist die Klinik. Hat irgendwer schon weiter östlich von dort gesucht?«

»Noch nicht. Reynard meint, dass Trent eher auf der Südseite der Insel geblieben ist, wegen des Schadens, den der Tsunami angerichtet hat. Bis jetzt gibt es keine Hinweise entlang der Küste, dass sie irgendwo dort sein könnten.«

»Auf der Insel gibt es unzählige Wasserfälle, kleine Seen … Trent hat sie vielleicht irgendwo dorthin gebracht.«

Jessie seufzte. »An einen romantischen Ort.«

»Genau.«

»Ja, das haben wir uns auch gedacht. Die Einheimischen suchen nach den beliebten romantischen Orten. Bisher gibt es noch keine Spur von Trents Auto.«

»In ein Hotel oder irgendein Haus hat er sie ja wahrscheinlich nicht gebracht.«

»Die Hotels können keine Gäste aufnehmen.«

»Außerdem ist Monica viel zu verantwortungsbewusst, als dass sie einfach so ihren Job sausen lassen würde, bloß für eine Liebesaffäre.«

Die Sorge beschleunigte Jessies Herzschlag. »Monica ist der verantwortungsbewussteste Mensch, den ich kenne. Sie will unabhängig sein und würde niemals mit einem Typen durchbrennen. So ist sie einfach nicht.«

Walt blickte wieder auf die Landkarte. »Ice Queen«, murmelte er vor sich hin.

»Wie bitte?«

Er schüttelte den Kopf. »Ach nichts. Also, wir sind uns einig, dass sie nicht einfach so abgehauen ist, und dass sie nicht in einem Hotel ist.«

»Wenn sie aber doch in einem Haus oder einer Strandhütte war … und dann kam das zweite Erdbeben …«

Gott, Jessie wollte einfach nicht daran denken. Aber schließlich hielt ja irgendetwas ihre Schwester davon ab, wiederzukommen. Sie spekulierten weiter darüber, was Monica alles machen würde und was nicht, und studierten die Landkarte.

»Es war ein gewaltiger Schlag«, meinte Walt. »Ich habe gleich in der Klinik angerufen. Dort sind Mauern eingestürzt. Zum Glück hatte Monica zwei Tage vorher schon die Patienten aus diesem Teil des Gebäudes verlegt, weil es von der Decke gebröckelt hatte.«

Monica setzte sich immer durch. »Selbst mit der Aussicht auf guten Sex würde Monica niemals in ein Gebäude gehen, das einstürzen könnte.«

»Was bleibt dann übrig?«

»Irgendwo im Freien? Ein einsamer Strand? Wenn ich nur diesen Trent besser kennen würde und wüsste, was er hier so gemacht hat.«

»Monica ist sicher nicht freiwillig in einen seiner Hubschrauber gestiegen.«

»Richtig. Sie hat ja Höhenangst.« Walt kannte ihre Schwester offenbar sehr gut.

»Es muss also irgendwo in der Nähe sein,« Walt tippte auf die Landkarte, »sollte man zumindest meinen.«

Jessie Hals wurde eng. »Ja, sollte man meinen.«

★★★

Irgendetwas stieß immer wieder an sein Bein. Trent öffnete in der völligen Dunkelheit die Augen.

Er fühlte sich wie ein Blinder und brauchte einen Moment, um sich zu erinnern, wo er war und warum er nichts sehen konnte. Warum war er aufgewacht?

Wieder begann das Schütteln. Diesmal begleitet von einem Stöhnen. Monicas Stöhnen.

Er wollte sie aus einem Traum aufwecken und berührte ihre Schulter. Sie war schweißnass.

Monica zitterte so heftig, dass sie davon eigentlich hätte aufwachen müssen, aber das war nicht der Fall.

Trent bekam Panik. Ihre Stirn glühte.

»Monica, mein Engel!« Erst flüsterte er, aber als sie immer noch nicht aufwachte, wurde er lauter. »Monica!«

»M-mir ist kalt«, stotterte sie leise.

Sie war also noch bei Bewusstsein. »Deine Temperatur steigt.«

Er tastete im Dunkeln nach dem Handy und stellte es an. Der Akku war nur noch halb voll.

Monicas blonde Locken klebten an ihrem Kopf, ihr Gesicht war gerötet.

Sogar im Dunkeln sah er, dass sie Mühe hatte, zu fokussieren. »Ibuprofen.«

Der Rucksack, in dem sich ihre Sachen befanden, lag unter ihrem verletzten Bein. Er hob es vorsichtig hoch und suchte, bis er fand, was er brauchte.

Ibuprofen würde helfen. *Es ist nur ein Fieber. Das bekommt jeder mal.*

Aber natürlich wusste er, dass er sich bei diesem Gedanken etwas vormachte. Sie hatte mehr als eine Woche mit schwerkranken Menschen verbracht. Außerdem sah ihr Bein, das er vorher heimlich angesehen hatte, hochgradig entzündet aus. Es war rot und stark angeschwollen. Sie hatte versucht, es vor ihm zu verbergen.

Er nahm zwei Tabletten und half ihr, sich aufzusetzen.

Mit schmerzverzerrtem Gesicht schluckte sie die Tabletten. »Danke.«

Trent streifte ihr eine Locke hinter das Ohr. »Du bist heiß.«

Sie lächelte, befeuchtete sich die Lippen. »Du bist auch ziemlich heiß, Barfuß.«

Dass sie jetzt noch Scherze machen konnte! »Komm, Monica. Ich kenne mich mit so etwas nicht aus. Was soll ich jetzt machen?«

»Ist es kalt hier drinnen?«

»Nein.«

»Fühle ich mich heiß an?«

Er nickte. »Heiß wie Höllenfeuer.«

Sie schloss kurz die Augen, dann zog sie sich langsam das T-Shirt aus. Ihr pinker BH schien auf der fahlen Haut fast zu leuchten. Sie reichte ihm das Shirt. »Mach es nass.« Wieder packte sie der Schüttelfrost.

Sie versuchte, das nasse T-Shirt wieder anzuziehen, schaffte es aber nicht alleine und sah ihn hilfesuchend an.

Trent half ihr mit dem kalten Kleidungsstück und versuchte, ihrem Zittern keine Beachtung zu schenken. »Ich muss meine Temperatur in Zaum halten.«

»Woher kommt denn das Fieber?« Als ob er das nicht selbst wüsste.

»Ich glaube nicht, dass es – dass es Ebola ist«, sagte sie zähneklappernd.

»Das ist nicht witzig, Monica.«

Es huschte dennoch ein kurzes Lächeln über ihre Lippen. Sie hatte glasige Augen. »Eine Infektion. Das kommt vor bei offenen Brüchen.«

»Wir haben doch die Wunde gesäubert.«

Sie zuckte die Achseln. »Ja, aber nur grob und mit schmutzigem Wasser.« Wieder kam das heftige Zittern.

Das Display des Telefons erlosch. Er machte das Handy wieder an. Verrückt, wie viel Licht so ein kleines Ding spenden konnte.

»Was kann ich machen?« Noch nie zuvor in seinem Leben hatte er sich so hilflos gefühlt wie jetzt.

»Mich abkühlen. Auch wenn ich bettle, du musst mich kühl halten.«

Betteln? Warum würde sie betteln? Plötzlich fielen ihm Filmszenen ein, in denen kranke Menschen unzusammenhängendes Zeug stammelten und kaum bei Bewusstsein waren. Selbst miterlebt hatte er das bisher noch nicht. Aber die Krankenschwester vor ihm sicher schon.

»Wenn mich Frauen anbetteln, gebe ich sonst immer nach.«

Sie leckte sich die ausgetrockneten Lippen, trank einen Schluck Wasser und legte sich wieder zurück. Er hatte keine andere Wahl, als wieder die Stellung als ihr persönliches Kissen einzunehmen.

»Ich fand Mary Ann immer h-hübscher als Ginger«, stammelte Monica, als das Licht wieder ausging.

Trent starrte in die Finsternis und wollte nicht denken, dass sie beide in dieser gottverlassenen Höhle sterben würden, aber er konnte den Gedanken nicht verdrängen.

»Ein Landmädel aus dem Mittleren Westen.«

»Hey«, sagte sie trotz Fieber mit gespielter Entrüstung, »ich bin auch ein Landmädel. Zwar aus Kalifornien, aber auch aus einer Kleinstadt.«

Er streichelte ihr glühendes Gesicht. Um sie zu beruhigen, aber auch, weil es ihn selbst beruhigte.

»Ginger ist doch sicher nicht dein Typ, oder? Wolltest du eigentlich mal Schauspieler werden?«

»Nein. Als Schauspieler ist man am Anfang von so vielen Leuten abhängig. Ich möchte auf niemanden angewiesen sein.«

Es war verdammt beschissen, wenn man von irgendwem abhängig war. Dann fiel ihm plötzlich ein, dass sie ihn schon seit Ewigkeiten nicht mehr gebeten hatte, ihr beim Toilettengang zu helfen.

★★★

Monica wachte erst einige Stunden später wieder auf, ihr Körper glühend heiß. Beim letzten Mal, als sie die Augen aufgeschlagen hatte, war es in der Höhle noch nicht hell gewesen. Jetzt blendete das schwache Licht sie fast. »Trent?«, rief sie, als sie merkte, dass er nicht bei ihr saß.

»Monica?« Er eilte von der anderen Seite der Höhle zu ihr. »Du bist wach.«

»Wie viel Uhr ist es?«

»Fast Mittag, glaube ich.«

Ihre Schläfen pochten und ihr Bein bestand unterhalb des Knies nur noch aus pulsierendem Schmerz.

»Hier.« Trent half ihr, sich aufzusetzen, und die Flasche mit Wasser an die Lippen zu setzen.

Der scheußliche Geschmack machte sich in ihrer Kehle breit und drohte, wieder hinauf zu wollen. Als er ihr mehr geben wollte, drückte sie seine Hand weg. »Ich kann nicht«, murmelte sie.

»Du musst mehr trinken.«

Sie sah seinen sorgenvollen Blick. »Später«, flüsterte sie. »Hast du etwas gehört?«

Trent folgte ihrem Blick zur Höhlendecke. »Vor ein paar Stunden ist mal ein Hubschrauber geflogen.«

»Aber sie haben wohl deinen Jeep nicht gesehen.« Ob sie noch mal fliegen würden? Um genauer zu suchen?

»Vielleicht doch.« Er kratzte sich am stoppligen Kinn und bemühte sich, zuversichtlich zu wirken. »Wir kommen hier raus, Monica. Ich verspreche dir, dass wir hier wieder rauskommen.«

Sie nickte, klammerte sich mit aller Kraft an seine Lüge. So schnell würde sie nicht aufgeben. Noch nicht. »Also, wenn ich genauer darüber nachdenke, dann könnte unser nächstes Date vielleicht ein bisschen kürzer ausfallen.«

Es tropfte stärker von der Decke als zuvor. Beide blickten nach oben zu dem kleinen Loch. »Es regnet.«

»So viele Jahre hatte ich Höhenangst. Aber jetzt, wenn ich heimkomme, werde ich nur noch mit Licht schlafen.«

»Und ich male den Jeep gelb an.«

»Gute Idee.«

»Du hast sicher Hunger.« Er sprang auf, holte die Tasche mit dem Essen.

Sie stimmte ihm zu, obwohl sie gar nicht hungrig war. *Kein gutes Zeichen.* Während er in den schwindenden Vorräten suchte, spähte Monica unter den Verband. Sie hatte schon oft entzündete Gliedmaßen gesehen, aber den dazugehörigen Schmerz hatte sie bisher noch nicht gekannt. Sie bewegte die Zehen. Wenigstens funktionierte die Durchblutung noch.

»Hier.« Trent hielt ihr einen Powerriegel hin.

Ihre Finger schienen ihr nicht zu gehorchen, als sie die Packung öffnen wollte. Trent übernahm das für sie. Monica versuchte, eine Faust zu machen, aber es ging nicht. Ein eigenartiges Symptom, das sie eigentlich kennen müsste, aber sie konnte es nicht zuordnen.

»Hast du etwas gegessen?«, fragte sie nach dem ersten Bissen.

»Vorhin.«

Die körnige Konsistenz des Riegels, der künstlich nach Erdnussbutter und Schokolade schmeckte, ließ sich nur schwer schlucken. »Ich werde nie wieder so was essen«, sagte sie zwischen zwei Bissen.

Trent wollte gerade etwas sagen, als er plötzlich gespannt innehielt. Sofort sprang er auf und stand schon neben der großen Pfütze. »Hallo?«, schrie er. »Hallo?«

Monica lauschte angespannt, ob eine Antwort kam.

Aber nur Stille. Schmerzliche Stille.

Trent rief weiter. Mit jedem Rufen klang er verzweifelter.

Kapitel 17

Jessie hielt die ganze Zeit das Telefon in der Hand und hoffte, dass es klingelte. Jack war kurz vor Sonnenaufgang mit den anderen aufgebrochen. Jede Stunde rief er an, hatte aber nie etwas Neues zu berichten. Sie hatten weder Trents Auto noch sonst eine Spur von ihnen gefunden.

Jessie musste die schwierige Aufgabe übernehmen, ihre Mutter in Kalifornien sowie Katie und Dean in Texas auf dem Laufenden zu halten. Man vermisste Monica und Trent nun schon seit drei Nächten und vier Tagen. Mit jeder Stunde schwand ein Stückchen Hoffnung, sie lebend zu finden.

Warum war Monica nicht einfach eine, die mit einem Typen durchbrannte? Besser eine verantwortungslose Schwester als gar keine.

Jessie kniff die Augen zu. Eine Träne lief ihr über das Gesicht. Verzweifelt wählte sie Monicas Nummer. Erst läutete es, dann ging die Mailbox an. »Ich liebe dich, Mo. Bitte, bitte, hör das ab und ruf mich an. Bitte. Ich brauche dich«, schluchzte sie ins Telefon. »Ich liebe dich.«

Jessie ließ die Hand in den Schoß fallen und starrte auf das Display mit Monicas Bild. Ihre lachenden Augen, ihr hübsches Lächeln.

Jessie hatte das Foto gemacht, als sie für Katies Hochzeit Kleider anprobiert hatten. Was man auf dem Bild nicht sah, war das scheußliche Kleid, das Katie Monica zum Anziehen gegeben hatte. Schließlich musste sich Monica als Trauzeugin den Wünschen der Braut fügen. Eigentlich hatte Katie einen sehr guten Modegeschmack, aber sie hatte Monica weisgemacht, dass sie sich schrecklich in dieses erbsengrüne Tüllkleid verliebt hätte. Es war grauenvoll. Das Foto war just in jenem Moment aufgenommen worden, als Katie Monica über den Scherz aufgeklärt hatte. Monica war unsäglich erleichtert gewesen, aber gleichzeitig zollte sie Katie Anerkennung, weil sie sie erfolgreich reingelegt hatte. Das würde sie ihr irgendwann heimzahlen, hatte Monica gewarnt.

Jessie sah sich noch andere Fotos auf dem Telefon an. Die meisten waren neueren Datums und gar nicht von ihrer Schwester. Beim Durchforsten der alten Fotodateien fand sie weitere Bilder von Monica. Auf allen wirkte sie so lebendig, so voller Liebe.

Und jetzt hatte sie nur noch Monicas Stimme auf der Mobilbox.

Wieder rief Jessie an und hörte Monicas Ansage. Es tat so weh, dass sie glaubte, ihr Herz würde zerspringen.

Sie biss sich auf die Lippe, damit sie nicht losschrie, wie unfair es war, dass gerade ihrer Schwester etwas zugestoßen war.

Moment mal.

»Kiki?«, rief Jessie in die Stille des fast leeren Hauses. Nur Reynards Frau war da. Die Kinder waren am Vortag zur Großmutter gefahren, aber Kiki war geblieben.

Jessie sprang auf, um die andere Frau zu suchen. Sie war in der Küche, lehnte an der Theke mit einer Krücke unter dem Arm. »Kiki?«

Kiki drehte sich um. »Hast du was gehört?«, fragte sie hoffnungsvoll.

»Nein. Aber … wie lautet Trents Telefonnummer? Die Handynummer?«

Kiki sagte sie ihr und Jessie wählte. Es ging gleich die Mobilbox an. Ohne zu läuten.

Jessie wählte wieder Monicas Nummer. Es tutete ein paarmal, dann erst hörte man den Anrufbeantworter.

»Ihr Handy … es ist noch geladen.«

»Was?« Kiki humpelte zu Jessie.

»Monicas Telefon klingelt erst, bevor die Mailbox angeht. Das heißt, es funktioniert noch. Und wenn es noch an ist, dann kann vielleicht die Anbieterfirma das Handy orten.«

Kikis Augen weiteten sich.

Jessies Arme prickelten. Eine Idee. Ein neuer Hoffnungsschimmer.

Sie rief sofort Jack an.

»Hallo Darling«, sagte er monoton.

»Ihr Handy geht noch«, platzte sie heraus, ohne Hallo.

»Was?«

»Monicas Handy tutet, bevor der Anrufbeantworter angeht. Der Akku ist noch voll.«

Stille. »Jack?«

»Ja, warte … Bist du sicher, dass es läutet?«

»Ich habe schon so oft angerufen. Es läutet fünfmal, dann erst geht die Mobilbox dran.«

»Verdammt noch mal.«

»Ich rufe gleich den Telefonanbieter an.«

Zum ersten Mal seit Tagen hatte Jessie wieder Hoffnung.

★★★

Noch bevor Monica den Eiweißriegel aufgegessen hatte, schlief sie wieder ein.

Trent sah ihr zu, sah, wie sich ihre Brust hob und senkte. Und zum ersten Mal seit Jahren betete er wieder. Sie mussten einfach wieder herauskommen. Und zwar bald. Er versuchte, sie kühl zu halten, zog ihr immer wieder das durchgeschwitzte, heiße T-Shirt aus und machte es im Wasser nass.

Ab und zu hörte er etwas. Er rief laut, aber es kam nie eine Antwort.

Als Monica irgendwann gar nicht mehr aufwachte, wenn er laut rief, fuhr ihm die Angst noch tiefer in die Knochen. Zweimal versuchte er, sie wach zu rütteln, aber sie blickte ihn nur mit glasigen Augen an und stammelte, dass sie schlafen wolle.

Wenigstens konnte man noch verstehen, was sie sagte. Immerhin das.

Als am vierten Abend die Sonne untergegangen war, ließ sich das Handy nicht mehr anstellen.

Die Hoffnung verschwand, der Hunger kam. Trent setzte sich neben Monica und legte ihren Kopf auf seinen Schoß.

Sie wachte nicht auf.

★★★

Jessie hielt es nicht länger im Haus aus. Sie zog sich einen Regenmantel über und begleitete ihren Mann. Das Mobilfunkunternehmen hatte die Stelle, wo das Handy liegen musste, auf einen Radius von ein paar Meilen eingrenzen können. Das war bei Sonnenuntergang gewesen.

Ginger lief neben ihnen, als sie die verlassene Straße entlangmarschierten. Reynard hatte die Fairchilds zu einer anderen Straße, die zu einem Strand im Süden führte, gebracht. Die Rettungsmannschaft, darunter Dr. Eddy, war für den Regen ausgerüstet und hatte Taschenlampen dabei. Es goss jetzt in Strömen, was die Suche noch erschwerte.

»Du solltest nicht dabei sein«, protestierte Jack.

»Das hast du schon mal gesagt, Cowboy. Lass es einfach«, zischte Jessie.

Natürlich wollte Jack sie nur beschützen.

»Ein bisschen Regen hat noch niemandem geschadet«, setzte sie mit sanfterem Ton nach.

Er nahm ihre Hand, mit der anderen hielt er die Taschenlampe und leuchtete den Weg.

Das Funkgerät, das der Feuerwehrmann an der Hüfte befestigt hatte, rauschte. »Team eins?«

»Hier Team eins«, sagte der Mann.

»Wir haben das Auto.«

Jessie blieb wie versteinert stehen. Auch die anderen hielten an. Monica?

Der Mann am Funkgerät gab ihnen die Richtung durch. Dann sagte er: »Noch keine Spur von den beiden. Wir verteilen uns jetzt.«

Gaylord, der bei der Suche nach Monica erstaunlich flott unterwegs war, joggte neben den anderen, die jetzt zum zweiten Team rannten.

Auch Jessie rannte, als sie den Jeep sah. Sie hatten Hunde dabei, die am Auto schnüffelten, und dann in verschiedene Richtungen loszogen.

Reynard sprach als Erster. »Ihr Telefon steckt am Ladegerät.«

Jessie blickte ins Auto, dann machte sie eine dreihundertsechzig Grad Drehung. »Wo könnten sie hingegangen sein?«

»Wir suchen jetzt hier am Strand. Die Lagune liegt sehr abgeschieden.«

»Monica?«, schrie Jessie, so laut sie konnte.

Ginger bellte.

Auch aus dem dunklen Wald erschallten die Rufe nach Trent und Monica.

Jason kam zu ihnen, völlig außer Atem. »Der Strand ist leer. Nicht einmal ein Schuh.«

»Sie müssen doch irgendwo sein«, meinte Jack.

Ginger, ganz aufgeregt von dem bunten Treiben, bellte wieder.

Jessie streichelte das nasse Fell des Hundes und blieb hinter Jack und den anderen zurück, die sich in alle Richtungen verstreuten und riefen.

★★★

Trent schreckte hoch. Sein Herz schlug zu schnell, in seinem Kopf pulsierte ein gewaltiger Schmerz, der sich anfühlte, als ob eine Ameisenkolonie langsam den Zahnschmelz abbaute.

Monica schlief auf seinem Schoß. Immer wieder bekam sie Schüttelfrost.

Er strich über Monicas Haar, küsste ihre Stirn. »Halte durch, mein Engel.«

Langsam wehrte er sich nicht mehr dagegen, dass ihm ständig die Augen zufielen. Doch er hatte irgendwas gehört.

Sein Körper spannte sich an und er legte den Kopf schief, um besser zu hören. Unablässig prasselten Regentropfen in den kleinen See.

Dann hörte er wieder etwas und wusste sofort, woher das Geräusch kam. »Hier!«, schrie er, während er Monicas Kopf vorsichtig ablegte, der kraftlos zur Seite rollte. Im Dunklen konnte er nicht sehen, ob Monica die Augen öffnete. »Hier! Wir sind hier!«

Endlich, ein Bellen! Auf Händen und Knien krabbelte er in die Richtung der fallenden Regentropfen. Als er am Wasser war, stand er auf, und ließ die Höhle mit einem schrillen Pfiff erschallen.

Das Bellen hörte nicht auf, es klang aufgeregter … kam näher.

Er ballte seine steifen Händen zu Fäusten. »Monica? Monica, da sind Leute.«

Sie antwortete nicht.

»Hier! Hilfe!« Er pfiff wieder, länger, lauter. »Hilfe!«

»Trent? Trent?«

Er wollte weinen. Man hatte sie gefunden! »Hier drinnen!«

»Trent?« Er kannte die Stimme nicht, aber dann hörte er noch mehr Leute.

»Monica?«

»Sie ist auch hier.«

Von oben fielen Erde und kleine Steine herunter. Und dann der Lichtstrahl einer Taschenlampe. »Achtung! Da ist ein Loch.«

»Alle Mann halt!«, hörte er jemanden rufen. »Zurück!«

»Monica? Monica bist du da?« Eine weibliche, verzweifelt klingende Stimme.

»Sie ist hier«, rief Trent zurück. »Wir sind beide in der Höhle.«

Jubelgeschrei, gefolgt von dem vertrauten Bellen von Ginger.

»Monica?«

Trent stieg aus der Pfütze, vorsichtig, damit er nicht über Monica fiel.

»Monica?« Die Frau klang panisch.

»Sie ist hier.«

»Warum antwortet sie nicht?«

Er zögerte. »Sie ist krank.« *Verdammt krank.*

»Trent, hier ist Jason.« Die Stimme seines Bruders klang wie Musik in seinen Ohren. »Glen und ich sind hier.«

»Ihr könnt euch gar nicht vorstellen, wie schön es ist, euch zu hören.«

Wieder fielen Steine. Trent beugte sich über Monica, um sie zu schützen.

»Alle Mann zurück. Mitch, binde mich fest. Wir wissen nicht, wie stabil der Boden ist.«

Trent konnte sich das Chaos über ihnen vorstellen. Wie lange es wohl noch dauern würde, bis sie im Freien waren? Aber unglaublich, sie würden wieder rauskommen. Lebend.

»Trent, ich heiße Radar. Wie weit geht es runter?«

»Wir sind auf Meereshöhe. Es gab eine Öffnung von der Strandseite, aber sie ist seit dem Beben verschüttet.«

»Okay. Ich werfe jetzt eine Taschenlampe herunter.«

»Direkt unter der Öffnung befindet sich eine große Pfütze.«

»Alles klar. Eins, zwei, drei.« Die Lampe fiel neben das Wasser und erhellte die Höhle. Trent nahm das Licht und richtete es auf Monica. Sie stöhnte, wachte aber nicht auf.

Dann leuchtete er zur Öffnung. »Ist ein Arzt da?«

»Ja. Dr. Eddy ist bei uns. Wir müssen uns erst vorbereiten, um Sie herauszuholen. Es wird eine Weile dauern.«

Trent sah, wie Monica wieder von einem Schüttelfrost gepackt wurde. »Hören Sie, Radar.« Er dachte an die Frau, die über ihm nach Monica gerufen hatte. »Ich muss mit dem Arzt sprechen. Und, äh, ist Monicas Schwester da?«

»Ja. Die Morrisons sind hier. Ich habe sie vorerst nach hinten geschickt, weil wir nicht wissen, wie stabil der Boden ist.«

»Ich brauche den Arzt. Monica … ihr geht es nicht gut«, sagte er wieder.

»Warten Sie.«

Trent machte wieder eines von Monicas T-Shirts nass und legte es ihr über den Kopf, während er auf den Arzt wartete. »Monica«, flüsterte er. »Wir sind gerettet. Sie haben uns gefunden.«

»Trent«, wisperte sie, ohne richtig zu Bewusstsein zu kommen.

Einige Minuten später ließ Radar ein Funkgerät in einem Korb herunter und sagte, dass Trent damit mit Dr. Eddy sprechen könne.

»Schön, Ihre Stimme zu hören«, sagte Walt.

»Oh ja.«

»Erzählen Sie. Wie geht es Monica?«

»Sie hat hohes Fieber. Als der Eingang zugeschüttet wurde, ist ihr rechtes Bein unter einem Felsblock eingeklemmt worden.«

»Ist sie immer noch eingeklemmt?«

»Nein. Ich habe sie befreien können, aber ihr Bein ist schwer verletzt.«

»Blutet es?«

»Nicht mehr.«

»Ist der Fuß kalt?«

Trent berührte ihren Fuß. »Nein. Er ist warm.« Eher heiß.

»Was ist mit der Wunde? Können Sie den Knochen sehen?«

Trent hatte die Hose aufgeschnitten, aber die Wunde war bedeckt. »Nein. Aber es ist rot und geschwollen. Das Bein ist ganz offensichtlich gebrochen.«

»Über- oder unterhalb des Knies?«

»Unterhalb.«

»Okay. Können Sie Monica aufwecken?«

Er versuchte es erneut.

Diesmal öffnete sie die Augen. »Schlafen«, lallte sie.

»Sie öffnet die Augen«, berichtete Trent. »Aber sie bekommt nicht mit, was um sie herum geschieht.«

Walt hielt vermutlich den Funkknopf gedrückt, denn Trent hörte, wie auf der anderen Seite hektisch gerufen wurde. »Jack«, rief Walt.

»Ja«, hörte Trent Jack Morrison antworten.

»Wir müssen Monica sofort zum Krankenhaus bringen, wenn sie rauskommt. Ruf Dr. Klein an, er soll mich am Flughafen erwarten.«

Das Funkgerät ging wieder aus, aber Trent hatte die Panik in Walts Stimme gehört. Seit wann gerieten Ärzte, die in der Notaufnahme arbeiteten, in Panik?

»Trent, sind Sie da?«

»Ich bin hier.«

»Wir bereiten die Seile und ein Bergungsgerät für Monica vor. Was haben Sie gegessen und getrunken?«

Er hantierte mit dem Funkgerät. Seine Finger waren steif. »Monica hat ein paar Eiweißriegel gegessen und ein bisschen von der Astronautennahrung. Seit zwei Tagen haben wir kein frisches Wasser mehr und haben das aus der Pfütze getrunken. Schien sauber genug zu sein.«

»Nicht salzig?«

»Es schmeckt nach Erde, ist aber nicht salzig.«

»Was ist mit Erbrechen, Durchfällen oder Krämpfen?«

»Nein, nichts davon.«

»Was ist mit Ihnen? Fühlen Sie sich auch krank?«

Trent ließ seine Hand auf Monica liegen, während er sprach. »Kopfschmerzen, ein bisschen steif, aber sonst okay.« Wenn man bedachte, dass er seit fast fünf Tagen in einer Höhle eingesperrt war, fühlte er sich super.

»Hören Sie, Trent. Wenn wir Monica bergen, dann füllen Sie eine Flasche mit dem Wasser, das Sie getrunken haben, und schicken es mit ihr rauf.«

Trent blickte auf die Pfütze. »Glauben Sie, es ist verseucht?«

»Das kann ich erst nach den Testergebnissen sagen.«

Jemand rief etwas.

»Ich gebe das Funkgerät jetzt wieder an Radar zurück.«

Radar sagte, Trent solle den Bergungskorb für Monica entgegennehmen. Sie würden erst mal prüfen müssen, wie weit man den Boden, unter dem sich die Höhle befand, belasten konnte und später würden sie einen Rettungsmann zu ihnen abseilen.

Trent konnte nichts tun, als abzuwarten. Es kam ihm wie eine Ewigkeit vor. Als der Korb endlich durch die Öffnung gebracht wurde, nahm er ihn entgegen und löste den Haken. Er machte ein paarmal eine Faust, um seine Hand zu lockern. Dann brachte er den Korb zu Monica. Als Nächstes kam der Notfallkoffer.

Diesmal konnte Trent kaum seine steifen Finger bewegen. Vielleicht geht es mir doch nicht so gut? Er rieb sich den Nacken, beobachtete, wie das Seil herunterkam.

Schließlich wurde ein Mann abgeseilt. Dabei prasselte es von der Höhlendecke in den See. Trent blieb bei Monica und redete mit ihr, obwohl sie als Antwort nur ein Stöhnen von sich gab.

Der Helfer befreite sich aus der Schlaufe und eilte zu Monica. »Ich heiße Miller«, stellte er sich vor.

»Trent.«

Miller sah sich Monica an, dann murmelte er: »Um Himmels Willen, Queenie, was ist mit dir los?«

»Queenie?«

»Ihr Spitzname. Wir sind aus Kalifornien gekommen, um bei der Suche zu helfen.«

Während er redete, holte er eine Blutdruckmanschette und ein Stethoskop und machte sich an die Arbeit. Er gab die Ergebnisse per Funk durch. »Walt?«

»Ja, bitte kommen«, sagte Walt am anderen Ende.

»Blutdruck 170 zu 92, Puls 130, Atmung 34.« Er beschrieb Monicas Hautfarbe und noch ein paar andere Dinge, von denen Trent nicht wusste, was sie zu bedeuten hatten. Miller versuchte, Monica aufzuwecken, aber sie blinzelte nur kurz.

Ein zweiter Mann wurde heruntergelassen und schob Trent behutsam zur Seite, um zu Monica zu kommen. Trent konnte nur danebenstehen und zusehen. Sie legten ihr eine Infusion an und lösten die blutige Binde. Aus der Kiste holten sie Kompressen und Mullbinden. In kürzester Zeit versahen sie die Wunde mit einen Verband. Dann schienten sie ihr Bein, um es ruhig zu halten.

»Trent?«

Trent ging um den Helfer herum. Er sah, wie Monica die Augen öffnete und nach ihm suchte.

»Ich bin hier.« Er küsste ihre Stirn. »Ich bin hier.«

Sie lächelte und schaute die Männer an, die sie ansprachen, aber sie antwortete nicht und schloss wieder die Augen.

Zu dritt legten sie Monica in den Bergungskorb und sicherten sie. Trent erinnerte sich an das Wasser. Er füllte eine Flasche auf und steckte sie in Monicas Rucksack, den er neben ihr befestigte.

Er streichelte noch einmal ihren Kopf und schon wurde sie nach oben gezogen.

Trent hielt die Luft an, bis sie oben war.

»Sie kommen als Nächstes.«

Es dauerte weitere fünfzehn Minuten, bis das Seil wieder hinuntergelassen wurde. Als Trent endlich draußen war, hatte man Monica schon fortgeschafft.

Kapitel 18

Manchmal kam es vor, dass Leben und Tod Tauziehen spielten, und es war, als würde der Mensch, um den es sich handelte, neben seinem eigenen Körper stehen und popcornessend zusehen. Der Tod war wie eine friedvolle Decke, die alles einhüllte außer dem wehmütigen Gefühl, dass man etwas sehr Wichtiges versäumen würde. Auf der anderen Seite war der krallende Schmerz, die Qual, die man durchstehen musste, die es zu besiegen galt, um zu überleben.

Jeder neue Tag wäre den Kampf wert.

In Monicas dünner Bewusstseinsschicht tauchten Bilder auf. Trent, wie er ihr zulächelte, sein Gesicht erleuchtet vom Schein des Handydisplays. Wie er sie küsste und ihr sagte, dass alles gut werden würde. Wie sie schwebte und wie ihr die Höhlendecke entgegenkam und sie Panik aufsteigen spürte. *Ich bin noch nicht fertig mit dieser Welt*, auch wenn es keiner hörte.

Gesichter schwebten über ihr, von Leuten, mit denen sie zusammengearbeitet hatte, von Fremden, von ihrer Schwester und ihrem Schwager.

Wo ist Trent?

Sie sah ihn vor sich, ganz allein in der Höhle. »Er ist hier. Ihr müsst ihm helfen.«

Dann wurde sie von einer riesigen Welle erfasst, die ihr die Luft nahm.

Wieder kämpfte sie, um an die Oberfläche zu gelangen.

★★★

Während des gesamten Fluges hielt Jessie die Hand ihrer Schwester. Monica war kaum bei Bewusstsein.

Walt flog mit ihnen nach Florida. Dort wartete bereits ein Ärzteteam auf sie.

Jack beruhigte Jessie immer wieder. Alles würde gut. Monica würde sich doch nicht von einem gebrochenen Bein unterkriegen lassen.

»Monica ist zäh«, sagte Jack.

Walt, der auch an Monicas Bett stand, fügte hinzu: »Wir nennen sie schließlich nicht umsonst Ice Queen.«

»Ice Queen klingt nicht sehr schmeichelhaft.«

»Sie packt das, Jessie«, sagte Walt. »Sie wird durchkommen.« Und dennoch stand ihm der Zweifel deutlich ins Gesicht geschrieben.

Im Privatjet gab es keine Vorrichtungen für einen Krankentransport mit Liege. Sie mussten, so gut es ging, improvisieren. Der Korb, mit dem Monica zur Oberfläche gebracht worden war, wurde auf der Couch im Flugzeug befestigt. Sie sicherten auch eine Sauerstoffflasche, die Monica brauchte. Dr. Klein wartete schon am Flughafen mit der nötigen medizinischen Ausrüstung. Für Jessie wirkte es, als schliefe Monica nur, als kämpfe sie gar nicht ums Überleben.

Doch plötzlich wurde das konstante Piepsen des Monitors langsamer und signalisierte damit, dass die Herzfrequenz sank. Walt verabreichte ihr hektisch etwas über die Infusion. Als Monica dann auch noch ihren Mageninhalt hervorbrachte, wurde der Arzt blass.

Walt versuchte, sich nichts anmerken zu lassen. Aber er fluchte leise, weil er nicht das hatte, was er brauchte, um seiner Patientin helfen zu können. Seiner guten Freundin.

Sie landeten in Miami. In Walts Begleitung wurde Monica per Rettungshubschrauber in die Klinik gebracht.

Als Jessie und Jack viel später dort eintrafen, wurde ihnen ein privater Warteraum zugewiesen. Dort verbrachte Jessie die längsten Stunden ihres Lebens.

★★★

Trotz der Wiedersehensfreude mit seinen Brüdern wollte Trent unbedingt Monica folgen und zusehen, dass sie die beste medizinische Versorgung bekam.

»Wo wird sie hingebracht?«

Jemand legte ihm eine Decke über die Schultern, was er geschehen ließ. Die kalte Nacht und der Regen hätten eigentlich eine Wohltat sein sollen, aber das war nicht der Fall.

Jason legte ihm den Arm um die Schultern. »Zum Flughafen. Ich glaube nach Miami, aber ich weiß es nicht genau.«

Hinter Trent tauchte ein fremder Mann auf. »Wo wird Monica hingebracht?«, fragte ihn Trent.

»Ins Miami-General-Krankenhaus«, sagte der Mann mit leichtem Südstaatenakzent.

Trent drehte sich wieder zurück. Die Welt begann zu wanken, jemand hielt ihn.

»Warte, Bruderherz.« Diesmal war es Glen. »Du musst untersucht werden.«

»Mir geht's gut«, behauptete Trent. Er klopfte die Gesäßtasche nach dem Autoschlüssel ab. Dann fiel ihm ein, dass er in der Höhle bei den anderen Sachen lag. »Verdammt.«

»Trent?«

Warum standen jetzt zwei Jasons vor ihm?

»Was?«

Nein, drei. Es gab gleich drei davon.

Wieder schien der Boden vor ihm wegkippen zu wollen. Jemand rief seinen Namen.

Alles verschwamm und Trent übergab sich.

Vielleicht geht es mir doch nicht so gut.

★★★

Trent erkannte das Interieur des Privatjets. Es war Jahre her, seit er damit geflogen war, und er wollte doch gar nicht hier sein. Innerhalb eines Augenblicks war er vom Geretteten zum Patienten geworden. Aber ihm wurde allein bei der Überlegung, ob etwas mit seinem Bauch los sein könnte, wieder übel.

Man hatte ihm einen Zugang gelegt und er bekam eine Infusion. Wahrscheinlich war es ein Beruhigungsmittel. Den Flug bekam er nur nebenbei mit. Das Geräusch der Motoren lullte ihn in den Schlaf. Er hatte in den letzten Tagen kaum geschlafen, aus Angst, er würde es vielleicht verpassen, wenn jemand kam. Jetzt konnte er endlich schlafen.

Ein Krankenwagen holte ihn vom Flughafen ab und brachte ihn in die Notaufnahme. Er beobachtete die Leute, stellte sich vor, dass Monica dabei war, dass sie Anweisungen gab und geschäftig umherlief. »Ist Monica hier?«, fragte er den behandelnden Arzt.

»Die andere Überlebende?«

Trent nickte. »Ja. Die Krankenschwester.« Trent war ein paar Stunden nach ihr losgeflogen.

»Sie ist hier.« Der Mann sagte sonst nichts, was Trent beunruhigte. »Was ist mit dem Arzt, der sie hergebracht hat? Walt? Ist er auch hier?«

»Ja, mal sehen, ob ich ihn finde.«

Als Walt nicht schnell genug kam, beschloss er, den Mann auf eigene Faust zu suchen. Trent trug ein Krankenhaushemd, bei dem der Hintern herausguckte. Er öffnete den Vorhang, der das Bett umgab, und blickte direkt in die Gesichter seiner beiden Brüder.

»Was hast du denn vor?«

Trent stützte sich mit der einen Hand an der Wand ab, mit der anderen schob er den Tropfständer, aber Glen hielt ihn auf.

»Wo ist Monica? Ich habe ihr zwar gesagt, dass alles gut wird. Aber mir … mir sagt ja keiner was«, rief Trent. Er hatte verdammt noch mal die Schnauze voll davon, dass ihm niemand direkt in die Augen sah und er keine Antwort bekam.

»Mr Fairchild.« Eine Frau tauchte auf. Sie zeigte auf den Rollstuhl, der hinter ihm stand. »Setzen Sie sich, sonst kippen Sie mir um und machen uns noch mehr Arbeit. Die Notaufnahme ist schon voll genug.«

Trent setzte sich, beziehungsweise fiel in den Stuhl. Die Frau, offensichtlich eine erfahrene Krankenschwester, beugte sich über ihn und stemmte die Hände in die Hüften. »Suchen Sie Miss Mann?«

»Genau.«

»Sie ist auf der Intensivstation. Sie können aber erst zu ihr, wenn es Ihr eigener Gesundheitszustand zulässt. Schließlich können Sie schlecht zu ihr hinüberfallen.«

Wahrscheinlich wies Monica ebenso streng ihre Patienten zurecht. »Wie geht es ihr?«, fragte er.

»Ihr Zustand ist stabil.«

Als ob er mit so einer Antwort etwas anfangen konnte. »Ist ihre Familie da?«

»Ja, im Warteraum. Ich gebe Bescheid, dass Sie nach ihnen fragen.«

Trent wechselte Blicke mit seinen Brüdern. »Danke.«

»Darf ich Sie jetzt wieder in Ihr Bett bringen?«, fragte sie.

Wenn man bedachte, dass er nicht mal genügend Energie hatte, um sich vom Stuhl zu erheben, dann war das Bett vielleicht doch keine schlechte Idee.

Als er wieder lag, verkabelte ihn die Krankenschwester mit dem Monitor über dem Bett. Seine Brüder saßen daneben und beobachteten ihn wie einen Affen im Zoo.

»Wofür ist das?«, fragte Glen die Schwester.

»Der Arzt sagt, dass das Herz beobachtet werden muss.«

»Es schlägt noch«, scherzte Trent, aber gleichzeitig fragte er sich, warum er jetzt, nachdem er schon eine Stunde da war, an Maschinen angeschlossen wurde. Eigentlich müssten doch, je mehr Zeit verging, Schläuche und Kabel immer weniger werden.

Die Schwester tätschelte ihm die Schulter, als sie fertig war. »Vielleicht wollen die Ärzte sie bloß ans Bett fesseln«, scherzte sie. Dann machte sie auf dem Absatz kehrt und ging hinaus.

Jason lachte und lehnte sich in seinem Stuhl zurück. »Die ist ganz schön resolut.«

»Und süß«, fügte Glen hinzu.

Vielleicht mochte das stimmen, aber Trent hatte nur eine einzige Krankenschwester im Kopf. »Könnte einer von euch Jack Morrison oder am besten gleich Dr. Eddy suchen?«

»Ich gehe schon.« Jason erhob sich seufzend und verschwand.

Ein paar Sekunden Stille folgten. Als Trent seinen Bruder betrachtete, zuckte er zusammen. »Was?«

Glen sah seinem Vater unglaublich ähnlich. Er hatte dasselbe freche Grinsen und hatte seine braunen Augen geerbt. Diese waren auf Trent gerichtet, mit einer Mischung aus Zuneigung und Gewissensbissen. »Wir haben dich vermisst.«

»Ach komm, Glen. Ich war doch nur ein paar Stunden Flug entfernt.«

»Du weißt genau, was ich meine. Reynard hat erzählt, dass du vorhattest, die Insel zu verlassen, bevor du in der Höhle eingesperrt wurdest.«

»Ja, hatte ich vor.«

Glen lächelte. Dabei kamen die gleichen Grübchen zum Vorschein wie bei seinem Vater. »Hattest du dir schon überlegt, wo du hingehen willst?«

Nein, aber er wusste, dass sein Zuhause nicht länger auf der Insel war. Jason und Dr. Eddy kamen herein. Walt gab ihm die Hand.

»Wie geht es Monica?«

»Ihr Zustand ist stabil.«

Langsam hatte Trent diesen Satz dicke.

»Stabiler Zustand und Intensivstation, das klingt wie ein Widerspruch in sich.«

Walt zog einen Hocker mit Rollen zu sich heran und setzte sich neben Trents Bett. An die beiden anderen Fairchilds gewandt, sagte der Arzt: »Könnten Sie uns vielleicht einen Augenblick allein lassen?«

Glen erhob sich lächelnd. »Ich brauche sowieso einen Kaffee.«

Trent nickte seinen Brüdern dankbar zu.

Als sie allein waren, wich Walts Lächeln. »Sie ist sehr krank«, sagte er. »Aber immerhin haben wir den hohen Blutdruck wieder senken können. Wir versuchen es mit Antibiotika.«

»Ist sie bei Bewusstsein?«

Walt schüttelte den Kopf. »Noch nicht ganz. Wenigstens sinkt jetzt ihr Fieber. Sie braucht viel Ruhe und ihre Leukozytenwerte müssen erst besser werden, bevor wir ihr Bein richten können.«

»In welchem Zustand ist das Bein?«

»Mit ein paar Schrauben und Platten wird man es wieder hinkriegen. Sie haben hier sehr gute Chirurgen, die auf so etwas spezialisiert sind.«

Gott sei Dank.

Walt blickte auf den Monitor über Trents Kopf. »Es wird ein bisschen dauern, bis wir alle Laborergebnisse haben. Ich habe den Ärzten hier gesagt, dass sie nach Blei und Quecksilberspuren bei euch beiden suchen sollen.«

Trent zog die Augenbrauen zusammen. »Klingt nicht toll.«

»Ist es auch nicht. Und normalerweise merkt man die Vergiftung erst mit Zeitverzögerung, außer man beißt gleich in ein Thermometer oder isst Farbe. Bei Ihnen und Monica gibt es Anzeichen dafür, dass Leber und Nieren betroffen sind.«

Trent hatte schon lange nicht mehr an seine Leber gedacht. Genau genommen nicht mehr seit damals, als er auf dem College ausprobieren wollte, wie viel Bier er vertrug. »Ist das etwas Ernstes?«

»Wir werden Sie zumindest im Krankenhaus behalten und weitere Untersuchungen durchführen.«

»Das ist keine Antwort auf meine Frage.« Und dabei dachte er gar nicht an sich, sondern an die besagte Frau auf der Intensivstation.

»Ernst genug, um Sie hierzubehalten.«

Vielleicht musste er es gar nicht genauer wissen. Es gab zu viele unbekannte Faktoren. »Das Wasser war verseucht, oder?«

»Vermutlich ja. Das Wasser, das Sie mit Monica hinaufgeschickt hatten, wurde zu einem externen Labor geschickt und die ersten Ergebnisse bekommen wir erst morgen.«

Walt erhob sich und gab Trent die Hand. »Ich werde noch mal nach Monica schauen und dann suche ich mir auch etwas zu essen und ein Bett. Ich erkundige mich, in welches Krankenzimmer man Sie bringt, und halte Sie auf dem Laufenden.«

»Heißt das, ich kann noch nicht zu ihr?«

»Sie müssen erst selbst wieder auf die Beine kommen. Und etwas essen. Sie sind sicher kurz vor dem Verhungern.«

Trent versuchte ein Lächeln. »Ich könnte schon was zu essen vertragen, da haben Sie recht.«

»Ich gebe den Schwestern Bescheid.«

»Okay. Und vielen Dank, Walt.«

★★★

Wieder begann der Sog, Monica nach unten zu ziehen, aber diesmal gab sie dem starken Wunsch nach Schlaf nicht nach, sondern zwang sich, die Augen zu öffnen.

Helles, gleißendes Licht blendete sie. Jetzt nahm sie auch den bekannten Geruch und die Geräusche des Krankenhauses wahr.

»Barfuß?« Ihre trockenen Lippen klebten zusammen.

»Mo?«

Monica drehte mit steifem Hals den Kopf zur Seite und entdeckte ihre Schwester neben dem Bett. »Jessie?«

Jessie führte Monicas Hand zu ihren Lippen und küsste sie. »Oh Gott, du bist aufgewacht.«

Jessie hatte dunkle Ringe unter den Augen. Ihre Haare waren zu einem Pferdeschwanz zurückgebunden und sie trug ein großes Sweatshirt, das aussah, als gehöre es Jack.

Monica wollte die Hand ihrer Schwester drücken, aber selbst das war unglaublich anstrengend. »Wo bin ich?« Sie erinnerte sich nur an Bruchstücke. Trent, der ihr sagte, dass man sie finden würde. Wie er lachte, als sie versuchte, den Titelsong von Gilligans Insel zu singen. Das Flugzeug. Gesichter … manche bekannt, viele unbekannt. Sonst konnte sie sich an nichts erinnern.

»Im Miami-General-Krankenhaus.«

»S-seit wann?«

»Erst seit einem Tag. Ich habe mir solche Sorgen gemacht.«

»Tja, ich auch.« Monica sah sich den Raum an. In dem Einzelzimmer gab es zusätzlich zu dem notwendigen Equipment noch alle erdenklichen Extras. Hinter einer großen Glastür war das Stationszimmer, wo Krankenschwestern, Ärzte und Assistenten ein- und ausgingen. Sie bemerkte den Zugang für Infusionen an ihrem Handgelenk. Sie sah den Schlauch entlang nach oben zu den Plastikbeuteln, die am Tropfständer hingen. Mit zusammengekniffenen Augen versuchte sie, die Beschriftung zu entziffern. »Ein blutdrucksenkendes Mittel?«

»Was hast du gesagt?« Jessie machte das Licht an.

»Bin ich etwa auf der Intensivstation?«

»Ja. Ich sage den Schwestern, dass du wach bist. Sie haben mir gesagt, dass ich sie sofort rufen soll, wenn du aufwachst.«

Monica atmete hörbar aus und bemühte sich, Patientin und nicht Krankenschwester zu sein. »Jessie?«, hielt sie ihre Schwester zurück, bevor sie zur Tür hinausging.

»Ja, Mo?«

»Ich liebe dich.«

Sofort schossen Jessie die Tränen in die Augen. »Jage mir nie wieder einen solchen Schrecken ein!«

»Ich versuche es.«

Jessie ging hinaus und kam ein paar Sekunden später mit einer Krankenschwester zurück. Mit ihrer Hilfe setzte sich Monica auf und wartete auf den Arzt. Monica fragte dem armen Mann Löcher in den Bauch. Was man ihr denn alles gegeben hätte. Wie die Laborwerte ausgefallen seien. Und sie gab gute Ratschläge für die weiteren Untersuchungen. Ja, dem Arzt qualmten die Ohren, als er wieder ging, aber es stand ihm noch etwas ins Gesicht geschrieben: Bewunderung.

Jessie kam zurück. Hinter ihr tauchten Jack und Renee, ihre Mutter, auf.

»Hallo, Mama.«

Die Beziehung war immer schwierig gewesen, aber das hieß schließlich nicht, dass ihre Mutter sie nicht liebte. Sie hatten einfach nur eine unterschiedliche Auffassung vom Leben.

»Meine Kleine.«

Monica bekam von ihrer Mutter einen Kuss auf die Wange. »Tut mir leid, dass du extra wegen mir quer durchs ganze Land reisen musstest.«

»Ja, verdammt blöd«, zog Jessie sie auf. »Besser, du berücksichtigst das für das nächste Mal, wenn du wieder in einer Höhle eingesperrt bist und zu sterben versuchst.«

»Hier stirbt niemand.«

»Hat aber anders ausgesehen«, sagte Jack. »Katie lässt liebe Grüße ausrichten. Sie kommt morgen.«

Monica schüttelte den Kopf. »Braucht sie doch nicht.«

»Würdest du an ihrer Stelle nicht kommen?«, fragte Jessie.

Jessie schon wieder. Monica versuchte, mit den Augen zu rollen und so zu tun, als wäre ihr das egal. Aber stattdessen schlossen ihre Augen sich ganz von alleine und es war nicht so leicht, sie wieder zu öffnen.

»Ich glaube, wir lassen dich besser wieder schlafen«, sagte ihre Mutter.

Sie war erst eine Stunde wach und schon wieder völlig erschöpft. Aber sie konnte doch auch nicht ihre Familie wegschicken, wenn sie allen einen solchen Schrecken eingejagt hatte. »Morgen soll ich operiert werden«, sagte sie.

»Das hat Walt schon gesagt«, meinte Jessie.

»Walt ist auch hier?« Monica öffnete wieder die Augen.

»Er ist mit uns mitgeflogen. Kannst du dich gar nicht mehr erinnern?«

Monica schüttelte den Kopf. »Ich kann mich an kaum etwas erinnern«, sagte sie mit unterdrücktem Gähnen. Aber sie wusste noch, wie Trent ihr einen Kuss auf die Stirn gegeben hatte. »Trent. Wo ist Trent?«

»Wer ist denn Trent?«, fragte ihre Mutter.

»Der Mann, der mit ihr in der Höhle war. Er ist auf der Station unter uns«, erklärte Jack. »Sie behalten ihn auch für ein paar Tage hier.«

»Geht es ihm gut?«

»Ja.«

Gut. Sehr gut.

Verdammt, war sie müde.

Als sie das nächste Mal wieder die Augen öffnete, war das Zimmer leer und dunkel.

Kapitel 19

Trent zog noch einen dieser unsäglichen Krankenhauskittel über, damit nicht alle Leute sein Hinterteil zu sehen bekamen, und rollte mit seinem Infusionsständer den Gang entlang. Jack hatte ihn vorher besucht und berichtet, dass Monica aufgewacht war. Und er hatte gesagt, dass Trent sie lieber noch an diesem Abend besuchen sollte, falls er das heimlich vorhatte, weil sie am nächsten Morgen operiert werden würde und danach stundenlang nicht ansprechbar wäre.

Der Eingang der Intensivstation war verschlossen und Trent musste die Schwester bezirzen und ein paar Namen fallen lassen, damit er hereingelassen wurde.

Als er um die Ecke in ihr Zimmer bog, saß sie bereits im Bett und aß.

Sie entdeckte ihn in der Tür und das allerschönste Lächeln breitete sich über ihrem Gesicht aus. »Barfuß!«

Er hob einen Fuß, der in einer Sandale steckte, und wackelte damit. »Man kann zwar den Mann von der Insel wegholen, aber die Insel nicht vom Mann.«

Er schob einen Stuhl ans Bett und setzte sich. »Du siehst gut aus.«

»Ich fühle mich besser. Schon erstaunlich, was die richtigen Antibiotika anstellen können. Und wie geht's dir?«

Trent deutete auf den Tropf an seiner Seite. »Wenn du mich fragst, dann ist das alles ziemlich übertrieben. Mit diesem blöden gelben Beutel schaut es aus, als ob ich intravenös Urin bekäme.«

Sie kicherte. »Das sind hoch dosierte Vitamine«, erklärte sie und deutete auch auf den Beutel, der über ihr hing. »Das Doppelpack gibt es heute im Sonderangebot.«

»Ich habe gehört, dass du morgen operiert werden sollst.«

Monica wackelte mit dem Fuß. »Sie müssen mich wieder zusammenschrauben.«

»Hast du keine Schmerzen?«

Sie blinzelte mit verlangsamtem Augenaufschlag. »Gute Medikamente.«

»Können wohl einiges bewirken.«

Sie knabberte an einem Zwieback, dann sagte sie: »Jetzt darf ich endlich wieder etwas essen. Morgen werde ich nichts wollen.«

»Ist das deine erste Mahlzeit?«

»Na ja, auch vorher habe ich nicht viel gewollt.«

Das gefiel ihm. Die Stimmung war angenehm und er fühlte sich in ihrer Gegenwart ausgesprochen wohl.

Sie seufzte und legte die Hände in den Schoß. »Wir sind wieder rausgekommen.«

»Ja, sind wir. Sie haben dein Handy orten können.«

»Echt? Das hat mir noch keiner gesagt. Ich kann mich an fast nichts erinnern, nur daran, dass du gesagt hast, es wird alles gut. Und dann bin ich hier aufgewacht.«

Trent fasste zusammen, was sie verpasst hatte. »Als sie dich hochgezogen haben, habe ich mir nur gedacht, *gut, dass du bewusstlos bist*. Bei deiner Höhenangst …«

»Gott sei Dank kann ich mich daran nicht mehr erinnern.«

»Ein paar Jungs aus deinem Ort waren auch dabei.«

»Die Pomona-Feuerwehrleute?«

»Anscheinend.«

»Wow. Komisch, dass ich noch keinen gesehen habe.«

»Sie sind nicht mitgekommen. Du siehst sie, wenn du wieder nach Hause fährst.« Während er das sagte, fiel ihm ein, dass sich nach ihrer Entlassung ihre Wege wieder trennen würden.

Bevor der Höhleneingang verschüttet wurde und sie dem Tod ins Gesicht schauten, da hatte sie deutlich gemacht, dass es sich nur um eine Affäre handle, um eine kurze Ablenkung vom Alltag.

Aber im Angesicht des Todes hatte sich das geändert. Oder?

Er lehnte sich im Stuhl zurück und blickte auf die Nachrichten, die auf dem Flachbildschirm liefen. Als er sich ihr wieder zuwandte, lächelte sie. »Wann wirst du entlassen?«

»Walt meinte morgen, falls die Blutwerte in Ordnung sind.«

»Echt beängstigend, oder? Ich habe gedacht, das Wasser sei sauber.«

»Hat fast geschmeckt wie Leitungswasser aus der Großstadt«, meinte Jack.

»Ich werde vorschlagen, dass die Rettungsmannschaften in Zukunft immer Wasserreinigungstabletten bei sich tragen sollten. Wir hatten Glück.«

»Großes Glück.«

Die Krankenschwester von vorher kam herein und holte das Essenstablett. »Nicht viel länger«, sagte sie zu ihm.

»Er kann ruhig hierbleiben«, meinte Monica.

Die Krankenschwester blickte streng auf Monica und zeigte auf den Kontrollmonitor. »Seit er hier ist, sind Blutdruck und Puls gestiegen.« Um ihren Standpunkt zu verdeutlichen, steckte Schwester Dickkopf Monica ein Thermometer ins Ohr und zeigte ihr das Messergebnis. »Ihre Temperatur steigt wieder an.« Vielleicht hatte Schwester Dickkopf recht. Sie zeigte Trent ihre Hand mit ausgebreiteten Fingern. »Genau fünf Minuten noch. Und keine Widerrede, *Schwester Monica!*«

Während sie das Zimmer verließ, murmelte sie, dass Krankenschwestern und Ärzte die allerschlimmsten Patienten seien.

»Und ich habe gedacht, dass *ich* eine strenge Krankenschwester hätte.«

Monica lächelte etwas wehmütig. »Sie hat ja recht. An ihrer Stelle würde ich dich auch rausschmeißen.«

Trent verstand die Andeutung und stand auf. Für einen unbehaglichen Moment wusste er nicht, wie er sich von ihr verabschieden sollte. Er legte die Hand auf ihre.

»Du kommst doch morgen wieder, oder?«, fragte sie.

»Klar.« Trent würde schon einen Grund finden, sie wieder zu sehen. Vielleicht war das genau der richtige Weg. Ein Tag nach dem anderen.

Ein Tag nach dem anderen.

★★★

Früh am nächsten Morgen kam Walt in Trents Zimmer, zusammen mit dem Stationsarzt. »Wir haben gute Nachrichten für Sie, Mr Fairchild«, sagte Dr. Simons. »Nierenfunktion und Leberwerte sind okay. Alle Blutwerte sind wieder im Normalbereich.«

»Heißt das, ich darf heute gehen?«

Walt grinste. »Das heißt, dass Sie verdammt Glück hatten. Und ja, Sie werden entlassen.«

Trent erhob sich aus dem Stuhl, in dem er gesessen hatte, mit so viel Würde, wie es ging, wenn man nur einen Kittel trug, und gab beiden Ärzten die Hand. »Ich weiß schon, dass ich Glück hatte«, sagte er froh.

Dr. Simons riet Trent, in zwei Wochen für einen weiteren Bluttest zu seinem Hausarzt zu gehen. Außerdem wollte Dr. Simons, dass jener Arzt auch den Befund aus dem Krankenhaus erhielt, wegen der Langzeitwirkung, die von so einer hohen Dosis an Blei und Quecksilber hervorgerufen werden konnte.

Trent würde nie wieder eine Wasserlake sehen können, ohne an eine Schwermetallvergiftung denken zu können. Geruchloses und geschmacksneutrales Gift.

»Ich werde Ihren Entlassungsbericht schreiben. Es wird noch ungefähr zwei Stunden dauern, bis Sie gehen können.«

Trent dachte an Monica. »Das passt. Ich habe es nicht eilig. Ich muss sowieso erst meine Brüder anrufen.«

Dr. Simons verließ den Raum, Walt blieb noch kurz.

»Ich fliege nach Kalifornien zurück, wenn Monica aus dem OP kommt.« Walt nahm gegenüber von Trent Platz.

»Wie geht es ihr denn?«

»Sie hatte keine so gute Nacht, aber sie ist sehr widerstandsfähig. Sie führen trotzdem die OP durch. Der Chirurg meint, ihr Bein halte sie von der weiteren Genesung ab.«

»Und die OP wird das beheben können?«

Walt nickte. »Wir gehen davon aus.«

»Sie sind ein guter Freund«, sagte Trent.

»Monica gehört eben zu den guten Menschen.«

Walt stand auf, Trent auch. »Ich kann Ihnen gar nicht genug danken.«

»Ich bin froh, dass ich helfen konnte. Vielleicht können wir ja mal ein Bier trinken gehen oder uns ein Baseballspiel zusammen ansehen.«

Trent grinste. »Sehr gerne.«

»Passen Sie auf sich auf.«

Trent rief Jason an, dem Jack und Jessie ein Zimmer im Morrison-Hotel besorgt hatten. Glen war schon wieder nach Hause geflogen und bereitete bei sich ein Zimmer für Trent vor, damit er dort wohnen konnte, bis er wusste, was er tun wollte.

Trent wollte gar nicht so schnell entlassen werden. Er würde warten, bis man ihn hinauswarf, weil er noch da sein wollte, wenn Monica aus dem OP kam. Er musste sie sehen und er würde schon einen Grund dafür finden.

Die Nachtschwester vom Vorabend erkannte Trent und gewährte ihm wieder Einlass zur Intensivstation. »Sie schläft«, sagte Schwester Dickkopf. »Aber dass Sie mir alle die Patientin ja nicht aufwecken!«

Trent nahm an, dass sie mit »Sie alle« Monicas Schwester meinte. Doch als er zu dem mittlerweile vertrauten Zimmer kam, saß neben Monicas Bett ein Mann, der innig ihre Hand hielt.

Trent zögerte und räusperte sich leise, darauf bedacht, Monica nicht zu wecken. Sie schlief friedlich oder zumindest schien es so. Ihr Bein lag erhöht auf einer Unterlage, der dicke Verband zeigte, dass man mit dem Bein etwas gemacht hatte.

Der unbekannte Mann richtete seine geröteten Augen auf Trent. Sein Blick wurde kalt. »Ja bitte?«, fragte er, als ob Trent hier nichts zu suchen hätte.

»Wie geht es ihr?«

»Sie ruht sich aus.«

Trent konnte nicht anders, als auf Monicas Hand zu sehen.

»Wer sind Sie?«, hörte Trent sich fragen.

»Ich bin Monicas Freund.«

Trent war wie vom Donner gerührt.

»Oder um genau zu sein, eigentlich ihr Verlobter.«

Trent sah zu der Frau im Bett. Die Wärme, die er gerade noch für sie verspürt hatte, wurde zu Eis. Jetzt kapierte er alles. Wie hatte er bloß glauben können, dass es sich um mehr handelte als lediglich um eine kurze Affäre? Hatte sie das nicht genau so gesagt? Natürlich hatte sie jemanden, der zu Hause auf sie wartete.

War das nicht bei allen Frauen so, für die Trent etwas gefühlt hatte?

Sein Puls ging viel zu schnell. Er schluckte und schaltete jegliche Emotion von vorher wieder aus, jegliche Ein-Tag-nach-dem-anderen-Gedanken.

Ein zweites Mal würde er nicht mehr reinfallen.

Das hatte er schon einmal erlebt. Und das hatte ihn auf die verdammte Insel geführt und seine Eltern das Leben gekostet. Nein, *das* passierte kein zweites Mal.

»Und wer sind Sie?«, fragte Monicas Verlobter.

Trent schüttelte den Kopf. »Niemand.«

Ohne ein weiteres Wort verließ er die Intensivstation und das Krankenhaus und vertrieb jeden weiteren Gedanken an die Frau.

★★★

Der nächste Tag verging wie im Nebel. Das Fieber, das in der Nacht aufgetreten war, hatte den Operationsbeginn um Stunden verzögert. Der Chirurg war zu Monica gekommen, hatte sie die Aufklärungspapiere unterzeichnen lassen. Das OP-Team hatte sie erst gesehen, als man ihr die Narkose gab.

Wenn man so vollkommen auf andere Menschen angewiesen war, dann konnte das selbst den stärksten Charakter aus der Bahn werfen. In all den Jahren als Krankenschwester – auch wenn es gar nicht so viele waren – war Monica noch nie selber Patientin gewesen. Zumindest nicht so, dass sie von anderen beatmet werden musste.

Als sie die Augen öffnete, war der Schmerz in ihrem Bein so überwältigend, dass sie nur stöhnen konnte. Sie wollte aufschreien. Aber dann verschwand die Welt.

Der nächste klare Moment kam früh am folgenden Morgen. Ein Mann saß groß und aufrecht an ihrem Bett.

Sie blinzelte verwirrt.

»John?«

Kapitel 20

»W-was machst du denn hier?« Ihr Hals war trocken, das Sprechen schmerzte. Aufzuwachen und als Erstes das Gesicht ihres Exfreundes zu sehen war zu viel für sie. Wo war Jessie?

»Ich konnte nicht zu Hause bleiben. Großer Gott, Monica, ich habe schon gedacht, ich würde dich verlieren.«

John hielt ihre Hand, küsste ihre Finger und sah leidend aus.

»Du hättest nicht kommen müssen.« Er hätte nicht kommen sollen. Hatte sie sich nicht deutlich genug ausgedrückt, bevor sie abflog?

Er hörte nicht auf sie. Das sanfte Streicheln seiner Finger auf ihrer Hand fühlte sich an, als ob er mit einer Feile die oberste Hautschicht entfernte. »Ich musste einfach kommen. Ich liebe dich, Monica.«

Sie schloss wieder die Augen, weil sie sein Liebesgeständnis nicht ertrug, weil sie ihm nicht sagen konnte, dass sie seine Liebe nicht wollte. Sie hatte nicht die gleichen Gefühle wie er. Und er wusste das ganz genau.

»Wo ist Jessie?« Sie brauchte die Hilfe ihrer Schwester.

»Sie ist mit Jack in die Cafeteria gegangen.«

»John …«

»Du musst nichts sagen. Ich habe gehört, dass du verschollen warst und dass man davon ausging, dir sei etwas Schlimmes passiert. Da habe ich gemerkt, dass ich dich einfach nicht verlassen kann.«

»Du hast mich gar nicht verlassen. Ich habe dich verlassen!«

John nahm ihre Hand noch fester in seine, sah sie an, als ob es keiner Worte bedurfte.

»Lass uns später darüber reden«, meinte er. Das würde ihre Meinung über die Beziehung auch nicht ändern.

»Ja, bitte.« Monica drückte auf die Ruftaste, brauchte verzweifelt jemanden, der intervenierte.

Schwester Dickkopf kam herein. Sie lächelte ausnahmsweise. Ein Blick aber sagte ihr alles und sie forderte John auf, das Zimmer zu verlassen.

»Ich warte draußen.«

Sobald er außer Hörweite war, flüsterte Monica der Schwester zu: »Bitte schicken Sie ihn ins Wartezimmer.«

Die Augen der Schwester verengten sich. »Er hat behauptet, er sei ihr Verlobter.«

Monica kniff verzweifelt die Augen zusammen und schüttelte den Kopf. »Nein. Ist er nicht. Wo ist meine Schwester? Ich brauche Jessie.«

»Schon gut, schon gut, ich hole sie. Beruhigen Sie sich.«

»Bitte!«

Die Krankenschwester ging hinaus und sprach mit John vor der Tür. »Ich muss Sie bitten, jetzt wieder in die Lobby zu gehen.«

»Aber ich bin selber Krankenpfleger«, entgegnete John.

»Und ein Freund. Sie kennen doch die Spielregeln. Sie ist gerade erst aufgewacht und noch nicht bereit, Besuch zu empfangen.«

Jetzt geh doch einfach, John.

Als sie hörte, wie sich seine Schritte entfernten, beruhigte sich ihr schneller Puls wieder.

»Vielen Dank«, sagte Monica, als die Krankenschwester wieder hereinkam.

Nach zwanzig Minuten kam Jessie grinsend ins Zimmer. »Na, wer ist denn da aufgewacht?«

Monica lächelte halbherzig. »Ist John noch da?«

Jessie ließ sich in den Stuhl plumpsen. »Er ist in der Lobby. Wie kommt es, dass ich gar nichts von ihm weiß? Er sagte, es sei ernst mit euch beiden.«

»Seit wann meine ich es mit irgendwem ernst?«, fragte Monica. »Er wollte mehr und ich habe mich von ihm getrennt.«

»Ach so«, Jessies Grinsen verschwand.

»Ich brauche dich, Schwesterherz. Schick ihn wieder weg, ich habe gerade keine Kraft für ihn. Ich habe mit ihm Schluss gemacht, bevor ich nach Jamaika geflogen bin.«

»Wahrscheinlich hatte er Angst um dich, wie wir alle, als du vermisst wurdest.«

»Schon, aber das ändert ja nichts daran, wie ich für ihn fühle. Bitte, Jessie. Ich brauche dich jetzt als große Schwester, um ihn wegzuscheuchen.«

Jessie musste kichern und stand auf. »Schon fast erledigt.«

Monica zitterte. »Aber sei trotzdem nett, okay? Ich weiß, dass er mehr wollte. Sag ihm, ich spreche mit ihm, wenn ich nach Hause komme.«

»Keine Sorge, ich bin der gute Cop.«

Jessie ging schon zur Tür.

»Jessie?«

»So komme ich hier nicht weiter, Schwesterherz.«

»Ich weiß. Hast du Trent gesehen?«

»Nein.«

»Oh. Okay. Na ja, Trent darf auf jeden Fall kommen. Also, falls er auftaucht.«

Jessie zwinkerte ihr zu. »Verstanden. Noch wer, über den ich informiert werden müsste?«

Monica hätte gerne etwas gehabt, um es auf ihre Schwester zu werfen, aber sie musste sich mit einem finsteren Blick begnügen.

Trent tauchte nicht auf. Als man sie am nächsten Tag von der Intensivstation auf ein Privatzimmer verlegte, rief Monica beim Empfang an und fragte, ob Trent Fairchild immer noch als Patient da war und ob man ihren Anruf zu seinem Zimmer durchstellen könne. Man antwortete ihr: »Mr Fairchild wurde gestern Nachmittag entlassen.«

Monica starrte einige Minuten auf den Hörer in ihrer Hand. *Er hat doch gesagt, er würde wiederkommen.*

★★★

Jessie und Jack flogen zusammen mit Monica nach Texas. Es war egal, ob Monica in Kalifornien wohnte oder nicht, ihre große Schwester wollte nicht zulassen, dass irgendwer anders für sie sorgte, bis Monica wieder laufen konnte.

Und sie hatte ohnehin keine Eile, wieder nach Hause zurückzukehren. Deb, ihre Kollegin und Freundin, hatte sie ein paarmal angerufen, um sich nach ihr zu erkundigen, und sie hatte Monica eine kurze Zusammenfassung der Ereignisse im Krankenhaus gegeben.

Walt war wieder zurückgekehrt und stinkwütend, dass Monica tatsächlich vom Dienst suspendiert worden war. Wenn sie wieder gesund war, würde sie Einspruch einlegen und prüfen lassen, ob das Krankenhaus wirklich einen triftigen Grund für die Entlassung hatte. Wenigstens würde sich endlich mal rentieren, dass sie in der Gewerkschaft war. Sie würde dagegen ankämpfen.

John war auch wieder nach Hause zurückgekehrt und schickte einen riesigen Blumenstrauß mit Karte. Er schrieb, wie wunderschön die gemeinsame Zeit gewesen sei und wie sehr er sich wünschte, dort weiterzumachen, wo sie aufgehört hatten. Er gebe zu, vielleicht etwas überstürzt gehandelt zu haben, und er hoffe auf eine zweite Chance, um alles perfekt zu machen.

Eigentlich hätte so ein Brief ihr Herz erwärmen sollen, aber das Gegenteil war der Fall. Der Gedanke daran, dass sie ihn erneut vor den Kopf stoßen müsste, wenn sie nach Hause kam, machte sie müde. Die Sache war noch schwerer, nachdem er den ganzen Kontinent überquert hatte, bloß um nach einer kurzen Audienz wieder nach Hause geschickt zu werden. Wenn sie noch in der Highschool wäre, würde sie Jessie schicken, um das für sie zu erledigen.

Manchmal war es schon verdammt schwer, erwachsen zu sein.

»Vielleicht sollte ich das Ufer wechseln«, meinte sie, als sie in Jessies Zimmer saßen und *Buffy – Im Bann der Dämonen* und *Supernatural* auf DVD anschauten. Katie war zu ihr nach Texas gekommen und spielte gerade Babysitterin für sie, weil Jessie und Jack beim Shoppen waren, für irgendetwas, das sie am Abend verkünden wollten.

Katie hatte Savannah zum Mittagsschlaf ins Bett gesteckt und jetzt sahen sie belangloses Zeug im Fernseher an. Wobei, Sam und Dean, die Helden der Serie, mit ihren klar definierten Muskeln alles andere als belanglos aussahen, wenn sie gegen die Dämonen kämpften.

»So wie du sabberst, könntest du nie im Leben das Ufer wechseln.«

Sie hatten über Männer gesprochen und Monicas Unfähigkeit, eine Beziehung einzugehen.

»Na ja, irgendetwas muss ich jetzt tun. Offensichtlich liegt das Problem bei mir.«

»Warum meinst du das?« Katie lackierte Monica die Zehennägel. Zur Pediküre konnte sie gerade schlecht gehen, aber weil Monicas Zehen aus dem Gips herauslugten, wollte Katie sie ein wenig aufhübschen.

Monica war sehr froh um diesen Ratsch mit ihrer Zweitschwester. Auch wenn sie gar nicht verwandt waren, so war Katie trotzdem im Herzen wie eine Schwester für Monica. Jessie hatte mit Jack wirklich Glück gehabt. Mit den Morrisons war es wie in einer Sitcom über glückliches Familienleben, nur mit dem Unterschied, dass sie obendrein einen Haufen Schotter hatten.

»Ich will die Männer nie für lange. Eigentlich müsste ich ein Mann sein.«

Katie lachte und hielt den frisch lackierten Zeh zur Seite, damit die Farbe nicht verschmierte. »Weil du Sex ohne Verpflichtung magst?«

»Weil ich den Sex mag und will, dass sie danach wieder gehen.«

Katie sah sie an und schob das Kinn vor. »Magst du hinterher gar nicht kuscheln? Löffelchen und so?«

Bisher hatte es nur einen einzigen Mann gegeben, mit dem sie so etwas Ähnliches gemacht hatte. Und zwar in einer Höhle, während sie einen auf Sterben machte. »Nicht wirklich.«

Katie beugte sich zu den Zehen hinunter und blies den Lack trocken. »Was ist mit dem Typen aus Jamaika?«

Monicas Kopf fuhr hoch. »Trent?«

»Na, immerhin kennst du seinen Namen. Manchen Männern ist es sogar zu mühsam, sich den Namen des Mädels zu merken.«

»Der zählt nicht.«

Katie machte sich an dem anderen Fuß zu schaffen. »Ach ja, und warum nicht?«

»Nahtoderfahrungen haben so die Angewohnheit, Tatsachen zu verdrehen.«

»Welche Tatsachen denn?«

»Die Tatsache, dass zwischen uns nie etwas anderes war als eine kurze Affäre. Eine nette Ablenkung vom restlichen Desaster auf der Insel.« *Eine umwerfende Ablenkung. Eine Ablenkung, durch die die Welt ins Wanken geriet. Eine Ablenkung, die Nordlichter an den Himmel zauberte.*

»Da ist schon wieder dieser Blick, Darling. Und du schaust noch nicht einmal das heiße Schnittchen im Fernsehen an.«

»Welcher Blick?«

»Dieser Wird-euch-auch-plötzlich-so-heiß-Blick? Also du und dieser Trent-Kerl … ihr habt in Löffelchenstellung geschlafen?«

»Nein, er war eher mein Kissen. Die Höhle war in der Nacht stockfinster. Und totenstill.« Die Erinnerung ließ sie erschaudern. »Dieses ständige Tropfen von der Höhlendecke in die verseuchte Wasserlake war wie eine chinesische Tropfenfolter. Das stetige Geräusch veränderte sich nur, wenn es zu regnen anfing.«

Die Erinnerung holte sie ein. Der Geruch der Höhle, der Geruch von Trent. Sein Duft war mit jedem Tag erdiger geworden, aber Monica hatte ihn nie als unangenehm empfunden. Sie hatten versucht, sich, so gut es ging, mit dem Handtuch zu waschen, aber das hatte eine richtige Dusche nicht ersetzen können. Sie hatte bis jetzt noch nicht einmal richtig duschen können. Nur baden, während das Gipsbein auf dem Wannenrand lag, damit es nicht nass wurde. Monica stellte sich vor, wie Trent stundenlang unter dem heißen Strahl gestanden haben musste, als er endlich wieder die Gelegenheit dazu hatte.

»Du musst ganz schön Angst gehabt haben«, sagte Katie und riss Monica damit aus ihren Gedanken.

»Wahnsinnige Angst. Aber er hat es mir erleichtert. Wir haben über blödes Zeug geredet. Alte Filme, egal was, alles, was uns von dem Gedanken abgelenkt hat, dass wir … na ja, dass wir es vielleicht nicht mehr aus der Höhle schaffen würden.«

Katie seufzte. »Und Löffelchenstellung.«

»Wir haben gekuschelt. Ein bisschen.«

Sie hielten einen Moment inne, beide in ihre eigene Welt versunken.

Dann aber sagte Katie: »Klingt, als ob da mehr zwischen euch entstanden ist.«

Monica zuckte mit den Schultern. »Wohl doch nicht. Er hat sich nicht einmal verabschiedet, als er gegangen ist.«

»Aber du hättest das gerne gewollt?«

Nein. Streng genommen … hatte Monica gar nicht gewollt, dass er sich überhaupt verabschiedete.

★★★

»Wir sind schwanger.« Jack stand am Tisch, Jessie neben ihm und sie verkündeten das, worauf alle schon lange gewartet hatten.

Monica raunte Katie zu: »Du schuldest mir fünf Dollar.«

Katie rollte mit den Augen und Jessie musste lachen. »Habt ihr es etwa schon gewusst?«

»Wir haben es uns gedacht.«

Gaylord ging um den Tisch und umarmte seine Schwiegertochter herzlich, dann nahm er Jacks Hand. »Also, ich habe nichts davon gewusst.« Sein Gesicht leuchtete. Er sah Jessie wieder an und umarmte sie noch einmal und hob sie dabei hoch.

Mit Ausnahme von Monica standen alle auf, umarmten Jessie und Jack und sagten zu Danny, dass er bald ein großer Bruder sein würde. »Ich würde ja auch gerne aufspringen, um euch zu gratulieren, aber meine Sprungkraft lässt gerade noch zu wünschen übrig.«

Jessie ging zu ihr. Sie beugte sich zu ihrer Schwester hinunter und umarmte sie. »Ich freue mich für dich«, sagte Monica.

Jessie senkte die Stimme. »Diesmal ist es ganz anders.«

Monica verstand, was sie meinte. Als Jessie damals zu Highschoolzeiten herausgefunden hatte, dass sie schwanger war, hatten beide gedacht, das Leben sei vorbei. Ihre Mutter hatte es gelassen genommen. Aber Jessie hatte gewusst, was es heißt, so jung Mutter zu werden und alleinerziehend zu sein. Dennoch hatte sie Danny zur Welt gebracht, ganz allein, weil dieser Mistkerl sie verlassen hatte, als er von der Schwangerschaft erfuhr. Jessie hatte alles in ihrem Leben hintenangestellt, um ihren Sohn aufzuziehen. Aber dieses Mal hatte sie einen Ehemann und eine ganze Familie, die sie unterstützte. Alles, was eine junge Mutter sich wünschen konnte.

Monica umarmte auch Jack. »Gratuliere, du Hengst.«

Er grinste bis über beide Ohren.

Danny zog an Jacks Ärmel. Als ob er sein eigener Sohn wäre, hob Jack ihn hoch. »Kann mein kleiner Bruder in meinem Zimmer schlafen?«

Jack wuschelte durch Dannys dichtes Haar. »Vielleicht. Und was ist, wenn es eine kleine Schwester wird?«

Danny überlegte und verwarf die Möglichkeit. »Ich glaube nicht, dass Mami überhaupt ein Mädchen kriegen kann.«

Jack lachte kopfschüttelnd. »Sie könnte schon ein Mädchen bekommen.«

»Wenn es nicht zu viele Puppen hat, darf es meinetwegen auch in meinem Zimmer schlafen.«

Die Erwachsenen lachten.

Sie setzten sich wieder und es gab Champagner für alle, außer für Jessie, die Milch aus einem Sektglas trank.

Kurz bevor sie mit dem Essen fertig waren, stellte Danny die klassische Preisfrage.

»Daddy?«

»Ja, mein Hase.«

Danny hatte seine kleinen Augenbrauen nachdenklich zusammengezogen und überlegte genau, wie er seine Frage formulieren sollte.

»Wie ist eigentlich das Baby in Mamis Bauch gekommen?«

Die anderen ermahnten sich gegenseitig, ruhig zu sein, damit niemand die Antwort verpasste.

Katie und Monica wechselten Blicke, gespannt auf Jacks Antwort.

»Also, na ja, ich habe es da reingemacht.«

Dean lachte leise auf und trank schmunzelnd sein Bier.

»Ja schon, aber wie denn?«

Jack rieb sich das Kinn und blickte hilfesuchend zu den anderen. Aber niemand, nicht einmal Gaylord, sprang ein.

Dann reckte Jack den Rücken gerade und verkündete: »Durch eine spezielle Umarmung.«

Danny machte eine nachdenkliche Schnute und schaute seine Mutter an. »Aha.« Und dann wandte er sich wieder seinem Teller mit Essen zu.

Kapitel 21

Jessie saß mit Katie auf dem Holzzaun der Koppel, auf der Dannys Pferd stand. Jack hatte darauf bestanden, dass Danny reiten lernte, als sie nach Texas zogen. Danny hatte natürlich nicht protestiert. Er liebte Tiere, egal ob groß oder klein. Er wollte später Tierarzt werden oder auf einer Ranch arbeiten.

»Vielleicht liegt es an den Hormonen, aber wenn ich daran denke, dass alle wieder abfahren, könnte ich heulen.«

»Es muss an den Hormonen liegen, denn eigentlich sind wir ziemlich nervig.« Katie stieß mit ihrer Schulter gegen Jessie, denn natürlich gingen sie niemandem auf die Nerven.

»Und ich mache mir Sorgen um sie.«

Die Ärzte hatten Monica nach vier Wochen endlich einen Gehgips verpasst. Sie würde zwar noch länger nicht arbeiten können, aber sie wollte wieder nach Kalifornien zurück und um ihren Job kämpfen.

Jessie musste nicht genauer erklären, was sie meinte. Sie und Katie hatten schon so oft über Monicas Gemütszustand geredet, seit sie aus Jamaika zurückgekehrt war.

»Ach, hör doch auf«, schimpfte Katie.

»Mit was?«

»Mir noch mehr Sorgen zu machen, als ich eh schon habe. Sie ist wirklich ein Häufchen Elend, oder? Du wirst es noch besser wissen als ich.«

»Ja, sie ist echt nicht mehr die alte, sie macht keine Witze, ist nicht fröhlich … sucht immer einen Grund, das Haus zu verlassen.«

»Vielleicht wird es besser, wenn sie nach Kalifornien zurückgeht und um ihren Job kämpft.«

»Ich glaube allerdings, dass sie wegen des Unglücks in Jamaika so schlecht drauf ist und nicht wegen des Jobs.«

Katie legte Jessie eine Hand auf die Schulter. »Sie wäre fast gestorben.«

Jessie zuckte zusammen. »Ich darf gar nicht daran denken. Glaubst du, es ist so was wie ein Trauma?«

»Vielleicht. Was sonst?«

Jessie dachte darüber nach. »Hat sie irgendetwas über den Kerl gesagt, mit dem sie in der Höhle war? Diesen Trent?«

»Nur, dass er abgehauen ist, als er aus dem Krankenhaus entlassen wurde, und dass er sich nicht mal richtig von ihr verabschiedet hätte.«

Jessie winkte Danny zu, der auch beim wackligen Trab noch auf dem Rücken seines Pferdes blieb. »Findest du das nicht komisch? Ich meine, selbst wenn gar nichts zwischen den beiden gewesen wäre, würde man sich nicht trotzdem von jemandem verabschieden, mit dem man zusammen fast ins Gras gebissen hätte? Ein gutes Leben wünschen, oder so?«

Katie schwieg einen Augenblick.

»Es ist auch gar nicht typisch für sie, dass sie ihn nicht angerufen und zur Rede gestellt hat. Ich bin eher verblüfft, dass sie das nicht getan hat.«

»Was meinst du mit zur Rede gestellt? Weil er nicht auf sie steht? Man kann ja dem anderen schlecht die Schuld dafür geben, wenn er nicht die gleichen Gefühle hat. Denk mal an John. Der schickt immer noch Blumen und mit dem will sie sich auch nicht einlassen. Vielleicht hat sie Angst vor dem klärenden Gespräch, wenn sie nach Hause kommt. Oder vielleicht hat sie auch Angst, dass sie ihren Job nicht zurückbekommt. Ich habe ihr schon gesagt, dass wir ihr helfen, wenn sie Geld braucht.«

»Monica würde das nicht annehmen.«

»Ich weiß«, seufzte Katie. »Aber ich habe es zumindest versucht. Letztes Jahr habe ich das hinter ihrem Rücken machen müssen. Bin einfach zum Vermieter gegangen, als ich bei ihr gewohnt habe, und habe direkt bei ihm die Miete gezahlt.«

Jessie zog ihren Cowboyhut tiefer ins Gesicht, damit die texanische Sonne nicht ihre Nase verbrannte. »Monica hasst es, von jemandem abhängig zu sein. Und wenn der andere einen Schwanz hat, dann kann man es ganz vergessen. Das kommt davon, wenn man ohne Vater aufwächst. Und wenn die Mutter alle Männer, die ein Vaterersatz sein könnten, wie mit einer Drehtür wieder hinausbefördert, so bald sie drinnen waren.«

»Komisch, ich habe mir früher immer gewünscht, mein Dad hätte sich nach anderen Frauen umgesehen, als meine Mutter ihn verlassen hatte. Aber jetzt glaube ich, es war doch besser so.«

»Es muss noch etwas zwischen ganz oder gar nichts geben. Klar kann es mal zu einer Scheidung kommen. Aber das heißt ja nicht, dass das Leben zu Ende ist.«

Katie stieß sie wieder an. »Nicht, dass du dir da jemals Sorgen machen müsstest.«

»Bei euch ist es doch dasselbe in Grün.« Jessie seufzte. »Mann, ich liebe deinen Bruder.«

Katie kicherte. »Ich bin so gerne verheiratet! Wenn wir jetzt noch Monica helfen könnten, den Richtigen zu finden.«

Jessie rieb sich den noch flachen Bauch und lächelte. »Ja.«

★★★

Bier war zu Trents stetigem Begleiter geworden. Zumindest, wenn er an die Insel dachte … an sie.

Also jeden Tag.

Die Haustür fiel ins Schloss. Glen musste heimgekommen sein.

»Herrschaftszeiten, Trent.« Trent hob kaum den Blick. »Was zum Geier machst du hier im Dunklen?«

»Es ist nicht dunkel.« Na gut, die Vorhänge waren zugezogen und es brannte kein Licht. Das einzig Lebendige kam vom Radio, laute, harte Musik. Aber von draußen sah man nur einen schwachen Lichtschimmer.

Glen ging zur Stereoanlage, drückte entschlossen einen Knopf, um den Ton abzustellen.

Ginger, die auf der Couch gelegen hatte, fuhr hoch und bellte.

Sein Bruder warf die Jacke über einen Stuhl und starrte Trent finster an. »Jetzt reicht es mir wirklich! Ich kann dir nicht länger zuschauen, wie du dich zugrunderichtest.«

»Zugrunderichten?« Trent nahm die Füße vom Tisch und stellte die leere Bierflasche ab.

»Du tust nichts. Säufst nur den ganzen Tag. Hockst in der dunklen Bude. Hast du das in Jamaika auch gemacht?«

Nein. Na ja, am Anfang hatte er viel getrunken. Aber dann hatte er irgendwann seinen Rhythmus gefunden. Vielleicht war er deshalb auf die Insel geflüchtet, um in Ruhe trauern zu können. Seine Brüder hätten nicht lange mit angesehen, wie er an der Flasche hing.

»Ich wäre in Jamaika fast gestorben.«

»Bist du aber nicht!«, rief Glen aufgebracht. »Glaubst du, dass deine kleine blonde Nummer auch ihre Leber ertränkt? Und dabei war sie sehr viel schlimmer dran, verdammt noch mal.«

Vielleicht, aber immerhin hatte Monica jemanden, mit dem sie die Nächte verbrachte.

»Leck mich.«

»Leck du mich doch.« Glen drehte sich um und haute mit der Faust auf den Lichtschalter. »Und mach endlich mal das Scheißlicht an.«

Glen stürmte aus dem Zimmer. Fast wollte Trent ihm folgen und ihm eine verpassen. Der nächste Gedanke war, sich noch ein Bier zu holen. Er unterdrückte beides. Stattdessen ging er in das Zimmer, das er jetzt bewohnte. Im Bad machte er Licht und betrachtete sich im Spiegel.

»So eine Scheiße.« Wann hatte er sich eigentlich das letzte Mal rasiert? Seine Augen waren blutunterlaufen und wenn er an sich roch, war mal eine Dusche dringend nötig.

Er drehte den Hahn auf, sah dem laufenden Wasser zu. War Monica auch so froh über gesundes Trinkwasser aus der Leitung?

Wie es ihr wohl ging? War sie schon wieder in Kalifornien oder immer noch in Florida? Vielleicht blieb sie noch bei ihrer Schwester in Texas? Oder war sie bei ihrem Verlobten eingezogen?

Trent nahm den Rasierer und entfernte den Bartansatz, der mehr als drei Tage alt war. Als er das Wasser ausdrehte, hörte er seinen Bruder telefonieren.

»Ich berufe jetzt bald eine blöde Familienversammlung ein, Jase. Es ist furchtbar.«

Aha, Jason und Glen redeten über ihn.

»Wenn er mir wurscht wäre, hätte ich ihn ja schon längst rausgeschmissen … aber wenn es so weitergeht, mache ich es tatsächlich. Irgendwie muss er ja aufwachen.«

Trent ging außer Hörweite und lehnte sich gegen die Wand. Wann war er zum schwarzen Schaf der Familie geworden? In der ersten Woche hatte er sich gesagt, er könne ein bisschen Heimaturlaub brauchen. Ein bisschen Abstand vom Leben. Er hatte mit seinen Brüdern ein paar Bier getrunken. Sie hatten über die guten alten Zeiten gesprochen, über ihre Eltern. Zum ersten Mal seit ihrem Tod hatte Trent sich auch an die guten Zeiten erinnert und war nicht vor Bedauern und Selbstvorwürfen fast eingegangen. Er hatte seinen Brüdern nur das Nötigste über Monica erzählt. Sie hatten nichts gesagt, als er Florida verlassen hatte. Beide hatten ihm gesagt, er solle sich alle Zeit der Welt nehmen, sich zu akklimatisieren.

Und die hatte er sich genommen.

Langsam ging der Winter in den Frühling über, die Sonne schien wieder länger. Trent stellte sich ans Fenster. Es war immer noch hell.

Ginger setzte sich auf die Hinterpfoten und guckte ihn aus treuen Hundeaugen an. Ein Blick, der bedeuten sollte: *»Gehen wir jetzt endlich Gassi, oder was?«*

Trent raufte sich die Haare, die mal wieder einen Friseur sehen sollten, und zog sich Schuhe an.

Dann schnappte er sich die Hundeleine, was zu lautem Gebell seitens Ginger führte.

Trent verließ das Haus. Die kühle Abendluft weckte seine Sinne. Die Luft war noch schwer vom vergangenen Regen. Ginger zog und drängelte aufgeregt und markierte jeden Busch.

Er lief den ersten Häuserblock entlang, dann den nächsten. Ein paar Kinder spielten auf der Straße und von irgendwoher hörte man das Brummen eines Rasenmähers. Jetzt war wieder die Zeit, wo man sich im Garten zu schaffen machte.

Ihm fiel ein, wie es war, wenn man über ein Feld mit wilden Blumen flog. Dabei merkte er, was er alles vermisst hatte, seit er die Erinnerung an Monica mit Bier verdrängte.

Als er wieder zurückkam, stand die Sonne schon tief im Westen. Ob Monica heute den Sonnenuntergang am Meer sah?

Köstlicher Grillgeruch stieg ihm in die Nase und brachte seinen Magen zum Knurren. Als er Ginger in den Garten ließ, roch er Steaks auf dem Grill.

Glen wendete gerade das Fleisch, dann schloss er den Deckel, bevor er sich zu seinem Bruder umdrehte. Ohne ein Wort nahm sich Trent eine Cola aus dem Kühlschrank im Freien und warf seinem Bruder eine Dose Bier zu. Glen machte große Augen.

»Ich kann nicht in einem Büro arbeiten«, sagte Trent schließlich, während er sich in einen bequemen Gartensessel fallen ließ. »Ich weiß, wie sehr ihr zwei so einen Quatsch mögt.«

Lässig gegen die Hauswand gelehnt, öffnete Glen sein Bier. »Es ist schon eine Weile her, seit du hier warst. Viele unserer Piloten kennen dich noch nicht.«

»Ja. Und?«

»An manchen Standorten wurden mehr Flugstunden verbucht als erwartet. Wir könnten jemanden gebrauchen, der der Sache nachgeht.«

»Herausfinden, ob jemand die Vögel fürs Privatvergnügen verwendet?«

Glen grinste. »Ist keine Büroarbeit.«

Ja, und langweilig wäre es auch nicht. Außerdem hätte er nicht mehr so viel Zeit zum Grübeln.

»Wo gibt es denn die Probleme?«

»Die größten haben wir in Seattle.«

Seattle. Da war es kalt und regnerisch und es lag meilenweit entfernt. »Passt du auf meinen Hund auf?«

★★★

Mit dem Gehgips konnte man vielleicht einigermaßen gut gehen, aber Autofahren war schwierig. Monicas erster Halt, als sie Katie endlich loswerden konnte, war bei der Feuerwehrwache, wo die meisten der Helfer, die ihre Suche unterstützt hatten, arbeiteten. Es war gegen vier Uhr nachmittags und alles war ruhig. Aber so etwas durfte man nicht laut sagen, sonst änderte es sich gleich.

Sie betrat die altbekannte Garage, in der die großen roten Einsatzfahrzeuge standen, und klopfte. »Hallo?«, rief sie, um auf sich aufmerksam zu machen.

Aus dem Fitnessraum kam Stan. Er hatte schon fast zwanzig Jahre Berufserfahrung auf dem Buckel und seine Haare waren grau meliert. Ansonsten strotzte er vor Muskeln, die die meisten Leute schon mit vierzig nicht mehr hatten.

»Queenie? Da brat mir einer ’nen Storch. Hey, Jungs!«, rief er nach hinten. »Wir haben Besuch!«

Er zog sie in eine Umarmung. Monica umarmte ihn zurück und freute sich.

»Es ist so verdammt gut, dich wiederzusehen.« Stan trat einen Schritt zurück, um sie zu betrachten.

Ihre Bootcut-Jeans verbargen zwar nicht ihren Gips, aber sie brachten ihr Hinterteil sehr vorteilhaft zur Geltung. Sie trug eine einfache Bluse und ein buntes Tuch. Die meisten kannten sie nur in ihrer Arbeitstracht und Monica wusste, dass sie für die Männer in normalen Klamotten ganz anders wirkte.

»Monica?« Jetzt war Radar an der Reihe, sie zu umarmen. Eigentlich hieß er nicht wirklich so. Den Spitznamen hatte er verpasst bekommen, weil er mit seiner Brille aussah wie Radar aus der Fernsehserie M. A. S. H. Zumindest hatten ihr das die anderen erzählt. Es ging auch das Gerücht um, dass er auf seiner Liege in der Wache ein Kuscheltier von seinem Kind hatte.

Nach Radar kam Clive, der keinen Spitznamen hatte. Dann Spock, der wegen seiner Wortspiele, wenn sie tatenlos auf der Wache herumsaßen, so hieß. Selbst der Chef der Truppe umarmte sie. Charlie hatte nur noch vier Jahre bis zur Rente, aber auch er war äußerst attraktiv. Genau genommen hätte man mit allen Männern ein Fotoshooting für diese Kalender mit sexy Feuerwehrmännern machen können. Selbst wenn sie vor Dreck starrten, mit ihnen würde sich der Kalender wie warme Semmeln verkaufen.

Monica erinnerte sich an das erste Mal, als sie mitfahren durfte. Die Jungs hatten sie behandelt, als ob sie dazugehörte. Wenn der Funk still war, herrschte entspannte Stimmung, und wenn sie zu einem Einsatz gerufen wurden, nahmen sie die Beine in die Hand. Sie hatte bei der Feuerwehr eine Art Praktikum gemacht, um die Funkkommandos zu üben, die sie auch in der Notaufnahme brauchte.

Sie vertraute diesen Männern.

Auch wenn sie wusste, dass Vertrauen nichts Selbstverständliches war.

»Komm rein, komm rein.« Charlie öffnete die Tür zur Männerhöhle und rückte für Monica den bequemsten Stuhl zurecht, damit sie ihr Bein hochlegen konnte.

»Wie geht's dir?«, erkundigte sich Radar.

»Eigentlich erstaunlich gut. Man hat mir erzählt, dass ihr bei der Suche geholfen habt.«

»Na ja … du trägst zwar keine Feuerwehruniform, aber du bist doch eine von uns.«

Ach verdammt, jetzt schossen ihr Tränen in die Augen. »Ähm, ich weiß gar nicht genau, wer alles da war. Ich kann mich an nichts mehr erinnern.«

Radar und Spock hoben die Hand. »Mitch aus der B-Schicht war noch da und Miller von der 73.«

»Wow. Das ist echt … wow.« Sie blinzelte ein paarmal und hoffte inbrünstig, dass keine Träne rollen würde. »Ich weiß, dass ihr anderen euren Dienst hier tun musstet.« Sie wandte sich an Charlie. »Und euer Boss hat euch gehen lassen.« Sie nahm Charlies Hand, weil er in der Nähe saß. »Ein einfaches Dankeschön reicht da nicht.«

Sie lächelten ihr zu und zuckten nur mit der Schulter. »So sind wir eben. Du wärest doch auch für uns gekommen, oder?«

Klar wäre sie das.

Es klopfte an der Tür. »Lieferung.«

Plötzlich duftete es herrlich nach Barbecuesauce, als der Lieferjunge in die Feuerwache kam.

»Wer hat denn was bestellt? Ich dachte, wir holen uns heute was?«, fragte Stan.

Monica signalisierte dem Mann, die Tüten auf den Tisch zu stellen. »Das geht auf mich«, sagte sie, während sie die Rechnung unterschrieb. Sie hatte für die nächsten Tage Essen für die Feuerwehrmänner bestellt, damit jeder mindestens einmal etwas davon hatte.

»Ach, Wahnsinn.«

»Das lassen wir aber nicht zu.«

Mehr als einer zog seine Brieftasche hervor.

»Kommt schon, Jungs. Ich muss doch irgendetwas tun dürfen.« Sie scheuchte den Lieferanten wieder heraus, bevor ihm noch irgendwer die Rechnung abnahm und zahlte.

Auch wenn sie sich eigentlich nicht von einer Frau einladen ließen, so langten sie doch ordentlich zu.

Monica aß mit ihnen und erzählte von Jamaika. Einige der Männer sagten, dass sie sich jetzt auch bei einer Rettungsmannschaft für Katastropheneinsätze registrieren lassen wollten.

»Ich habe ja schon genug Schreckliches gesehen, aber das war echt schlimm«, nuschelte Spock kauend.

»Hast du die Klinik gesehen?«

Radar nickte. »Nachdem wir dich zum Flugzeug gebracht haben – ’ne nette Kiste hat dein Schwesterlein übrigens –, haben wir noch ein paar andere Leute heimgebracht.«

»Ich wusste gar nicht, dass du mit den Morrisons verwandt bist.«

»Bin ich ja auch nicht. Na ja, meine Schwester hat Jack geheiratet. Aber –«

Clive wedelte mit einem Rippchen. »Das ist doch das Gleiche wie verwandt zu sein. Der Morrison hat uns ein hübsches Sümmchen angeboten, damit wir nach dir suchen.«

Monica hörte mit dem Kauen auf. »Tatsächlich?«

Charlie rollte mit den Augen. »Als ob wir für sowas Geld annehmen würden.«

Dass die Männer sie nicht wegen des Geldes gesucht hatten, ließ sie noch ein bisschen länger grinsen.

»Es geht das Gerücht um, dass du deinen Job verloren hast.«

Alle sahen sie über ihr Essen hinweg mit ernstem Blick an.

»Pat hat mich schon länger im Visier. Keine Ahnung warum.«

»Sie ist neidisch«, sagte Radar, als ob es das Normalste der Welt wäre.

»Neidisch auf was?«

»Na, du bist single, wunderhübsch, alle Männer schauen dir hinterher und du könntest ihr jederzeit den Job abspenstig machen«, antwortete Clive.

Monica wand sich peinlich berührt auf ihrem Stuhl.

»Jetzt fühlt sie sich unwohl, Clive.«

»Warum denn?« Clive hatte ein Grübchen am Kinn, das stärker zum Vorschein kam, wenn er grinste.

»Du bist doch verheiratet!«, schimpfte Monica im Scherz.

»Ja, sehr glücklich sogar. Aber blind bin ich trotzdem nicht«, antwortete er augenzwinkernd.

Da musste sie lachen. »Erinnere mich daran, dir einen Tritt in den Hintern zu geben, wenn ich das Ding hier abbekomme.« Sie hob das Bein.

»Aber deine Chefin kann dich doch nicht dafür feuern, dass du in Jamaika geholfen hast, oder?«

Monica atmete laut aus. »Keine Ahnung. Morgen habe ich ein Gespräch mit der Personalabteilung, dann weiß ich mehr.«

»Wir helfen dir, wenn du uns brauchst.«

Die anderen nickten zustimmend. Da ging plötzlich der Alarm los und riss die Männer von ihrem heißen Essen weg. Monica kannte den Ablauf und war wegen des abrupten Endes nicht beleidigt.

»Wäre ja auch zu viel des Guten gewesen, wenn wir mehr als zehn Minuten miteinander gehabt hätten«, sagte Stan. Er klopfte Monica auf die Schulter und verschwand zur Tür hinaus.

»Danke, Queenie.«

»Danke, Monica.«

»Komm bald wieder.«

Einer nach dem anderen verschwand und ließ sie alleine mit einer Kiste voller Grillgut und einem blöden Kloß im Hals.

Sie waren schon eine verdammt nette Truppe, diese Jungs.

Kapitel 22

Monica verließ wutentbrannt, beziehungsweise *humpelte* wutentbrannt mit einem rosafarbenen Zettel aus dem Gebäude der Personalabteilung. Sie wollte am liebsten sofort in die Notambulanz gehen und Pat fragen, was bitteschön ihr Problem sei. Jetzt, da Monica wieder zurück war, würde man die Angelegenheit untersuchen. Aber das würde einige Zeit in Anspruch nehmen, erst mussten alle Beteiligten eine Aussage machen.

Alle Beteiligten. *Wen, verdammt noch mal, meinen sie damit?* Im Grunde genommen hatte der Fall wenig Substanz. Monica hatte ihre Dienste mit einem Tauschpartner abgedeckt. Einer von den Kollegen, der ihre Schicht übernommen hatte, war krank geworden und das war dann wiederum auf Monica zurückgefallen, weil es in ihrer Verantwortung gelegen hätte, den Dienst zu besetzen. Aber sie war schließlich nicht vor Ort gewesen und hätte die Lücke im Plan gar nicht schließen können. Zu der Zeit hatte sie auf der Insel schon bis zu beiden Ohren im Chaos gesteckt. Das Problem war während der ersten Stunden in Jamaika aufgetreten und Monica hätte überhaupt nichts tun können, um es zu beheben.

Es war zwar noch nicht bewiesen, aber angeblich hatte Pat sogar mindestens eine Schwester davon abgehalten, vorübergehend einzuspringen, damit sie etwas gegen Monica in der Hand hatte. Alles reiner Blödsinn.

Monica saß bei Mrs Levine, der Personalleiterin, die zuerst die Fakten nannte und sie dann ausschmückte.

»Es ist auch nicht wirklich förderlich für Ihren Fall, dass Sie sich auf der Insel mit Sightseeing vergnügt haben.«

»Sightseeing?«, rief Monica aufgebracht. Am liebsten hätte sie geschrien. »Wovon sprechen Sie? Ich habe mir den Hintern aufgerissen, so viel habe ich gearbeitet.«

Mrs Levine blickte sie mit übertrieben ungläubiger Miene über den Rand ihrer gefälschten Markenbrille hinweg an. »Laut Aussage einer Krankenschwester der Klinik haben Sie mehr als einmal ihren Posten verlassen, für eine … eine Inselaffäre.«

Monica qualmte es aus den Ohren. »Eine Inselaffäre? Was soll dieser Mist?«

»Wir müssen noch die Aussage jener Kollegin überprüfen, aber sie sagte, es sei kein Geheimnis gewesen, dass Sie im Haus dieses Mannes schliefen, statt in den Unterkünften der Ärzte ohne Grenzen.«

»Es gab verdammt noch mal keine Unterkünfte. Ich wurde in eine Klinik versetzt, entfernt von jeglicher Zivilisation. Dr. Eddy und Dr. Klein waren beide dort. Sie können das bestätigen.«

Mrs Levine nahm ihre billige Brille ab und verschränkte die Arme über der Brust. »Bestreiten Sie also, dass Sie auf der Insel mit einem Mann Zeit verbracht haben? Ein Mann, der weder Patient noch Kollege war?«

Da stand Monica auf, nahm unsanft den rosafarbenen Wisch. »Ich glaube, ich hole mir lieber einen Scheißanwalt.«

»Kraftausdrücke bringen Sie auch nicht weiter. Außerdem war das keine Antwort auf meine Frage, Miss Mann. Es ist eine Sache, wenn Sie Ihren Job vernachlässigen, um im Ausland anderen Menschen zu helfen. Aber wenn Sie verreisen, um unser

System und unsere Gutgläubigkeit für einen kostenlosen Urlaub mit ihrem Liebhaber auszunutzen …«

Normalerweise konnte Monica keiner Fliege etwas zuleide tun, aber noch nie in ihrem Leben hatte sie jemanden so gerne schlagen wollen wie jetzt.

Sie humpelte aus dem Gebäude und lief unerfreulicherweise direkt einem bekannten Mann in die Arme. »Verdammt, was machst du denn hier?«

John steckte die Hände in die Tasche und sah an ihren Schultern vorbei ins Gebäude hinein. »So schlimm?«

»Sie sind echt bescheuert. Die haben keine Ahnung, was ich durchgemacht habe.«

»Willst du darüber reden?«

Ja, aber nicht mit ihm. Für ihn hatte sie ein ganz anderes Thema in petto.

In ihrer Eile, endlich von dort wegzukommen, stolperte sie und wäre fast auf dem Po gelandet, wenn John sie nicht gerade noch aufgefangen hätte. Er ließ seine Hand länger auf ihrem Arm, als ihr lieb war.

»Danke«, sagte sie und trat einen Schritt zurück.

»Komm schon, lass uns etwas trinken gehen.«

Sie rieb sich das Gesicht. »John –«

»Nur ein Drink. Ich weiß, dass wir über vieles reden müssen, aber das kann warten. Lass uns einfach als normale Kollegen etwas trinken gehen, um uns von dem anstrengenden Arbeitstag zu erholen, ja?« Etwas von seinem Charme, der sie damals dazu bewegt hatte, sich mit ihm einzulassen, kam jetzt bei seinem Lächeln wieder zum Vorschein. Sie wollte ein freundschaftliches Verhältnis und sie wollte auch nicht die blöde Kuh sein, die er hasste.

»Okay, aber nur ein Drink.«

Er grinste. »Ein Cocktail. Oder eine Limo … wie du willst.«

Limo würde an so einem Tag nicht ausreichen. »Ein Drink.«

»Soll ich fahren?«

Das wäre zwar praktisch, aber sie wollte ihr Auto nicht stehen lassen und außerdem hatte sie die Ausrede, wirklich nicht länger als für einen Drink zu bleiben. »Lass uns bei Joe's treffen.«

Joe's war nur einen Block vom Krankenhaus entfernt. In der Jukebox dort gab es die neuesten Popsongs und viele Oldies aus den Achtzigern oder noch früher. Es lief also kein kopfschmerzbereitender Rap oder so. Die Kollegen trafen sich dort gerne nach der Arbeit. Nach einer zwölfstündigen Schicht konnte man keinen lauten Beat vertragen.

Die Kellnerin nahm ihre Bestellung entgegen und stellte ein Schälchen mit Salzbrezeln auf den Tisch. Wunderbar. Monica griff sofort zu und begann zu knabbern.

»Pat lästert die ganze Zeit über dich, seit du weg bist«, berichtete John, als die Getränke vor ihnen standen. Monica hatte sich ein Bier bestellt. Es würde ein bisschen länger dauern, es auszutrinken, und machte keinen Appetit auf mehr.

»Da spricht sie ja genau mit dem Richtigen.« Das war ihr so herausgerutscht und am liebsten hätte sie die Worte wieder zurückgenommen.

John zuckte nur mit den Schultern. »Ich war nicht glücklich, als du abgereist bist, aber bei dem Geläster mache ich nicht mit. Wir hatten unglaublich viel zu tun, als sich Shel krankgemeldet hat.«

»Ich kann doch auch nichts dafür, dass meine Vertretung krank wurde. Was hätte ich denn auf der anderen Seite des Ozeans machen sollen?«

John trank mehrere große Schlucke. »Das haben viele auch zu Pat gesagt. Hat sie aber trotzdem nicht davon abgehalten, sich an die Dienstaufsicht zu wenden.«

Die Dienstaufsicht war Pats beste Freundin. Sie kannten sich seit der Ausbildung, also quasi seit der Steinzeit. »Na super.«

»Ich hatte an dem Tag, an dem du als vermisst gemeldet wurdest, keinen Dienst. Deb hat mich zu Hause angerufen.«

Er trank noch einen Schluck und warf sich ein paar Brezeln in den Mund.

»Ich habe es überlebt.«

»Aber wir haben das Schlimmste befürchtet. Gott, Monica, wenn ich daran denke, wie unser letztes Gespräch abgelaufen ist –«

»Es war nicht unser letztes Gespräch«, erinnerte sie ihn. »Ich bin jetzt hier.«

Er lächelte sie schief an. »Na ja. Jedenfalls schien Pat doch Gewissensbisse zu haben. Als man sich erzählte, dass sogar die Feuerwehrmänner rübergeflogen sind, um dich zu suchen, ist Pat nicht einmal in die Arbeit gekommen. Aber dann, als man dich gefunden hatte … Als wenn nichts gewesen wäre, machte sie wieder Zickenterror. Hat gelästert, was du denn in der Höhle zu suchen gehabt hättest, obwohl du doch angeblich zum Arbeiten dort warst.«

Erst wollte sich Monica für ihr Verhalten rechtfertigen. Aber dann fiel ihr wieder ein, wer vor ihr saß. Sie schuldete John zwar keine Erklärung, aber sie konnte mit ihrem Verhalten auch nicht gerade angeben. Vor allem nicht, weil es sie fast das Leben gekostet hatte und weil der Typ, um den es ging, ohne Verabschiedung einfach abgehauen war.

Vielleicht lag es am Karma der Ice Queen. Es war eine Kostprobe ihrer eigenen Medizin.

»Es war höllisches Chaos auf der Insel. Ich habe kaum gegessen, kaum geschlafen. Wenn die Sache geklärt ist, wird Pat ganz schön alt aussehen.« Monica leerte ihr Bier.

John legte seine Hand auf ihre.

Monica zog sie zurück. »John?«

»Nein. Wir wollten ja nur über die Arbeit reden.«

Sie lächelte und lehnte sich einen Moment zurück.

»Aber ich bin schon verdammt froh, dass du nicht gestorben bist, Monica.«

Sie musste lachen. »Ich auch.«

Dann unterhielten sie sich noch über das Krankenhaus und den neuesten Klatsch, den sie verpasst hatte, während sie weg war. Als Monica ging, war ein Stück ihrer Ice-Queen-Fassade geschmolzen.

★★★

Schweißgebadet schreckte Monica aus dem Bett hoch und rief nach Trent. Die Panik blieb, bis sie das Licht anmachte und es im Zimmer hell wurde. Als die Angst von Traum und Erinnerung langsam wieder verschwand, begann ihr Bein zu schmerzen und brachte sie in die Realität zurück.

Unter dem starren, unnachgiebigen Gips hatte sie einen Krampf bekommen. Es tat höllisch weh und wollte nicht aufhören. Sofort schossen ihr Tränen in die Augen. Sie hüpfte aus dem Bett und versuchte den Krampf durch Bewegung zu lösen, aber sie konnte den Fuß im Gips schließlich nicht groß bewegen. Im Bad suchte sie nach Tabletten zur Muskelentspannung und nahm sofort eine ohne Wasser.

Sonst klagten alle, die einen Gips hatten, dass es juckte und irgendwann zu stinken begann. Aber Juckreiz und Geruch waren ihr zehnmal lieber als ein Krampf. Sie ging in die Küche und holte sich eine Banane. Das darin enthaltene Kalium half zwar gegen Krämpfe, aber dieser würde trotzdem nicht schneller weggehen.

Sie lehnte sich gegen die Arbeitsplatte und stopfte die Banane in sich hinein. Sie betrachtete die Schale, die Farbe … und musste an die Bananen denken, die Trent von der Staude abgeschnitten hatte, bevor sie zum Strand und zur Höhle gegangen waren.

»Wie kann ich denn jemanden vermissen, den ich kaum kenne?«

Aber das tat sie. Sie vermisste, mit ihm zu sprechen, ihn zu sehen … ihn zu riechen. Im Dunkeln hatte er in ihr Ohr geflüstert und die Schatten verjagt.

Monica wischte sich eine Träne von der Wange. Der Schmerz in ihrem Bein hatte nachgelassen.

Aber dafür war jetzt der Schmerz in der Brust schlimmer geworden.

Sie warf die Schale in den Abfall und ging ins Wohnzimmer. Es war erst drei Uhr morgens, aber das hieß ja nicht, dass man schlafen musste. Außerdem hatte sie, seit sie zurück war, Schwierigkeiten, nachts zu schlafen. Vielleicht würde sie, wenn sie wieder arbeiten durfte, die Nachtschichten übernehmen. So würde sie wenigstens am Tag schlafen können, wenn es im Zimmer nicht so dunkel war. Wenn sie aufwachte, müsste sie nur blinzeln und würde merken, dass sie in Sicherheit war. Dann könnte sie sich wieder umdrehen und weiterschlafen.

Sie stellte den Computer an und las ihre E-Mails. Ein paar Onlinerechnungen, die sie daran erinnerten, dass ihr Erspartes immer weniger wurde. Monica hatte zwar etliche bezahlte Krankentage angesammelt, weil sie vorher nie krank war, aber seit letzter Woche waren sie aufgebraucht.

Durch die unzähligen Arztrechnungen wurde es langsam eng auf ihrem Konto.

Sie drehte das Radio an, während sie weiter den E-Mail-Eingang durchforstete. Sie öffnete eine Email vom Gewerkschaftsvorstand und vermutete, dass es sich um eine Massenmail über Veränderungen innerhalb der Organisation handelte.

Doch die E-Mail war an sie persönlich gerichtet.

Sehr geehrte Frau Mann,
die Vereinigung für Pflegepersonal ist von der Klage gegen Monica Mann, examinierte Krankenschwester, unterrichtet

worden. Es folgt die sofortige Suspendierung vom Dienst, da Ihre Lizenz vorübergehend außer Kraft gesetzt wurde.

Die Buchstaben verschwammen vor Monicas Augen. Sie las immer wieder und merkte, wie sie zu hyperventilieren begann. Mit diesem Brief handelte es sich plötzlich nicht mehr um eine interne Angelegenheit zwischen ihr und dem Krankenhaus. Es ging nicht mehr bloß um ungerechtfertigte Gründe für ihre Entlassung. Im Brief wurde sie beschuldigt, fahrlässig gehandelt zu haben, weil sie weit über ihre Kompetenzen hinaus gehandelt und dabei das Leben ihrer Patienten aufs Spiel gesetzt habe. Monica musste das Schreiben dreimal lesen, bis sie den Namen Shandee Curtina entdeckte. Curtina sagte ihr nichts, aber Shandee?

Ihr wurde schlecht. Wie konnte das sein?

Monica wollte doch bloß unabhängig sein. Sie wollte anderen helfen, weil es sie erfüllte und deshalb hatte sie diesen Beruf gewählt.

Für ihren Job im Krankenhaus zu kämpfen war eine Sache. Aber das hier war etwas ganz anderes. Wenn man ihre Krankenschwesterlizenz außer Kraft setzte, was war sie dann noch? Wer war sie?

Sie brauchte Hilfe. Sie griff nach dem Telefon, aber dann fiel ihr wieder ein, wie viel Uhr es war. Bis vorhin war Monica noch bereit gewesen, ruhig zu bleiben, die Ermittlungen abzuwarten und sich von der Gewerkschaft vertreten zu lassen. Aber jetzt nicht mehr.

Das durfte doch nicht wahr sein.

Drei Stunden später telefonierte Monica mit Jessie und erzählte ihr alles. »Ich würde dich nie fragen, wenn ich es alleine könnte«, sagte sie zu ihrer Schwester. »Ich werde euch alles zurückzahlen.«

»So ein Quatsch, Mo. Was man dir da antut, ist kolossal falsch. Wie, verdammt noch mal, könnten Ärzte ohne Grenzen denn Freiwillige finden, wenn man so etwas geschehen lässt?«

Die Wut in Jessies Stimme spiegelte Monicas Zorn wider. »Jack und Gaylord haben eine ganze Mannschaft von Anwälten.«

»Gut zu wissen.«

»Ich denke, wir brauchen mehr Zeugen von der Insel. Shandee war anfangs zwar nicht ganz auf meiner Seite, aber ich hätte nie gedacht, dass sie mir so in den Rücken fallen würde.« Aber der Name stand auf der formellen Anklageschrift, was bedeutete, dass Monica sich wohl geirrt hatte.

»Die Anwälte sollen herausfinden, wen wir alles für eine Aussage brauchen. Es tut mir so leid, dass du das durchmachen musst. Kann ich dir sonst irgendwie helfen?«

Ja, sie trösten, während sie weinte. »Lass uns einfach eine Truppe zusammenstellen, die Pat und ihrer Gefolgschaft das Handwerk legt.«

»Ja, Süße, das machen wir. Ich rufe auch Katie an.«

»Okay.«

»Wie geht es dir sonst? Kannst du gut schlafen?«

Etwas zögerlich antwortete Monica: »Ja, schon. Ich … ja.«

»Warum glaube ich dir nicht?«

»Mein Bein schmerzt in der Nacht.« Das war keinesfalls gelogen.

»Wann kommt denn der Gips endlich runter?«

»Nächste Woche. Dann fange ich mit der Physiotherapie an.« Sie wusste nur allzu gut, dass das Gehen mit dem Gips leicht war im Vergleich zu dem, was nächsten Monat folgen würde.

»Na, wenigstens etwas. Dann geht's wieder bergauf!«

Ja, wenigstens heilten ihre körperlichen Wunden. Immerhin.

★★★

Trent verbarg sich unter seiner Jacke und verfluchte den kalten Wind. Sicher war sein Blut in den letzten paar Jahren dünner geworden, so wie er sich den Hintern abfror. Er befand sich in Seattle auf dem kleinen Privatflugplatz unweit des großen Flughafens. Er hatte sich der Leitung des Pacific Northwest Teams als T. J. Childs vorgestellt. Hoffentlich wirkte er glaubhaft in seiner Rolle als ein neuer Pilot der Firma, der gerne nach Seattle wechseln wollte.

Trent ging um die Cessna Citation herum, betrachtete den Privatjet, in dem sieben Passagiere Platz hatten. Es waren deutlich mehr Flugstunden eingeloggt, als im Flugbuch eingetragen waren. Die Luftfahrtbehörde drängte darauf, die Diskrepanz aufzuklären, und wenn Trent und seine Brüder nicht bald den Schuldigen fanden, müsste eine externe Untersuchung eingeleitet werden.

»Hübsche Kiste, oder?«

Frank war sechsunddreißig und flog seit ein paar Jahren für Fairchild Charters. Er erinnerte Trent an den Kapitän einer Highschool-Fußballmannschaft, der immer im Mittelpunkt stehen wollte. Nach ein paar Tagen sagte Trents Bauchgefühl, dass Frank derjenige war, den er suchte. Aber er musste noch nachweisen, dass das Flugzeug für andere Zwecke benutzt wurde als für die Arbeit, weshalb er noch nichts sagte und weiterhin tat, als sei er zu Besuch da.

»Ja, sehr hübsch. Fliegen Sie oft damit?«

»Oft genug«, antwortete Frank. »Wir haben ein paar Geschäftsleute, die sie regelmäßig buchen.«

Die Hangartür stand offen, von draußen kam der frische Wind herein. Wie konnten die Leute hier nur diesen Dauerregen ertragen? Er war erst seit ein paar Tagen hier und hatte jetzt schon die Schnauze voll davon.

Trent stellte weitere Fragen, obwohl er die Antworten natürlich wusste. »Welche Reichweite hat der Flieger?«

Frank nannte ihm Zahlen zu Reichweite und Beladungszulassung. Er kannte seine Flugzeuge.

»Es wäre schon toll, wenn man sein eigenes hätte, oder? Überall hinfliegen, wann immer man will.« Trent warf den Köder und hoffte, dass Frank anbiss.

Frank setzte die Sonnenbrille auf und untersuchte den Motor. Wer trug an einem trüben Regentag eine Sonnenbrille? »Um solche Dinger zu besitzen, muss man wohl beruflich etwas anderes machen, als die Vögel zu fliegen. Außerdem haben wir ja das Privileg, ganz ohne Kopfschmerzen.«

»Ach so, wie meinen Sie das?«

»Na ja, die ganzen Kosten, Unterstellung, Wartung, Sprit. Wissen Sie, was da alles zusammenkommt?«

Klar wusste er das.

»Aber Sie fliegen ja die ganze Zeit nur, wohin die anderen wollen.«

Frank zuckte mit den Achseln. »Das passt meistens schon.« Und damit drehte er sich um und ging.

Trent nahm sein Handy, weil er Glen gegenüber mal Franks Namen erwähnen wollte. Er sah, dass er zwei Anrufe in Abwesenheit hatte, beides von Nummern, die er nicht kannte.

Die Anrufer hatten keine Nachricht hinterlassen. Er stellte wieder den Ton an und schrieb seinem Bruder eine SMS.

Zwanzig Minuten später klingelte das Telefon. »Ja?«

»Trent?«

»Jase, wie läuft's?« Er ging vor den Hangar, wo ihn niemand hören konnte, und sah dem Regen zu, der auf die Landebahn prasselte.

»Ich habe deine SMS bekommen und Sally versucht, etwas über ihn herauszufinden.«

»Sehr gut. Ist nur ein Verdacht. Ich habe noch nichts Konkretes.«

Jason lachte. »Hörst dich an wie ein Spion.«

»Mein Name ist Bond.«

»Wie ist es denn so dort drüben?«

»Verregnet. Aber der Laden läuft gut. Das Management arbeitet effektiv und die Flieger sind alle gut in Schuss.« Er lief im Regen umher und erzählte über den Standort.

»Dann hast du ja alles im Griff«, meinte Jason. »Ach ja, es gibt noch einen Grund für meinen Anruf.«

»Was denn?«

»Jack Morrison hat mich angerufen. Er sucht nach dir.«

Monica!

Trent wandte sich vom Wind ab. »Hat er gesagt warum?«

»Er meinte, seine Schwägerin bräuchte deine Hilfe. Das ist doch die, mit der du in der Höhle eingesperrt warst, oder?«

»Monica … ja. Ist alles in Ordnung mit ihr?« Etwas in seinem Inneren wurde fest und fühlte sich an, als ob es reißen würde.

»Keine Ahnung. Ich habe nur gesagt, dass ich die Nachricht weitergebe. Aber er meinte, er würde nicht anrufen, wenn es nicht wirklich dringend wäre.«

Trent erinnerte sich wieder an die Anrufe in Abwesenheit.

»Hast du seine Nummer?«, erkundigte sich Jason.

»Ja, habe ich. Danke.«

Seine Kehle war zugeschnürt, als er Jack Morrisons Handynummer wählte. Als es klingelte, lief Trent noch ein Stück weiter.

Jack antwortete nach dem zweiten Läuten. »Morrison.«

»Jack? Hier ist Trent Fairchild. Ich habe gehört, Sie wollten mich sprechen?«

»Ja, das stimmt. Können Sie kurz dranbleiben?«

»Klar.«

Es dauerte ein paar Sekunden, bis er zurückkam. »Entschuldigung.«

»Keine Ursache. Worum geht es?«

»Es geht um Monica.«

»Geht es ihr gut?«

»Falls Sie wissen wollen, ob sie gesund ist, ja. Viel besser als letztes Mal, als Sie sie gesehen haben.«

Trent entspannte sich etwas. »Da gehört ja nicht viel dazu.«

Jack lachte nicht. »Man hat sie gefeuert.«

Trent wusste nicht, was er damit zu tun hatte. »Ja, da gab es wohl schon Probleme, bevor sie gefahren ist. Tut mir leid das zu hören.« Es tat ihm mehr als leid, aber sollte nicht lieber ihr Verlobter Beistand leisten? »Ich bin mir nicht sicher, wie ich da helfen kann.«

»Es geht um mehr, als um ihre Arbeitsstelle. Es wurde noch weiter aufgebauscht und es soll eine Untersuchung geben ... Man hat ihr die Lizenz entzogen.«

»Wie bitte? Wie können sie denn so etwas machen? Und was wollen sie untersuchen?« Und warum sollte ihn das etwas angehen?

»Ich habe schon meine Anwälte eingeschaltet, Trent, aber wir brauchen Ihre Aussage.«

»Über was?«

»Man beschuldigt Monica, den Einsatz in Jamaika nur angenommen zu haben, um umsonst zu ihrem Lover fliegen zu können.«

Wenn er nicht schon wegen des Windes frieren würde, hätte er es wegen Jacks Worten getan. »Soll ich damit gemeint sein?«

»So sagen sie es, ja. Man wirft ihr auch vor, dass sie jenseits ihrer Kompetenzen gehandelt habe. Dass sie ihren Job nicht richtig gemacht hätte, weil sie es eilig hatte, Sie zu sehen.«

»Ich habe Monica doch erst auf der Insel kennengelernt. Wenn sie es eilig hatte, dann nur um den Menschen zu helfen, damit sie nicht sterben.«

»Ich weiß das ja. Aber meine Anwälte müssen das auch zu hören kriegen. Sie wollen eine eidesstattliche Aussage vor der Anhörung des Gremiums.«

Trent massierte sich die Nasenwurzel. »Das klingt alles ziemlich beschissen.«

»Ich weiß. Monica wird nicht glücklich darüber sein, dass ich Sie angerufen habe. Aber ich musste meiner Frau versprechen, dass ich alles in meiner Macht Stehende tun werde, um Monica zu helfen. Es ist blöd genug, dass sie kein Geld annehmen will. Sie erstickt fast in Schulden, lässt uns aber nicht helfen. Ich zahle Ihnen den Flug und das Hotel, egal was. Oder ich kann auch meine Anwälte zu Ihnen schicken.«

»Nicht nötig, Jack. Wann soll die Aussage stattfinden?«

Jack zögerte. »Ja … also, tja, es ist schon morgen, in Los Angeles. Tut mir leid, dass es so kurzfristig ist.«

Egal. Er würde ohnehin nicht ruhig sein, bevor er alle Gerüchte darüber, warum Monica nach Jamaika geflogen war, aus der Welt geschaffen hatte. Ja, wahrscheinlich würde sie sauer sein, wenn ihr Verlobter von der kurzen Affäre erfuhr, aber das war besser, als ihren Beruf aufgeben zu müssen.

Trent beendete das Gespräch und rief seinen Bruder zurück. »Hey, Jason.«

»Alles in Ordnung?«

»Nein, ich muss nach Los Angeles.« Er blickte in den Hangar zu seinem Fluggerät. »Und ich muss mein Cover aufgeben, um dorthinzukommen.«

»Ernsthaft? Muss was Schlimmes sein … oder was Gutes. Wirst du Papa oder so was?«

Trent taumelte ein wenig, als er in den Hangar ging. An so eine Möglichkeit hatte er noch gar nicht gedacht.

»Trent?«

»Äh. Nein.« *Shit … vielleicht.* »Es ist wichtig.«

»Tu, was du tun musst. Wir unterstützen dich.« Jason legte auf.

Trent öffnete die Klappe der Citation und sprang hinein. Er sah sich das Cockpit an, das Flugstundenbuch, machte einen kurzen Check und stieg wieder aus. Er sah einen der Flugzeugmechaniker und winkte ihn herbei. Er gab ihm Anweisungen, dann ging er in die Pilotenlounge und zur Flugabfertigung. Die junge Frau am Tresen lächelte ihm zu.

»Ich brauche die Citation vollgetankt und ein Flugplan muss aufgegeben werden, one-way nach Los Angeles. Ich fliege in einer Stunde los.« Er wollte aus Seattle herauskommen, bevor der Sturm einsetzte, der meistens dem Nieselregen folgte.

Ihre Augen verengten sich. »Ich habe gar keinen Anruf erhalten.«

Frank hatte alles mit angehört und kam herüber. »Was machst du, T. J.?«

Trent ignorierte ihn und marschierte ins Büro des Managers. Frank folgte ihm, immer noch mit der lächerlichen Sonnenbrille auf dem Gesicht.

Der Manager, ein Cornelius Sowieso, schaute irritiert, als Trent zu den Logbüchern ging und den Wartungsplan ansah. »Ich nehme die Citation. Werde wahrscheinlich ein paar Tage weg sein.«

»Wie bitte?«

Jetzt erst dämmerte es ihm, dass er wie ein Verrückter wirken musste. Trent nahm das Buch, das er brauchte, und wandte sich dem Chef zu. Er streckte ihm die Hand entgegen. »Ich bin Trent Fairchild. Rufen Sie Jason an, wenn Sie Ersatz brauchen.« Er lächelte Frank zu und ging schnurstracks zu seinem Auto. Innerhalb einer Stunde würde er zum Hotel zurückgefahren sein, eine Tasche gepackt haben und abheben.

Kapitel 23

Monica hatte nicht nur einen Anwalt. Nein. Sie saß gleich mit drei Männern zusammen, deren edle Anzüge so viel gekostet haben mussten, wie sie in einem ganzen Monat verdiente. Und das war nur die Hälfte des Teams. Mr Goldstein war der Chef. In Texas hatte er noch zwei andere Angestellte, die Monica liebevoll Mr Silber und Mr Platin nannte. Das waren nicht ihre wirklichen Namen, aber es hätte gepasst.

Goldstein saß neben ihr, wie aus dem Ei gepellt und mit duftendem Rasierwasser, das zwar für ihren Geschmack etwas zu dominant war, aber durchaus sehr gut roch. Es stellte den Geruchssinn auf die Probe und es war, als ob Goldstein jeden, der in seine Nähe kam, damit in die Enge treiben wollte.

»Es ist nur eine eidesstattliche Erklärung«, sagte ihr Goldstein. »Sie sind nicht in einem Gerichtsverfahren, auch wenn Sie sich so fühlen.«

»Muss ich auf alles eine Antwort geben?«

»Ja. Wenn man Sie etwas fragt, gegen das ich einen Einwand habe, werde ich Einspruch einlegen. Antworten Sie so wahrheitsgemäß wie möglich und führen Sie Ihre Antworten nicht unnötig aus. Wenn Sie sich nicht erinnern, dann sagen Sie das auch und belassen es dabei.«

Goldstein hatte schon mehrere Stunden mit ihr über den Fall geredet. Er hatte gleich festgestellt, dass sie nichts zu verbergen hatte. Das würde die Anwälte des Krankenhauses aber nicht davon abhalten, sie trotzdem vor Gericht zu bringen. Nicht, dass Monica dort noch arbeiten wollte. Aber wenn man sie wegen dieser Lügenmärchen entließ und ihr obendrein die Lizenz nahm, dann würde sie nie wieder eine Anstellung finden.

Katie war vor der Anhörung mit ihr Klamotten kaufen gegangen. Monica trug einen Bleistiftrock und ein passendes Jackett und schicke Schuhe ohne Absatz, weil sie erst seit einer Woche keinen Gips mehr hatte und keine hohen Schuhe tragen konnte, ohne auf der Nase zu landen. Monica fühlte sich, als ob sie zu diesen hoch bezahlten Staranwälten gehörte. Außerdem wollte sie zeigen, dass sie keine arme Frau war, die dringend Urlaub brauchte und sich durch die Hilfsorganisation ein kostenloses Flugticket erschlich.

Bisher hatte sie mit der angeheirateten Familie ihrer Schwester nie angegeben, aber jetzt würde sie den Anklägern schon klarmachen, dass sie mit keinen Geringeren als den Morrisons verwandt war. Die würden ihnen verständlich machen, wie hohl ihre Anschuldigungen waren.

Eine zierliche Frau betrat den Besprechungsraum. Sie gab Monicas Anwälten die Hand, stellte sich als Gerichtsschreiberin vor und klappte den Laptop auf.

Monica setzte sich aufrecht und rieb sich, ohne es zu merken, das Bein. Goldstein sprach mit gedämpfter Stimme mit seinen Kollegen, während sie auf den Vertreter des Krankenhauses warteten.

Endlich erschien ein Mann. Erst sah man nur zwanzig Zentimeter seines Bauches, dann erst folgte der Rest. Er trug kein Sakko, sondern bloß einen Pullunder, hatte schütteres Haar und ganz allgemein wirkte sein Auftreten, als ob er dem Fall keine große Bedeutung zumäße. Auf Monica machte er keinen sehr gepflegten Eindruck. Jetzt wurde ihr klar, dass ihr Team ganz genau wusste, was es tat, so wie ihre Anwälte gekleidet waren. Sie erhoben sich und gaben dem Vertreter der Gegenseite, Mr Hudson, die Hand. Er lächelte Monica kurz zu, machte sich aber nicht die Mühe, ihr ebenfalls die Hand zu schütteln.

Auch recht. Braucht gar nicht zu denken, dass ich ihn oder das Krankenhaus mag.

Mr Hudson legte die Papiere auf die andere Tischseite, setzte sich aber nicht.

»Da hat die Gewerkschaft wohl bei ihren Anwälten etwas aufgestockt«, meinte er vorsichtig lachend.

Goldstein lehnte sich zurück und sagte nichts. Sein Kollege stellte richtig: »Nein, nein, Mr Hudson. Keiner von uns gehört zur Gewerkschaft.«

Hudson blickte irritiert zu Monica. Sein arrogantes Lächeln war längst verschwunden.

»Stimmt das?«

»Das stimmt. Miss Mann hat von ihrem Recht, sich von einem Anwalt der Gewerkschaft vertreten zu lassen, keinen Gebrauch gemacht.«

Hudson lächelte wieder, als ob er etwas wüsste, was sonst niemand tat.

Der Anwalt, der Goldsteins rechte Hand war und auch zu seiner Rechten saß, zog eine Visitenkarte aus der Anzugjacke und reichte sie seinem Gegenüber. Noch immer hatte Goldstein nichts gesagt.

Hudson warf einen Blick auf die Karte und Monica hätte schwören können, dass sie sein Herz klopfen hörte. Sie hoffte inbrünstig, dass sein Gesundheitszustand besser war, als sein dicker Fastfood-Bauch vermuten ließ. Nicht, dass sie am Ende auch noch ihrem Gegner Erste Hilfe leisten müsste.

»Wenn Sie mich bitte einen Augenblick entschuldigen würden«, murmelte Hudson und verließ den Raum.

»Wo geht er denn hin?«, erkundigte sich Monica.

Goldstein lehnte sich auf dem erstaunlich bequemen Stuhl des Besprechungsraumes ganz gelassen zurück.

»Holt Verstärkung«, schmunzelte er.

Plötzlich war Monica noch dankbarer für ihre Anwälte, als sie es ohnehin schon war.

Zehn Minuten später kam Mr Hudson mit zwei weiteren Kollegen zurück. Eine Frau, Mitte dreißig, mit wachem Blick, aber verkniffenem Gesicht, und ein Mann um die fünfzig, der sich ordentlich herausgeputzt hatte. *Ach, sieh mal einer an.* Mr Hudson hatte in der Zwischenzeit auch ein Sakko gefunden.

Alles begann in wohlwollendem Umgangston. *Bitte geben Sie für die Akten Ihren Namen an, zeigen Sie uns Ihren Ausweis und Ihre Krankenschwesterlizenz brauchen wir bitte auch …* Alles so, wie Goldstein ihr erklärt hatte. Nach fünfundvierzig Minuten waren nur Fragen zu ihrer Herkunft und Schulbildung gestellt worden. Sie wusste zwar nicht, welche Rolle die Adresse spielte, wo sie als Kind aufgewachsen war, aber Goldstein hatte bisher noch keine Einwände gegen die Fragen.

Dann endlich, gefühlte Stunden später, fragte man sie nach ihrer Tätigkeit bei Krankenschwestern ohne Grenzen.

»Seit wann stehen Sie dort schon auf der Einsatzliste?«

»Seit eineinhalb Jahren«, antwortete sie.

»Und waren Sie vor Jamaika schon einmal im Einsatz?«

»Nein.«

»Man hat Sie sonst noch nirgendwo hingeschickt?«, fragte Hudson.

»Nein … bis auf das Training, das war in Florida.«

»War das vorgeschrieben?«

»Ja, der Grundkurs war vorgeschrieben. Ich bin dann noch für den Folgekurs dageblieben, weil ich ja schon dort war.«

»Also eine ganze Woche in Florida?«

Sie lächelte, fühlte sich aber von den Fragen in die Enge getrieben. »Ja.«

»Haben Sie während Ihres Aufenthaltes in Florida andere Leute kennengelernt?«

»Natürlich. Dort waren viele Ärzte und Krankenschwestern aus dem ganzen Land, die für denselben Kurs gekommen waren.«

»Sonst noch jemanden?«

Monica blickte zu Goldstein. Er setzte sich auf und sagte zum ersten Mal seit Beginn der Anhörung etwas. »Worauf wollen Sie hinaus?«

»Haben Sie jemanden in romantischer Hinsicht kennengelernt, Miss Mann?«

Ihr Gesicht fühlte sich versteinert an.

»Ich sehe nicht, was das mit Jamaika zu tun haben soll«, meinte einer von Monicas Anwälten.

»Er kann ruhig fragen«, unterbrach sie ihn. »Ich habe niemanden in Florida getroffen. Das Hotel lag am Strand und die Organisation hat zu einem Abschiedsabendessen eingeladen, bevor es wieder nach Hause ging. Ich war nicht einmal in Disney World oder sonst wo.«

»Sie hatten also Spaß während ihres Aufenthaltes in Florida?«

Monica setzte ein süßes Lächeln auf. »Ich habe das gemacht, was ich gerne tue, zusammen mit Gleichgesinnten, denen es genauso geht. Wir hatten keine schlechte Zeit.«

Goldstein legte ihr eine Hand auf die Schulter, um sie sanft zu ermahnen, weiterhin ruhig zu bleiben. Monica atmete tief ein, um sich zu beruhigen, und langsam wieder aus. Aber es half nichts.

»Wann haben Sie sich zum letzten Mal einen Urlaub gegönnt, Miss Mann?«

»Als eine Freundin letzten Sommer geheiratet hat.«

»Wo waren Sie da?«

»In Texas.« Katie und Dean hatten in der gleichen Kirche geheiratet wie Jessie und Jack.

Die Anwälte der Gegenseite berieten sich leise, bevor die Frau anfing, Fragen zu stellen.

»Wie viel Geld haben Sie letztes Jahr als Krankenschwester verdient?«

Monica blickte zu einem ihrer Anwälte, der ihr zunickte.

»Ich habe letztes Jahr knapp sechzigtausend Dollar verdient.« Und darauf war sie verdammt stolz.

»Das heißt netto so um die fünfundvierzig?«

»Ja, vielleicht. Ich habe nicht nachgezählt.«

»Studentenkredit?«, fragte Hudson.

»Ja.«

Die nächsten zwanzig Minuten bohrten sie weiter nach Monicas Einkommen. Als sie mit den Fragen fertig waren, fühlte sich Monica arm wie eine Kirchenmaus.

»Laut Ihrer Aussage hatten Sie nicht die finanziellen Mittel, um nach Jamaika in den Urlaub zu fliegen?«

»Einspruch!« Goldstein setzte sich auf, sein Blick so durchdringend, dass er damit selbst eine Wand hätte durchbohren können. »Das sparen Sie sich lieber für die Gerichtsverhandlung auf.«

»Schon in Ordnung, Miss Mann. Diese Frage brauchen Sie nicht zu beantworten. Wir haben uns auch so schon ein deutliches Bild machen können.«

Monica schüttelte den Kopf.

Die nächsten zwei Stunden sprachen sie über Monicas Arbeit auf der Insel. Einfache Fragen, aber für Monica klangen selbst diese vernichtend.

Als sie eine Viertelstunde Pause machten, fragte Monica Goldstein: »Warum fragt niemand, wie ich mir so teure Anwälte wie Sie leisten kann?«

»Ich glaube, das können Sie sich schon denken.«

»Aber wegen meiner Schwester und Jack ist doch der Vorwurf, dass ich Ärzte ohne Grenzen ausgenutzt habe, um umsonst zu fliegen, total irrsinnig, oder etwa nicht?«

»Kommt drauf an. Haben Sie früher schon mal von Ihrer Schwester Geld angenommen? Sie gefragt, ob Sie privat mal in einem ihrer Hotels übernachten dürfen?«

»Natürlich nicht. Es war schon schwer genug, sie diesmal um Hilfe zu bitten.«

Goldstein zog eine Augenbraue hoch. »Genau das aber würde vor Gericht ans Licht kommen. Die gegnerische Seite hat nicht wirklich eine Antwort auf die Fragen und sie wollen hier nicht wie Idioten dastehen. Deshalb werden sie nach Ihren Kontoauszügen, Kreditkartenabrechnungen und nach einer Aufstellung der Telefonverbindungen fragen.«

»Muss ich denen das alles zeigen?«

»Wenn Sie Ihre Lizenz und Ihren Job behalten wollen schon.«

Ihr fuhr ein Schauder über den Rücken. »Ich fühle mich so erniedrigt.«

Goldstein legte ihr beschwichtigend die Hand auf die Schulter. »Versuchen Sie, sich nichts anmerken zu lassen. Wenn man denkt, dass Sie schwach sind, wird man sich auf Sie stürzen.«

»Warum? Sie versuchen, mich auseinanderzunehmen. Eigentlich sollte ich sie verklagen wegen ungerechtfertigter Suspendierung und wegen Verleumdung.«

»Eine Schmerzensgeldklage«, ertönte die Stimme von Goldsteins rechter Hand hinter ihr.

»Genau.«

Goldstein forderte seinen Kollegen mit einer Geste auf, die Aktentasche auf den Tisch zu stellen und einen Stapel Papiere herauszunehmen.

»Ich habe mir die Freiheit genommen und schon mal etwas aufgesetzt.« Er reichte Monica die Unterlagen. Sie warf einen Blick darauf und wusste nicht, was das zu bedeuten hatte.

»Was soll das sein?«

»Die Anklageschrift.«

Sie blickte langsam wieder auf. »Im Ernst?«

»Noch halten sich die anderen für die Jäger. Solange sie glauben, sie hätten etwas gegen Sie in der Hand, machen sie weiter. Danach haben sie entweder nur Ihr Leben oder Ihren Ruf ruiniert *oder* sie haben das gemacht und zahlen eine hohe Entschädigung. Das dürfen Sie jetzt entscheiden.«

Ja, verdammt noch mal. Diese Saftheinis würden nicht einfach so davonkommen.

Monica hielt die Hand auf. »Hat jemand einen Stift für mich?«

»Wir füllen das in der Mittagspause aus«, sagte Goldstein.

Wenn Monica dachte, man hätte sie bei den persönlichen Fragen schon erniedrigt, dann hatte sie sich getäuscht.

Als die Anhörung fortgesetzt wurde, versuchten sie gar nicht erst, langsam und schonend wieder anzufangen.

»Hatten Sie auf der Insel eine Affäre?«

Sie schluckte. »Ja.«

»Wie konnten Sie Zeit für eine Affäre haben, wenn sie doch jede Minute an jedem Tag gearbeitet haben?«

»Ich musste ja auch schlafen und essen!«

»Eine Affäre zu haben ist aber mehr als zu schlafen und zu essen.«

»Das ist keine Frage«, wandte Goldstein ein.

»Wie viele Tage waren Sie in Jamaika?«

»Sechs Tage, bevor ich in der Höhle eingesperrt wurde. Und dann noch weitere fünf.«

»Und wie viele Tage davon haben Sie Ihren Liebhaber gesehen?«

Monica presste die Fäuste auf den Schoß, damit Sie niemandem eine verpasste. Seit wann war sie so gewaltbereit? »Er war nicht die ganze Zeit über mein Liebhaber.«

»Beantworten Sie die Frage.«

Es war nicht möglich, diese Frage zu beantworten, ohne sich weiter hineinzureiten. »Am ersten Tag wurde ich mit dem Hubschrauber zum Hauptkrankenhaus gebracht und er war der Pilot. Früh am nächsten Morgen hat er mich in die andere Klinik gebracht. In dieser Klinik gab es für mich keinen Platz zum Schlafen. Ich hätte neben den Patienten schlafen müssen.«

»Und deshalb haben Sie sich entschlossen, woanders zu schlafen?«

»Trent hat mir ein Bett angeboten. Zum Schlafen. Ich war erschöpft.«

Die Anwälte grinsten sich an.

Monica überlegte, ob man sie nicht doppelt anzeigen könnte.

»Den dritten Tag haben Sie mit Ihrem Liebhaber verbracht?«

»Da war er noch nicht mein Liebhaber.«

Hudson fuhr sich durch das schüttere Haar und lachte schnaubend auf.

»Da das nun ja niemand von uns hier bestätigen oder abstreiten kann –«,

Goldstein unterbrach. »Nennen wir den Mann doch lieber beim Namen und ersparen uns die künstliche Dramatik, liebe Kollegen. Es ist allgemein bekannt, dass Miss Mann und Mr Fairchild gemeinsam gerettet wurden. Miss Mann hat Ihnen gesagt, dass sie eine kurze Affäre hatte. Kommen Sie doch bitte auf den Punkt.«

»Haben Sie während Ihres Aufenthaltes in Jamaika *Mr Fairchild* jeden Tag gesehen?«

»Ja«, murmelte sie.

Hudson lehnte sich arrogant zurück. »Ich glaube, das reicht vorerst.«

Die Frau lächelte Goldstein zu. »Wir legen eine zwanzigminütige Pause ein, dann hören wir die Zeugenaussage.«

Goldstein nickte.

Alle erhoben sich, außer Monica, deren Knie so sehr zitterten, dass sie ihrem Gewicht nicht standhalten würden.

Als die anderen Anwälte den Raum verlassen hatten, half Goldstein ihr hoch. »Sie haben sich wacker geschlagen, Monica.«

»Wirklich? Sie haben mich wie eine Prostituierte hingestellt.«

Goldstein sah sie mitleidsvoll an. »Das tut mir leid.«

Nicht so sehr wie ihr. Sie fischte in ihrer Handtasche nach dem Handy und schickte Katie eine SMS. *»Bin erschöpft.«*

»Komm heim, ruh Dich aus.«

»Was kommt jetzt noch?«

»Heute noch eine Anhörung. Morgen treffen wir Dr. Eddy und übermorgen fliegen wir nach Kansas, um mit Dr. Klein zu sprechen.«

Ihr Bein war steif vom langen Sitzen und gehorchte ihr nicht, als sie zur Tür wollte. Goldstein hielt ihr den Arm hin, um ihr zu helfen. Er hielt ihr die große, schwere Holztür auf. »Ab hier schaffe ich es alleine«, sagte sie zu ihm.

»Sicher?«

Sie ignorierte die Schmerzen und machte vorsichtig die ersten Schritte.

»Alles bestens. Danke.«

Er trat mit ihr in den Gang.

Als sie sich umdrehte, stand plötzlich Trent vor ihr. Sie erschrak so sehr, dass sie beinahe gefallen wäre. Goldstein hielt sie fest.

Trent. Er war hier. Und er sah ganz anders aus als der Mann, den sie auf der Insel kennengelernt hatte. Er trug einen Dreiteiler, der dem ihres Anwaltes in nichts nachstand. Seine Haare waren kurz geschnitten, viel kürzer als damals auf der Insel. Aber er war immer noch braun gebrannt und so gut aussehend, wie sie es in Erinnerung hatte. Seine Augen funkelten, bevor wieder ein Schatten über sein Gesicht huschte. »Barfuß?«, flüsterte sie.

Kapitel 24

Trent hatte gedacht, er sei bereit, sie wiederzusehen.

War er aber doch nicht.

»Monica«, sagte er und schmeckte sie auf seinen Lippen.

Der Mann neben ihr trat einen Schritt vor und streckte ihm die Hand entgegen. »Sie müssen Mr Fairchild sein.«

Monica wich zurück und beobachtete ihn.

»Larry Goldstein. Wir haben telefoniert.«

Aha, der Anwalt. Trent gab ihm die Hand.

»Moment mal, Sie haben miteinander telefoniert?«, fragte Monica.

Mr Goldstein nickte. »Ja, heute in der Früh.«

Jeder wich einen Schritt zur Seite, weil jemand aus dem Büro an ihnen vorbeiwollte. Monica taumelte und Trent sprang ihr zur Hilfe und stützte sie.

Der Anwalt ebenfalls. »Sind Sie sicher, dass Sie alleine nach unten kommen?«

Trents Hand prickelte von der Berührung.

»Ja, ich komme klar«, sagte Monica. »Wenn ich mich eine Weile bewege, wird es besser.«

Trent blickte auf ihr Bein. Unterhalb des Rockes war eine dünne rosafarbene Linie, wo man sie wieder zusammengeflickt hatte. Der Rock betonte ihre Kurven, die allerdings etwas schmaler geworden waren. Sie hatte abgenommen. Bei ihm war das zuerst auch der Fall gewesen, aber in der Zwischenzeit hatte er wieder etwas auf die Rippen bekommen.

Mit einer einladenden Geste deutete Mr Goldstein auf das Besprechungszimmer. »Wir sind hier und warten auf Sie«, sagte er zu Trent, der immer noch Monicas Arm hielt.

»Rufen Sie uns an, Monica, wenn Sie Fragen haben. Wir bleiben in Verbindung.«

Trent hätte eigentlich gleich mit dem Anwalt mitgehen sollen, aber Monica schien es nicht eilig zu haben und Trent wollte nicht ohne ein Lächeln von ihr gehen.

Warum tust du dir das an, Trent?, fragte er sich, als ob er neben sich stehen würde und sich selbst beobachtete. *Sie gehört zu einem anderen.*

Ohne darüber nachzudenken, was er tat, sah er auf ihre linke Hand. Er entdeckte dort keinen Ring.

»Tut mir leid, dass du da mit reingezogen wirst«, sagte sie und trat einen Schritt zurück.

Er ließ die Hand fallen, sonst würde es noch so aussehen, als wolle er sie aufhalten.

»Ich bin kein Zeuge der Gegenseite«, meinte er.

»Trotzdem hast du sicher Besseres zu tun.«

»Nicht wirklich.« Warum gab er das zu?

»Ach ja? Du hast es doch so eilig gehabt, Florida wieder zu verlassen.« Sie sog ihre Lippe ein, als ob sie wünschte, das nicht gesagt zu haben. »Ich hatte gedacht, du würdest dich noch von mir verabschieden.« War das ein schmerzerfüllter Blick?

»Ich habe es versucht.«

Sie zog die Augenbrauen zusammen.

»Ich bin zu dir auf die Intensivstation gekommen. Aber dort saß dein Verlobter.« Er hatte sich über ihre Unterhaltungen so oft schon den Kopf zerbrochen. Darüber, dass sie angeblich niemals mit zwei Männern gleichzeitig etwas anfangen würde.

Und doch war er gegangen, als ein anderer behauptete, Monica gehöre zu ihm.

Ihr Gesicht wurde aschfahl. »M-mein was?«

Er musste schlucken. »Ach, egal.«

»Egal? Wovon redest du? Ich habe keinen Verlobten.« Sie erhob die Stimme. Gerade war sie noch blass gewesen, doch jetzt bekam sie vor Wut, wie es schien, rote Wangen.

»Der Typ in der Intensivstation hat mir gesagt, er sei –«

»John? John hat gesagt, wir sind verlobt?«

»Ja.«

»Und du hast ihm das geglaubt?« Sie war regelrecht erzürnt und sprach betont langsam und beherrscht.

Na ja, jetzt glaube ich es langsam auch nicht mehr. Verdammt, hatte er vielleicht doch falsch gelegen?

Das Klingeln des Aufzugs hielt ihn von der Antwort ab. Eine große, blonde Frau mit dunkler Sonnenbrille erschien. »Da bist du ja«, sagte sie. »Ich dachte, wir treffen uns vor der Tür.«

Monica ließ ihn stehen. »Tut mir leid, Katie, ich wurde aufgehalten.« Humpelnd ging sie zu der Frau, die sie Katie nannte.

Trent wollte Monica zurückhalten.

Monica riss sich aus seinem Griff los und ihr finsterer Blick hielt ihn davon ab, sie erneut festzuhalten. »Jetzt verstehe ich, Trent!«

In seinem Inneren drehte sich alles. War es möglich, dass er zwei Monate lang gedacht hatte, Monica stünde Connie in nichts nach, nur um jetzt eines Besseren belehrt zu werden?

Katie nahm die Brille ab und stellte sich neben Monica. »Trent Fairchild?«

Monica nickte. »Komm, Katie. Ich hatte einen beschissenen Tag und kann es kaum erwarten, wieder nach Hause zu kommen.«

Katie warf Trent einen vernichtenden Blick zu, während sie Monica stützte.

»Monica?« Trent stellte sich vor die Aufzugstür. »Wir sollten miteinander reden.«

»Warum denn? Damit du wieder so tust, als ob du mir zuhörst, bloß um dann später doch das Schlimmste von mir zu denken? Ich habe dir nichts zu sagen.«

Hinter ihnen ging die Tür auf. »Mr Fairchild? Wir wären soweit.«

Er ließ von ihrem Blick ab, als er gerufen wurde. Verdammt, jetzt hatte er es verbockt. Ganz und gar verbockt.

»Monica, bitte.«

Sie hielt sich an Katies Arm fest. »Lass uns von hier verschwinden.«

Trent hatte keine andere Wahl, als sie gehen zu lassen. Monica blickte zu Boden, als sie den Fahrstuhl betraten, während Katie ihn mit ihren Blicken durchbohrte und ganz offensichtlich auf den Mond schießen wollte.

★★★

Jessie hielt sich den Hörer ans Ohr und versuchte zu kapieren, was Katie ihr sagen wollte.

»Keine Ahnung, was ich da gerade unterbrochen habe. Monica sah aus, als wollte sie einen Mord begehen, als ich aus dem Lift stieg.«

»Und du sagst, Trent war da?«, fragte Jessie nach.

»Ja, war er, und er sah so bedröppelt aus, als hätte ihm gerade jemand seinen Welpen geklaut. Egal, was die anderen sagen, zwischen den beiden lag etwas in der Luft.«

Jessie grinste. »Funken?«

»Von Monica war es eher das Feuerspeien eines Drachens. Und Trent sah aus, als ob er sich gleich übergeben müsste.«

»Hat Monica gar nicht erzählt, was los war?«

»Sie hat nur gesagt, dass sie nicht darüber reden will.«

Klang ganz nach ihrer Schwester. Wenn es um etwas Ernstes ging, dann verschloss sie sich völlig. »Ist sie sauer?«

»Zuerst war sie es schon. Dann habe ich im Bad gehört, wie sie sich schnäuzte und dabei hat sie gar keinen Schnupfen.«

»Hat sie geweint?« Jetzt war Jessie beunruhigt. »Monica weint nie wegen irgendetwas.«

»Ich weiß.«

»Du hast sie nicht allein gelassen, oder?«

»Ich bin gerade wieder auf dem Rückweg zu ihr. Mit Wein … und Schokoeis. Ich habe Dean schon gesagt, dass ich bei ihr übernachte, damit sie nicht alleine ist.«

Jessie seufzte auf. »Ich fliege morgen zu euch.«

»Alles klar. Ich muss jetzt losfahren.«

Katie legte auf und Jessie rief unterdessen ihren Privatpiloten an.

★★★

Trent schwirrte noch der Kopf, als er neben Monicas Anwälten Platz nahm. Ihm gegenüber saßen die Haie, die versuchten, Monica als etwas anderes darzustellen als der Engel, der sie war.

Verdammt noch mal, was hatte er getan? Wie hatte er etwas Falsches von ihr denken können?

Mr Goldstein hatte gesagt, es würde nicht lange dauern, aber dass es wichtig wäre, persönlich zu erscheinen.

Trent war es vor allem wichtig, Monica zu finden und zu sehen, ob es ihr gut ging. Und alles zu erklären.

Aber was gibt es zu erklären? Dass ich ein Idiot bin?

»Mr Fairchild, bitte sagen Sie uns für unsere Akten, wo Sie derzeit wohnen.«

Trent gab die Adresse seines Bruders an, da er immer noch keine eigene Wohnung hatte, seit er aus Jamaika zurückgekehrt war.

»Aber Sie besitzen auch ein Haus in Jamaika?«

»Das ist korrekt. Ich habe die Insel nach dem Erdbeben verlassen.«

Die Frau, Leslie Irgendwas, lächelte und fragte: »Und Sie fliegen Touristen mit dem Hubschrauber herum?«

»Richtig.«

»Wann haben Sie Monica Mann kennengelernt?«

»Zwei Tage nach dem Erdbeben. Wir flogen das medizinische Personal zum Krankenhaus.«

»Sie haben sie vorher noch nicht gekannt?«, wollte der fette Anwalt wissen.

»Nein.«

Sie hielten inne. »Sind Sie sich sicher?«

Trents freundliches Lächeln verflog. »Sie ist eine attraktive Frau. Ich würde mich daran erinnern, wenn ich sie vorher schon einmal gesehen hätte.«

»Nehmen wir einmal an, es stimmt, was Sie sagen, wann haben Sie dann begonnen, mit ihr zu schlafen?«

»Einspruch!« Mr Goldstein klang so sauer, wie Trent es war. »Wenn Sie meinen Zeugen einen Lügner nennen, dann beenden wir das Ganze hier und jetzt, und Sie können sich bei Gericht anhören, was er zu sagen hat.«

Leslie hob beschwichtigend die Hand. »Wann wurden Sie und Miss Mann intim?«

»Ich glaube nicht, dass das irgendwen etwas angeht.« Er war ja nicht mehr in der Highschool, wo man vielleicht noch mit seinen Liebschaften angab.

»Antworten Sie trotzdem, Trent. Monica hat es auch schon gesagt«, meinte Goldstein.

»An dem Tag, an dem die Höhle einstürzte und wir eingesperrt wurden.«

»Aber Sie haben fast jeden Tag mit Miss Mann verbracht.«

»Und?«

»Sie sagten selber, sie sei eine attraktive Frau.«

»Ist das eine Frage?«

Der älteste Anwalt öffnete den Mund. »Stimmt es, dass Sie öfter zwischen Florida und Jamaika gependelt sind?«

»Die Firma hat ihren Sitz in Florida. Es kam immer wieder vor, dass ich nach Miami oder Fort Lauderdale fliegen musste.«

»Waren Sie vor eineinhalb Jahren dort?«

Trent zuckte mit den Achseln. »Daran kann ich mich nicht mehr erinnern.«

»Wie günstig.«

Mr Goldstein schüttelte den Kopf.

Trent warf Monicas Anwalt einen Blick zu. »Worauf wird hier angespielt?«

Mr Goldstein wandte sich an die Gerichtsschreiberin. »Wir nehmen bitte das Folgende aus dem Protokoll.«

Die zierliche Frau legte die Hände in den Schoß und wartete.

»Monica war vor eineinhalb Jahren in Florida für ihre Schulung. Die Herrschaften denken, Sie und Monica hätten sich dort kennengelernt.«

»Das ist doch lächerlich. Selbst wenn«, er wandte sich wieder dem Deppentrio zu, »was wäre dann?«

»Sie denken, Monica habe den Einsatz in Jamaika angenommen, bloß um günstig an ein Flugticket zu kommen.«

Trent musste lachen. Und zwar so heftig, dass ihm der Bauch wehtat. Mr Goldstein begann auch, leise in sich hineinzuglucksen.

Trent winkte der Protokollführerin, als er sich wieder unter Kontrolle hatte. »Können Sie das Nächste bitte wieder aufzeichnen?«

»Da Sie jetzt mit dem Gelächter fertig sind«, sagte Leslie, »was –«

»Fragen Sie mich, was ich beruflich mache«, forderte Trent.

»Sie haben uns gesagt, dass Sie Hubschrauber für eine Tour Company fliegen.«

Trent machte ein ernstes Gesicht. Er schlug mit der flachen Hand auf den Tisch. Alle fuhren zusammen. »Fragen Sie!«

»Na gut. Mr Fairchild, was machen Sie beruflich?«

Er blickte dem ältesten Anwalt, der zwar wenig sagte, aber der Chef der beiden anderen zu sein schien, fest in die Augen.

»Nichts. Ich muss nicht arbeiten.«

»Sie sagten, Sie fliegen –«

»Die Firma, für die ich fliege, gehört meinen Brüdern und mir. Fairchild Charters & Vacation Tours. Wir haben fünfundzwanzig Standorte in sieben verschiedenen Ländern weltweit. Zusätzlich zu den Hubschraubern, die ich am liebsten fliege, haben wir Privatjets, in die je nach Größe vier oder sechzig Passagiere passen.« Die Anwälte hörten gebannt zu und Mr Goldstein saß zufrieden grinsend da. »Wenn ich mich mit Miss Mann hätte treffen wollen, dann hätte sie gar kein Flugticket gebraucht. Ich hätte ihr den Learjet geschickt, der mehr wert ist, als Sie alle zusammen in ihrem ganzen Leben jemals verdienen werden, und hätte sie einfach abgeholt.«

Im Gesicht des dicken Mannes begann eine pulsierende Ader hervorzutreten.

Man hätte jetzt eine Stecknadel fallen gehört.

Der ältere Anwalt erholte sich als Erster von dem Schock. »Nette Rede, Mr Fairchild. Aber wir sind nicht nur hier, um die abwegigen Gründe von Miss Mann zu erforschen, warum sie nach Jamaika wollte, sondern auch, um herauszufinden, ob sie immer ihrer Pflicht nachgekommen ist, sowohl hier als auch auf der Insel. Fest steht, dass sie einen Liebhaber hatte und dafür ihre Patienten im Stich ließ –«

»Einspruch.«

»– und dass sie jenseits der Kompetenzen ihrer Lizenz gehandelt hat.«

Mr Goldstein erhob sich und diesmal war er es, der mit der Hand auf den Tisch schlug. »Einspruch!«

Die Anwälte sahen sich an.

»Wir sind fertig«, brachte einer von ihnen schließlich hervor.

Die Gerichtsschreiberin bewegte sich als Erste und sammelte ihre Sachen zusammen. Trent taumelte vor Ärger und konnte nun nachvollziehen, wie erschöpft Monica nach mehreren Stunden davon gewesen sein musste. Er war nur eine Stunde da gewesen.

Alle erhoben sich und wollten hinausgehen. Doch bevor das gegnerische Team die Tür erreichte, hielt Goldstein die Herrschaften auf.

»Mr Richardson?«

So hieß also der Ältere.

»Ja, Kollege?«

Mr Goldstein reichte ihm einen Stapel Papiere. »Sie erhalten diese Unterlagen natürlich auch auf konventionellem Wege, aber ich wollte sie Ihnen gerne vorab persönlich überreichen.«

Mr Richardson öffnete die Mappe. Ein zweifelnder Schatten huschte über sein Gesicht, nur ganz kurz, sodass Trent ihn fast verpasst hätte, wenn er just in diesem Moment geblinzelt hätte. Dann ging das Gespann aus dem Raum.

Als sie endlich allein waren, fragte Trent: »Was war das?«

»Monica verklagt sie.«

Trent musste grinsen. »Gut.«

Mr Goldstein sammelte seine Papiere ein und legte sie in die Aktenmappe, während die beiden anderen Anwälte Trent die Hand gaben und den Raum verließen.

»Ich hoffe, dass sie nach dem heutigen Tag die Klage fallenlassen und den Fall im Stillen regeln.«

»Sie haben ja keine Chance zu gewinnen.«

»Gewinnen werden Sie nicht. Aber je länger sich alles hinzieht, umso schwieriger wird es für Monica. Sie ist zerbrechlicher, als sie aussieht.«

Trent dachte daran, wie sie in der Höhle waren, an die Angst in ihrer Stimme, als er versuchte, an der glatten Wand nach oben zu klettern. »Sie hat Durchhaltevermögen.«

»Vielleicht die Frau, die Sie von der Insel kennen. Diejenige, die ich kenne, ist sehr dünnhäutig geworden. Wenn die Geschichte länger andauert, wird sie jeden Penny brauchen, den sie aus den Leuten herausquetschen kann. Keine gute Tat bleibt ungestraft.«

»Das können Sie laut sagen.« Falls Monica jemals wieder anderen helfen würde, dann nur mit Rüstung und Helm.

Kapitel 25

»Wissen Sie Trent, ich habe eine gute Beziehung zu meinen Eiern und wenn ich sie behalten will, dann darf ich Ihnen nicht sagen, wo Monica ist. Jessie ist wie eine Glucke, wenn es um ihre kleine Schwester geht.«

Trent hielt das Handy fester als nötig. Er saß im Auto auf dem Parkplatz der Kanzlei. Er hatte noch nicht einmal den Motor angemacht, bevor er Jack Morrison anrief, um nach Monicas Adresse zu fragen.

»Ich habe alles stehen und liegen lassen, um hierherzukommen –«

»Was, wie Sie wissen, ja sehr wichtig war«, unterbrach ihn Jack.

»Ich muss mit ihr sprechen, Jack.«

»Warten Sie.«

Trent hörte, wie sich Jack an Jessie wandte.

»Jessie, mein Schatz, Trent ist am Telefon und will Monicas Adresse wissen.«

Trent stellte sich vor, wie Jack das Telefon hielt und Zeichen machte, dass Trent am anderen Ende der Leitung auf eine Antwort wartete.

»Wenn dir dein Leben lieb ist, dann legst du jetzt besser auf und hilfst mir packen.«

»Haben Sie das gehört?«, sagte Jack wieder ins Telefon. »Sie wissen ja, happy wife – happy life. Mir geht's nur gut, wenn meine Frau happy ist.«

»Ich fliege nicht eher von Los Angeles weg, bis ich mit ihr gesprochen habe.«

»Wie Sie meinen. Sie übernachten im Hotel, oder?«

»Ja.«

»Ich werde den Mädels sagen, wo man Sie finden kann.«

»Mädels?«

»Ja, Jessie ist auf dem Weg zu Monica. Und Katie, meine Schwester, ist auch gerade dort.«

»Na wunderbar!«, zischte Trent mit zusammengebissenen Zähnen.

Jack grinste. »Viel Glück.«

Und damit legte er auf und ließ Trent am anderen Ende der Leitung ins Telefon starren.

★★★

»Wein hilft gegen Liebeskummer. Wein und Eiscreme«, sagte Katie, steckte sich einen Löffel Pfefferminzeis mit Schokostückchen in den Mund und nahm anschließend einen kräftigen Schluck vom Chardonnay.

»Ich habe keinen Liebeskummer!«

Katie füllte Monicas Glas nach. »Ist gut, meine Liebe, trink noch ein Glas und erzähl mir von deinem Nichtliebeskummer.«

Monica trank von ihrem zweiten Glas Wein und merkte, dass langsam die Anspannung in den Schultern nachließ. »Er hat gedacht, ich sei verlobt. Ich? Verlobt! Wie blöd kann man sein?«

»Trent?«

Monica trank wieder. »Was denkt er bloß? Dass ich etwas mit ihm anfange, wenn ich zu Hause einen anderen habe? Wer macht denn so was?«

Katie zog eine Augenbraue hoch. »Na ja … genau genommen viele …«

»Aber wir reden hier von *mir*. Ich bin nicht so.« Monica dachte an die Anwälte, an ihre Anschuldigungen. »Man hat mich wie eine Prostituierte dargestellt.«

Katie verschluckte sich fast an ihrem Wein. »Trent?«

»Nein, nicht Trent. Die Anwälte. Haben ihn meinen Liebhaber genannt. Meinten, ich wäre nach Jamaika geflogen, damit ich umsonst auf die Insel käme. Stellten mich so hin, als ob ich dringend Sex brauchte.«

Katie lachte.

Monica blickte sie finster an. »Das ist nicht lustig.«

»Wird es aber sein, wenn sie herausfinden, wer Trent Fairchild ist!«

Monica tauchte ihren Löffel ins Eis und fragte: »Was meinst du mit ›wer er ist‹?«

»Ein Fairchild.«

Vielleicht lag es am Alkohol, aber sie konnte Katies Gedankengang nicht ganz nachvollziehen. »Verstehe ich nicht.«

»Fairchild Charters … Fairchild Vacation Tours.« Katie ließ den Löffel fallen. »Du weißt nicht, wer er ist?«

»Na doch, klar weiß ich, wer er ist. Ihm gehört das Hubschrauberunternehmen auf der Insel. Aber er wird jetzt länger keine Touren fliegen.« Sie nahm erneut einen Schluck.

»Du hast wirklich keine Ahnung, wer er ist? Gott segne dich, mein Kind …«

»Ich weiß genau, wer er ist, und erspar mir dein blödes *Gott segne dich*. Ich komme vielleicht nicht aus Texas, aber langsam weiß ich, wenn du das sagst, dann hältst du mich für eine Idiotin.«

»Das sagst du jetzt …«

Monica warf ein Kissen auf ihre Freundin. »Es war so schön, als du noch versucht hast, deine texanische Herkunft zu leugnen.«

»Ich kann halt nicht anders. Deans Familie ist so bodenständig. Wenn wir in geselliger Runde beisammen sind, dann kommt einfach meine Südstaatenseele zum Vorschein. Schuld ist nur der Wein.« Katie hatte rosige Wangen vom Wein und ihr texanischer Akzent wurde immer stärker.

»Also, meine schöne Texanerin, dann erzähl mir doch mal, warum ich so eine Idiotin bin.«

Katie stellte das Glas ab, aber nur kurz, um es nachzufüllen.

»Ich glaube, wir brauchen Popcorn.«

»Katie!«

Monica folgte ihrer Freundin in die Küche, die dort einen Beutel Popcorn in die Mikrowelle warf.

»Wo ist dein Tablet-PC?«

»Auf meinem Schreibtisch. Hängt am Ladekabel.«

»Dann bring ihn her und google Fairchild Charters.«

Monica holte ihren Kindle Fire in die Küche und ging ins Internet. Sie tippte Fairchild Charters ein und die Webseite öffnete sich. Zuerst dachte sie, sie hätte die falsche Seite erwischt. Doch dann las sie genauer. Die Seite war sehr elegant, mit einem bewegten Banner, auf dem alle Jets zu sehen waren, die man chartern konnte. Monica sank auf dem Stuhl in der Küche nieder und klickte durch die Seiten. Bei »Über uns« war ein Gruppenbild zu sehen und Einzelbilder der Inhaber. Jason Fairchild, Inhaber und CEO von Fairchild Charters & Fairchild Vacation Tours. Glen Fairchild, Inhaber und CFO von Fairchild Charters, und Trent Fairchild, Inhaber und CFO von Fairchild Vacation Tours.

Sie blinzelte ungläubig. Das Bild von Trent und seinen Brüdern war auf einem Rollfeld gemacht worden. Sie standen vor dem größten Privatjet, den Monica je gesehen hatte. Die drei Fairchild-Männer waren alle gleich groß, lächelten breit und trugen Sonnenbrillen, die ihre lachenden Augen verdeckten. Während der Schulzeit waren sie sicher eine wilde Bande gewesen. Ihr fiel wieder die Geschichte von Trents heimlichem Hubschrauberausflug ein.

Auf den Einzelbildern hatten die Männer diese komischen Pilotenhauben auf. Jason, der Älteste laut Lebenslauf, wohnte in der Nähe des Hauptsitzes und führte das Unternehmen. Glen, der Mittlere, sah aus wie ein Frauenheld der obersten Liga. Er grinste wie Trent. Er war für die Finanzen zuständig und koordinierte das Flugzeugchartergeschäft. Monica blieb der Mund offen stehen, als sie die vielen Standorte der Firma sah. Und da war das Foto von Trent. Er hatte seine Jacke über die Schulter geworfen und stand vor einem riesigen Helikopter. Sein Lächeln drückte irgendwelche Knöpfe in ihr und erinnerte sie an seine sanfte Stimme und seine unvergesslichen Küsse.

»Er ist stinkreich«, flüsterte sie kaum vernehmbar dem Computer zu, während sie sich durch die Webseite klickte, um noch mehr von ihm zu erfahren.

»Oh ja! Daddy arbeitet schon seit Jahren mit den Fairchilds zusammen.«

Monica blickte zu Katie. »Du kennst sie?«

»Nicht persönlich.« Katie nahm Monicas Glas und stellte es für sie ab. »Mein Papa kannte den Vater.«

»Bevor er starb?«

»Ja.«

Ein weiterer Link führte sie zu den Islands Tours. Dort fand sie ein neueres Bild von Trent, auf dem er so gekleidet war, wie sie es kannte. Shorts, ein kurzes Hemd mit Firmenlogo und Flipflops. »Warum hat er mir das nicht erzählt?«

Katie lehnte sich gegen die Küchentheke und stellte die Schüssel mit Popcorn vor ihnen hin. »Männer geben doch mit so was an, um Mädels aufzureißen.«

Monica starrte Trents Bild an. »Bei mir musste er nicht angeben, um mich aufzureißen.«

Es wurde still im Zimmer und als sie Katie anblickte, sah ihre Freundin sie mitleidig an. »War es gut?«

»Mit Trent?«

»Ja klar mit Trent.« Da hörte man wieder ein *Gott segne dich* heraus.

Jetzt konnte Monica ein Grinsen nicht unterdrücken. »Ich hatte gar nicht gewusst, dass Sex so sein kann. Wenn man es überall von Kopf bis Fuß spürt und in der Mitte, und man glaubt gar nicht, dass es wahr sein kann. Und dann öffnet man die Augen und er ist immer noch da und lacht dich an … und fühlt es auch.«

»Klingt perfekt.«

Wenn es so perfekt war, warum ist er dann abgehauen? »Und dann stürzen die Wände ein, man stirbt fast und er rennt beim ersten Hindernis davon. Wahr wohl nicht so perfekt für ihn.« Sie nahm wieder ihr Glas.

»Arschloch!«, rief Katie.

»Dumpfbacke!«

Katie kicherte. »Dumpfbacke ist witzig.«

Monica versuchte, ihren Kummer zu vertreiben, indem sie sich abwechselnd Süßes und Salziges in den Mund stopfte. Erst verfluchte Katie ihn weiter, dann versuchte sie, noch etwas mehr aus Monica herauszulocken, und seufzte bei den rührseligen Teilen der Geschichte, bis sie ein Buch über diese Liebesgeschichte hätte schreiben können, die keine war.

Sie hatten tatsächlich drei ganze Flaschen Wein gekillt. Mit dem weichen Nebel im Kopf fiel Monica das Einschlafen nicht schwer.

Weil sie Trent wiedergesehen hatte, träumte sie von ihm, und zwar so real, dass sie sogar seinen Duft wahrnahm. Dann fielen im Traum Steine von der Decke und sie sah Trent leblos unter den Felsbrocken liegen. Monica fuhr hoch und schrie nach ihm. Ihr Herz raste von dem vielen Wein und den wiederkehrenden

Erinnerungen. Sie drehte und wälzte sich und wollte, dass das Dunkle aufhörte.

Katie kam in ihr Zimmer gestürzt und da konnte Monica nicht mehr an sich halten.

Alle unterdrückten Tränen des Abends kamen jetzt endlich heraus.

★★★

Als Jessie kam, fing Katie sie gleich ab und verließ mit ihr das Haus. Für Monica hatte sie eine Nachricht, dass sie einen Spaziergang machten, an die Kühlschranktür geheftet.

»Schläft sie?«

»Vor ein paar Stunden ist sie endlich wieder eingeschlafen. Ach Jessie, es ist schlimmer, als ich dachte.«

Sie waren erst ein paar Blocks gelaufen und Jessie wollte wieder umdrehen. »Dann sollten wir lieber bei ihr sein.«

»Du musst noch etwas wissen.«

Katie ging fast nie ohne Styling aus dem Haus, aber jetzt blickte Jessie ihre millionenschwere Schwägerin an, die ihr Haar achtlos zu einem einfachen Pferdeschwanz zurückgebunden hatte und keinen Pinselstrich Make-up im Gesicht trug. »Erzähl.«

»Sie liebt ihn. Ich meine, sie liebt ihn *richtig*.«

»Ach komm, sie kannte ihn doch nur zwei Wochen. Monica verliert vielleicht ihre Klamotten, um mit einem Typen ins Bett zu hüpfen, aber sie verliert dabei nicht ihr Herz.«

Katie streckte die Hand aus. »Fünf Dollar?«

Jessie schüttelte erst den Kopf, dann Katies Hand. »Unfaire Wette. Sag mir, was du weißt.«

»Gestern war es furchtbar. Diese verdammten Anwälte gehören verprügelt für das, was sie ihr angetan haben.« Katie erzählte Jessie, wie es abgelaufen war, und Jessie wurde wütend.

»Sie hatte Trent nicht erwartet.«

»Hat er gesagt, warum er abgehauen ist?«

»Erinnerst du dich noch an diesen John?«

Jessie zögerte, als sie in ihrem alten Wohnviertel um die Ecke bogen. »Ja. Ach Mist, Trent hat John gesehen und was Falsches gedacht?«

»Noch schlimmer. John hat Trent gesagt, dass er der Verlobte sei.«

Jetzt blieb Jessie stehen. »Hör mir auf!«

Katie nickte langsam. »Und Trent hat sich gefühlt wie das fünfte Rad am Wagen und ist weggelaufen.«

Jessie nahm die Schritte wieder auf. »Monica braucht keinen Mann, der beim ersten Anzeichen eines Problems fortrennt.«

»So ist es ja nicht.«

»Wie ist es denn dann?«

»Ich konnte letzte Nacht nicht schlafen und habe in Bezug auf die Fairchilds ein bisschen recherchiert. Trents Eltern kamen bei einem Flugzeugabsturz ums Leben. Eine Frau war auch dabei.«

»Aha. Und?«

»Es ist nicht ganz sicher, aber so wie es aussieht, war diese verheiratete Frau eine Freundin der Fairchilds, doch der *Ehemann* dieser Frau war kein Freund der Familie.« Katie sah aus, als würde sie alles wissen, aber Jessie verstand nur Bahnhof.

»Hilf mir, die Punkte zu verbinden, Katie.«

»Jack muss mit Trents Brüdern sprechen. Ich glaube, da steckt mehr hinter der Geschichte, weil noch diese Frau an Bord war, als das Flugzeug abstürzte. Direkt nach dem Unfall ist Trent nach Jamaika gezogen.«

»Meinst du, dass Trent diese Frau geliebt hat?«

Katie zuckte mit den Achseln.

»Und sie war mit einem anderen verheiratet?«

»Glücklich, wie es scheint. Aber es kommt mir alles irgendwie komisch vor. Eine Geschichte, die nicht ganz erzählt wird.«

Sie bogen wieder in die Straße von Monicas Wohnung. »Okay, nehmen wir einmal an, dass Trent diese Frau geliebt hat. Wenn er wusste, dass sie verheiratet war, warum war es dann ein Problem, dass Monica angeblich mit dem anderen verlobt sei? Ein Mann, der einer verheirateten Frau zum Ehebruch verhilft …«, sie schauderte. Dieser Trent war wohl doch nicht der Richtige für Monica.

Katie hielt Jessie zurück. »Was, wenn Trent nicht gewusst hat, dass sie verheiratet war?«

Jessie blieb wie angewurzelt stehen. »Meinst du, das ist möglich?«

»Erzählt jede untreue Frau ihrem Liebhaber, dass sie verheiratet ist?«

Jessie blinzelte nur.

»Ich kenne Männer, die behaupten Single zu sein, um mit anderen Frauen ins Bett zu hüpfen, obwohl zu Hause ihre Ehefrau wartet.«

»Das ist ja furchtbar«, sagte Jessie.

»Wenn Männer lügen, dann auch Frauen. Und wenn du an Trents Stelle wärst und denken würdest, Monica wollte einen anderen heiraten und sich in Jamaika nur ein bisschen vergnügen, würdest du dann nicht auch die Beine in die Hand nehmen, wenn der gleiche Mist wieder passiert?«

»Wir wissen nicht, ob es so war.« Aber Jessie hatte allmählich Zweifel.

»Wir müssen es herausfinden und deshalb meinte ich, dass Jack mit Trents Brüdern sprechen muss.«

Genau.

Sie waren fast beim Apartment angelangt, als Katie ihre Schwägerin wieder aufhielt. »Noch etwas.«

Noch etwas? Ihre arme Schwester.

»Monica hat Albträume. Letzte Nacht ist sie schreiend aufgewacht und hat nach Trent gerufen. Sie hat sich erst beruhigt, als ich Licht machte. Und danach wollte sie es nicht mehr ausschalten.«

Jessie unterdrückte die aufsteigenden Tränen. »Arme Mo.«

Kapitel 26

Trent zögerte, als es an seiner Hoteltür klopfte und Jack Morrison plötzlich vor ihm stand.

»Morrison?« Jack wirkte gut gelaunt und es schien, als hätte er einen Grund für seinen Besuch.

»Fairchild!« Jack spähte hinter Trent ins Zimmer, machte aber dann eine Geste mit dem Kopf, die nach draußen zeigte. »Darf ich Sie zu einem Drink einladen?«

Es war Mittag. »Klar.« Trent holte Brieftasche und Zimmerschlüssel und folgte Jack.

»Wie gefällt Ihnen der Aufenthalt?«

»Alles ganz nach meinen Wünschen, Mr Morrison.«

Jack gluckste leise und rückte den Cowboyhut auf seinem Kopf zurecht. Im Aufzug hielt er seine Schlüsselkarte über einen Sensor, den Trent gar nicht gesehen hatte, und statt nach unten zur Bar zu fahren, fuhr der Lift nach oben.

Ohne etwas zu sagen, wippte Trent auf den Fersen vor und zurück und wartete gespannt, wohin ihn sein Gastgeber führen würde.

Sie erreichten die Penthouse-Etage. Über einen kurzen Gang gelangten sie zur Suite. Es gab, wie Trent es erwartet hatte, alles, was zu einer Suite gehörte: Plüschteppiche, Holzdielenboden, edle Steinoberflächen, eine offene Küche. Wahrscheinlich gab es mindestens zwei, vielleicht auch drei separate Schlafzimmer. Nicht übel.

»Welches Gift wollen Sie?«, fragte Jack an der Bar.

»Es ist noch früh am Tag. Vielleicht ein Bier?«

»Dunkles oder Helles?«

»Dunkles.«

Jack reichte ihm ein Bier und nahm sich selbst eines.

»Was bringt Sie nach Los Angeles?«, brach Trent das Eis.

»Monica.«

Trent trank aus der Flasche, aber er schmeckte kaum etwas von seinem hopfigen Getränk. »Lustig. Der gleiche Name, der auch mich hierherführt.«

Jack nahm ein paar Schlucke aus der Flasche, dann überquerte er den Plüschteppich und setzte sich.

Trent tat es ihm nach.

»Gestern war es furchtbar«, sagte Jack, als ob er selbst dabei gewesen wäre. »Larry hat mir alle Details erzählt.«

»Wenn Sie Hilfe brauchen, diese Anwälte zu bezahlen –«

Jack winkte ab. »Nach dem, was gestern vorgefallen ist, muss ich vielleicht Larry noch überreden, dass er den Scheck überhaupt annimmt. Alle scheinen etwas für die Krankenschwester übrig zu haben.«

»Er ist ein Anwalt, er wird Ihren Scheck schon annehmen.« Aber vielleicht hatte Jack sogar recht.

»Meine Schwester hat bei Monica übernachtet.«

Als Trent nichts sagte, fuhr Jack fort. »Dann ruft mich heute meine Frau an und sagt mir, ich solle Ihre Brüder anrufen.«

Jetzt war Trent ganz Ohr.

»Ich konnte meiner Frau schlecht sagen, dass das unter Männern nicht so abläuft. Und sie sollte auch besser von Ihnen nicht erfahren, dass ich mir gar nicht erst die Mühe gemacht habe, Ihre Verwandten anzurufen.«

Trent hielt eine Hand hoch. »Als Mann gebe ich Ihnen – gebe ich dir, Jack, mein Wort darauf. Prost!«

Egal wie das bei Frauen ablief, Männer machten es eben anders. Frauen würden heimlich und hinter dem Rücken der anderen etwas herausfinden wollen, aber Männer gingen einfach direkt zur Quelle.

Dann zögerte Jack kurz, als ob er nicht wüsste, wie er fortfahren sollte.

»Was hat Ihre – deine Frau denn … Sie heißt Jessie, oder?«

»Ja.«

»Was hat Jessie wissen wollen von meinen Brüdern?«

Jack hatte mit seinem Bier einen ordentlichen Zug dafür, dass es erst kurz nach Mittag war. Er schien offensichtlich nicht ganz zu wissen, was er Trent sagen sollte und was nicht.

»Monica hat Albträume.«

Trents Griff um die Flasche wurde fester. »Was für Albträume?«

»Solche, aus denen sie schreiend erwacht und dann das Licht anlassen möchte.«

Trents Lächeln verrutschte und er holte tief Luft.

»Wahrscheinlich hat Jessie nicht gesagt, dass du genau das meinen Brüdern erzählen sollst, oder?«

Jack stellte die leere Flasche ab und legte einen Fuß auf das andere Bein. »Die Mädels sind sehr schlau. Gefährlich schlau.«

Monica war clever. Das wusste Trent schon.

»Irgendwann zwischen Schokoeis und etlichen Gläsern Wein ist meine Schwester zu dem Schluss gekommen, dass du in Florida fortgerannt bist, weil du Angst hattest.«

Jetzt trank Trent sein Bier in großen Schlucken.

Jack fuhr fort und hielt sich an die übliche Gepflogenheit unter Männern, der zufolge man sein Gegenüber nicht nötigte, über *Gefühle* zu sprechen. »Katie hat es Jessie gesagt und sie hat es mir gesagt. Ich soll etwas über deine Eltern herausfinden, über das Unglück damals.«

Trents Schläfen begannen zu pochen und plötzlich verspürte er solch ein starkes Verlangen nach etwas Härterem, dass er am liebsten selber an die Minibar gegangen wäre.

»Beziehungsweise eigentlich über die Frau, die mit Beverly und Marcus zusammen ums Leben gekommen ist.«

Trent zuckte bei den Namen seiner Eltern zusammen. Er hatte die Hälfte seines Biers fast in einem Zug geleert.

Nach einer Schweigeminute antwortete Trent: »Bei deiner Familie ist es wahrscheinlich auch unmöglich, eine Überraschungsparty zu organisieren, ohne dass es vorher jemand laut herausposaunt, oder?«

Darüber musste Jack lachen. »Katie ist die Schlimmste. Die engagiert auch gerne mal einen Privatdetektiv, wenn sie Informationen braucht.«

Trent sah erschrocken zu Jack.

»Aber so weit ist sie diesmal nicht gegangen … noch nicht«, sagte Jack.

Trent leerte den Rest der Flasche. Wenn Monicas Freundinnen etwas über seine Vergangenheit herausgefunden hatten, dann würde es nicht lange dauern, bis auch Monica davon erfuhr.

»Monicas Dad hat die Familie sitzen lassen, als sie noch ein Kind war«, sagte Jack.

»Ja, das hat sie mir erzählt.«

»Das hat bei Jessie und Monica eine nachhaltige Wirkung hinterlassen. Beiden fällt es schwer, zu vertrauen und auf andere angewiesen zu sein. Besonders auf Männer. Nach Jamaika weiß ich nicht, ob Monica überhaupt wieder jemandem vertrauen kann.«

Trent wusste nicht, was er dazu sagen sollte. Es war nicht seine Absicht gewesen, Monicas Vertrauen zu zerstören. Sie hatten sich ja kaum gekannt, als sich plötzlich alles in eine dunkle, furchtbare Hölle verwandelte.

»Du bist mir sympathisch, Trent. Ich mag dich. Aber Monica … Sie gehört verdammt noch mal zu meiner Familie. Ich liebe sie als meine Schwägerin und sie braucht jemanden, der nicht einfach so ohne Erklärung davonrennt. Du verstehst, was ich damit sagen will, oder?«

Laut und deutlich, Cowboy.

»Heißt also, du sagst mir jetzt endlich, wo sie wohnt?«

Jack schüttelte den Kopf.

»Nein. Das wäre zu einfach.« Diese kleine ›Kennenlern-Sitzung‹ ging also nur bis hierhin und nicht weiter.

»Erinnerst du dich noch an das, was ich letztens gesagt habe?« Jack zeigte auf seinen Schoß. »Ich habe mich an meine Eier gewöhnt und will sie behalten. Also nein. Von mir erfährst du Monicas Adresse nicht.«

Mist.

Jack richtete gespielt gedankenverloren seinen Hut wieder gerade. »Sie hat doch im Pomona-General-Krankenhaus gearbeitet. War nach der Arbeit öfters in Joe's Bar um die Ecke. Nach diesen Zwölf-Stunden-Schichten. Kaum ein Abend, wo man nicht den einen oder anderen Kollegen von ihr antrifft, so ab halb acht. Ich glaube, die Krankenschwestern finden immer einen, der sie heimfährt.«

Trent begann zu grinsen. Es waren noch ein paar Stunden bis halb acht.

»Hast du schon etwas gegessen?«

»Ich könnte etwas vertragen.« Jack stand auf, rückte seinen Cowboyhut gerade und verließ zusammen mit Trent die Suite.

★★★

Joe's Bar war eine echte Spelunke. Aber das lag vor allem an der alten Ausstattung, der Holzvertäfelung und der schlechten Beleuchtung. Nur stank es nicht so nach Bier, wie man das erwarten würde, und es fehlte auch der typische besoffene Stammgast, der an der Bar saß. Wobei, wenn man genauer guckte, fehlte tatsächlich doch nur der Biergestank. Der eine Mann dort an der Bar sah tatsächlich so aus, als lungerte er schon seit mittags herum.

Das Krankenhauspersonal erkannte man schon von Weitem an der Kluft. Aber statt zu den Tischen hinüberzugehen, wo man Schwesternkittel und Stethoskope trug, setzte sich Trent an die Bar, bestellte ein Bier und beobachtete das Geschehen.

Als er vom Barkeeper das Getränk in Empfang nehmen wollte, spürte er eine Hand auf der Schulter.

»Trent?« Neben ihm stand Walt und reichte ihm die Hand zum Gruß.

»Habe ich mir doch gleich gedacht, dass Sie das sein müssen, als ich reinkam.«

Trent erhob sich und klopfte Walt freundschaftlich auf den Rücken. »Monica hat mir gesagt, dass Sie alle öfters hier abhängen.« Erste kleine Schwindelei. Hatte Monica ihm nicht beigebracht, dass man ab und zu schwindeln sollte?

»Ist sie hier?« Walt blickte sich um.

»Nein, ihre Schwester ist gerade aus Texas da. Ich dachte, ich lasse den beiden mal ein bisschen Zeit zum Quatschen.«

»Übernachten Sie bei ihr?«

»Ja.« Schon mehr als eine kleine Schwindelei, aber Walt kaufte es ihm ohne Weiteres ab.

»Ich habe mir schon gedacht, dass Sie beide ein Paar werden.« Er sah aus, als wollte er noch was sagen. »Ich schulde Ihnen einen Drink.«

»Zu einem weiteren Bier sage ich nicht nein.« Trent leerte sein erstes, während Walt den Barkeeper winkte. »Roy, gibst du ihm noch mal das Gleiche? Geht auf mich. Und für mich wie immer.«

Roy nickte.

»Kommen Sie, ich stelle Ihnen meine Kollegen vor und dann setzen wir uns an einen ruhigen Tisch. Ich will unbedingt wissen, was bei Monica los ist.«

An einem Tisch saßen sechs Leute, die auch in der Notaufnahme arbeiteten.

»Hey Leute, das ist Trent. Er hat in Jamaika den Hubschrauber geflogen.« Walt stellte alle mit Namen vor, die Trent sofort wieder vergaß. Eine hübsche Dunkelhaarige lächelte ihn an. »Ach, Sie sind derjenige, der mit Monica in der Höhle war.«

»Genau der«, bestätigte Trent.

»Wir haben uns viel zu erzählen«, sagte Walt seinen Freunden, dann suchten sie sich eine stille Ecke in der Bar.

»Scheinen alles nette Leute zu sein«, meinte Trent, als sie sich setzten.

»Sind sie auch.«

Der Barkeeper brachte die Getränke und verschwand wieder.

Trent starrte in sein Glas. »Ach Mist, ich sollte das besser doch nicht trinken.«

»Warum denn?« Walt probierte seinen Cocktail.

»Ich hatte schon zwei, aber ich bin mit dem Auto hier.«

Walt winkte ab. »Ich kann Sie fahren, ich wohne nicht weit von Monica entfernt. Na dann Prost, Trent. Wollen wir uns nicht duzen?«

Trent stimmte grinsend zu und stieß mit ihm an. Und beglückwünschte sich insgeheim, wie leicht das gegangen war.

»Die Hälfte der Belegschaft will kündigen«, erzählte Walt. »Die Gewerkschaft wartet auf das Ergebnis der Anhörung und dann werden sie zur Demonstration aufrufen.«

»Ein Streik?«

»Nein, aber eine Demo mit Schildern und Transparenten. Schlechte Publicity für das Krankenhaus.« Walt warf sich ein paar Erdnüsse in den Mund.

Dass es solche Unterstützung geben würde, gefiel Trent. »Und wie viele Leute machen da mit?«

»Alle aus der Notaufnahme, die gerade frei haben, Technikassistenten, Radiologen, Unfallchirurgen, die Leute vom Labor, und dann natürlich auch die Feuerwehrmänner.«

»Wow. Weiß Monica schon davon?«

»Ich glaube nicht. Wie gesagt, die Gewerkschaft wartet ab, bis die erste Phase vorbei ist. Ich verstehe die Logik, die dahintersteckt auch nicht ganz. Je früher wir das hinter uns haben, umso besser. Mich würde wirklich interessieren, warum das Krankenhaus da weitermacht.«

»Monicas Chefin mag sie nicht.«

»Pat ist gerade nicht sehr beliebt.«

»War sie denn früher beliebt?«, fragte Trent. An den Namen konnte er sich von ihren Gesprächen in der Höhle erinnern.

»Man hat es als Chefin nicht leicht, wenn die Untergebenen selbstständig denkende Krankenschwestern sind. Außerdem will das Management sparen, wo es nur geht, und das Pflegepersonal sagt andererseits, sie hätten nicht genügend Leute. Und dann ist da noch die Gewerkschaft, die vorschreibt, was man darf und was nicht. Im Schnitt macht man Pats Job nicht länger als fünf Jahre.«

»Wie lange ist sie schon dabei?«

»Seit fast sechs Jahren.«

Walt zuckte mit den Achseln. »Wie geht es denn Monica?«

Trent konnte nur etwas über die letzte Begegnung sagen, aber wenn Walt dahinter kam, dass er gar nicht bei ihr wohnte, dann würde er Trent nicht zu ihr bringen. Deshalb erzählte er, was er sich dachte und von dem, was er beim Mittagessen von Jack erfahren hatte.

»Die Anhörung hat sie ziemlich mitgenommen. Aber ihre Anwälte sind Haie. Jack hat seine besten Leute für den Fall eingesetzt. Wenn sie fertig sind, werden sie mit eingezogenem

Schwanz davonlaufen.« Während er das sagte, war seine Stimme lauter geworden.

»Es ist furchtbar. Und dieser Mist von wegen über ihre Kompetenz hinaus gehandelt zu haben? Ein Haufen Schwachsinn. Wir versuchen, unsere Krankenschwestern vor allen Eventualitäten zu schützen. Sie wissen, was sie für die Patienten tun müssen. Man kann nicht jedes Szenario vorher durchgehen. Mann, wir hatten fast nichts zur Verfügung. Noch nicht einmal das Nötigste, um so zu arbeiten, wie es sich gehört. Es fehlte uns an allem, an Medizin, an Helfern, an Platz für Patienten … und Platz für die Toten.« Walt schüttelte sich. Dann schlürfte er wieder seinen Cocktail. »Wir hatten fast nichts.«

Walt nippte an seinem Drink, Trent nahm einen kräftigen Schluck von seinem Bier. Sie sprachen erst über Jamaika und dann, um schmerzliche Erinnerungen zu vermeiden, wechselten sie das Thema und redeten über Sport.

Die Fahrt zu Monicas Apartment dauerte nur kurz. Dort angekommen bedankte sich Trent bei seinem Chauffeur und bot an, beim nächsten Mal den Fahrdienst zu übernehmen. Walt winkte beim Wegfahren und Trent ging zu den Briefkästen.

Er fand ihren Namen und die Apartmentnummer. Zwischen hier und Seattle war Trent fast zu einem Privatdetektiv geworden.

Wenn das mit den Flugzeugen nicht klappt, dann habe ich jetzt was Neues gelernt, womit ich Geld machen kann.

Es war kurz vor neun Uhr abends und es war relativ ruhig im Gebäude. Von den oberen Stockwerken hörte man leise Musik und ein paar Fernseher laufen. Aber es fanden keine Partys statt und niemand stritt laut.

Trent fand Monicas Apartment, holte tief Luft und klopfte. Drinnen wurde der Fernseher leiser gestellt. *Sehr gut, sie ist zu Hause.*

Er hörte aber keine Schritte. Also klopfte Trent erneut und trat zurück, damit sie sein Gesicht durch den Türspion sah.

»Geh weg, Trent«, sagte sie durch die geschlossene Tür.

Verdammt. Dass sie ihn wieder fortschicken würde, wenn er sie gefunden hatte, wäre ihm nicht in den Sinn gekommen.

Kapitel 27

Monica lehnte den Kopf gegen die Tür und schloss die Augen.

»Ich hätte nicht wegrennen sollen«, sagte er durch die Tür. »Lass es mich erklären.«

»Du schuldest mir keine Erklärung.« Sie hatte gerade ihre Schwester und Katie mehr oder weniger aus der Wohnung geworfen, um allein zu sein. Sie war emotional erschöpft. Der Kater vom Vorabend war auch nicht gerade förderlich. »Geh einfach.« Sie drehte sich von der Tür weg, weil sie sich heute sicher nicht mehr mit Trent auseinandersetzen würde.

»Sie hieß Connie.«

Monica blieb stehen.

»Ich hatte sie mit dem Flugzeug abgeholt, weil ich sie meinen Eltern vorstellen wollte. Ich habe sie geliebt und wollte sie heiraten. Aber sie war stinksauer. Wollte meine Familie gar nicht kennenlernen. Und dann hat sie mir gestanden, dass sie einen anderen hat. Sie war verheiratet.«

Monica hielt sich die Hand vor den Mund. Nahm die Bedeutung seiner Worte auf.

»Ich hatte das nicht gewusst. Ich habe meine Eltern gebeten, sie wieder nach Hause zu fliegen. Sie sind nie wieder zurückgekommen. Das Flugzeug ist abgestürzt –«

Monica öffnete die Tür weit und unterbrach seine leidvolle Rede.

Trent hatte die Hände in beiden Seiten des Türrahmens gestemmt und den Kopf gesenkt.

Sie zog ihn in die Wohnung und blickte sich dabei im Flur um, ob irgendwer sie gehört hatte. Dann schloss sie die Tür.

Er blieb stehen und sah sie ernst an. »Als John mir gesagt hat, dass ihr verlobt seid, habe ich die Flucht ergriffen.«

Es hatte nur die wenigen Worte gebraucht, um sein Verschwinden zu erklären und Monicas Gesprächsbereitschaft zu wecken.

Sie legte den Kopf schief und seufzte. »Magst du etwas trinken?«

Jetzt kam sein Lächeln zurück. »Ein Kaffee wäre klasse.«

Sie ging zur Küchenzeile und machte ihm einen Kaffee. Die Aufgabe half ihr, einen klaren Kopf zu bekommen. Trent schien darauf zu warten, dass sie etwas sagte, deshalb fragte sie: »Wie habt ihr, also du und Connie, euch kennengelernt?«

Er nahm sich einen Stuhl, blickte gedankenverloren zur Wand. Vielleicht wollte er diese Frage gar nicht beantworten. »Ich bin viel geflogen. Habe die Piloten geprüft, die bei uns angestellt waren. Connie war Flugbegleiterin.«

»Bei eurer Firma?«

»Nein«, sagte er kopfschüttelnd. »Sie machte Inlandsflüge. Sie war in Chicago stationiert, aber dort haben wir uns nur einmal in den sechs Monaten, während wir ein Paar waren, getroffen. Wir haben uns überall in Amerika getroffen, außer in Chicago.«

»Weil sie verheiratet war?«

Er zuckte zusammen. »Ja. In der Nacht vor dem Absturz habe ich sie in Virginia abgeholt und zu mir nach Hause geflogen, um sie meinen Eltern vorzustellen. Es sollte eine Überraschung werden. Ich dachte, Frauen mögen sowas.« Er lachte ironisch. »Sie war alles andere als erfreut. Und dann hat sie mir gesagt, dass sie in Chicago einen anderen hat. Aber dass sie mit diesem anderen obendrein verheiratet war, habe ich erst nach dem Absturz erfahren.«

»Wie hättest du das auch wissen sollen?«

»Später ist mir bewusst geworden, dass es Hinweise darauf gab.« Er klang fast, als wäre er von sich selbst angewidert.

»Aber du hast sie geliebt. Liebe macht blind, hab ich mal gehört.«

»Ich habe *gedacht*, dass ich sie liebe.« Jetzt sah Trent Monica direkt in die Augen. Sein Blick wurde weich. »Aber ich habe mich geirrt. Wenn ich sie geliebt hätte, hätte ich um sie getrauert. Zuerst war ich wütend und fühlte mich wegen des Verlustes meiner Eltern selber wie tot. Alle haben gesagt, es sei nicht meine Schuld, aber ich war derjenige, der meinen Vater gebeten hatte, sie heimzufliegen. Weil ich es nicht konnte.« Es sprudelte alles nur so aus ihm heraus.

»Du hast Schuldgefühle. Das ist normal.« Jetzt kam wieder die psychologisch geschulte Krankenschwester in ihr durch.

»Ich habe meine Eltern vermisst.« Er holte tief Luft. »Aber Connie habe ich nie vermisst. Wenn ich sie geliebt hätte, hätte ich sie vermisst, als die Wut aufhörte.«

»Sie hat dich betrogen. Es ist schwer, einen Menschen danach noch zu mögen.« Monica war jetzt auch posthum wütend auf die Frau.

Er schüttelte den Kopf, schüttelte ab, was Monica sagte. »Seither habe ich, wenn ich mit einer Frau ausgegangen bin oder sie anziehend fand, immer von vornherein klargestellt, dass es nur vorübergehend ist. Auf der Insel war das auch nicht schwer. Wenn Frauen dort Urlaub machen, kommen sie entweder mit Ehemann oder allein mit Freundinnen. Meistens kommen verheiratete, ältere Frauen, um sich einen hübschen Jüngling zu angeln.«

Monica lachte. »Ich kann mir vorstellen, wie diese Damen nach dir lechzten.«

Jetzt musste auch er lachen und Monica bekam eine Gänsehaut. Schnell drehte sie sich weg, um ihm einen Kaffee einzuschenken. Sie stellte die Tasse vor ihn hin. Als er danach griff, berührten sich kurz ihre Hände und sofort wanderte ein Prickeln von ihren Armen zu Schultern und Hals und lief als Schauder ihren Rücken wieder hinab.

Sie zog die Hand weg, aber Trent hielt sie sanft fest.

Ihre Blicke trafen sich. Monicas Unterlippe begann zu zittern.

»Ich habe dich vermisst«, flüsterte er. »Selbst als ich dachte, du hättest einen anderen, da habe ich dich trotzdem vermisst.«

Ihre Kehle schnürte sich zusammen. »Du kannst mir aber nicht sagen, dass du mich liebst. Wir kennen uns kaum.«

»Ich weiß nicht, wie ich dieses Gefühl benennen soll. Aber zum ersten Mal möchte ich mehr als nur eine vorübergehende Affäre.«

Oh verdammt … sie wollte nicht, dass Trent sie weinen sah. Eigentlich wollte sie ihn umarmen, ihm eine Chance geben. Andererseits hatte es doch so schlecht begonnen, warum sollte sie sich noch mehr Herzschmerz antun? »Menschen, die gemeinsam ein traumatisches Erlebnis hatten, fühlen sich oft einander verbunden. Was du fühlst, kann wieder vorübergehen.«

Er streichelte die Innenseite ihres Handgelenks. »Vielleicht.«

Sie versteifte sich.

»Vielleicht aber auch nicht«, setzte er fort. »Ich hatte schon vorher den Entschluss gefasst, die Insel zu verlassen, noch bevor wir in der Höhle eingesperrt wurden. Erinnerst du dich?«

»Ja.«

»Ziemlich sicher wäre ich nach deiner Abreise wieder nach Los Angeles zurückgekehrt.«

In ihrem Bauch begann ein ganzer Schwarm Schmetterlinge umherzuflattern. »Du hättest wahrscheinlich angerufen … um zu sehen, ob die Funken noch da sind.«

»Oh ja, die sind noch da.«

Er zog sie an sich heran, streichelte über ihre Arme. »Was ist mit dir? Spürst du sie auch noch?«

»Aha, Fishing for Compliments, Barfuß?«

Er umfasste ihre Taille, zog sie zwischen seine geöffneten Beine. »Nein, Fishing for Erlaubnis.«

Sie hob den Kopf und ihre Lippen gaben ihm die Erlaubnis, die er haben wollte.

Er war sanft, süß und sinnlich, als er sie küsste. Die Funken sprühten so hell, dass sie ihre Augen schließen musste. Seine Arme waren stark und spendeten Geborgenheit, als er sie noch enger an sich heranzog.

Zuerst hatte er beim Kuss die Lippen geschlossen, aber dann begann sie vorsichtig mit ihrer Zunge nach seiner zu suchen. Trent stöhnte, änderte den Winkel, um noch mehr von ihr zu spüren.

Er hielt sie und küsste sie, unendlich lang. Als er aufhörte, um zu Atem zu kommen, murmelte er: »Ich habe dich vermisst.«

Sie hatte ihn auch vermisst, obwohl doch die Ice Queen eigentlich berühmt dafür war, ihre Liebhaber ohne Weiteres wieder fortzuschicken und sie niemals zu vermissen.

Sie musste ihn warnen, ihn schützen. »Trent?«

Er ließ sie nicht los. Sein Kuss war noch auf ihren Lippen und ließ ihr Kinn prickeln.

»Warte«, sagte sie, um ihn aufzuhalten, damit es nicht zu schnell ging. »Du gehst ein Risiko mit mir ein«, sagte sie. »Ich bin furchtbar, was Beziehungen betrifft.«

Sein schiefes Grinsen ließ sie schmelzen. »Versuchst du, mir Angst einzujagen?«

»Ja. Also, nein. Ich meine nur, dass ich dich warnen sollte. Monica Mann sollte einen Warnaufkleber tragen. Vorsicht! Ice Queen an Bord! Wenn mir Männer zu nahe kommen, schicke ich sie wieder fort.« Jeder, der sie kannte, wusste das.

Trent ließ seine Hände über ihren Rücken wandern, verweilte kurz an ihren Hüften, und strich wieder nach oben. »Komme ich dir gerade zu nahe?«

»Du hast schon längst die imaginäre Linie überschritten«, antwortete sie.

Er hielt ihr Gesicht in beiden Händen. »Unbekanntes Terrain für dich?«

Sie nickte. Sie wollte nicht, dass er wieder ging, und das brachte sie völlig durcheinander.

»Ich kann damit umgehen. Ich *will* damit umgehen«, sagte er.

»Ich habe Angst.« Ihre Worte waren kaum zu hören.

»Ach, Monica. Als ich vor deiner Tür stand und nicht wusste, ob du sie mir jemals öffnen wirst … da hatte ich Angst. Das hier –« Er gab ihr einen kurzen Kuss. »Das hier, das macht mir überhaupt keine Angst.«

»Was ist, wenn es nur körperlich ist?«

Er lachte und ließ sie los. »Wir können enthaltsam bleiben. Deine Theorie auf die Probe stellen.«

Wahrscheinlich entgleisten ihr gerade die Gesichtszüge. »Kein Sex?«

»Genau.«

»Im Ernst?«

Er schien die Idee gut und sogar immer besser zu finden. »Klar. Warum nicht?«

Hatte sie jemals schon eine Liebesbeziehung ohne Sex gehabt? Nicht seit der Highschool und Dates aus dieser Zeit zählten nicht.

»Ich küsse dich so gerne«, gestand sie.

»Küssen ist kein Sex«, erwiderte er und legte seine Hand auf ihren Arm.

»Küssen und kuscheln, aber keinen Sex.«

Er schluckte. Sein Adamsapfel bewegte sich dabei. »Genau.«

»Für wie lange?«

»Bis du weißt, dass es um mehr geht, als nur um körperliche Anziehung. Bis du dich selbst nicht mehr Ice Queen nennst.«

Das war auch ziemlich unbekanntes Terrain. Aber es fühlte sich tatsächlich sicherer an und wenn ihr Experiment nicht funktionierte, dann hatte Monica wenigstens bei ihm nichts kaputt gemacht.

Sie nahm seine Hand. »Also, was machen zwei Menschen an einem Dienstagabend, die eigentlich am liebsten aufeinander liegen würden, aber nicht dürfen?«

»Weiß nicht. Was hast du gemacht, bevor ich gekommen bin?«

»Ich hatte den Fernseher laufen, aber war gleichzeitig im Internet.«

»Hast du Computer gespielt?«

»Nein. Ich habe recherchiert. Nach Fortbildungsmöglichkeiten gesucht.«

Er schaute ernst. »Aber du bekommst doch deine Lizenz wieder zurück.«

Sie drückte seinen Arm. »Wahrscheinlich hast du recht. Aber ich wollte mich erkundigen, ob ich mich nicht noch weiterbilden kann. Vielleicht einen Master machen. So wird mir nie wieder jemand sagen, ich würde meine Kompetenzen überschreiten.«

Er führte sie zur Couch. »Zeig mir mal, was du gefunden hast.«

Als sie sich setzten, zog er sie an sich heran und blickte ihr über die Schulter. Sie zeigte ihm die verschiedenen Ausbildungseinrichtungen. »Zuerst dachte ich, es sollte irgendwo in der Nähe sein. Aber ich gehe ja nicht mehr ins Pomona-General-Krankenhaus zurück. Will ich nicht mehr, nach allem, was war.«

»Und wo willst du studieren?«

»In San Francisco gibt es zum Beispiel mehrere Möglichkeiten. Ich weiß aber nicht, ob ich gerne in der Stadt wohnen will. Da ist es so teuer.«

Sie klickte auf die nächste Seite und Trent zeigte auf einen Ort an der Ostküste. »Da in der Nähe liegt der Hauptsitz unserer Firma.«

Monica grinste ihn an. »Und dann gibt es noch San Diego. Warmes Meer, schöne Strände, Sonnenschein.«

Trent klickte auf die Seite mit den Einrichtungen an der Ostküste zurück. »Vor einem bisschen Schnee muss man sich aber auch nicht fürchten. Gemütliche Abende vor dem Kamin, mit heißem Kakao. Das wäre doch auch eine Option.«

Die nächsten zwei Stunden verbrachten sie mit der Suche nach Ausbildungsmöglichkeiten und den Orten, die in Frage kamen, und hatten keinen Sex.

»Ich sollte jetzt besser schlafen gehen«, sagte Monica, als es fast Mitternacht war.

»Das ist wohl mein Stichwort, oder?«

Eigentlich wollte sie gar nicht, dass er ging.

»Ich muss mir ein Taxi rufen.«

»Ein Taxi?«

Trent kratzte sich im Gesicht und blickte zu Boden. »Ja. Mein Auto steht bei Joe's.«

»Joe's Bar?«

»Ja. Ist 'ne ziemliche Kaschemme.«

»Und was für eine! Was hast du denn dort gemacht?«

Er sah sie immer noch nicht an. »Ich habe dort vielleicht ›zufällig‹ Walt getroffen.«

»Zufällig?«

»Und ich habe ihm vielleicht auch gesagt, dass wir zwei ein Paar sind und dass ich bei dir übernachte.«

Sie wollte auf ihn wütend sein, aber bei seiner Beichte sah er so süß aus, dass sie nur grinsen konnte. »So, so.«

»Und vielleicht hatte ich zu viel Alkohol getrunken und ihn gefragt, ob er mich fahren kann.«

»Wow, ich bin beeindruckt. Scheinbar nimmst du es mit deiner Immer-nur-die-Wahrheit-Regel nicht mehr so genau.« Rührend, dass er sich so bemüht hatte, sie zu finden.

»Wohl nicht mehr.« Er stand auf, streckte die Arme über den Kopf und gähnte.

Bei der Vorstellung, dass er jetzt gehen würde, fühlte sie sich plötzlich leer. »Es ist schon recht spät. Du kannst ja auch hier bleiben.«

Er legte den Kopf schief. »Bist du sicher?«

»Ja. Ist ja nicht so, als ob wir nicht schon mal nebeneinander geschlafen hätten, ohne … du weißt schon.«

»Das wäre unter den gegebenen Umständen damals schwierig gewesen.«

Sie klappte den Laptop zu und legte ihn beiseite. »Wenn du lieber zum Hotel zurückfahren willst …«

»Das habe ich nicht gesagt.«

Am liebsten hätte sie vor Freunde geklatscht, aber sie begnügte sich mit einem Lächeln.

»Du darfst aber nicht nackt schlafen. Das wäre, wie wenn man einem Pferd eine Karotte vor die Nase hält.«

Er zog eine Augenbraue hoch. »Eine Karotte?«

»Oder eine Currywurst vor einen Teller Pommes.«

Er lachte auf. »Auch nicht viel besser.«

»Ich gehe als Erste ins Bad.«

Als sie sich beide für die sexlose Nacht nebeneinander fertig gemacht hatten, kroch Trent neben sie ins Bett und zog sie an sich heran. Monica drehte den Kopf zu ihm und küsste ihn. »Gute Nacht.«

»Gute Nacht, Monica.«

Kapitel 28

Beim ersten Mal, als sie in der Nacht aufwachte, streichelte ihr Trent über den Kopf und half ihr, wieder einzuschlafen. Wie ein Kätzchen kuschelte sie sich an ihn heran und murmelte seinen Namen, als sie wieder einschlummerte. An das zweite Erwachen würde sie sich wahrscheinlich nicht mehr erinnern können. Sie bewegte sich neben ihm. Er war im Schlaf zu ihr hinübergerollt. Als er sie an sich heranzog, wurde sie wieder ruhig.

Danach lag er eine Weile wach. Er hatte nach dem Unglück in Jamaika auch Albträume gehabt. Ungefähr nur zweimal pro Woche, aber nie mehr als einen pro Nacht. In den letzten zwei Monaten hatte er an einer Hand abzählen können, wie oft er aus dem Schlaf hochgeschreckt war. Vielleicht war ihr unruhiger Schlaf in dieser Nacht auch eine Ausnahme, aber nach dem, was Jack gesagt hatte, eher nicht.

Trent küsste sie auf den Kopf und schlief wieder ein.

Als er aufwachte, hörte er nebenan Wasser laufen. Monica summte im Bad und Trent musste unwillkürlich lächeln. Er könnte ja auch einfach zu ihr unter die Dusche schlüpfen.

Sofort reagierte sein Körper auf diesen Gedanken und er rollte sich stöhnend zur Seite. Hatte er wirklich zugestimmt, mit der schönsten Frau, die es gab, keinen Sex zu haben?

Gott, er musste letzten Abend ganz schön verzweifelt gewesen sein, um sich auf so etwas einzulassen. Dann erst fiel ihm ein, dass er derjenige gewesen war, der den Vorschlag gemacht hatte. Vielleicht hatte er zu viel getrunken.

Trent schlüpfte aus Monicas Bett, zog seine Hosen an und tappte barfuß in die Küche. Er fand, was er brauchte, und kochte eine Kanne Kaffee.

Das Apartment war schön eingerichtet. Die Möbel sahen neu aus und der Flachbildschirm würde jedem Baseballspiel gerecht werden. Sie hatte ein paar Seidenblumen als Dekoration aufgestellt und am Kühlschrank hingen gemalte Kinderbilder und ein Magnetbilderrahmen mit einem Foto des Künstlers. Trent trank Kaffee und betrachtete die Bilder. Auf einem war ein Junge gemalt, der entweder einen sehr großen Hund an der Leine hielt oder ein sehr dünnes Pferd. »Für Tante Monica« stand darunter, »von Danny«.

Trent nahm schon den frischen, blumigen Geruch von Monicas Haut wahr, bevor sie erschien. Als sie in die Küche kam, vergaß Trent zu atmen. Ihre Haut war rosig und schimmerte, ihr Gesicht ohne Make-up, die Haare nass. Ein Tropfen rann ihre Schulter hinab, den dünnen Spaghettiträger ihres Tops entlang und verschwand zwischen den Brüsten.

Er musste die Kaffeetasse abstellen, damit er sie nicht aus Versehen fallenließ. Sie trug eine rosafarbene Yogahose, die wie eine zweite Haut anlag. Ihre Zehen, pink lackiert, spitzten darunter hervor. Als er wieder bei ihrem Gesicht angekommen war, sah er ihren hungrigen Blick. Sie wollte sich mit einem Handtuch die Haare trocken rubbeln, hörte aber mittendrin auf, um ihn gleichfalls von oben bis unten zu mustern.

Er machte einen Schritt auf sie zu und schon stand sie an der Wand, seine Lippen auf ihren. Bloß ein harmloser Guten-Morgen-Kuss. Sie schmeckte nach Pfefferminze und roch nach Frühling. Sein Körper sehnte sich danach, weiter in sie vorzudringen als nur mit der Zunge in ihren Mund, aber er schob den Gedanken beiseite und begnügte sich mit dem Kuss.

Nur eine unschuldige Begrüßung, mit einer Hand an ihrem Busen und der anderen auf ihrer Pobacke. Während sie sich in sein Haar krallte, ballte sie die Hände zu Fäusten, zog ihn noch enger an sich heran und drückte ihre Hüfte gegen seine.

»Diese Abstinenz ist echt hart«, sagte sie.

»Es ist nur ein Guten-Morgen-Kuss.« Wieder küsste er sie, sozusagen als Beweis, und auch, um zu zeigen, wie gut er es ignorieren konnte, dass seine harte Stelle ihre weiche suchte.

Diesmal war sie diejenige, die den Kuss beendete. »Guten-Morgen-Zungenakrobatik ist mehr als ein Guten-Morgen-Kuss, Barfuß.«

»Soll ich aufhören?«

Sie schüttelte den Kopf und er beugte sich erneut zu ihr, um ihre sauberen Zähne und appetitlichen Lippen zu erforschen.

Ein paar Minuten später musste er aufhören, aber es fiel ihm so schwer, wie kaum etwas anderes im Leben.

Ihre Augen funkelten. »Zwei Erwachsene sollten sich wirklich besser unter Kontrolle haben«, schimpfte er sie und sich selbst aus.

»Sollte man meinen.«

Er beugte sich hinunter und hob ihr Handtuch auf. »Ich glaube, ich gehe jetzt besser auch unter die Dusche.« Denn wenn er blieb, hätte er Monica sofort aufs Bett geworfen und nackt ausgezogen … oder gleich hier im Stehen.

Er stöhnte und zog am Schritt der Hose, die viel zu eng geworden war.

Monica kicherte, als er ging.

★★★

Sie fuhr Trent zu Joe's Bar, damit er sein Auto holen konnte. Beim Anblick des jetzt tatsächlich gelben Jeeps musste sie lachen. »Dieses Mal riskiere ich nichts mehr«, sagte Trent.

Mit einer langen To-do-Liste und einem Krankengymnastiktermin hatte sie genug zu tun, was sie für den Rest des Tages ablenken würde.

Trent küsste sie erneut, bevor er ausstieg.

»Ich hole dich um sechs ab«, sagte er zwischen den Küssen.

»Ach ja?«

»Ja, zum Abendessen. Zieh dir was Schönes an.«

Sie tat entrüstet. »Heißt das, du magst mein Sportoutfit nicht?«

Er strich ihr über den Rücken und umfasste ihren Po. Die Funken, die seine Berührung hervorriefen, waren besser als jedes Feuerwerk.

»Von deinem Sportoutfit bekomme ich einen wässrigen Mund.«

Sie küsste ihn wieder und merkte, wovon er sprach.

»Heißt das, du fragst mich nach einem Date, Barfuß?«, sagte sie in einer kurzen Atempause.

»Muss ich dich danach erst fragen?«

Sie überlegte kurz. Bis jetzt war es ihr immer schwergefallen, einem anderen die Führung zu überlassen. Mit Trent fühlte es sich einfach richtig an. Selbst wenn er sie bloß um ein Date bat. Sie wollte Zeit mit ihm verbringen. Und er wusste das auch. »Nein, du musst mich nicht erst fragen.«

»Gut.« Er stahl sich noch einen kurzen Kuss und öffnete die Autotür.

An diesem Tag lief die Physiotherapie auch schon viel besser als noch vor zwei Tagen. Die Therapeutin ließ sie auf einem Laufband zügig gehen. Danach hatte Monica einen Termin beim Orthopäden. Sie war einen Schritt näher daran, wieder joggen zu können, und einen Schritt näher daran, nicht mehr so unbeweglich zu sein und wieder arbeiten zu können. Es war etwas ganz anderes, wenn man körperlich nicht in der Lage war zu arbeiten und keinen Job hatte, als wenn man fit genug war, aber nicht durfte.

Monica schob diese Gedanken beiseite, während sie sich für das gemeinsame Mittagessen mit Katie und Jessie fertigmachte. Sie hatten sie am Vortag mit ihrem Besuch für eine Mädelsrunde überrascht und die Kinder dazu nicht mitgenommen. Aber das war gestern Nachmittag gewesen, bevor Trent kam. Bevor er die Nacht bei ihr verbrachte und nicht mit ihr geschlafen hatte. Oder besser, keinen Sex mit ihr hatte. Sie dachte an ihre Kein-Sex-Vereinbarung, als sie ins Restaurant ging, in dem sie mit ihrer Familie verabredet war.

Das Morrison Family Inn war Jacks Idee gewesen. Es war zwar kein Luxushotel wie die anderen der Morrisonkette, aber es war trotzdem sehr elegant. Die bezahlbaren Unterkünfte waren familienfreundlich, was man in jeder Ecke des Hotels bemerkte. In allen Hotelzimmern gab es mindestens eine Schlafzimmersuite. Es gab Kinderbetten, einklappbare Schrankbetten, Ausziehsofas und alles, was eine Familie brauchte. Das ganze Hotelareal war wie ein einziges Kinderspielparadies. Selbst in dem Restaurant, das Monica gerade betrat, war alles auf Familien mit Kindern ausgerichtet. Die Tische waren rund, sodass Kleinkinder gefahrlos spielen konnten. Die Decken waren niedrig, damit sich der Lärmpegel in Grenzen hielt und auf den Bildschirmen liefen statt der sonst üblichen Sportsendungen Kinderprogramme. Das Restaurant gehörte zwar zum Hotel, aber hier in Ontario, einem Vorort von Los Angeles, war es eine beliebte Lokalität geworden.

Monica freute sich, wenn sie mit ihrer Familie gemeinsam zum Essen ging. Danny war stets vergnügt, wenn sie sich sahen. Das lag vielleicht nicht nur daran, dass es sein Lieblingsessen – Makkaroni mit Käse – gab, sondern auch daran, dass Jack das Restaurant »Danny's« genannt hatte.

Monica sah Jessie, die mit den anderen in einer Nische saß und ihr zuwinkte. Danny sprang auf, rannte auf seine Tante zu und umarmte sie stürmisch. Monica hatte ihren Neffen schon vermisst. Sie genoss seine Zuneigung, vor allem, weil sie genau wusste, dass er umarmen und küssen irgendwann eklig und uncool finden würde, und dann wäre es vorbei damit. Deshalb nutzte sie es aus und gab ihm so viele Küsse, bis er sie lachend fortstieß. »Hey, Cowboy.« Sie zog seinen Cowboyhut tiefer ins Gesicht. Seitdem Gaylord ihm diesen Hut geschenkt hatte, setzte er ihn nicht mehr ab. »Wie läuft dein Restaurant?«

»Es ist nicht wirklich meins, Tante Monica. Es ist nur nach mir benannt.«

Sie verriet natürlich nicht, dass das nicht ganz stimmte. Wenn er groß war, würde ihm das Restaurant und noch vieles mehr gehören.

»Hallihallo«, sagte sie, als sie zum Tisch kam.

»Heute schaut aber jemand glücklich aus«, stellte Katie fest.

»Weil ich die Kinder sehe.« Monica beugte sich zu Savannah und gab ihr einen dicken Schmatzer auf die Wange. »Ja, wer ist denn hier schon so groß geworden?«

Savannah war schon fast zwei Jahre alt und konnte ihre ersten Worte sagen, die man tatsächlich auch verstand.

Monica setzte sich neben Jessie und bewunderte die Bilder, die Savannah und Danny malten. Savannah war eine gute Übung für Danny. Monica hatte ein T-Shirt mit der Aufschrift *Bruder in Ausbildung* machen lassen. Er liebte es.

Als es still wurde am Tisch, sah Monica hoch und merkte, dass Katie und Jessie sie anstarrten.

»Was denn?«

»Was ist los? Gestern war ich mir nicht sicher, ob du überhaupt Zähne hast, weil du so verkniffen geschaut hast. Und heute bist du so … so …«, Jessie kniff die Augen zusammen, als ob es ihr helfen würde, das richtige Wort zu finden.

»So was?«

»Glücklich«, kam Katie zu Hilfe.

»Tante gückich«, kicherte Savannah neben Katie.

»Fast strahlend«, meinte Jessie.

»Es gibt nur zwei Gründe, warum eine Frau so strahlt, und ich glaube nicht, dass du schwanger bist«, sagte Jessie.

»Nee, ich bin nicht schwanger.«

Mit einem bedeutungsvollen Blick auf ihren Sohn fragte Jessie: »Gibt es irgendwelche *besonderen Umarmungen,* über die du reden möchtest?«

Monica dachte an die vielen Umarmungen, die zwar besonders waren, aber nicht auf die Art, wie es gemeint war. »Wir haben uns umarmt, ja.«

Katie bekam große Augen. »Du und Trent?«

Sie seufzte. »Er kam gestern, als ihr weg wart, zu meiner Wohnung.« Beide Frauen wanden sich und sahen zu ihren Kindern. Monica wusste, dass sie tausend Fragen hatten und sie alle in verschlüsselter Form gefragt werden mussten, damit die unschuldigen Ohren der kleinen Plappermäulchen nichts aufschnappten.

»Tatsächlich?«

»Woher wusste er, wo du wohnst?«, wollte Jessie wissen.

Monica blickte zwischen beiden hin und her. »Irgendwer hat ihm verraten, dass ich nach der Arbeit öfters in Joe's Bar war.«

Katie zuckte mit den Schultern. »Mich brauchst du gar nicht so anzuschauen. Ich habe ihn nicht mehr gesehen, seit ich dich von der Kanzlei abgeholt habe.«

»Auch nicht telefoniert?«, fragte Monica.

»Nein.«

Sie sah zu Jessie. »Kein Wort mit ihm seit Florida.«

»Also, irgendwer hat mit Trent geredet. Es gäbe ja noch viele andere Möglichkeiten, wo man sich nach der Arbeit treffen kann.«

Danny rempelte gegen Monicas Bein, während er einen Buntstift vom Boden aufhob. »Trent ist nett«, sagte er beiläufig.

Alle drei sahen zu Danny.

»Hast du Trent denn schon mal getroffen?«, fragte Jessie ihren Sohn.

»Gestern. Er und Daddy waren im Hotel, als mich Grandma hingebracht hat.«

Jessie schloss kopfschüttelnd die Augen. »Erwischt.«

Monica musste lachen. Jetzt war er dran, der arme Jack. »Sei nett zu ihm«, warnte Monica. »Immerhin hat er Trent nicht meine Adresse gegeben. Nur gesagt, wo ich öfters anzutreffen bin. Er war dort, hat Walt getroffen und ihn dazu gebracht, dass er ihn zu mir nach Hause fährt.« Irgendwie romantisch, wie sehr sich Trent bemüht hatte, ihre Adresse herauszufinden. Beim Gedanken daran musste sie schmunzeln.

»Was ist passiert?«

»Ich erzähle euch die Details später, aber kurz gesagt, er hatte einen triftigen Grund, warum er wie von der Tarantel gestochen abgehauen ist. Als er erfahren hat, dass ich nicht verlobt bin und ihn nicht angelogen habe, wollte er eine Chance bekommen.«

»Eine Chance?«

»Mich zu sehen, mit mir auszugehen.«

»Und dich zu *umarmen?«,* fragte Katie.

Monica schüttelte den Kopf. »Nein. Wir umarmen uns nicht.«

Jessie sah sie an, als sei sie verrückt. »Keine *Umarmungen?«*

»Sonst *umarme* ich immer erst und lerne dann später den Typen besser kennen. Was dann meistens zu dieser berühmten Unterhaltung führt von wegen ›es liegt nicht an dir, sondern an mir‹.« Es hatte immer an ihr gelegen und nie an den anderen.

»Wow!«

Die Kellnerin unterbrach die Unterhaltung, um die Bestellungen aufzunehmen.

»Und wenn ihr euch nicht umarmt, warum strahlst du dann so?« Jessie hatte schon immer einen Blick für so etwas gehabt.

»Kann man denn nicht einfach so wegen eines Mannes glücklich sein und strahlen?«

»Na ja, vielleicht.«

Ihre Getränke wurden gebracht. Monica süßte ihren Eistee, während sie weitererzählte. »Es hilft zum Beispiel schon, dass ich letzte Nacht mal wieder richtig geschlafen habe. Ich hatte mir gar nicht eingestanden, dass ich mich über Trents Verschwinden in Florida so geärgert habe.« Sie schlürfte ihren Tee. »Als ich ihn heute Morgen wieder zu Joe's gebracht habe, hat er gesagt, dass er mich um sechs zu einem Date einlädt.« Sie lachte. »Ich habe sonst nie von einem Mann hören wollen, dass wir ausgehen.« Sein selbstbewusst bestimmter Ton, der ihr wieder in den Ohren klang, ließ ihre Gedanken erneut abschweifen. Als sie aufblickte, starrten beide Frauen sie wieder an. »Was denn?«

»Er hat bei dir geschlafen?«

»Mhm.«

»Auf der Couch?«, fragte Jessie nach.

Monica rollte mit den Augen. »Gibt es denn nicht auch Nächte, in denen du und Jack einfach nur schlaft, ohne euch zu umarmen?«

»Wir sind verheiratet«, und als ob ihr Bauch nicht offensichtlich genug sei, fügte sie hinzu: »und schwanger.«

Monica musste lachen. »Man muss nicht verheiratet oder schwanger sein, um ohne Umarmung schlafen zu können.«

Die Unterhaltung mit umschreibenden Worten machte Monica schwindelig, aber die verwirrten Gesichter von Katie und Jessie waren köstlich. »Das Strahlen kommt vom Küssen ohne Umarmen.«

»Und er hat eingewilligt?«, fragte Katie.

»Hat er selber vorgeschlagen.«

»Im Ernst?«

Monica lachte wieder. »Verrückt, oder?«

»Definitiv.«

»Vielleicht. Aber irgendwie ist es schön. Ich weiß nicht, wie lange es anhalten wird, aber es macht Spaß.«

Katie winkte ab. »Du bist auch verrückt.«

Dann stieß sie Jessie an, hielt die Hand auf und meinte: »Du schuldest mir fünf Dollar.«

Monica wollte wissen, warum, aber keine von beiden antwortete.

Das Essen wurde gebracht und das Gespräch drehte sich um Katie und Dean und ihre Entscheidung, wieder nach Texas zurückzuziehen. Monica wäre vorher noch traurig darüber gewesen, aber jetzt, da sie selbst vielleicht bald wegzog, nicht mehr.

Nach dem Essen gingen sie mit den Kindern ins Hotelschwimmbad und quatschten weiter. Die Zeit verging wie im Flug. Schon bald musste sich Monica für ihr Date fertig machen.

Als sie vom Hotel wegfuhr, warf Monica einen Blick in den Rückspiegel.

Sie strahlte tatsächlich.

Kapitel 29

»Sie brüten darüber«, informierte Mr Goldstein Monica am Telefon, ein paar Wochen nach dem ersten Date mit Trent. »Aber sie haben sich noch nicht geäußert.«

Monica saß auf ihrem kleinen Balkon, das Telefon ans Ohr geklemmt. »Wie können sie denn jetzt noch glauben, dass sie gewinnen? Je mehr Informationen Sie zutage fördern, umso weniger Substanz hat der Fall. Sie haben doch gesagt, dass Shandee alles erfunden hat und dass sie gar nicht aussagen wollte.« Dieses Detail hatte sie letzte Woche erfahren und da hatten Monica und Trent gedacht, die Klage würde fallengelassen werden.

Aber anscheinend war das nicht so.

»Ja, sie hat ihre Aussage widerrufen. Sie hatte nicht unter Eid ausgesagt, darum ging das so einfach.«

»Ich verstehe das nicht.«

»Es ist wegen der Gewerkschaft. Dem Krankenhaus ist die Gewerkschaft ein Dorn im Auge.« Die Arbeitnehmerorganisation war zwei Jahre, bevor Monica zu arbeiten anfing, von den Angestellten des Krankenhauses gewählt worden. Bisher hatten die neu ausgehandelten Verträge dem Pflegepersonal nicht viel gebracht. Jetzt gab es sogar Gerüchte, dass abgestimmt werden sollte, ob man sich wieder von dieser Gewerkschaft trennte.

»Warum? Das Pflegepersonal zahlt zwar die Gewerkschaftsbeiträge, aber es tut sich ja nicht viel.« Ihre jährliche Gehaltserhöhung war auch nicht gerade der Rede wert gewesen.

»Wann waren Sie das letzte Mal auf einer Gewerkschaftsversammlung?«

»Ich war noch nie auf einer.«

»Dann werden Sie sich über Folgendes freuen: Der Vertrag, der diesen Winter verhandelt wird, soll viel besser ausfallen als der letzte. Trotz der schlechten Wirtschaftslage ist nach Ansicht der Gewerkschaft durch die Gesundheitsreform genug im Budget und der Überschuss soll ans Pflegepersonal verteilt werden. Sie setzt sich dafür ein, dass alle Extraleistungen für die Angestellten bestehen bleiben. Zur Zeit müssen viele Firmen kürzertreten und Leute entlassen, was so ein großes Krankenhaus aber nicht tun kann. Stattdessen will es keine Gehaltserhöhungen zahlen und alle Sonderleistungen kürzen. Genau dagegen will die Gewerkschaft ankämpfen.«

»Wenn das Krankenhaus jetzt die Gewerkschaft so aussehen lässt, als ob sie nicht einmal für den Job einer unschuldigen Krankenschwester kämpfen kann, dann werden sich die anderen Mitglieder fragen, wofür sie eigentlich überhaupt gut ist, stimmt's?«

»Ja, genau das denken wir auch. Wir haben es nicht schwarz auf weiß, aber das ist zumindest unsere Theorie. Ihr Fall kam da gerade recht. Man braucht nur noch eine Chefin, die Sie nicht mag, und schon sind Sie die Zielscheibe. Aber das Krankenhaus hat einen fatalen Fehler gemacht. Es hat Sie unterschätzt und nicht gedacht, dass Sie sich Hilfe holen.«

Hatten sie vielleicht ihrer Adresse auf dem Lebenslauf entnommen, dass sie nicht aus einer reichen Familie stammte, weil ihre Wohnung nicht gerade in der besten Gegend gelegen hatte?

»Das ist eine Sauerei.«

»Es hat Ihre Gegner verwirrt, dass Sie nicht mit einem Gewerkschaftsvertreter aufgekreuzt sind, und jetzt müssen sie herausfinden, wie Sie sich solche Anwälte wie uns leisten können.«

»Ich kann mir Sie ja gar nicht leisten«, lachte Monica.

Auch Goldstein gluckste. »Vielleicht könnten Sie noch herausfinden, ob Ihre Gewerkschaft bei der Demonstration mitmacht. Ich habe mit Jack gesprochen. Er will mit seiner Schwester reden, damit auf jeden Fall die Medien dabei sind, die das Krankenhaus noch mehr unter Druck setzen.«

»Meinen Sie, dass das etwas bewirkt?«

»Ich kann es eigentlich immer noch nicht glauben, dass der Fall weiterverfolgt wird. Jetzt sollen sie einen Grund bekommen, die Klage noch vor Herbstbeginn zurückzuziehen.«

Im Herbst beginnt das Aufbaustudium. Sie hatte sich zwar noch nicht für eine bestimmte Uni entschieden, aber sie wusste definitiv, dass sie etwas in der Richtung machen wollte, wenn die Klage vom Tisch war.

»Ich muss ein paar Telefonate führen.«

»Ich freue mich, wieder von Ihnen zu hören.« Er legte auf.

Die nächste Stunde verbrachte Monica am Telefon. Zuerst mit Walt. Sie fragte ihn, ob er in den nächsten vierundzwanzig Stunden Leute für die Demonstration zusammentrommeln konnte. Er würde alles versuchen. Die Gewerkschaft wollte den Protest ebenfalls unterstützen. Deshalb setzte Monica alle Hebel in Bewegung. Sie rief Katie an, ihre Freunde von der Feuerwehrwache und einige Leute, die sie von der Ausbildung kannte.

Danach rief sie Trent an, der an diesem Morgen mit seinen Brüdern bei einem Geschäftstermin in Connecticut war. Es war das zweite Mal, dass er weg war, seit sie vor ein paar Wochen ein Paar wurden, das sich nur küsste. Trent hatte den Jet, mit dem er aus Seattle gekommen war, wieder zurückgebracht. Er war noch so lange dort geblieben, bis feststand, dass Frank tatsächlich derjenige war, der die Flugzeuge für eigene Zwecke missbraucht hatte. Nach Franks Entlassung hatte Trent, um ähnlichen Vorfällen in Zukunft vorzubeugen, ein Bonussystem eingeführt, mit dem sich langjährige Angestellte Flugprivilegien verdienen konnten.

Trents Brüder hatten nach dem Tod der Eltern die Hauptverantwortung für die Firma übernommen und Trent fand, dass es jetzt an der Zeit sei, wieder einzusteigen und ihnen etwas von der Last abzunehmen. Das bedeutete aber, dass er für eine Weile wieder nach Hause zurückkehren musste.

Monica hätte ihn nicht einfach so gehen lassen, wenn er nicht versprochen hätte, dass er zurückkommen würde. Allerdings war sein Lebensmittelpunkt auch nicht in Südkalifornien und Monica wusste, dass irgendwann einer von ihnen umziehen müsste, wenn sie sich weiterhin sehen wollten. Noch vor einem Monat hätte ihr dieser Gedanke ziemliche Angst eingejagt.

Jetzt aber suchte sie nach einem Studienangebot in der Nähe von Trents Firmensitz. Ob sie sich traute, so einen großen Schritt für diese Beziehung zu wagen?

Die paar Nächte, die er weg wäre, würden ihr genügend Zeit geben, sich damit auseinanderzusetzen. Ohne ihn würde sie wahrscheinlich sowieso nicht gut schlafen können und dann konnte sie nachts nachdenken.

Dass sie nur kuschelten und sich küssten, ohne miteinander zu schlafen, hatte nicht dazu geführt, weniger Zeit mit ihm verbringen zu wollen. Wenn sie sich unterhielten und zusammen waren, dann ging es um viel mehr als nur um Lust auf Sex. Monica wollte unbedingt mit ihm über die Demonstration reden und das zeigte ihr, dass sie sich geändert hatte. Sie hatte früher selten mit einem Mann über ihre Probleme reden wollen, zumindest auf keinen Fall über irgendetwas Tiefgründiges. Aber mit Trent konnte Monica über alles reden. Über Tagträume und Albträume, über ihre Pläne und über das, was sie noch erleben wollte.

Und Trent ging es nicht anders. Er redete mit ihr über die Firma. Da er nicht länger auf der Insel lebte, wollte er wieder voll ins Geschäft einsteigen. Seine Brüder hatten eine Zeit lang alles übernommen, aber jetzt wollte Trent wieder bei den täglichen Entscheidungen dabei sein. Erneut musste er in seinem Leben etwas zurückstellen, aber diesmal, um der Beziehung eine Chance zu geben.

Irgendwann wurde Monica klar, dass sie Vertrauen haben und ihrem Herzen folgen musste. Aber es kam ihr vor, als müsste sie dafür über eine steile Klippe springen, und sie hatte Angst, dabei in die Tiefe zu stürzen.

Sie rief Trent an, wurde aber direkt zur Mailbox weitergeleitet. Erst am Abend rief er zurück.

»Hallo, Miss Kalifornien«, sagte er schläfrig.

»Bist du jetzt erst angekommen?«

»Ich hatte ganz vergessen, wie nervtötend normale Flüge sind.«

»Zusammengepfercht mit uns anderen?«, witzelte Monica.

»Es ist halt blöd, wenn man es auch anders kennt. Außerdem mag ich es nicht, wenn ein anderer am Steuer sitzt.«

»Hast du Probleme, anderen die Kontrolle zu überlassen?«

»Ach, du musst gerade reden.«

Sie erzählte ihm, dass in zwei Tagen die Demonstration stattfinden würde, kurz vor der Rushhour. »Katie hat vorgeschlagen, dass wir ein Bild von mir aus der Klinik in Jamaika vergrößern und noch eines aus der Notfallambulanz. Damit alle in der Gegend wissen, um welche Krankenschwester es sich handelt. Ich werde morgen zum Drucker fahren und dann treffen Katie und ich uns mit noch ein paar Freunden, um die Transparente zu gestalten.«

»Ich kann meine Pläne ändern und früher zurückkommen.« Er hatte ursprünglich vorgehabt, ein paar Tage zu Hause zu bleiben.

»Ich hätte dich zwar schon gerne hier, aber du musst nicht extra etwas absagen. Wie geht's deinen Brüdern?«

»Gut, danke. Sie wollen dich kennenlernen.«

Sie musste lächeln. Die letzte Frau, die er seiner Familie vorstellen wollte, hatte ihm das Herz gebrochen. »Ja, sehr gerne.«

»Kann ich dich dann zu einem Besuch überreden, wenn das Krankenhaus die Klage fallenlässst?«

Sie setzte sich auf die Beine. »Du kannst mich sogar dazu überreden, wenn die Klage nicht fallengelassen wird.«

Er sagte nichts, aber Monica hörte fast, wie er grinste. »Also, abgemacht.«

»Abgemacht«, wiederholte sie. Sie plauderten noch ein bisschen. Keiner von beiden wollte auflegen. Als sie aber Trent zum zweiten Mal gähnen hörte, sagte sie, dass sie ihn vermisste und ihn am nächsten Tag wieder anrufen würde.

Nachdem sie aufgelegt hatte, wurde ihr bewusst, dass sie mit »Ich vermisse dich« eigentlich sagte, dass sie ihn liebte.

Und auch darüber musste sie lächeln.

★★★

Der nächste Tag, an dem die Demonstration geplant war, begann früh. Monica und Katie machten noch die Transparente fertig und beschafften sich in letzter Minute eine Genehmigung, damit man sie nicht verhaften würde. Die Demonstration sollte eine Stunde vor allgemeinem Dienstschluss beginnen. Wenn die Anwälte des Krankenhauses die Klage zurückzogen, könnten sie theoretisch den Schaden, den die Demonstration anrichtete, in Grenzen halten, indem sie gleich Monicas Anwälte anriefen. Goldstein hatte ihr aber gesagt, dass sie erst nach siebzehn Uhr mit seinem Anruf rechnen solle. Selbst wenn sie also die Klage mit dem ersten Transparent zurückziehen wollten, würde Monica es *dummerweise* erst eine Stunde später erfahren. »Sollen sie ruhig leiden«, meinte er.

Monica war so froh, dass sie Goldstein an ihrer Seite hatte. Sie stand im Park gegenüber vom Krankenhaus, umgeben von einer großen Schar an Leuten. Alle waren gekommen, um mit ihr zu demonstrieren, Krankenschwestern, Ärzte, Gewerkschaftsvertreter, ihre Feuerwehrmänner und sogar einige Polizisten. Um sechzehn Uhr machten sie sich wie bei einem Flashmob gemeinsam auf den Weg und überquerten die Straße.

Katie nahm Monicas Hand, als sie beim Krankenhaus ankamen. Dort standen schon einige Pressebusse und Monica merkte, wie Kameras auf sie gerichtet wurden. Sobald sie auf dem Bürgersteig waren, marschierten die Gewerkschaftsvertreter mit Monicas Freunden und Kollegen los. Durch Megafone verstärkt, forderten sie Gerechtigkeit und prangerten die unfaire Behandlung an. Es wurde ziemlich laut.

Katie zog Monica zu einem Journalisten für ein Interview. Selbst wenn das Krankenhaus jetzt alles zurücknahm, war der Schaden schon angerichtet. Monica war es egal. Sie hatten sie als Beispiel genommen und jetzt würde sie es ihnen ganz beispiellos zeigen. *Na wartet.* Die Transparente waren herzzerreißend und die Medienvertreter waren ganz heiß auf die Story.

Monica sagte den Journalisten, was sie wusste, und verwendete den genauen Wortlaut, den Goldstein ihr zuvor nahegelegt hatte. Nur die Wahrheit, aber nichts, was sie davon abhalten würde, dem Krankenhaus eine Gegenklage zu stellen.

Unter der größer werdenden Menge waren viele Gesichter, die Monica gar nicht kannte. Zwischen den Interviews bedankte sie sich mit Tränen in den Augen bei den Leuten, die erschienen waren, um sie zu unterstützen. Katies Ehemann Dean war auch gekommen und schob Töchterchen Savannah im Kinderwagen mit. Auf dem Kinderwagen war ein Bild von Monica angebracht, die Savannah als Säugling hielt. Das Foto war aufgenommen worden, kurz bevor Monica zur Arbeit ging, weshalb sie darauf im Schwesternkittel zu sehen war. In einer Sprechblase über Savannahs Kopf stand: »Lasst gefälligst meine Tante in Ruhe!«

Die vorbeifahrenden Autos hupten zur Unterstützung, es wurde über Krankenhauspolitik diskutiert und man hörte andere Krankenschwestern sagen, dass es genauso gut sie hätte treffen können.

Es war überwältigend. Monica wollte Trent anrufen, um ihn daran teilhaben zu lassen, und zog gerade das Handy aus der Hosentasche, als von hinten jemand an sie herantrat.

»Schwester Monica?«

Hinter ihr stand ein untersetzter, adrett gekleideter Mann. Er kam ihr zwar sehr bekannt vor, aber sie wusste nicht sofort, woher sie ihn kannte. »Hallo.«

»Ich wollte mich bei Ihnen bedanken.« Als er zu reden begann, fiel es ihr wie Schuppen von den Augen.

»Das darf nicht wahr sein. Gary? Gary Owens?« Wie war das denn möglich? Er wirkte nüchtern und sah gesund aus. Gar nicht mal unattraktiv. Jedenfalls war er nicht der Mann, den sie an ihrem letzten Tag in der Notaufnahme so ordentlich die Meinung gegeigt hatte.

Ein schüchternes Lächeln umspielte seinen Mund, als er nickte. »Seit fast vier Monaten trocken.« Er hob seine Hand. Am Handgelenk baumelte ein Armband mit Anhänger, das seine Abkehr vom Alkohol symbolisieren sollte. »Ich hätte es nicht probiert, wenn Sie nicht gewesen wären.«

Monica konnte nicht verhindern, dass ihre Augen feucht wurden. Aus dem Augenwinkel sah sie, wie eine Kamera den Moment einfing.

»Sie sehen großartig aus.« Das stimmte wahrhaftig.

»Ich fühle mich auch so. Als ich das hier im Fernsehen sah, bin ich gleich herkommen.«

»Wow, Gary. Ich weiß gar nicht, was ich sagen soll.«

Kopfschüttelnd wischte er sich selbst eine Träne aus dem Gesicht. »Sie müssen gar nichts sagen. Manchmal braucht man nur einen Menschen, der einem die Augen öffnet. Sie haben das für mich getan und ich werde Ihnen ewig dafür dankbar sein.«

»Ich freue mich so für Sie.«

Er tappte von einem Bein aufs andere. »Darf ich Sie mal drücken?«

Monica öffnete die Arme und umarmte den Mann, von dem sie geglaubt hatte, dass sie ihn nie wiedersehen würde. »Ich wünsche Ihnen alles Gute«, sagte sie, bevor er ging und ein Transparent hochnahm.

Wieder kam jemand, der ihre Gedanken unterbrach.

»War das etwa Gary Owens?«, fragte John.

»Ja, ist das zu fassen?«

»Der hat sich aber verändert!«, staunte er.

Sie drehte sich zu ihrem Exfreund, der sie angrinste.

»Ich habe gehört, dass du jetzt mit dem Mann aus Jamaika zusammen bist.«

Sie hatten seit ihrer Rückkehr noch nicht wirklich über ihre vergangene Beziehung gesprochen. Er hatte ein paarmal angerufen, um sich mit ihr zu treffen, aber es hatte nie geklappt.

»Richtig.«

Er schob die Hände in die Hosentasche. »Dann habe ich wohl keine Chance mehr, oder?«

Jetzt hatte sie wieder Tränen in den Augen, aber diesmal aus einem anderen Grund. »Ich wollte dir nicht wehtun.«

»Ich hätte mir eben nur gewünscht, dass ich derjenige bin, der dich glücklich machen kann.«

»Ich meine es wirklich ernst, wenn ich sage, dass ich dich als Freund nicht verlieren will, John.«

Er öffnete die Arme und Monica umarmte ihn, ohne zu zögern. Er gab ihr einen Kuss auf die Wange, als er sie losließ. »Pass auf dich auf.«

Monica drehte sich um und blickte direkt in Trents Gesicht.

Seine Miene war todernst.

Ihr Herz machte einen Sprung, während sie wartete, dass er auf sie zukam. Zur Freude, ihn wiederzusehen, mischte sich Angst, dass er die Szene zwischen ihr und John gerade falsch verstanden haben könnte. Aber wenn sie jemals mit ihrer Beziehung weiterkommen wollten, dann musste er lernen, ihr zu vertrauen, und sie musste darauf vertrauen, dass er nicht ohne Erklärung wieder abhaute. Sie machte Fäuste und wartete darauf, dass sein kalter Blick wieder wärmer wurde, und gerade als sie dachte, er würde sich umdrehen und fortlaufen, da öffnete er seine Arme.

Bisher hatte sie Filme, in denen eine Frau in die Arme ihres Geliebten läuft, für kitschig gehalten. Jetzt nicht mehr. Trent umschloss sie, hob sie hoch und wirbelte sie herum. »Ich habe dich vermisst«, sagte er.

Er setzte sie wieder ab, küsste sie. Aber es war kein kurzer Kuss, sondern ein richtiger Zungenkuss, der eigentlich für das Schlafzimmer reserviert war. Als er sie wieder losließ, war sie außer Atem und hatte rosige Wangen. Ihre Kollegen hatten zugesehen und veranstalteten ein Pfeifkonzert.

»Unsere Eiskönigin Queenie taut gerade auf«, rief irgendwer.

Monica winkte ihre Bemerkungen ab. »Ich wusste nicht, dass du kommst.«

»Sieht ganz so aus, als ob ich besser in deiner Nähe bleiben sollte, sonst schnappt dich mir noch jemand weg.« Aber er lachte, während er das sagte.

»Das kann zwar einer versuchen, aber er hat keine Chance.«

Er küsste sie wieder. Nur ein kurzer Kuss.

In der Hosentasche klingelte ihr Handy. Es war nach siebzehn Uhr. Ihr Rechtsanwalt.

Ihre Hand zitterte, als sie den Anruf entgegennahm. Sie musste sich das andere Ohr zuhalten. »Bitte sagen Sie mir, dass Sie gute Nachrichten für mich haben«, begrüßte sie ihn.

Goldstein lachte. »Sie haben die Klage zurückgezogen, Monica. Ich gratuliere.«

Sie griff nach Trents Arm. »Ehrlich?«

Er lachte wieder. »Ich rufe Sie nächste Woche wegen der Gegenklage an. Sie wollen eine außergerichtliche Einigung.«

Trent schaute sie fragend an. Sie grinste wie ein Honigkuchenpferd. »Danke, Larry.«

»Ich wünsche Ihnen eine schöne Woche, Monica.«

Als sie aufgelegt hatte, schrie sie auf und umarmte Trent.

Katie kam zusammen mit Dean und Savannah zu ihr hinüber. »Und?«

Monica stand wieder auf beiden Beinen, aber Trent hatte immer noch die Arme um sie geschlungen. »Anklage zurückgezogen.«

Alle gratulierten und umarmten sie. Irgendwer drückte Monica ein Megafon in die Hand.

»Darf ich mal um eure Aufmerksamkeit bitten?« Sie wartete, bis alle zu ihr sahen.

Trent hob sie auf einen Stuhl, damit die vielen Menschen sie besser sehen konnten.

»Mein Rechtsanwalt hat mich soeben angerufen. Das Krankenhaus zieht die Klage zurück.«

Als der Applaus verebbte, dankte Monica allen für die Hilfe und ihre Unterstützung.

Katie übernahm das Megafon. »Wir haben für alle ein Büffet drüben im Morrison errichtet, um gebührend zu feiern. Die Party kann beginnen!«

★★★

Es gab ein ausladendes Buffet, sogar mit Champagnerbrunnen und einem DJ.

»Wie hast du denn wissen können, dass sie die Klage fallenlassen?«, fragte Monica, als sie neben Katie stand und mit Trent, Dean und Walt auf den Erfolg anstieß.

»Wissen konnte ich es nicht, aber ich liebe Partys, und ich habe mir gedacht, dass wir allen unseren Dank zeigen müssen.«

»Mir war schon klar, dass sie die Klage zurückziehen«, meinte Dean.

»Mir auch.« Trent schlang den Arm um sie.

»Ich bin so froh, dass es vorbei ist. Jetzt kann ich endlich wieder nach vorne blicken.«

»Was willst du jetzt machen?«, fragte Walt.

Sie hatte ihm schon gesagt, dass sie nicht mehr zum Krankenhaus zurückkehren wollte. »Ich glaube, ich studiere noch einmal. Mache einen Master.«

»Willst du Nurse Practitioner werden, damit du endlich ähnliche Kompetenzen wie ein Arzt hast?«

Je mehr sie darüber nachdachte, umso besser gefiel ihr die Idee. »Ja.«

Walt wurde ernst. »Das heißt dann wohl, dass du nicht mehr für Schwestern ohne Grenzen arbeiten wirst?«

»Das eine schließt das andere nicht aus, Walt.«

Monica sah Gary Owens mit einer Dose Cola in der Hand, wie er sich mit ihren Kollegen unterhielt und ihnen die Hände schüttelte. »Streich mich noch nicht von der Liste.«

Sie und Trent blieben, bis der letzte Gast gegangen war, dann kehrten sie wieder zu ihrer Wohnung zurück.

Als sie die Wohnung betrat, hatte sie das Gefühl, dass nun ihre Zeit dort fast zu Ende war. »Ich werde dieses Apartment vermissen«, murmelte sie, während sie im Wohnzimmer die Schuhe abstreifte.

Sie setzten sich aufs Sofa. Trent zog sie auf seinen Schoß. »Willst du schon wieder gehen?«, fragte er grinsend.

»Es ist doch blöd, so eine große Wohnung mit zwei Schlafzimmern zu haben, wenn ich hier alleine wohne.«

Sein Grinsen verschwand, aber Monica wartete noch. »Du bist gar nicht weggelaufen.«

Sie musste nicht erklären, was sie meinte. Trent küsste ihren Hals. »Ich wollte ihm eine drüberziehen.«

»Hast du aber nicht und abgehauen bist du auch nicht.«

»Nicht, dass es mir nicht in den Sinn gekommen wäre, aber der Gedanke währte nur kurz. Der Wunsch, dazubleiben und für dich zu kämpfen, war größer.«

Monica strich sich eine Haarsträhne aus dem Gesicht. »Du musst nicht für das kämpfen, was ohnehin deins ist.«

Er beugte sich vor, weil er sie küssen wollte, aber sie hielt ihn zurück. »Warte. Ich muss noch etwas sagen.«

Er lehnte sich zurück, um ihr zuzuhören.

»Ich habe herausgefunden, was für mich die einzige Sache ist, die im Leben zählt. Du weißt schon, wenn du dich daran hältst, *›ist alles andere scheißegal‹*.« Ihr Herz flatterte in der Brust, weil es keinen Zweifel gab, was diese Sache für sie war.

»Aha. Was denn?«

Als ob er nicht wüsste, was sie sagen wollte. »Wenn du nicht da bist, dann vermisse ich dich so sehr, dass ich mich innerlich leer fühle. *Du* bist es, was ich brauche.«

Diesmal ließ er nicht zu, dass sie sich von seinem Kuss zurückzog, ein sanfter, intimer Kuss, der leuchtend viel versprach.

»Warte, ich war noch nicht fertig.«

Er lehnte seine Stirn gegen ihre und wartete.

Sie holte tief Luft und sprang von der höchsten Klippe, auf der sie je gestanden hatte. »Ich sage jetzt etwas. Ich erwarte keine Antwort darauf.« Sie machte eine kurze Pause. Dann sagte sie schließlich: »Ich liebe dich.«

Trent schloss die Augen. »Sag das noch mal«, flüsterte er.

»Ich liebe dich, Trent.«

Er suchte ihren Blick, sah ihr tief in die Augen. »Gott sei Dank.«

Sie war so froh über seine Reaktion.

»Ich wollte mich nicht alleine verlieben. Ich liebe dich, Monica.« Er hielt ihr Gesicht in den Händen und sagte: »Oh Gott, ich liebe dich so sehr!«

Na ja, sie hatte zwar gesagt, dass er nichts darauf erwidern müsse, aber es war schon verdammt gut, das zu hören. Mit seinen Worten verschwand der letzte Rest ihrer Hülle aus Eis.

Ihre Lippen suchten hungrig seinen Kuss, begierig, voller Verlangen. Er umgriff ihre Taille und schob das T-Shirt hoch.

Sie saugte an seiner Zunge, wollte seine Lippen. Lippen, die sie liebte. Die Lippen des Mannes, der ihre Mauer durchbrochen, alle emotionalen Dämme zum Einstürzen gebracht hatte. Es war jetzt nicht mehr so wichtig zu wissen, wohin ihre Beziehung führen würde, so lange sie gemeinsam auf die Reise gingen.

Monica bewegte sich auf seinem Schoß. Sie wollte seine steigende Lust nicht an ihrem Oberschenkel fühlen. Da gab es doch viel bessere, anatomisch geeignetere Stellen als ihre Beine und sie war mehr als bereit, ihn dort zu fühlen. Sie stützte sich am Sofa ab und überraschte ihn, indem sie ihre Beine um ihn schlang. Sogar durch die Kleidung merkte man die aufsteigende Hitze ihrer Körper. Sie setzte sich mit einem tiefen Stöhnen auf ihn.

Er fuhr ihren BH entlang, öffnete geschickt den Verschluss und umfasste ihre vollen Brüste.

Er unterbrach den Kuss, um sie von der Couch zu heben. Sie saugte an seinem Ohrläppchen. »Halte dich fest, ich trage dich.«

»Oh ja, ich halte mich fest. Apropos fest. Bei dir ist auch schon was fest. Mhh, sehr steif und fest.«

Er ließ sich mit ihr aufs Bett fallen, hielt ihre Arme fest und schob seine Hüften auf ihre.

»Wir haben viel zu viele Klamotten an, Barfuß.« Sie zupfte an seinem Hemd, zog es ihm über die Schultern und warf es durch den Raum.

Trent half ihr mit ihrem T-Shirt, dann beugte er sich vor, um von ihren Brüsten, die sich ihm voll Verlangen entgegenreckten, zu kosten. Ihr endloses Vorspiel hatte wochenlang genau an dieser Stelle geendet. Dieses Mal nicht.

Sie griff nach seiner Hose, öffnete den Bund und schob ihre Hand hinein.

Er stöhnte auf. Sie nutzte den Überraschungsmoment für einen weiteren und setzte sich flink auf ihn. »Ich glaube, jetzt darf ich endlich mal oben sein«, sagte sie.

Er lachte. »Wie die Dame wünscht«, versprach er. »Lass uns weiter ausziehen.«

Sie stand auf, zog dabei seine Hose aus, bis er in seiner ganzen Herrlichkeit vor ihr lag. Sich selbst zog sie auch aus, griff auf dem Nachttisch nach einem Kondom. Sie zog es ihm langsam über, umfasste ihn und ließ ihre Hand niedergleiten.

Als seine Augen vor Erregung glasig wurden, wiederholte sie die Bewegung.

Trent umfasste ihre Taille und zog sie an sich heran. Als sie auf ihm saß, schob er die Hand zwischen ihre Beine und Monica ritt darauf, bis sie kurz davor war, zu kommen.

Trent hob sie hoch und setzte sie auf sich. Er tauchte in sie ein und spürte ihr Gewicht auf sich. In dem Winkel war er ganz tief in ihr und sorgte für Feuer und kleine Explosionen. Monica dachte zwar, sie hätte auf ihm die Kontrolle, aber er schaffte es, sie immer wieder und wieder zu führen, indem er ihre Hüften steuerte und den perfekten Winkel für beide fand.

Überraschend und verdammt erregend warf er sie plötzlich um und stieß sie sanft ins Bett zurück, sodass er nun oben war.

»Mehr«, raunte er ihr ins Ohr, wie ein Versprechen. »Ich will mehr von dir.«

»Ich weiß nicht, ob ich –« Aber er drang noch tiefer ein und noch mehr Wärme bildete sich, bis sie seinen Namen stöhnte und die Welt um sie beide herum verschwand. Er stieß noch einmal, zweimal zu, bis er zum Höhepunkt kam.

Die Welt hörte auf, sich zu drehen, aber sie bewegten sich weiter, ihre Herzen schlugen weiter, alles drehte sich um sie, bis sie hörte, wie Trent tief Luft holte. »Wenn du irgendwem sagst, dass ich eingewilligt habe, genau das hier *nicht* mit dir zu machen, werde ich behaupten, dass du lügst. Nur damit du vorgewarnt bist.«

Schallendes Gelächter. »Willst du gleich wieder?«

Seine Brust bebte, aber schon kletterte er von ihr herunter und sprang aus dem Bett.

Überrascht stützte sie sich auf den Ellbogen. »Wo gehst du denn hin?«

»Kaffee«, sagte er. »Wir brauchen Kaffee, damit wir die ganze Nacht aufbleiben können. Wir haben viel nachzuholen.«

Der Mann, den sie liebte, blickte zur Tür, dann hüpfte er wie ein Kind zum Bett zurück und küsste sie. »Ich liebe dich«, flüsterte er. Kurz darauf aber stand er auf, um Kaffee zu kochen.

Erst viele Stunden später schliefen sie ein, abgeschieden von der Welt. Am nächsten Tag begann für alle anderen Menschen bloß ein neuer Tag, aber für sie begann ein neues Leben.

Epilog

Zwei Monate später

»Liebst du mich?«, fragte Trent, der vor einem seiner Hubschrauber stand, mit dem Glen aus Houston gekommen war.

Es war eine Woche vor Thanksgiving. Die Morrisons hatten Trent und seine Brüder eingeladen. Sie hatten von Trents Wunsch gehört, dass er mal gemeinsam mit seinen Brüdern ein Wochenende auf einer echten Ranch verbringen wollte. Wenn man einem Texaner sagte, dass man reiten und Cowboy spielen wollte, dann wurde das sofort in die Tat umgesetzt, egal ob schon fast Winter war oder nicht. Aber Trent würde nicht frieren, schließlich war es in Texas selbst im Winter nicht so kalt.

Früh am nächsten Morgen würde Trent mit seinen beiden Brüdern und mit Dean, Jack und sogar Gaylord aufbrechen und vier Tage lang durch die Wildnis reiten und campen.

Jetzt aber stand Trent vor dem Hubschrauber, der ihre größte Angst verkörperte, und sie konnte sich schon denken, was er wollte.

»Du weißt doch, dass ich dich liebe. Ich bin schließlich auf die andere Seite des Kontinents gezogen und wohne jetzt dort, wo es vier Monate im Jahr schneit. Vier ganze Monate!« Und sie würde es trotzdem für nichts in der Welt wieder ändern wollen. Die Klage gegen das Krankenhaus hatte sie mit vielen Nullen vor dem Komma gewonnen. Jetzt studierte sie wieder und wohnte mit Trent in der Nähe von dem Hauptsitz der Fairchilds, in einem Haus oben auf einem Hügel. Es sah fast wie eine Ranch aus und hatte eine Veranda, von der aus sie fast jeden Tag gemeinsam den Sonnenaufgang ansahen.

Ginger hatte einen Spielkameraden, wenn Monica und Trent tagsüber aus dem Haus waren. Monicas neuer Hund Gilligan versuchte zwar, sich als Rüde zu behaupten, aber gegen Gingers Temperament hatte der Arme keine Chance.

Trent umarmte Monica und gab ihr einen Kuss. »Komm mit.«

Auch wenn der Gedanke, in den Hubschrauber steigen zu müssen, ihren Herzschlag beschleunigte, vertraute sie Trent.

Sie wand sich aus seiner Umarmung und öffnete die Helikoptertür, bevor der Mut sie wieder verließ. »Also gut. Fliegen wir.«

Trent ließ ihr keine Zeit, es sich anders zu überlegen. Er setzte sich hinter das Steuer und schon hatte sie die altvertrauten Kopfhörer auf den Ohren und der Propeller begann sich zu drehen.

»Du weißt schon, dass die meisten Frauen ihre Liebe nicht erst beweisen müssen, indem sie in so eine Kiste steigen, oder?«

»Die meisten Frauen schlafen auch nicht mit einem Piloten.«

»Schlafen kann man es bei uns ja auch nicht gerade nennen«, erwiderte sie.

Er zwinkerte ihr zu, bevor er die Sonnenbrille von der Stirn auf die Augen zog.

Es war ein wolkenloser Tag, die texanische Sonne stand hoch über ihnen und gaukelte fast einen Frühlingstag vor.

Statt hinunter oder nach vorne zu sehen, beobachtete Monica Trents freudigen Gesichtsausdruck, als der Hubschrauber abhob. In der Luft drehte er den Helikopter, um in die andere Richtung zu fliegen.

»Du liebst das Fliegen wirklich«, stellte sie fest.

Er blickte zu ihr hinüber, nahm eine Hand vom Steuerknüppel und tätschelte ihr Knie.

Auch wenn Monica seine Berührung mochte, so war ihr trotzdem wohler, wenn er beide Hände am »Lenkrad« hatte. Sie nahm seine Hand und legte sie wieder zurück. »Du fliegst und ich behalte mein Mittagessen bei mir.«

Aber diesmal kam das flaue Gefühl von früher gar nicht auf, als sie aus dem Fenster sah. Die Erde lag weit unter ihnen, irgendwie hatte sich etwas geändert.

Sie flogen über einen Hügel. Unten setzte sich eine riesige Rinderherde in Bewegung, aufgeschreckt von dem Fluggeräusch. »Schau«, sagte sie und zeigte nach unten.

Trents Stimme klang über das Mikrofon höher als sonst.

»Von hier oben kann man sie sehen, aber Gott sei Dank nicht riechen.«

»An den Geruch solltest du dich besser gewöhnen, Cowboy.« Sie lachten. Beide wussten, dass Trent niemals ein huttragender Cowboy werden würde. Aber Monica hatte tatsächlich einen echten Stetson für ihn, wenn er am nächsten Morgen zu dem Trip aufbrach.

Sie flogen noch einmal um die Herde herum, dann entfernten sie sich weiter von Gaylords Anwesen und kamen in die Nähe von Jack und Jessies Ranch. »Hier wohnen Jack und Jessie«, sagte sie, als Trent daran vorbeifliegen wollte.

»Ach so?«

Sie konnte gar nicht glauben, dass Trent das nicht aus der Luft erkannt hatte. »Ja, da ist doch die rote Scheune und der Pferch da hinten am Hügel.«

»Ah, stimmt ja.«

Er ließ den Hubschrauber sich zur Seite neigen, um eine Kurve zu ziehen. Überraschenderweise reagierte ihr Magen bei dem Manöver gar nicht so wie sonst. Sie holte ihr Handy aus der Tasche, um aus der Luft ein Bild für Jessie zu machen.

Aber irgendetwas neben der Scheune erregte ihre Aufmerksamkeit. »Was ist das dort?«

»Keine Ahnung«, sagte Trent, als sie näherkamen. Eine gelbe Plane flatterte im Wind. Sie gehörte nicht dorthin und es war auch kein großes Zelt oder so etwas. Als sie fast dort waren, sah man, dass etwas darauf geschrieben stand.

»Vielleicht für Danny?«

Monica blickte nach unten und versuchte so angestrengt die Worte zu entziffern, dass sie ganz vergaß, wie hoch oben sie war.

»Wir fliegen mal näher heran«, sagte Trent.

Sie kniff die Augen zusammen, um besser sehen zu können. Trent ließ den Hubschrauber direkt darüber in der Luft stehen.

»Willst du …« Ihre Kinnlade klappte herunter. Sie blickte zum Piloten. »… mich heiraten?«, flüsterte sie die letzten Worte.

Trent grinste. »Ich liebe dich, Monica. Ich will für immer mit dir zusammenbleiben.«

Kopfhörer und Mikrofon waren egal – sie beugte sich zu ihm hinüber und küsste seinen Mund. »Du bist verrückt«, rief sie, während sie ihm stürmisch den Kopfhörer abnahm.

»Ist das ein Ja?«

Einen besseren Antrag hätte sie sich gar nicht vorstellen können.

»Ja, Barfuß. Ich will dich heiraten.«

Er küsste sie wieder und steuerte dabei den Helikopter.

Dann legte er ihre Hände wieder auf die Steuerung. »Halt mal.«

Die Freude wurde durch einen Anflug von Panik jäh unterbrochen. »Trent! Ich kann doch dieses Ding hier nicht fliegen.«

Er griff in die Hosentasche, zog ein Schächtelchen hervor und öffnete es. Ein beeindruckender Ring kam zum Vorschein, der dem ihrer Schwester in nichts nachstand. Platin, mit einem runden großen Diamanten, umgeben von vielen kleinen. Quietschend ließ Monica den Knüppel los.

Trent griff schnell nach der Steuerung und hätte dabei fast den Ring fallen lassen.

»Aaah!« Aber sie spürte nur die Aufregung. Mit der freien Hand streifte ihr Trent den Ring auf den Finger, dann küsste er sie und gab ihr sein Versprechen.

Sie fühlte sich wie eine Teenagerin nach dem ersten Kuss und strahlte so sehr, dass ihr fast das Gesicht davon wehtat. Sie hielt die Hand vor sich und bewunderte den Ring, den er für sie ausgesucht hatte. »Du hast echt Stil, Barfuß. Aber wirklich!«

Er lachte.

Über den Kopfhörer hörte sie plötzlich Jasons Stimme. »Trent, deine Bodenbesatzung stirbt fast vor Neugier. Haben wir ein Juliette Alpha oder ein November Echo India November?«

Da sie jetzt mit einem Piloten zusammenwohnte, hatte Monica auch schon genug von dieser Fliegersprache aufgeschnappt, um zu wissen, was Jason fragte.

Sie waren in der Luft wieder über Gaylords Ranch angekommen und unten hatten sich bereits viele Leute versammelt.

»Soll ich es ihnen sagen oder lieber du?«, fragte Monica.

Er grinste immer noch über beide Ohren. »Ich übernehme das.« Trent drückte auf einen Knopf und vom Helikopter fielen Papierbänder herunter.

»Was ist das denn?«

»Riesenkonfetti, auf dem *Ja* steht.«

Aus dem Fenster sah sie, wie die Leute die Bänder aufhoben. Jessie, mit ihrem dicken Babybauch, umarmte Katie. Die Kinder rannten aufgeregt im Kreis. Jason und Glen streckten zu ihnen den Daumen nach oben.

Monica lehnte sich, so weit es ging, an ihren zukünftigen Ehemann, und gab ihm einen Kuss auf die Wange. »Was hättest du denn gemacht, wenn ich Nein gesagt hätte?« Nicht, dass er jemals hätte zweifeln müssen. Jetzt, da sie sich endlich ihre Liebe zu ihm eingestanden hatte, gab es kein Zurück mehr.

»Wir befinden uns in einem Hubschrauber. Ich hätte dich einfach so lange hier oben behalten, bis du einwilligst.«

Sie knuffte ihn in den Arm. »Mir kannst du keine Angst einjagen, Trent Fairchild.«

Er beugte sich zu ihr und küsste sie.

Danksagung

Während meiner Zeit als Krankenschwester in der Notaufnahme habe ich mit den besten Ärzten und Schwestern, die es gibt, zusammenarbeiten dürfen. Ich würde die Jahre im Krankenhaus für nichts auf der Welt wegtauschen wollen. Was ich gelernt habe und was ich gesehen habe, ist für die meisten Menschen unvorstellbar.

Was ich im echten Leben schon erlebt habe, würde in jedem Buch unglaubwürdig erscheinen.

Es gibt viele Arten von Helden. Aber diejenigen, die freiwillig in ein Katastrophengebiet fahren und dafür ihr eigenes Leben aufs Spiel setzen, ohne auch nur einen Cent daran zu verdienen – das sind die wahren Helden.

Dieses Buch ist all denjenigen gewidmet, die jeden Tag etwas von sich für andere geben.

Schwester Kimberly, Schwester Anna, Schwester Valerie, Pfleger Ray, Schwester Tanya, Schwester Tatiana, Schwester Kathy, Dr. Schmit, Dr. Hook, Dr. Henry, Dr. Noll, Dr. Sam, Dr. Shultz, Dr. Ziemba, und so viele weitere, dass ich gar nicht alle hier erwähnen kann.

Ich danke Euch!

17380221R00204

Printed in Poland
by Amazon Fulfillment
Poland Sp. z o.o., Wrocław